El enigma de la Atlántida

El enigma de la Atlántida

Charles Brokaw

Traducción de Enrique Alda

rocabolsillo

Título original: *The Atlantis Code*
© 2006 by Charles Brokaw

Segunda edición: octubre de 2010

© de la traducción: Enrique Alda
© de esta edición: Roca Editorial de Libros, S. L.
Marquès de la Argentera, 17, Pral.
08003 Barcelona
info@rocabolsillo.com
www.rocabolsillo.com

Impreso por Novoprint, S.A.
Energía, 53
Sant Andreu de la Barca (Barcelona)

ISBN: 978-84-92833-04-7
Depósito legal: B. 36796-2010

Dedico este libro a mi familia,
especialmente a mi mujer,
que tuvo que soportar
mucho mientras lo escribía.
Te quiero y te doy las gracias
desde el fondo de mi corazón.

Y a Robert Gottlieb,
que ha sido el impulsor de este
proyecto desde el principio;
no puedo agradecerte
lo suficiente tu apoyo,
creatividad y ayuda.

1

Kom Al-Dikka
Alejandría, Egipto
16 de agosto de 2009

*T*homas Lourds bajó a regañadientes de la cómoda y alargada limusina con un inusual presentimiento. Normalmente le gustaban las ocasiones en las que podía hablar de su trabajo, y no digamos las que le ofrecían la posibilidad de solicitar fondos para los programas arqueológicos en los que creía o participaba.

Pero aquel día no.

Más tarde, por supuesto, a pesar de no creer en esas cosas, se preguntó si lo que había sentido no sería un aviso sobrenatural captado por su radar personal.

Bajo el sofocante calor del sol egipcio a mediodía, dejó caer al suelo su ajada mochila de piel y miró hacia el enorme teatro romano que las legiones de Napoleón Bonaparte habían descubierto mientras cavaban para construir una fortificación.

A pesar de que las excavaciones de Kom Al-Dikka llevaban doscientos años siendo estudiadas, primero por buscadores de tesoros y después por investigadores en busca de los conocimientos de la Antigüedad, la misión polaco-egipcia que se había establecido allí hacía más de cuarenta años seguía haciendo nuevos y sorprendentes descubrimientos.

Horadado en la tierra, Kom Al-Dikka es un anfiteatro semicircular cercano a la estación de tren de Alejandría. Los pasajeros que descienden al andén sólo tienen que recorrer una corta distancia para echar un vistazo a ese antiguo escenario. Los coches circulan al lado, por las calles Daniel y Hurriya. Es un lugar en el que se unen el mundo antiguo y moderno.

Construido con trece gradas de mármol que proporcionaban asiento hasta a ochocientas personas, con todas las plazas cuidadosamente numeradas, la historia del teatro se hundía en las profundidades del pasado y recorría el mundo antiguo de principio a fin. Sus piedras de mármol se extrajeron en Europa y se llevaron a África. El mármol verde provenía de Asia Menor. En los laterales había mosaicos con dibujos geométricos y todo el complejo era un símbolo de la gran expansión mundial que tuvo el gran imperio que lo construyó.

Lourds observó la vasta estructura de piedra. Cuando Tolomeo era joven, antes de escribir sus mejores obras, Kom Al-Dikka ya estaba allí y en él se representaban obras de teatro y musicales, y se podían ver —si algunas de las inscripciones de las columnas de mármol estaban bien traducidas, algo que Lourds creía firmemente— combates de lucha libre.

Sonrió al pensar que Tolomeo podría haber estado sentado en esas gradas de mármol trabajando en sus libros, o, al menos, haber meditado sobre ellos. Habría sido incongruente, como un catedrático de Harvard en Lingüística que asistiera a un combate de lucha libre profesional. Lourds era ese catedrático, pero no le interesaba la lucha libre. Lo que sí le gustaba era pensar que a Tolomeo sí.

A pesar de que había visto aquel lugar muchas veces, jamás había dejado de provocarle el deseo de saber más acerca de la gente que había vivido allí en los tiempos en que aquello aún era nuevo y estaba abarrotado. Muy poco quedaba en la actualidad de las historias que habían contado. La gran mayoría había desaparecido cuando se destruyó la Biblioteca Real de Alejandría.

Por un momento, Lourds imaginó lo que habría sido atravesar los salones de la gran biblioteca. Se decía que sus colecciones albergaban al menos medio millón de manuscritos. Supuestamente contenían el conocimiento de todo el mundo conocido en aquellos tiempos: tratados de matemáticas, astronomía, mapas antiguos, textos de cría de animales y de agricultura, todos esos temas estaban allí guardados. Al igual que el trabajo de los grandes escritores, incluidas las obras perdidas de Esquilo, Sófocles, Eurípides, Aristófanes y Menandro, unos dramaturgos cuyas obras tenían tanta fuerza que todavía seguían representándose las que habían sobrevivido. Y más.

Hombres, hombres eruditos, habían acudido desde todo el mundo para hacer su aportación a la antigua biblioteca y aprender de ella.

Y sin embargo, todo había desaparecido, destruido y quemado.

En opinión de la última hornada de respetuosos becarios, su destrucción fue ordenada por el emperador romano Julio César, por Teófilo de Alejandría o por el califa Umar. O quizá por los tres, en el curso del tiempo. Quienquiera que fuese el responsable, todos aquellos maravillosos escritos se habían quemado, desmenuzado: habían desaparecido. Al menos hasta el momento. Lourds todavía esperaba que algún día, en algún lugar, siguiera existiendo un tesoro oculto lleno de esas obras, o, al menos, copias de ellas. Era posible que en aquellos peligrosos tiempos alguien se hubiera preocupado de proteger los manuscritos, escondiéndolos o haciendo copias que ocultó tras quemarse la biblioteca.

El vasto desierto que rodeaba la ciudad todavía albergaba secretos y las secas y ardientes arenas eran maravillosas a la hora de proteger papiros. Ese tipo de tesoros seguía apareciendo, a menudo en manos de delincuentes, pero también bajo supervisión de algún arqueólogo. Los expertos sólo podían leer los manuscritos que habían vuelto a ver la luz. ¿Quién sabía cuántos escondrijos seguían allí, esperando a que alguien los encontrara?

—Señor Lourds.

Recogió su mochila y se dio la vuelta para ver quién lo llamaba. Sabía lo que esa persona había visto: un hombre alto, esbelto por años de jugar al fútbol; una poderosa mandíbula acabada en una pequeña y recortada perilla negra, que suavizaba las duras facciones de su cara; el pelo negro ondulado lo suficientemente largo como para caerle sobre la cara y por encima de las orejas. Ir al peluquero le exigía demasiado tiempo, así que sólo lo hacía cuando realmente ya no le quedaba más remedio. «Ya falta poco», pensó cuando se lo retiró de los ojos. Llevaba unos pantalones cortos de color caqui y camisa gris, botas de senderismo, un sombrero Australian Outback y gafas de sol. Todo usado y gastado. Parecía un egiptólogo en ropa de faena, muy diferente a los turistas y vendedores que trabajaban en los anfiteatros.

—Señorita Crane —saludó a la mujer que había pronunciado su nombre.

Leslie Crane se acercó a él. Algunas cabezas masculinas se volvieron para mirarla. Lourds no los culpó. Leslie Crane era guapa, rubia de ojos verdes, vestida con pantalones cortos y una camisa de lino blanco sin mangas que resaltaba su morena y esbelta figura. Lourds calculó que tendría unos veinticuatro años, quince menos que él.

—Me alegro mucho de conocerlo en persona, por fin —dijo estrechándole la mano.

Tenía un nítido acento inglés que, en su sensual voz de contralto, tenía un efecto balsámico.

—Yo también lo estaba deseando desde hace tiempo. El correo electrónico y las llamadas telefónicas no pueden reemplazar el estar con otra persona. —Aunque consideraba que esas dos formas de comunicación eran rápidas y mantenían en contacto a la gente, Lourds prefería hablar cara a cara o escribir en papel. Era una especie de anacronismo, todavía seguía tomándose la molestia de escribir largas cartas a sus amigos, que hacían lo mismo a su vez. Creía que las cartas, en especial cuando alguien quería llegar a un punto y comunicar una línea de pensamiento sin que le interrumpieran, eran importantes—. Estrechar una mano tiene sus ventajas.

—¡Oh! —exclamó Leslie al darse cuenta de que seguía apretándosela—. Perdón.

—No se preocupe.

—¿Le ha gustado el hotel?

—Sí, por supuesto. Está muy bien. —El programa de televisión lo había acomodado en el Montazah Sheraton, de cinco estrellas. Tenía la costa mediterránea al norte y el palacio de verano y los jardines del rey Faruk al sur. Hospedarse allí era una experiencia increíble—. Pero está tan cerca que podría haber venido andando. Aunque la limusina era muy bonita. Un catedrático de universidad no es una estrella del rock.

—Tonterías. Disfrútela. Queríamos que supiera cuánta ilusión nos hace trabajar con usted en este proyecto. ¿Se había alojado alguna vez allí? —preguntó Leslie.

—No, soy un humilde catedrático de Lingüística —contestó Lourds meneando la cabeza.

—No menosprecie su formación ni su experiencia. Nosotros no lo hacemos —replicó Leslie con una deslumbrante sonrisa—. No es un simple catedrático. Enseña en Harvard y estudió en Oxford. Y su currículum es de todo menos humilde. Es el experto en lenguas antiguas más importante del mundo.

—Créame, hay unos cuantos expertos que se disputarían ese trono —replicó Lourds.

—No en *Mundos antiguos, pueblos antiguos*. Cuando acabemos esta serie es lo que pensará todo el mundo —insistió Leslie.

Mundos antiguos, pueblos antiguos era el nombre del espacio producido por Janus World View Productions, una filial de la British Broadcasting Corporation. Era un programa en el que aparecían gentes e historias interesantes, conducido por inquietos presentadores como Leslie Crane. Allí entrevistaban a reconocidos expertos en diversos campos.

—Ha sonreído, ¿pone en duda lo que le he dicho? —Leslie hizo una mueca, y aquel gesto consiguió que pareciera incluso más joven.

—No lo que ha dicho, quizá sí la generosidad que muestre el público. Y, por favor, llámame Thomas. ¿Te importa que caminemos? —preguntó indicando con la barbilla hacia una zona en sombra—. Al menos para escapar de este maldito sol.

—Claro —respondió Leslie echando a andar a su lado.

—Me dijiste que hoy por la mañana me propondrías un reto —le recordó.

—¿Nervioso?

—No mucho. Los retos me gustan, pero las adivinanzas me suscitan cierta… curiosidad.

—¿Acaso no es la curiosidad una de las mejores herramientas de un catedrático de Lingüística?

—Me temo que la mejor herramienta es la paciencia; nos esforzamos por tenerla. A los escribas les costó mucho tiempo anotar los testimonios de la vida intelectual de toda una nación o de un imperio, ya fuera historia, matemáticas, artes o ciencias. Por desgracia, a los estudiosos de hoy en día les cuesta incluso más tiempo descifrar esos antiguos trabajos, sobre todo ahora que ya no tenemos acceso a los lenguajes en los que estaban escritos. Por ejemplo, durante más de mil años nadie en este planeta supo cómo leer los jeroglíficos egipcios. Hizo falta mucha paciencia para encontrar la clave adecuada, y después mucha más para descifrar el código de su significado.

—¿Cuánto te costó descifrar *Actividades de alcoba*?

Fuera del alcance directo del sol y en la sombra, Lourds sonrió tristemente y se rascó la nuca. La traducción de aquellos documentos había despertado una gran curiosidad, tanto negativa como positiva. Seguía sin saber si el tiempo que les había dedicado era un hito en su carrera o un paso en falso.

—De hecho, esos documentos no se llamaban así. Ése fue el desafortunado nombre que le dieron los periodistas que cubrieron la historia.

—Disculpa, no era mi intención ofenderte.

—No te preocupes.

—Pero esos documentos sí que eran narraciones sobre las conquistas sexuales del autor, ¿no es así?

—Quizás, a lo mejor sólo eran fantasías. Una especie de Walter Mitty estilo Hugh Hefner. Son muy vívidas.

—Y sorprendentemente explícitas.

—¿Los has leído?

—Sí. —Leslie se ruborizó—. He de decir que son muy… convincentes.

—Entonces también sabrás que algunos críticos tildaron mi traducción de pornografía de la peor especie. Algo así como la versión antigua del *Penthouse Forum*.

—Ahora estás siendo un poco obsceno —lo acusó Leslie, en cuyos ojos verdes había brillado un momentáneo destello de regocijo.

—¿Y eso? —preguntó Lourds enarcando las cejas con inocencia.

—¿Un catedrático de la universidad que conoce la revista *Penthouse*?

—Antes de ser catedrático fui estudiante. Imagino que hay pocos estudiantes masculinos que no sepan de ella, aunque sea superficialmente.

—A pesar de que la comunidad pedagógica despellejó tu traducción, conozco a varios catedráticos importantes que aseguran que fue un buen trabajo a partir de un documento muy difícil.

—Fue un reto. —Lourds, animado por el tema de conversación, no se fijó en las personas que pasaban a su lado. Voces que ofrecían gangas en árabe, francés, inglés y en dialectos locales, a las que no prestó atención—. El original estaba escrito en copto, que se basa en el alfabeto griego. La persona que lo creó añadió unas cuantas letras, algunas de las cuales sólo se utilizaban en palabras de origen griego. El documento lo escribió un hombre que decía llamarse Antonio, sin duda por el santo, aunque éste era más bien un sátiro o, al menos, así es como se imaginaba a sí mismo. Al principio parecía un galimatías.

—Hubo otros lingüistas que intentaron traducirlo, pero no consiguieron darle sentido. Sin embargo, tú imaginaste que se trataba de un código. No sabía que los códigos dataran de tan antiguo.

—Los primeros códigos que se conocen se atribuyen a los romanos. Julio César utilizó una simple sustitución de letras, o desplazamiento, para enmascarar los mensajes a sus comandantes. Su desplazamiento más conocido constaba de tres espacios.

—Lo que convertía una «a» en una «d».

—Exactamente.

—Solía hacerlo cuando era niña.

—En aquellos tiempos, los desplazamientos eran un ingenioso ardid, pero los enemigos de César lo descubrieron rápidamente. Al igual que en la actualidad. Nadie que realmente quiera mantener algo en secreto utiliza ya códigos de sustitución. Son demasiado fáciles de descifrar. En inglés la letra que más se utiliza es la «e», y después la «t». Una vez que esos valores quedan establecidos en un texto, el resto de las letras empiezan a tener sentido.

—Pero las *Act...*, quiero decir, la obra que descifraste era poco habitual.

—Bueno, en comparación con lo que habíamos descubierto sobre ese periodo de tiempo, sí. Dado el contenido del libro, el escritor tenía motivos más que suficientes para codificarlo.

—Para mí lo más interesante al leer tu traducción fue saber que los coptos eran una secta muy religiosa. Incluso en nuestros tiempos es un documento un tanto escandaloso. Algo así habría sido... —Leslie titubeó buscando las palabras, sin saber hasta dónde podía llegar.

—Exótico —la ayudó Lourds—. O incendiario, dependiendo del punto de vista. Por supuesto, en la actualidad, los valores morales están más restringidos que en el mundo antiguo, un legado que nos dejaron san Agustín, los victorianos y los puritanos, entre otros. Aunque fue incendiario incluso para los principios de aquellos tiempos. Posiblemente fueron hasta peligrosos para la vida del escritor. En eso estoy de acuerdo. Así que tuvo cuidado. Además del código, escribió el documento en dialecto sahídico.

—¿Cuál es la diferencia? ¿No sigue siendo copto?

—No exactamente. El dialecto sahídico fue una rama de la lengua copta original.

—Que empezó siendo griego.

Lourds asintió. Le gustaba aquella joven. Era rápida, estaba bien informada y parecía interesarse realmente por lo que decía. Parte de las dudas que tuvo cuando aceptó mantener aquella entrevista empezaron a disiparse. La universidad siempre había buscado formas de darse a conocer al público, algo que no siempre había resultado favorable para los catedráticos que habían puesto en primera línea. La mayoría de los periodistas y reporteros sólo escuchaban hasta el momento en el que oían la frase breve que podían utilizar —incluso fuera de contexto— para llegar al punto que querían. Lourds ya había experimentado lo que pasa cuando los medios de comunicación destrozan a un catedrático. No era nada agradable. Hasta el momento había conseguido evitarlo, pero con *Actividades de alcoba* había estado más cerca de lo que le hubiese gustado.

—En un principio, al sahídico se le llamó tebano, y se utilizó en forma literaria alrededor del 300 a. C. La mayor parte de la Biblia se tradujo al sahídico. El copto se convirtió en el dialecto estándar de la iglesia ortodoxa copta. Más tarde, en el siglo XI, Al-Hakim bi Amri Allah abolió prácticamente la fe cristiana, con lo que tuvo que ocultarse.

—Vaya caos.

—Aquí y en todo el mundo. Los conquistadores a menudo intentan destruir la lengua de la civilización que derrotan. Mira lo que pasó con el gaélico cuando los ingleses conquistaron a los escoceses. Se prohibió que los clanes lo hablaran, que vistieran sus trajes tradicionales, incluso que tocaran la gaita. Al suprimir una lengua se rompe la conexión del pueblo conquistado con su pasado.

—¿Te refieres a que le priva de sus conocimientos?

—Más que eso. La lengua está arraigada en las personas. Creo que es lo que da sentido a lo que son y adónde dirigen sus vidas. Les da forma.

—Según esa definición, hasta los cantantes de rap han creado un lenguaje.

—No, realmente no lo han creado. Lo han recogido de su gente y lo han convertido en una forma artística única. Es muy parecido a lo que Shakespeare hizo con el inglés.

—¿Estás comparando a los cantantes de rap con Shakespeare? En algunos círculos académicos lo considerarían escandaloso, incluso peligroso.

Lourds esbozó una sonrisa.

—Quizá. Seguramente sería más una violación flagrante de erudición que cuestión de asesinato. Pero es verdad. Al igual que los catedráticos y periodistas, cada uno en un campo definido, inventan palabras especializadas para tener una jerga que les permita hablar entre ellos. Una cultura también puede desarrollar un lenguaje nuevo para evitar que se les entienda. Un ejemplo podrían ser los gitanos.

—Sabía que tenían su propia lengua —aseguró Leslie.

—¿Sabes de dónde proceden los gitanos?

—¿De papá y mamá gitanos?

Lourds se echó a reír.

—Hasta cierto punto sí, pero en tiempos seguramente fue-

ron una casta baja india reclutada para crear un ejército merce-
nario con el que luchar contra el invasor musulmán. O quizá
fueron esclavos que llevaron los conquistadores musulmanes.
En cualquier caso, o en otro si ninguno de estos dos es el correcto, llegaron a ser un pueblo y crearon su propia lengua.

—¿El sometimiento conduce a la creación de una lengua?

—Puede hacerlo. El lenguaje es una de las colecciones de herramientas y técnicas más evolucionada que la humanidad ha
creado nunca. La lengua puede unir o dividir a las personas con
tanta rapidez y facilidad como el color de la piel, la política, las
creencias religiosas o la riqueza. —Lourds la miró, sorprendido
consigo mismo por hablar tanto y por el hecho de que los ojos
de aquella mujer todavía no se hubieran puesto vidriosos—.
Perdona por el sermón que te estoy soltando. ¿Te aburro?

—¡Qué va! Me siento aún más fascinada y estoy deseando
enseñarte nuestro misterioso reto. ¿Has desayunado? —preguntó Leslie.

—No.

—Estupendo, entonces te invito a desayunar.

—Me siento honrado, y hambriento. —«Y esperanzado
ante la posibilidad de tener un desayuno interesante», pensó,
aunque no se lo dijo a su anfitriona.

Lourds se echó al hombro la mochila. En ella llevaba su
portátil y unos textos sin los que no podía viajar. La mayoría de
esa información estaba copiada en el disco duro, pero si tenía
oportunidad de elegir entre textos virtuales o escritos, prefería
el tacto y olor de los libros. Algunos llevaban viajando con él
más de veinte años.

Caminó al lado de Leslie mientras se abrían paso entre la
gente y los vendedores, y escuchaban unas cantarinas voces
que ensalzaban sus mercancías. Alejandría rebosaba actividad
y se buscaba la vida un día más, entre turistas y ladrones.

Tuvo la desagradable sensación de que le estaban observando. Tras años de viajar por países extranjeros, incluidos
muchos con problemas internos, en los rincones más remotos
de la Tierra, había aprendido a prestar atención a esos presen-
timientos. En más de una ocasión le habían salvado la vida.

Se detuvo y miró hacia atrás intentando divisar si alguien

entre la multitud mostraba algún interés especial por él. Sin embargo, lo único que vio fue un mar de caras, moviéndose y empujándose mientras esquivaban aquella marea humana.

—¿Pasa algo? —preguntó Leslie.

Lourds meneó la cabeza. Eran imaginaciones suyas. «Me está bien empleado, por haber leído esa novela de espías en el avión», se reprendió a sí mismo.

—Nada —dijo volviendo a acomodar su paso con el de Leslie mientras cruzaban la calle Hurriya. No parecía seguirles nadie, pero aquella sensación no le abandonó.

—¿Te ha visto?

Al otro lado de la amplia calle, Patrizio Gallardo observó cómo se alejaba el catedrático universitario. Soltó una tensa exhalación. Todavía no sabía muy bien lo que estaba pasando. Su contacto, Stefano Murani, cardenal Murani en aquel momento, era muy reservado con sus secretos. Era lo que le habían enseñado sus jefes.

A los dos los había contratado la Sociedad de Quirino por sus respectivas cualidades. Murani provenía de una familia aristocrática que vivía de las rentas familiares. Mediante ese trampolín había ingresado en la Iglesia católica y había ascendido en la jerarquía hasta llegar a ser cardenal. Gracias a su puesto en el Vaticano tenía acceso a documentos secretos que jamás habían visto la luz pública.

Gallardo atrajo la atención de la sociedad por otro motivo. Su padre, Saverio Gallardo, pertenecía a una familia del crimen organizado de Italia que había hecho dinero gracias a los incautos. Patrizio eligió el camino del crimen, pero no le gustaba que su padre lo dominara, a pesar de su talento para el negocio.

Le gustaba el trabajo, y hacerlo para la persona adecuada le reportaba grandes ingresos. Cualquiera podía poner una pistola en la cara a alguien y pedirle el dinero. Pero no todo el mundo tenía valor para apretar el gatillo y después limpiar la sangre. Patrizio Gallardo sí. Y eso es lo que hacía para la sociedad. Y era lo que estaba dispuesto a hacer aquel día. Lo único que necesitaba era que la sociedad señalara.

Aquel día había señalado al catedrático universitario Thomas Lourds.

—¿Te ha visto? —volvió a preguntar Cimino.

Gallardo miró a su presa. En esa ocasión no se fijó en el hombre, sino que observó la escena que se estaba desarrollando en la calle. Lourds seguía su camino y hablaba afablemente con la mujer.

—No —contestó Gallardo. Llevaba un pequeño auricular prácticamente oculto por el cuello de la camisa. Medía casi metro ochenta, era una contundente boca de incendios con poco más de cuarenta años. Bronceado por el sol del desierto, marcado por las peleas contra quien había querido robarle o contra gente a la que había robado él, era un hombre de cara redonda con espeso pelo negro, que iba sin afeitar y con las cejas unidas para formar una sola, arrugada permanentemente sobre unos ojos muy juntos. Todo el que se cruzaba con su mirada normalmente cambiaba de acera.

—Le tenderemos una emboscada. Matarlo no será difícil. Después podremos llevarnos lo que hemos venido a buscar —dijo Cimino.

—Si lo matamos quizá no encontremos el objeto. No lo lleva encima. Tenemos que esperar a que la mujer nos lleve al mismo —señaló Gallardo.

Salió a la calzada y agitó una mano.

Tres manzanas más abajo, un viejo camión de carga salió de una bocacalle y subió por la calle Hurriya. Paró en la calzada. Gallardo subió al asiento del copiloto. El sucio parabrisas amortiguaba ligeramente el sol. El aire acondicionado resollaba asmático y sólo proporcionaba cierto alivio contra el implacable calor.

Gallardo se secó la cara con un pañuelo y soltó un juramento. Miró al conductor.

—¿Cómo está nuestro invitado?

DiBenedetto meneó la cabeza y dio una calada a su cigarrillo turco. Era joven, un tipo duro, y mantenía una creciente adicción a la morfina que un día acabaría con él. Era un cruel asesino por elección propia, peor aún que Cimino, porque la droga le robaba la mayoría de sus sentimientos. Solamente le era leal a Gallardo, que le proporcionaba la suficiente droga como para hacerlo feliz.

—¿Sigue sin hablar? —preguntó Gallardo.

DiBenedetto se volvió y lo miró. Tenía una cara joven a pesar de la droga. Había cumplido veintidós años, pero sus ojos azules como el hielo eran viejos y extraños. Si la humanidad y la compasión los habían habitado alguna vez, hacía tiempo que los habían abandonado.

—Grita, llora, suplica. A veces incluso intenta adivinar qué es lo que queremos saber. Pero no lo sabe —comentó el joven asesino encogiéndose de hombros—. Da pena, pero Faruk ha disfrutado intentando hacerle hablar.

Gallardo levantó el panel que conectaba la cabina con la caja del camión.

Su huésped estaba tirado en el suelo. Se llamaba James Kale. Era uno de los productores del programa *Mundos antiguos, pueblos antiguos*. A pocos años de los cuarenta debía de haber sido un hombre apuesto antes de que los carniceros de Gallardo la hubieran tomado con él. Tenía el pelo lleno de sangre, la cara destrozada con puños americanos; le habían sacado un ojo. También le habían amputado los dedos de la mano derecha y lo habían castrado.

Eso último había sido idea de Faruk. Aquel árabe era cruel y sentía placer con la tortura.

Kale estaba acurrucado en posición fetal y apretaba con fuerza la mano mutilada contra el pecho. Tenía los pantalones oscurecidos por la sangre. Había sangre por toda la caja, en las paredes y en el suelo, e incluso salpicada en el techo. El productor se balanceaba vertiginosamente en el recortado borde de la vida, a punto de hacer la última zambullida en el abismo.

Faruk estaba sentado con la espalda apoyada en la pared y fumaba un cigarrillo. Tenía unos cincuenta años, era un hombre oscuro y endurecido; vestía una chilaba manchada de sangre. Algunas canas salpicaban su barba, en la que también había sangre. Miró a Gallardo y sonrió.

—Insiste en que no sabe nada del objeto que le va a enseñar la chica al catedrático —dijo con acento gutural y dejando caer una mano sobre el muslo de Kale.

Éste soltó un grito y apartó su temblorosa pierna.

Faruk, conmovido, se la acarició.

—Tengo que confesar que después de haberle cortado los huevos empiezo a creerle.

Aquella sangrienta visión repugnó a Gallardo. Había visto ese tipo de cosas anteriormente. Incluso las había hecho y volvería a hacerlas si no tenía a nadie que lo hiciera por él. Pero aquello no era lo que le preocupaba. Miró a Faruk y dibujó una línea con el índice por debajo de la barbilla.

El árabe sacó sonriendo una cuchilla del interior de la chilaba. Tiró la ceniza del cigarrillo, se inclinó hacia delante y alisó el pelo de Kale, haciendo que se estremeciera y gritara asustado. Cogió un mechón de pelo, le echó la cabeza hacia atrás y dio un tajo en el cuello al descubierto.

Gallardo se dio la vuelta y cerró el panel. Se concentró en observar al catedrático y a la mujer de la televisión.

2

«Hola, soy James Kale y si estás oyendo este mensaje es porque evidentemente no he contestado. O estoy ocupado o no hay cobertura. Deja un mensaje y te llamaré lo antes posible. Y, mamá, si eres tú, te quiero.»

Al escuchar aquella voz tan familiar, Leslie frunció el entrecejo. James era digno de confianza. Se preciaba de estar disponible para la gente con la que trabajaba. Debería contestar. A menos que hubiera dejado de nuevo aquel maldito aparato sin carga. No habría sido la primera vez. Un día de éstos iba a atarlo al cargador.

—¿Pasa algo? —preguntó Lourds. Estaba sentado al otro lado de la pequeña mesa de la terraza donde lo había llevado a desayunar.

El tráfico era lento e iba acompañado de hombres, camellos y caballos. Había burros que tiraban de carros con ruedas de bicicleta en dirección a los zocos. Los mercados al aire libre atraían a mucha gente del lugar, además de a los turistas. Los lugareños llevaban verdura fresca y los turistas compraban recuerdos y regalos para sus familiares. A pesar de llevar unos días en la ciudad, Leslie todavía se maravillaba por la forma en que aquella moderna ciudad parecía atascada en un estilo de vida milenaria.

El camarero había retirado los platos después de haberles

servido una selección que incluía sopa *molokhiyya* con conejo, pisto *torly* con cordero, pechugas de pichón a la parrilla rellenas con arroz condimentado, melón y uva, seguido de pastel de pasas empapado en leche y servido caliente, y café turco con sabor a chocolate.

—Estaba intentando llamar a mi productor —le explicó dándose cuenta de que no había contestado a su pregunta indirecta.

—¿Está en algún lugar cercano? Podríamos ir a buscarlo.

—No hace falta. Estoy segura de que está bien. James es un niño grande y yo no soy su madre. Debe de estar en el set. Hablaré con él cuando lleguemos allí.

—¿Qué te llevó al mundo del espectáculo?

—¿Detecto cierta censura?

—Quizá recelo sería una palabra más acertada —aclaró sonriendo.

—¿No te gusta la televisión?

—Sí, pero a veces me parece muy interesada.

Ligeramente cuestionada, Leslie dijo:

—Me encanta estar delante de una cámara. Me gusta verme en televisión. Y es más, a mi madre y a mi padre también les gusta. Así que intento hacer tanta como puedo. ¿Te parece suficiente interés? —preguntó sonriendo.

—Y más honrado de lo que esperaba.

—¿Qué me dices de ti? ¿Estás dispuesto a formar parte de esta serie? ¿Remueve alguna zona oscura de tu vanidad?

—En absoluto —aseguró Lourds—. De no haber sido por que el decano y la junta directiva me instaron a que lo hiciera, seguramente habría declinado amablemente la oferta. Estoy aquí porque la universidad insistió. Y porque me ofrecía la oportunidad de volver a Alejandría. Me encanta esta ciudad.

Intrigada, Leslie posó la barbilla sobre las manos, con los codos sobre la mesa, y miró aquellos cálidos ojos grises.

—Así que si no hubieses aceptado, no habrías disfrutado de este maravilloso sitio.

—Ni de la encantadora mujer que me ha traído aquí. —Su mirada se posó sobre la de ella y la mantuvo un momento.

Un calor que no tenía nada que ver con el sol del mediodía

recorrió el cuerpo de Leslie: «Vaya, eres muy bueno, Lourds. Habrá que tener cuidado contigo».

DiBenedetto enfiló el camión por un callejón a pocas manzanas del café donde comían Lourds y Leslie Crane. Antes de detenerse, un Mercedes alemán entró detrás de ellos. Gallardo lo vio en el espejo retrovisor.

Buscó en su chaqueta de verano y sacó una pistola de calibre nueve milímetros de la pistolera.

—Pietro —dijo a través del micrófono.

—Sí, soy yo, no dispares —pidió la grave voz de Pietro.

Más relajado, Gallardo mantuvo la mano en la pistola hasta que el Mercedes se detuvo detrás del camión. Miró a través del cristal tintado y vio la impresionante masa de Pietro detrás del volante de aquel lujoso coche.

Gallardo salió del vehículo. DiBenedetto hizo lo mismo. Abrieron las puertas del sedán y entraron en él.

Faruk bajó del camión con una chilaba limpia. Había dejado la sucia en la parte de atrás. Se ocupó de cerrar la puerta con cuidado. Incluso después de hacerlo, el olor a gasolina inundó todo el callejón. Satisfecho con su trabajo, Faruk se dirigió a su lugar habitual y se reunió con los demás en el interior del coche. También apestaba a gasolina.

—¿Todo arreglado? —preguntó Gallardo.

Faruk asintió y le entregó la documentación de James Kale, el pasaporte y los objetos personales. Había limpiado el cadáver.

—Sí, todo está listo. He rociado el interior con gasolina y detergente, y he conectado una bengala a la puerta. Cuando abran la caja, el interior del camión será un infierno.

Gallardo asintió. La gasolina y el detergente eran el napalm de los pobres. Provocaría un fuego intenso y concentrado, lo que complicaría la identificación del cadáver mucho más que el hecho de que toda su documentación estuviera en su poder. Habían robado el camión la noche anterior para utilizarlo aquella mañana. No había nada en él que pudiera relacionarlos.

Pietro fue hasta el otro extremo del callejón y salió a la calle, lo que provocó una serie de enfadados avisos de claxon por parte del resto de los conductores, que espantaron a un camello.

—Cimino —dijo Gallardo por el micrófono.

—Aquí estoy. Han vuelto a ponerse en marcha.

—¿Van a pie?

—Sí.

—Abandona, envía a alguien.

—Vale.

A Gallardo se le encogió el estómago. Habían seguido durante ocho meses la pista del objeto que Stefano Murani les había encargado que encontraran. La pista los había conducido finalmente de El Cairo, donde sólo habían encontrado rumores, hasta Alejandría, donde tendría que haberse imaginado que estaba.

El problema con los objetos ilegales era que no dejan rastro, o, en el mejor de los casos, es muy irregular. Y si alguno de ellos no se movía mucho, como era el caso —el propietario de la tienda que lo había vendido les había dicho que había estado diecisiete años en la estantería de un cuarto trasero—, entonces las pistas quedaban ocultas por el paso del tiempo.

Antes de asesinar al productor, tres hombres yacían muertos en el sangriento rastro que habían seguido desde El Cairo. Todos ellos eran comerciantes de extrañas —y robadas— antigüedades.

—Se dirigen hacia el estudio —le informó Cimino.

Se oyó una sorda explosión a la izquierda, en dirección al lugar en el que habían abandonado el camión. Gallardo se dio la vuelta y vio una nube de humo que se elevaba por encima de los edificios. Al poco tiempo se oyeron sirenas.

—Bueno, no han tardado mucho, ¿no? Esta ciudad está llena de putos ladrones —murmuró DiBenedetto desde el asiento trasero.

—Ahora unos pocos menos —comentó Faruk.

Chocaron las palmas de las manos.

Gallardo hizo caso omiso al carácter sanguinario de sus mercenarios. En ellos era normal, por eso los había contratado. Volvió sus pensamientos al estudio. Sus hombres y él habían estado allí haciendo preparativos. Conocían su distribución. Entrar les resultaría muy fácil.

—Ponedlos ahí —pidió Leslie—, mientras lo preparamos todo. ¿Sabe alguien algo de James?

—No, pero anoche dio el visto bueno al set y a la ubicación de la cámara —comentó uno de los jóvenes—. Dijo que hoy iría a buscar exteriores.

—Vale, avísame si viene —contestó Leslie antes de volver a prestar atención a la serie de objetos que quería que viera Lourds.

Sentado en el fondo de una alargada habitación, éste observaba los preparativos de aquellos jóvenes con creciente interés. Se notaba que Leslie se esforzaba por que la presentación de los objetos se cuidara al detalle. Incluso estaban grabando.

Un hombre delgado de antepasados egipcios cruzó la habitación con una maleta de aluminio con ruedas.

Con una teatralidad que le iba como anillo al dedo en aquel set de Kom Al-Dikka, el hombre sacó una llave y la introdujo en la cerradura de la maleta. La abrió y guardó la llave.

El sonido de las sirenas de unos vehículos, que sin duda iban a solucionar algún problema cerca de allí, distrajo momentáneamente a Lourds. Uno de los jóvenes del equipo había comentado algo sobre un coche en llamas a pocas calles de allí. Según él, habían acudido como moscas todo tipo de vehículos oficiales.

Con gran parsimonia, el hombre sacó seis objetos de la maleta y los dejó con sumo cuidado en la mesa que había delante de Lourds. Cuando acabó, hizo una reverencia en dirección a Leslie, que le dio las gracias, antes de retirarse para esperar de pie.

Lourds miró a su alrededor sin poder dejar de sonreír. Junto a Leslie había seis chicos y chicas jóvenes que esperaban ver qué hacía. Se sintió como un niño con su juego favorito.

—¿Qué es lo que te parece tan gracioso? —preguntó Leslie.

—Esto —explicó Lourds indicando hacia los seis objetos—. En la universidad no hay año que no me traiga algo algún estudiante para que se lo lea. Aunque normalmente son réplicas, nada auténtico.

—Tengo más recursos que cualquier estudiante universitario. —La voz de Leslie denotaba determinación. Estaba claro que no estaba dispuesta a que nadie echara por tierra su tiempo y su trabajo.

—Ciertamente —comentó Lourds como un cumplido—. Aun así esto se parece más a la actuación de un mago en una fiesta. No lo hace para divertir a la gente, pero en cuanto se enteran de que está, todo el mundo quiere que haga trucos para poder soltar exclamaciones de asombro.

—O quizá quieren pillarlo en alguna metedura de pata y ver cómo se cae de culo —intervino un joven con la cabeza afeitada y tatuajes en los brazos.

—¿Eso es lo que espera la señorita Crane? ¿Una metedura de pata? —le preguntó Lourds.

—No sé —respondió el joven encogiéndose de hombros—. Me he apostado unas libras a que no es capaz de leerlos, pero imagino que ella cree que podrá hacerlo sin problema.

—No me molesta ganarte unas libras, Neil —dijo Leslie—. Estoy segura de que el catedrático Lourds es lo que Harvard dice que es: competente en todas las lenguas antiguas conocidas.

—Competente en algunas —la corrigió. «Aunque me las apaño con todas», se dijo a sí mismo. No fanfarroneaba, podía hacerlo.

—Parece que te estás excusando —dijo Neil sonriendo.

El edificio era uno de los más antiguos de la ciudad. El que hubiera aire acondicionado era un toque de modernidad. La habitación era cómoda, pero no estaba herméticamente sellada como el hotel del que acababa de salir. Estaban en una oficina de uno de los lados. Una serie de ventanas daban al Mediterráneo verde y gris, y otra tenía una hermosa vista del centro de Alejandría. Lourds estaba seguro de que desde allí se veía Kom Al-Dikka.

Leslie le había comentado que habían vaciado la habitación para montar el programa de televisión. En una esquina habían habilitado un pequeño set, iluminado y listo para funcionar, alejado de las ventanas para poder controlar la luz. Lo habían decorado para que pareciera un estudio, con estanterías llenas de libros falsos detrás del escritorio en el que le habían pedido a Lourds que se sentara. Era más grande y mejor que el que tenía en su oficina de Harvard. Estaba tan lleno de aparatos para ordenadores que parecía poder lanzar un cohete al espacio. Lo más adecuado al estatus de estrella del rock que el programa aspiraba otorgarle.

El otro lado de la habitación, ocupando la mayoría del espacio, estaba lleno de cámaras, jirafas y equipos de sonido y audio en estanterías. Había montones de cables que serpenteaban en todas direcciones, aunque no parecía que nadie los controlara realmente. Lourds pensó que aquella habitación daba miedo.

Cogió el primer objeto, una caja de madera de unos quince centímetros de larga, diez de ancha y cinco de fondo. Mostraba unos coloridos jeroglíficos en la parte superior y en los lados. Levantó la tapa y vio una estatuilla con forma de momia.

—¿Sabéis qué es esto? —preguntó enseñando la caja al equipo de televisión.

—Un *ushabti* —dijo Leslie.

—Muy bien. ¿Sabes lo que es un *ushabti*?

—Un objeto portador de buena suerte que se dejaba en las tumbas egipcias.

—No exactamente —la corrigió tocando la estatuilla—. Se suponía que representaba al mayordomo del difunto, alguien que trabajaría para él en la otra vida.

—Una cosa es saber qué es y otra poder leer lo que hay escrito —intervino Neil.

—Es parte del capítulo sexto del *Libro de los muertos* —le informó al tiempo que estudiaba las inscripciones, pues no quería dar por sentado nada, en caso de que alguien hubiese alterado las palabras. Pero todo parecía estar en su sitio. Leyó el jeroglífico con facilidad—: «¡Oh, *ushabti* de N! Si soy llamado, si soy designado para hacer todos los trabajos que se hacen habitualmente en el más allá, la carga te será impuesta a ti. Al igual que alguien está obligado a desempeñar un trabajo que le es propio, tú tomarás mi lugar en todo momento para cultivar los campos, irrigar las riberas y para transportar las arenas de Oriente a Occidente. "Heme aquí", dirás tú, figurilla».

Leslie comprobó su libreta y se la entregó a Neil.

—Ha acertado una —aceptó Neil devolviéndosela—. También podía saberse ese pasaje de memoria.

Lourds pasó al siguiente objeto, una réplica de un papiro escrito en copto, que le resultó muy familiar.

—Pertenece al documento codificado que traduje.

—Así es —corroboró Leslie—. Y como no existe versión en audiolibro, he pensado que estaría bien oír una presentación oral.

—¿Es esa historia de pervertidos de la que me hablaste? —preguntó Neil.

—Sí —contestó Leslie sin apartar la vista de Lourds.

«¿Así que me está retando?», pensó Lourds, que empezaba a divertirse y quería saber hasta dónde le dejaría llegar. Había tenido que presentar su trabajo unas cuantas veces ante diferentes comités, incluido uno en la casa del decano, para celebrar la aprobación de su traducción. Su lectura, efectuada con una habilidad de orador adquirida durante sus años como enseñante, había sido un éxito y había dejado a los académicos cotilleando. Si Leslie creía que unas simples palabras podían hacerle pasar vergüenza o amedrentarlo, estaba muy equivocada.

Leyó la primera sección del documento y después la tradujo. Leslie le hizo callar antes de que la primera sesión de juegos de estimulación erótica empezara a ponerse seria.

—Vale, conoces el texto. Pasa al siguiente —le pidió sonrojándose.

—¿Estás segura? Es algo que conozco muy bien. —No especificó si se refería al texto o a la técnica que explicaba. En su tono de voz había tanto desafío como en el de ella.

—Estoy segura. No quiero que los peces gordos de la cadena se pongan nerviosos.

—¡Jo, tío! —exclamó Neil sonriendo de oreja a oreja—. ¡Es guay! No sabía que el porno pudiera sonar tan… guarro.

Lourds no se preocupó por corregir su tergiversación del texto. No estaba pensado para ser porno, no exactamente. Era más como el diario de las experiencias de un escritor, un recuerdo de su pasado. Pero leído en voz alta, cambiaba. Cuando los oyentes escuchaban ciertas palabras, esas palabras y su significado se volvían subjetivos; para la persona que lo escribió eran simplemente la vida y el momento. Para Neil, seguramente, era porno.

El tercer objeto era etíope, estaba escrito en ge'ez, escritura abugida. Eran grafemas transcritos en signos, que mostraban consonantes con vocales insertadas arriba y abajo. Además de en Etiopía, también los utilizaban algunas tribus de indios canadienses, como los algonquinos, los athabascas y los inuits, y la familia de lenguas brahmánicas del sur y sureste de Asia, del Tíbet y de Mongolia. Se había extendido por Oriente hasta Corea. El objeto era un trozo de colmillo de elefante, utilizado por un comerciante para relatar su viaje a lo que entonces se conocía como el Cuerno de África. Por lo que pudo ver, era un regalo para el hijo mayor, un indicador y un desafío para que llegara más lejos y se atreviera más de lo que había hecho su padre.

Evidentemente, su traducción se correspondía con lo que Leslie tenía apuntado, porque no dejó de asentir mientras leía.

El cuarto objeto atrajo su atención. Era una campana de cerámica, seguramente utilizada en tiempos por un sacerdote o chamán para llamar a la oración o anunciar algo. Estaba dividida en dos secciones: en la parte de arriba había un badajo; en la inferior, un receptáculo para guardar hierbas. Olía ligeramente a jengibre, lo que quería decir que lo habían utilizado recientemente. El aro de la parte superior hacía pensar que podía llevarse colgado del cayado de algún pastor o de alguna vara de forma similar. Tenía el aspecto bruñido de un objeto que se había utilizado y cuidado durante siglos, quizás un milenio. El receptáculo podría haber servido para llevar aceite y servir de linterna.

La inscripción diferenciaba por completo aquella campana del resto de los objetos que tenía delante. De hecho, lo más fascinante de ella era lo que había escrito a su alrededor.

No pudo leerlo. No sólo eso, no había visto nada parecido en toda su vida.

ϒ

Gallardo bajó del coche en el callejón que había detrás del edificio en el que los miembros del equipo de televisión habían alquilado unas habitaciones. Fue rápidamente hacia la parte trasera del vehículo, seguido de Faruk y DiBenedetto.

Pietro abrió el maletero desde dentro. La tapa se elevó lentamente y dejó ver unas bolsas de lona. Gallardo abrió la de arriba y sacó una Heckler & Koch MP5. Le puso un silenciador especialmente adaptado para esa arma, al tiempo que Cimino se unía a ellos.

Aquel tipo era un hombre grueso y rechoncho que pasaba mucho tiempo en el gimnasio. Su droga favorita eran los esteroides; su adicción, dolorosamente cercana al abuso, lo mantenía en un precario estado de salud y cordura. Llevaba afeitada la cabeza y unas gafas de sol de piloto le dividían la cara.

—¿Están dentro? —preguntó Gallardo.

—Sí —contestó Cimino cogiendo un arma.

—¿Seguridad?

—Sólo la del edificio, no mucha —aseguró Cimino poniendo un silenciador con consumada habilidad.

—Me parece bien. —Faruk cogió una pistola automática y la metió en una bolsa que llevaba colgada al hombro.

—¡En marcha! —exclamó Gallardo sintiendo un excitante cosquilleo en el estómago al anticipar el éxito que estaba seguro iban a tener. Dio un golpecito a la bolsa antes de entrar en el edificio.

Con la sensación de que le estaban jugando una mala pasada, Lourds examinó con mayor detenimiento aquella escritura, pensando que quizá la habían grabado hacía poco para engañarle, lo que habría sido una locura, pues habría mermado su enorme valor. Si se trataba de una falsificación, era una obra maestra. La inscripción era suave al tacto. En algunas partes estaba tan desgastada que incluso se había borrado.

Sí, si era falsa, era muy buena.

Siguiendo su instinto, Lourds buscó en la mochila y sacó un lápiz de mina blanda y un bloc de hojas de papel cebolla para calcar. Puso una hoja sobre la campana y pasó el lápiz por encima para obtener una imagen en negativo de la inscripción.

—¿Qué haces? —preguntó Neil.

Lourds no hizo caso de la pregunta, absorto en el acertijo que tenía delante. Sacó una pequeña cámara digital de la mochila e hizo fotos desde todos los ángulos. El *flash*, cuando se fotografiaba cerámica lisa, no siempre captaba las marcas poco profundas. Por eso había utilizado el lápiz primero.

Estaba abstraído y no se dio cuenta de que Leslie se había acercado y estaba al otro lado del escritorio.

—¿Qué sucede? —le preguntó.

—¿De dónde has sacado esto? —respondió dando vueltas a la campana entre las manos. El badajo golpeó suavemente el lateral.

—De una tienda.

—¿Qué tienda?

—Una tienda de antigüedades. La de su padre —explicó indicando con la cabeza hacia el hombre que estaba apoyado contra la pared y que parecía preocupado.

Lourds lo miró fijamente, no le gustaba que jugasen con él, si eso era lo que estaban haciendo, claro está. Aunque estaba casi convencido de que no se trataba de una broma. Era demasiado rebuscado. La campana parecía real.

—¿De dónde procede? —preguntó Lourds en árabe.

—Era de mi padre —aclaró amablemente—. La señorita pidió que pusiéramos algo muy antiguo con el resto de los objetos. Para probarlo mejor, dijo. Mi padre y yo le dijimos que tampoco podíamos leer lo que había escrito en la campana, así que no sabíamos lo que decía. —Vaciló—. La señorita dijo que estaba bien.

—¿Dónde consiguió su padre la campana?

El hombre meneó la cabeza.

—No lo sé. Lleva muchos años en la tienda. Me dijo que nadie había sido capaz de explicarle qué era.

Lourds se volvió hacia Leslie y cambió de idioma.

—Me gustaría hablar con ese hombre y ver la tienda de donde procede la campana.

—Bueno, supongo que podremos arreglarlo. ¿Qué sucede? —preguntó sorprendida.

—No puedo leerlo —aseguró, y volvió a mirar la campana sin creer aún lo que sabía que era verdad.

—No pasa nada —lo tranquilizó Leslie—. No creo que nadie piense realmente que eres capaz de leer todas esas lenguas. Sabes muchas otras. La gente que ve nuestro programa se quedará igualmente impresionada. Yo lo estoy.

Lourds se esforzó por mostrarse paciente. Leslie no entendía el problema.

—Soy una autoridad en las lenguas que se hablan aquí. La civilización que conocemos comenzó en algún lugar no muy lejano. Las lenguas que se hablaban, sigan vivas o hayan desaparecido, me son tan familiares como la palma de mi mano. Con lo cual, esta escritura debería pertenecer a alguna de las lenguas altaicas: turco, mongol o tungúsico. —Se tiró de la perilla, tal como hacía cuando estaba nervioso o desconcertado, se percató de que lo estaba haciendo y se frenó.

—Me temo que no sé de lo que me estás hablando.

—Es una familia de lenguas que abarcaba toda esta zona —le explicó—. Es de donde nacieron el resto. A pesar de que el tema sigue provocando controversia entre los lingüistas. Algunos creen que la lengua altaica procede de una heredada genéticamente: palabras, ideas y quizás hasta símbolos que están escritos en algún lugar de nuestro código genético.

—¿La genética influye en la lengua? Es la primera vez que oigo algo parecido —confesó Leslie sorprendida arqueando una ceja.

—Ni tendrías por qué. Yo no creo que sea cierto. Hay una razón mucho más sencilla para explicar por qué las lenguas de aquel tiempo compartían tantos rasgos —aseguró más calmado—. Toda esa gente, con sus distintas lenguas, vivían muy cerca unos de otros. Comerciaban entre ellos y querían cosas muy parecidas. Necesitaban palabras comunes para hacerlo.

—Algo así como el *boom* de los ordenadores e Internet, ¿no? —intervino Leslie—. La mayoría de los términos de la informática están en inglés porque Estados Unidos desarrolló gran parte de la tecnología y otros países utilizan esas palabras porque en sus idiomas no hay vocablos para describir esos componentes y esa terminología.

Lourds sonrió, seguro que había sido muy buena estudiante.

—Exactamente. Muy buena analogía, por cierto.

—Gracias.

—Esa teoría se llama *sprachbund*.

—¿Qué es el *sprachbund*? —preguntó Leslie volviéndose hacia el catedrático.

—Es el área de convergencia de un grupo de personas que acaban compartiendo parcialmente una lengua. Cuando se hicieron las Cruzadas, durante las batallas entre cristianos y musulmanes, la lengua y las ideas iban de un lado al otro tanto como las flechas y los mandobles. Esas guerras tenían tanto que ver con la expansión del mercado como con asegurar Tierra Santa.

—¿Me estás diciendo que acabaron intercambiando las lenguas?

—Sí, en parte, la gente que guerreaba o comerciaba. Aún seguimos acarreando la historia de ese conflicto en nuestro idioma. Palabras como «asesino», «azimut», «algodón», incluso «cifrar» y «descifrar». Provienen de la palabra árabe «*sifr*», que es el número cero. El símbolo cero fue muy importante en muchos códigos. Pero este objeto no comparte nada con las lenguas nativas de esta zona, o con ninguna que haya oído o visto. —Levantó la campana—. En aquellos tiempos, los artesanos, sobre todo los que escribían y hacían anotaciones, formaban parte de esa *sprachbund*. Era lógico. Pero esta campana... —Meneó la cabeza—. Es muy rara. No sé de dónde proviene. No es una copia, no da esa sensación, es un objeto que proviene de algún otro lugar que no es Oriente Próximo.

—¿De dónde, pues?

Lourds suspiró.

—Ése es el problema. No lo sé. Y debería saberlo.

—¿Crees que hemos hecho un hallazgo importante? —preguntó Leslie con un brillo de entusiasmo en los ojos.

—Un hallazgo o una aberración —concedió Lourds.

—¿Qué quieres decir?

—La inscripción en esa campana podría ser... una patraña, por así decirlo. Una tontería para decorarla.

—¿No te habrías dado cuenta si ése fuera el caso? ¿No sería fácil reconocerlo?

Lourds arrugó el entrecejo. Lo había pillado. Incluso un lenguaje artificial requiere una base lógica. Y, como tal, debería de haberlo descubierto.

—¿Y bien? —le apremió.

—Sí, parece auténtica.

Leslie volvió a sonreír. Se inclinó hacia la campana y la miró fijamente.

—Si realmente está escrito en una lengua desconocida, entonces se trata de un hallazgo increíble.

Antes de que Lourds pudiera decir nada, la puerta se abrió de par en par. Unos hombres armados irrumpieron en la habitación y los apuntaron con armas.

—¡Quieto todo el mundo! —gritó uno de ellos con acento extranjero.

Todos obedecieron.

Lourds pensó que tenía acento italiano.

Los cuatro hombres armados avanzaron. Utilizaron los puños y las armas para obligar al equipo de televisión a arrojarse al suelo. Todos se encogieron de miedo y permanecieron quietos.

Uno de ellos, el portavoz, cruzó la habitación a grandes zancadas y cogió a Leslie por el brazo.

Lourds se incorporó de forma instintiva, incapaz de quedarse sentado y ver cómo hacían daño a la joven. Pero no estaba entrenado para ese tipo de cosas. Sí que había estado en sitios peligrosos, pero había tenido suerte. El peor acto violento que había experimentado en toda su vida había sido una pelea jugando al fútbol.

El hombre puso el cañón de la pistola en la sien de Leslie.

—Siéntese, señor Lourds, o esta guapa jovencita morirá.

Obedeció, pero que aquel hombre supiera cómo se llamaba lo desconcertó.

—Muy bien. Ponga las manos sobre la cabeza.

Lourds obedeció con el estómago revuelto. A pesar de las complicadas situaciones en las que se había visto envuelto mientras estudiaba lenguas en países con gran inestabilidad, jamás le habían apuntado con una pistola. Tuvo la impresión de que el corazón se le desbocaba, algo que nunca había sentido.

—¡Al suelo! —ordenó el hombre empujando a Leslie.

Una vez tumbada, el hombre miró los objetos que había sobre la mesa y cogió la campana sin dudarlo.

Ése fue su primer error. Tanto él como sus compinches apartaron la vista de Leslie.

Antes de que Lourds pudiera darse cuenta de lo que estaba pasando, Leslie se levantó, se tiró encima de uno de los hombres, lo derribó y le quitó el arma. Después se metió debajo de un pesado escritorio que había en la parte de atrás del set.

Aquello pilló desprevenidos a los asaltantes. No esperaban que una mujer ofreciera resistencia.

La habían subestimado, pero sin duda se trataba de auténticos profesionales, pues no les costó nada reaccionar.

El sonido de disparos inundó la habitación al tiempo que el escritorio recibía un castigo para el que no estaba preparado. Las balas lo inundaron todo de astillas.

Leslie respondió. Sus disparos sonaban más fuertes que los de sus atacantes y parecía que sabía lo que estaba haciendo. La pared de detrás de los atacantes se llenó de agujeros e hizo que tosieran por el polvo del yeso.

Entre tanto, el equipo buscó refugio.

Al igual que los ladrones.

«¡No! —pensó Lourds—. Ningún objeto vale las vidas de toda esta gente.»

Entonces oyó el teléfono de Leslie.

Podía llamar para pedir ayuda.

En medio de aquel caos, rodó por el suelo y se metió detrás del escritorio con Leslie.

—Yo hablo y tú disparas, o moriremos los dos.

—¡Buena idea!

Leslie le pasó el teléfono, que ya estaba preparado para marcar un número de urgencias. Se oyeron más disparos y un grito. Lourds confió en que fuera uno de los atacantes y no un miembro del equipo el que había resultado alcanzado.

Cuando unas sorprendidas palabras en árabe sonaron en el teléfono, Lourds empezó a hablar.

Antes de que pudiera acabar la segunda frase, el ruido de sirenas se intensificó.

La ayuda estaba en camino.

Los ladrones también lo oyeron.

Escaparon, uno de ellos dejó un reguero de sangre.

Leslie fue tras ellos y dejó de disparar hasta tener un buen blanco.

Lourds la siguió justo a tiempo de apartarla cuando una descarga final por parte de los ladrones hacía astillas la puerta de la oficina.

En el suelo, aterrorizado pero todavía entero, Lourds la abrazó. Sintió la suave presión de piel femenina contra su cuerpo y pensó que si tenía que morir en ese momento, seguro que había peores formas de hacerlo.

Se apretó contra ella y protegió su cuerpo con el suyo.

—¿Qué estás haciendo? ¿Quieres que te maten? —preguntó.

—¡Se escapan! —exclamó Leslie intentando zafarse del abrazo.

—Sí, y es lo que tienen que hacer, irse bien lejos. Tienen armas automáticas, son más que nosotros y la Policía está al llegar. Casi toda, a juzgar por el ruido que hacen. Ya nos has salvado el pellejo. Es suficiente. Tira la pistola y deja que se hagan cargo los profesionales.

Leslie se relajó entre sus brazos. Por un momento, Lourds pensó que iba a protestar y a llamarle cobarde. Sabía bien que en una situación límite las personas que observan desde la barrera confunden a menudo la sensatez con la cobardía.

Dos de los jóvenes del equipo de producción asomaron la cabeza desde su escondite. Como no les dispararon, Lourds pensó que estaban lo suficientemente a salvo como para levantarse. Se incorporó y ayudó a Leslie.

Cundo salían hacia el pasillo se fijó en los orificios que llenaban el final del pasillo, además de las paredes, techos y suelo. Los malos no eran tiradores de primera, pero habían repartido suficientes balas a su alrededor como para dejar las cosas claras.

—Llama a la Policía —pidió a uno de los jóvenes árabes del equipo—. Diles que los ladrones se han ido y que sólo quedamos nosotros. Que se enteren bien antes de llegar o las cosas se pondrán feas otra vez.

Uno de los miembros del equipo, que ya estaba pálido, se puso blanco y corrió al teléfono.

Leslie se soltó de Lourds y fue hacia una ventana para mirar hacia la ciudad.

Él se colocó a su lado, pero no vio nada.

—Hemos perdido la campana antes de saber qué era —comentó Leslie.

—Bueno, eso no es del todo cierto. Tengo copia de la inscripción y saqué un montón de fotos con la cámara digital. Puede que hayamos perdido la campana, pero no su secreto. Vayan donde vayan no estarán totalmente fuera de nuestro alcance.

Lourds pensó que si seguían descifrando aquel enigma acabarían por tener que enfrentarse de nuevo a una pistola. Alguien deseaba aquella campana lo suficiente como para matarle a él y a todo un equipo de televisión. ¿Asesinarían también para impedir que la analizaran? Aquéllas no eran precisamente las cosas que le ocurren a un catedrático de Lingüística.

Ni tener que hablar con cien policías egipcios acelerados.

Pero, a juzgar por el sonido de los pasos en el pasillo, tuvo la impresión de que aquel día iba a aprender un montón de cosas nuevas.

3

*E*n el interior de las murallas de la Ciudad del Vaticano viven menos de mil personas, pero reciben la visita anual de millones de turistas y fieles. No es por ello extraño que el país más pequeño de Europa tenga también el índice de criminalidad per cápita más alto del mundo. Todos los años, junto con turistas y fieles, los carteristas y los descuideros llegan en tropel.

El cardenal Stefano Murani era uno de los habitantes de la ciudad sagrada y, la mayor parte del tiempo, le encantaba vivir allí. Le trataban bien y todo el mundo le mostraba respeto, llevara sotana de ceremonia o traje de Armani, que era lo que solía vestir cuando no se ponía las vestiduras. Aquel día no las llevaba porque tenía asuntos personales que resolver y no le importaba que lo recordaran como a un representante de la Iglesia católica romana. A veces prefería ser él mismo y hacer las cosas que le gustaban.

Era un hombre apuesto que medía un metro y ochenta y dos centímetros. Era consciente de su imagen y se preocupaba por tener el mejor aspecto. Tenía el pelo castaño oscuro, cortado una vez a la semana por su peluquero personal, que iba a sus habitaciones privadas para ocuparse de él. Una fina línea de barba marcaba su mandíbula y se ensanchaba ligeramente en la mejilla para unirse a un recortado bigote. Sus ojos negros dominaban la cara, era lo que más recordaba la gente que lo conocía. Había quien pensaba que eran fríos y despiadados. Otros, más inocentes, simplemente opinaban que eran directos y firmes, una inequívoca señal de fe en Dios.

Su fe en Dios, al igual que la fe en sí mismo, era perfecta. También lo sabía.

Su trabajo era el trabajo de Dios también.

En ese momento, el niño de diez años que forcejeaba mientras lo agarraba por el brazo estaba convencido de que era el mismo diablo el que le había apresado. O eso es lo que había dicho antes de que el cardenal le hubiera hecho callar. El terror se había apoderado de los ojos de aquel niño y le arrancaba lastimeros lloros. Estaba más delgado que un silbido, puro huesos y harapos.

Murani pensó que no deberían haberle dejado entrar en la Ciudad del Vaticano. Deberían de haberlo parado y echado al instante. Cualquiera podía darse cuenta de que era un ladrón, un simple ratero que empezaba a aprender el oficio. Pero también había quien pensaba que bastaba una visita al Vaticano para alterar para siempre la vida de una persona. Así que se dejaba entrar hasta a las sabandijas callejeras como aquel espécimen. Quizás esos que creían en la piedad y el acceso suponían que allí encontrarían a Dios.

Murani no se incluía entre los locos que pensaban así.

—¿Sabes quién soy? —le preguntó.

—No —contestó el niño.

—Deberías saber el nombre de la persona a quien le vas a robar la cartera. Podría darte alguna pista sobre la elección de objetivos. Puesto que no te conozco, tu castigo será rápido y suave. Sólo te romperé un dedo.

Frenético, el niño intentó golpear a Murani.

El cardenal se echó hacia un lado y la andrajosa zapatilla de deporte falló por los pelos. Entonces le rompió el dedo como si fuera un palito de pan.

El niño se tiró al suelo y empezó a gritar de dolor.

—Que no vuelva a verte —dijo Murani. No era una amenaza, era un hecho, y ambos lo sabían—. La próxima vez te romperé algo más que un dedo. ¿Me entiendes?

—Sí.

—Ahora, levántate y lárgate de aquí.

El niño se puso de pie sin decir palabra y se dirigió tambaleándose hacia la multitud, sujetándose la mano herida.

Murani se limpió las rodillas a conciencia hasta que estuvo seguro de que la oscura tela volvía a estar limpia. Miró a su alrededor sin hacer caso a las miradas de los turistas. Aquella gente no era nada, no valían mucho más que el joven ladrón que acababa de liberar. Palurdos y borregos, vivían con temor y miedo al verdadero poder, y él formaba parte de ese poder.

Algún día, él sería todo ese poder.

Cruzó la plaza de San Pedro, su presencia física quedaba eclipsada por la mole de la Capilla Sixtina a la izquierda y el palacio del Gobierno detrás. La oficina de Excavaciones, la sacristía y el Tesoro estaban frente a él a la derecha, flanqueados por la oficina de correos del Vaticano y la caseta de información de la entrada. Delante tenía la *Piedad*, de Miguel Ángel.

Gian Lorenzo Bernini había creado el efecto de conjunto de la plaza en la década de 1660, con un diseño de forma trapezoidal. La fuente diseñada por Carlo Maderno era un primer centro de atención para la gente que entraba en ella, pero la columnata dórica de cuatro en fondo atraía inmediatamente la atención de todo el mundo. Le confería un aspecto imperial y trazaba distintas zonas, como los jardines Barberini. En el centro de la parte abierta se elevaba un obelisco egipcio de casi cuarenta metros de altura. Había sido tallado mil trescientos años antes del Santo Nacimiento, había pasado algún tiempo en el circo de Nerón, y después Domenico Fontana lo había llevado allí en 1586.

La plaza se había ampliado y trasformado a lo largo de los siglos. Se había retirado el camino adoquinado y se habían añadido unas líneas de travertino que destacaban en el suelo. En 1817 se colocaron algunas piedras circulares alrededor del obelisco para crear un reloj solar. Incluso Benito Mussolini se quedó impresionado y derribó varios edificios para proporcionar una nueva entrada, la Via Della Conciliazione.

La primera vez que Murani había ido a la Ciudad del Vaticano había sido de niño, con sus padres. Le embargó una emocción que no le había abandonado nunca. Cuando le dijo a su padre que algún día viviría en ese palacio, éste se echó a reír.

Murani podía haber recibido su parte de mansiones y villas repartidas por todo el mundo. Su padre se había enriquecido una y otra vez. De niño le impresionaban los millones de su padre. La gente trataba bien y con respeto a su progenitor allí donde fuera, muchas personas incluso le temían. Pero su padre también tenía sus propios miedos. Esos miedos incluían a otros hombres tan despiadados como él, y a la Policía.

Sólo un hombre cruzaba la Ciudad del Vaticano sin temor, y Murani esperaba ser ese hombre algún día. Quería ser el Papa. El Papa tenía dinero. La Ciudad del Vaticano producía más de doscientos cincuenta mil millones de dólares anuales gracias a sus diezmos, colecciones y empresas comerciales. Con todo, el dinero no era lo que Murani deseaba. Quería el poder del Papa. A pesar de que su puesto lo habían ocupado hombres vencidos por la edad, la enfermedad y los achaques, siempre se había respetado el cargo. Eran poderosos.

La gente —los creyentes y el mundo en general— pensaba que la palabra del Papa era ley. Sin necesidad de una demostración de fuerza, sin ningún intento de probar el poder que tenía el Papa.

El cardenal Stefano Murani era una de las pocas personas que sabía el poder que podría llegar a reunir el Papa si quisiera. Por desgracia, el que ocupaba el cargo en ese momento, Inocencio XIV, no creía en las muestras del poder de su cargo. Intentaba predicar sobre la paz, a pesar de los continuos ataques terroristas y la devastación económica que asolaba el mundo.

Viejo loco.

Murani se vio atraído a temprana edad por la Iglesia católica. Había sido monaguillo de la iglesia del pueblo en el que había nacido, cerca de Nápoles, y le encantaba la forma organizada en que actuaban los sacerdotes. No estaba previsto que se ordenara. Su padre tenía otros planes para él, pero cuando creció, intentó encontrar algún interés en los negocios de su padre y al no ver ninguno, se inclinó por el clero.

Su padre se enfadó mucho con aquel anuncio e incluso trató de hacerle cambiar de idea. Por primera vez en veinticinco años, Murani descubrió que su fuerza de voluntad era más fuerte que la de su progenitor; podía recibir todos los insultos que le profería sin flaquear. A pesar de todo, en su nueva carrera supo encontrarle utilidad a las enseñanzas paternales. Cuando se ordenó continuó con honores sus estudios en informática. Llegó a la Ciudad del Vaticano por la vía rápida y al cabo de poco tiempo fue escalando puestos en el Departamento de Informática, en el que trabajaba en ese momento. Finalmente fue nombrado cardenal, uno de los hombres con poder para elegir al Papa. En la última convocatoria papal había perdido por poco, pero había formado parte del sínodo de cardenales que habían puesto en el cargo a Inocencio XIV.

Había entrado en la Sociedad de Quirino, el grupo clandestino más poderoso de la Iglesia, formado por los hombres que vigilaban sus secretos mejor guardados. Entonces hacía pocos días que acababa de cumplir los cuarenta y cinco años; llevaba en ella tres años.

La mayoría de esos secretos eran cosas sin importancia, errores papales o niños nacidos fuera de matrimonio de cardenales y arzobispos, o asuntos sobre sacerdotes de alta jerarquía que prestaban demasiada atención a los monaguillos. Eran cosas que podían resolverse con discreción, a pesar de que cada vez resultaba más difícil, en esos tiempos de atención mediática instantánea. Los casos de abusos sexuales perseguían a la Iglesia y la arrastraban a las alcantarillas haciendo que pareciera débil. En 2006 se condenó a un sacerdote que había cometido un crimen abominable.

Las cicatrices en su amada iglesia preocupaban a Murani.

Durante los últimos tres años había estado convencido de que los papas anteriores —y pensaba en él como posible papa, pues sabía que sin duda algún día estaría entre ellos— habían desperdiciado su poder y habían evitado asegurar algo que les pertenecía por derecho. La gente necesitaba fe. Sin ella no podrían entender la confusión que formaba parte del simple hecho de estar vivo. Las grandes masas seguían sintiendo un miedo animal por ella. Pero tener una fe verdadera significa ser un verdadero penitente, estar verdaderamente asustado.

El miedo perfecto era hermoso.

Le gustaba inspirarlo.

Murani quería volver a instaurar ese miedo a los papas en el mundo.

De niño solía sentarse en el regazo de su madre y escuchar antiguas historias sobre la Iglesia. En aquellos tiempos, la bendición del Papa podía hacer que los reyes fueran más poderosos, que las guerras duraran más o acabaran enseguida, lograba provocar conquistas y derribar imperios. El mundo estaba mejor organizado y dirigido durante los tiempos en los que el papado tenía un poder absoluto.

Murani ansiaba ese tipo de poder. Su padre le había negado su ayuda, pero su madre también era rica, pues había heredado. Lo que su padre no le diera, se lo daría su madre.

Algún día, cuando fuera papa —y estaba seguro de que ese día no tardaría mucho en llegar— doblegaría a su padre y le obligaría a admitir que el rumbo que había elegido —no, su destino— le había proporcionado más poder que todas sus ganancias ilícitas.

Concentrado en su objetivo, Murani salió de la Ciudad del Vaticano y se fijó en que el Hummer azul oscuro de Gallardo esperaba junto al bordillo.

Gallardo se inclinó hacia el asiento del acompañante y abrió la puerta. Murani se apoyó en el estribo y subió.

—¿Tuvisteis más problemas en Alejandría?

Gallardo miró por encima del hombro, vio que no pasaban coches y arrancó con suavidad. Meneó la cabeza y frunció el entrecejo.

—No, nos largamos sin dejar rastro. No dejamos nada con lo que puedan localizarnos. El personal de la televisión se dedicará a otra noticia. Siempre lo hacen. Y Lourds es un catedrático de universidad. Una simple hormiga en la gran escala de las cosas realmente importantes. ¿Qué problemas podría causarnos?

—También es una de las personas más eruditas en todo el planeta en lo que se refiere a lenguas.

—Bueno, eso le viene bien para poder decir: «No me dispares, por favor», en varios idiomas. —Gallardo sonrió—. No me impresiona. La mujer que está con él vale por diez catedráticos.

Ella sola evitó que matáramos a todos los rehenes. Pero sólo es una mujer. Aunque hay que reconocer que encontró algo que te interesa.

—¿Dónde está?

—En un compartimento secreto —dijo Gallardo indicando con un grueso dedo hacia el suelo del asiento del acompañante.

—¿En el coche? —preguntó Murani mirando la alfombrilla.

—Sí, sólo hay que empujar hacia abajo, con fuerza, y girar a la derecha.

Murani le obedeció y parte del suelo se elevó casi imperceptiblemente. Si no lo hubiese estado buscando con instrucciones precisas, no lo habría encontrado.

Al cardenal le temblaron un poco las manos cuando las introdujo para cogerla. Aquel temblor le sorprendió. No era propio en él ningún tipo de debilidad física. Criarse con un tirano como su padre había propiciado que sólo mostrara sus emociones cuando quería.

Gallardo le dio la combinación de la caja cerrada.

Murani pulsó la secuencia de números y oyó un zumbido en el interior del candado. Pocos días antes había encontrado la campana en un foro dedicado a temas arqueológicos. Había estado buscando ese instrumento musical desde que había oído hablar de él a un miembro de la Sociedad de Quirino. Ninguno de sus miembros había pensado en buscarla en Internet, creyendo que seguramente era un mito o que había sido destruida.

Les bastaba con proteger su secreto. La mayoría de sus socios eran personas mayores a las que les quedaban pocos años de vida. La seguridad y las migajas de reconocimiento de la Iglesia habían hecho desaparecer la ambición y el deseo de sus huesos.

Murani tenía más ambición que todos ellos juntos.

Pasó las yemas de los dedos con codicia por la superficie de la campana. Las inscripciones estaban desgastadas y las sintió suaves en vez de cortantes. Lo había supuesto, tras cinco mil años o más de existencia, el que hubiera sobrevivido era un milagro.

«¿Intervención divina?», pensó. Si así había sido, era obra del Dios del Antiguo Testamento, no del nuevo. La divinidad que había permitido la existencia de la campana era lo suficientemente vengativo y celoso como para haber inundado el mundo no sólo una vez, sino dos.

La campana guardaba muchos secretos. Murani conocía parte de su historia, pero no toda y tampoco sabía lo suficiente sobre cómo usarla.

—¿Puedes leerlo? —preguntó Gallardo.

Murani negó con la cabeza. Había estudiado varias lenguas, tanto orales como escritas, además de su conocimiento de lenguajes en el campo informático. Según la leyenda, sólo unas pocas personas especiales nacidas cada generación podían leer lo que estaba escrito en los instrumentos.

—No.

—Entonces, ¿por qué la quieres tan desesperadamente?

Murani volvió a dejar la campana en el estuche con delicadeza, encajándola en su molde recortado en espuma.

—Porque esta campana es una de las cinco llaves que abren el mayor tesoro en la historia de la humanidad —le explicó sin dejar de mirarla—. Gracias a ella estaremos mucho más cerca que nunca de saber cuál era el deseo de Dios.

El móvil del cardenal empezó a vibrar en el bolsillo. Contestó suavemente, disimilando el entusiasmo que le invadía.

—Su Eminencia —dijo el secretario de Murani, un joven emprendedor.

—¿Qué pasa? Di órdenes muy claras de que no se me molestara esta tarde.

—Lo sé, Su Eminencia, pero el Papa ha pedido que todo el personal de todos los departamentos firme una declaración para apoyar unas excavaciones en Cádiz. Lo quiere ahora mismo.

—¿Por qué?

—Porque esas excavaciones arqueológicas están atrayendo la atención de ciertos medios de comunicación.

—Pero el Papa puede hacer una declaración en nombre de la Iglesia.

—El Papa opina que lleva tan poco tiempo en el cargo que

esa declaración debería estar firmada también por los miembros más antiguos del colegio cardenalicio. Usted es uno de los que nombró.

Murani aceptó y dijo que se ocuparía de ese asunto en cuanto llegara; después colgó.

—¿Algún problema? —preguntó Gallardo.

—El Papa está preocupado por el trabajo del padre Emil Sebastian, en Cádiz.

—La radio no hace otra cosa que especular sobre por qué el Vaticano tiene tanto interés en esas ruinas de Cádiz.

En un semáforo cercano a la Piazza del Popolo, Gallardo buscó en el asiento de atrás un ejemplar de *La Repubblica*. Abrió el periódico nacional para que lo pudiera leer Murani. Un gran titular decía:

¿Está buscando el Vaticano el tesoro
perdido de la Atlántida?

Murani frunció el entrecejo.

—Ese periódico se está burlando de los intereses de la Iglesia —comentó Gallardo.

Murani leyó rápidamente el relato de unos círculos concéntricos captados por un satélite en las marismas cercanas a Cádiz. El lugar estaba situado en las proximidades del parque natural, no lejos de la cuenca del Guadalquivir, al norte de Cádiz.

Cádiz es la ciudad más antigua de España. En el año 1100 a.C., fue fundada como centro de comercio. Los fenicios la bautizaron como Gadir. La mayoría de las mercancías que se exportaban desde allí eran plata y ámbar. Los cartagineses construyeron un puerto e incrementaron el comercio. Después la ocuparon los moros, pero Cádiz ya tenía personalidad propia y había llegado a ser el principal puerto comercial desde el que se hacían negocios con el Nuevo Mundo. Dos de los viajes de Cristóbal Colón salieron desde el puerto de esa ciudad. Más tarde fue invadida por sir Francis Drake, y los enemigos de Napoleón Bonaparte casi lo capturan allí.

En ese momento, quizás, habían encontrado la Atlántida.

Durante miles de años, desde que Platón había escrito acerca de la legendaria ciudad que había sufrido algún tipo de catástrofe y se había hundido en el mar, toda la humanidad había hablado del esplendor de aquella perdida civilización. Teorías de que la Atlántida era una ciudad de científicos extraordinarios, de magos e incluso de extraterrestres circulaban a todas horas en Internet.

Nadie sabía la verdad.

Nadie, excepto la Sociedad de Quirino.

Y el cardenal Stefano Murani.

Y no tenía pensado revelar lo que sabía.

—La verdad, no sé qué interés puede tener la Iglesia en Cádiz —comentó Gallardo.

Murani no dijo nada mientras leía el artículo. Por suerte, no era nada consistente, simple especulación. No aportaba datos concretos, sólo las conjeturas del periodista. Se citaba al padre Emil Sebastian, director de las excavaciones, y se decía que el Vaticano estaba interesado en recuperar todo objeto que pudiera haber pertenecido a la Iglesia. Una columna lateral, mucho más objetiva, documentaba la anterior implicación del padre Sebastian en anteriores excavaciones arqueológicas. Se le citaba como archivero en la Ciudad del Vaticano.

—La Iglesia obra de forma misteriosa —comentó Murani, pero estaba pensando que el periodista habría estado más interesado, incluso habría puesto más ahínco en intentar encontrar la verdad si hubiese sabido cuál era realmente el campo de estudio del padre Sebastian. El título de arqueólogo se quedaba muy en la superficie de lo que realmente hacía. Aquel hombre había escondido muchos más secretos de los que había sacado a la luz.

—¿Qué se supone que vas a hacer por el padre Sebastian? —preguntó Gallardo.

Murani dobló el periódico y lo volvió a dejar en el asiento de atrás.

—Escribir una carta para alabar su trabajo.

—¿Su trabajo en qué?

—En restaurar el pasado de la Iglesia.

—¿La Iglesia ya estaba allí? —preguntó Gallardo meneando

la cabeza dubitativo—. Por lo que he leído y visto en la CNN, esa parte de las marismas de España ha estado cubierta de agua durante miles de años.

—Seguramente.

—¿Y la Iglesia se hallaba en esa zona?

—Posiblemente. La Iglesia lleva en Europa desde tiempos inmemoriales. A menudo nos ocupamos de excavaciones muy notables.

Gallardo condujo en silencio un rato.

Murani estaba inmerso en sus pensamientos. No había contado con que las excavaciones en Cádiz atrajeran tanta atención. Eso podía ser un problema. Los asuntos de la sociedad debían llevarse en el más absoluto secreto.

—Podría ir a Cádiz, echar un vistazo y contarte lo que encuentre —propuso Gallardo.

—Todavía no. Tengo otra cosa para ti.

—¿Qué?

—He localizado otro objeto que quiero que adquieras para mí.

—¿El qué?

—Un címbalo —dijo Murani sacando un DVD y un trozo de papel del bolsillo de su chaqueta.

—¿Un símbolo de qué?

Murani desdobló el papel y le enseñó el címbalo de arcilla, un disco gris verdoso recortado sobre un fondo negro.

—En el DVD hay más información sobre su paradero.

Gallardo cogió el DVD y se lo metió en el bolsillo.

—¿Puede conseguirlo cualquiera?

—Si sabe dónde buscar…

—¿Cuántos competidores voy a encontrar?

—No muchos más de los que tuviste en Alejandría.

—Uno de mis hombres todavía está echando papilla después de recibir un disparo en el estómago.

—¿Te importa?

—No.

—Entonces, sigue buscando —le pidió Murani, que acunaba la caja en la que estaba la campana.

—Esto va a salir caro.

—Si necesitas más dinero, pídemelo —le espetó Murani, que se encogió de hombros.

Gallardo asintió.

—¿Dónde está el címbalo?

—En Riazán, Rusia. ¿Has estado allí alguna vez?

—Sí.

Murani no se sorprendió. Gallardo había viajado mucho.

—Tengo la dirección de la doctora Yuliya Hapaev. Ella tiene el címbalo.

Gallardo asintió.

—¿En qué es doctora?

—En Arqueología.

—Parece que te ha dado por los lingüistas y las arqueólogas.

—Es donde han aparecido los objetos. No controlo esas cosas. Están donde están.

—¿Se conocen Hapaev y Lourds?

—Sí, son colegas y amigos. —La investigación que había hecho le había aportado ese detalle—. Lourds ha aconsejado en muchas ocasiones a la doctora Hapaev.

—Entonces, eso será un problema. Esa conexión puede hacer que la gente empiece a atar cabos —señaló Gallardo—. Primero Lourds pierde un objeto y luego Hapaev. Si lo consigo, claro.

—Tengo en ti toda la confianza del mundo.

—Me siento halagado, pero seguiremos teniendo el problema de la conexión. ¿Se ha puesto Hapaev en contacto con Lourds respecto a la campana? —dijo Gallardo sonriendo.

—No.

—¿No tiene ningún motivo para pensar que alguien va a ir a hacerle una visita?

Murani meneó la cabeza.

—¿Cuándo salgo? —preguntó Gallardo.

—Cuanto antes, mejor —contestó el cardenal.

4

Montazah Sheraton
Alejandría, Egipto
19 de agosto de 2009

La llamada en la puerta devolvió a Lourds a la realidad, lejos del sosegado lugar en el que solía retirarse cuando estaba resolviendo algún problema especialmente complicado. Miró a través de las balconeras y vio que la noche había caído sobre la ciudad. Era tarde. Sobre todo para alguien que llegaba sin previo aviso.

A pesar de que el ataque en el set de la televisión había ocurrido tres días antes y de que confiaba en la seguridad del hotel, le invadió una sensación de pánico. Se estiró y sintió el familiar dolor en la espalda y hombros que aparecía cuando llevaba demasiadas horas inclinado sobre un escritorio.

Gracias a la ayuda del equipo de Leslie había ampliado las fotografías de la campana, las había puesto en la pared y después las había dejado sobre la mesa para estudiarlas e intentar, en vano, descifrar aquel misterioso lenguaje. No dudaba de que finalmente lo conseguiría, pero parecía que lograrlo le iba a costar tiempo.

Fue hacia la puerta descalzo, con una camiseta y unas bermudas, pero se detuvo antes de poner la mano en el pomo. Pensó dónde debería colocarse, teniendo en cuenta los recientes acontecimientos.

Se dirigió hacia el armario que había al lado de la puerta. Cogió la plancha que colgaba en la pared. Quizá no fuese un arma propiamente dicha, pero con ella en la mano no se sentía tan vulnerable.

«En el fondo estás hecho un Neandertal, Lourds», se dijo a sí mismo, aunque no era tan tonto como para creer que la Policía de Alejandría lo tenía todo controlado, por mucho que así lo asegurara. Seguían sin saber quién había asaltado el estudio de televisión.

Tampoco sabían quién había asesinado al pobre James Kale. La visión del cuerpo carbonizado de aquel hombre en la morgue del hospital, con los dedos de una mano cortados, seguía atormentándole en sueños. Había ido con Leslie y el equipo a identificar los restos. Por suerte, tenía la mente ocupada con las inscripciones de la campana. De otra forma, la visión y el olor de aquel cuerpo torturado le habría provocado pesadillas.

Volvieron a llamar a la puerta.

Se dio cuenta de que se había escondido sin haber contestado.

—¿Quién es? —Se avergonzó de que le temblara la voz, como si volviera a salir de la pubertad.

—Leslie.

La posibilidad de que la joven estuviera al otro lado de la puerta le hizo olvidar el riesgo. Miró a través de la mirilla y, tras comprobar que Leslie estaba sola, abrió la puerta.

Llevaba ropa de verano, sandalias, pantalones pirata y un top cortito sin mangas color lima que dejaba ver un delicado diamante en el ombligo. Aquella piedra brillaba de forma fascinante. Durante los tres días que habían estado juntos jamás se le habría ocurrido que pudiera llevar algo así.

Algo muy primitivo se agitó en su interior, y logró apartar de su mente todo pensamiento relacionado con la muerte del productor.

—¿Estabas planchando? —preguntó Leslie.

La miró desconcertado, preguntándose de qué le estaba hablando, hasta que se dio cuenta de que tenía en la mano la plancha.

—Perdona, no me sentía muy seguro. No suelo dar la bienvenida a mis visitas con una plancha en la mano —se excusó, y la volvió a dejar en su sitio.

—Yo prefiero los palos de golf —aseguró Leslie.

—¿Juegas al golf?

Leslie sonrió.

—No tan bien como me gustaría, pero mi padre me dio un *wedge* para protegerme. Le pedí una pistola Glock, pero me regaló un palo de golf —contestó, y después se encogió de hombros como queriendo decir: «¡Qué le vamos a hacer!».

—¿Dónde aprendiste a disparar?

—Al final mi padre se rindió ante mi insistencia por las armas de fuego. Me enseñó ambas cosas, a jugar al golf y a disparar. Pasó un tiempo en las fuerzas especiales y después trabajó como entrenador antes de retirarse. Es un buen profesor. Viene bien, ¿verdad?

—Después del incidente del otro día, he de decir que sí. ¿Quieres pasar?

Leslie entró y echó un vistazo a su alrededor. Lourds sentía curiosidad. Llevaban tres días allí y no había ido a verlo hasta ahora. Se preguntó qué habría cambiado.

—Me sorprende.

—¿Qué?

—La habitación está limpia. Me imaginaba que siendo catedrático y soltero, no estaría todo tan ordenado.

—¿Creías que ibas a encontrar un estereotipo? ¿El profesor despistado?

—Sí, supongo que sí.

—Tampoco reúno los requisitos para ser un viejo cascarrabias. —Lourds indicó hacia las sillas que había en la terraza. La habitación estaba bien distribuida y tenía una zona de trabajo y otra de esparcimiento—. Si no te importa, quizá sería mejor que nos sentáramos fuera. Las vistas son increíbles y tu compañía está a la altura.

La noche envolvía Alejandría. La ciudad relucía como un joyero en la oscuridad. Había luna llena, que parecía de plata entre las nubes tenebrosas esparcidas por los cielos de arena. Hacia el norte, la luz de la luna besaba las blancas olas que llegaban desde el mar Mediterráneo. Más allá, el discordante ruido del tráfico nocturno y los alegres gritos de los turistas que se habían dejado llevar demasiado inundaban las calles.

Lourds le acercó la silla y sentó cerca de una pequeña mesa circular.

—Las noches egipcias están llenas de un exótico misterio. Mientras estés aquí deberías salir y ver tanto como puedas de la ciudad y los alrededores. Es increíble. ¿Sabes quién es E. M. Forster?

—Un novelista, escribió los libros sobre Horatius Hornblower.

Atónito, se dejó caer en la silla de mimbre al otro lado de la mesa. Durante los tres últimos días, su inteligencia, personalidad y encanto le habían ido cautivando. Estaba claro por qué los productores de televisión la habían elegido para ser la moderadora del programa.

—¿Has leído sus libros?

Leslie meneó la cabeza. Parecía un poco avergonzada.

—Vi las películas en A & E. No leo mucho, no tengo tiempo.

—¿Te gustan las películas antiguas? —Al menos era algo—. Creo que Gregory Peck estaba muy bien en ésa.

—No vi la versión clásica, sino los *remakes* con Ioan Gruffudd.

—No pueden ser tan buenas como las novelas. —Lourds descartó la idea como una auténtica locura—. Es igual, E. M. Forster escribió: «La mejor forma de ver Alejandría es deambular sin rumbo».

Leslie se inclinó hacia la mesa y apoyó la mejilla en sus entrelazados dedos.

—Seguramente la ciudad sería más bonita si tuviera un guía. —Sus verdes ojos brillaron.

Lourds apoyó los codos en la mesa y se inclinó hacia ella.

—Si alguna vez necesitas un guía, cuenta conmigo.

Leslie puso una sonrisa algo pícara y dijo:

—Así lo haré.

—¿Qué te ha traído por aquí?

—Curiosidad.

—¿Acerca de qué?

—Por la noche, después de cenar, desapareces. Empezaba a pensar que te había ofendido en algo… —dudó— o que pasabas el tiempo hablando por teléfono con tu amada. O incluso enviando fotografías por Internet.

—No, nada de eso. No estoy ofendido, no tengo a nadie que sea muy importante para mí. No, no te estoy evitando. He estado absorto en el rompecabezas de la campana.

—Cuando he entrado y he visto todas las fotografías es lo primero que he pensado. De hecho, la campana es la razón por la que he venido. He pensado que quizá necesitabas alguna distracción.

—¿Una distracción?

—Cuando me bloqueo en un proyecto suelo dejar el lugar de trabajo y voy a tratar el tema con mis amigos. A veces eso estimula alguna cosa en mi subconsciente que lleva tiempo esperando despertar.

—¿Estás sugiriendo que demos un paseo? ¿Los dos?

—Sí —dijo mirándolo directamente a los ojos.

Lourds observó la pared llena de fotos de la campana. No le preocupaba dejarlas allí. En realidad la campana no dejaba de ser una curiosa antigüedad.

La cuestión era: ¿quería dejar aquel rompecabezas el tiempo suficiente como para pasar un rato con una mujer guapa e interesante en una de las ciudades más románticas del mundo?

Al parecer sí.

—Me visto y nos vemos abajo —propuso.

—Tontadas, estás muy bien.

Lourds sonrió.

—Bueno, al menos tendré que calzarme. —Estuvo listo en menos de un minuto.

Ciudad de Riazán, Riazán
Rusia
19 de agosto de 2009

La frustración y el entusiasmo embargaban a la catedrática Yuliya Hapaev cuando se sentó frente a un pequeño escritorio, en el anodino sótano que le facilitaba la Universidad de Riazán cuando trabajaba en algún proyecto interesante. Aquella habitación mantenía una fría temperatura de la que no podía librarse ni aun llevando un jersey bajo la bata de laboratorio.

Sin verdaderas esperanzas de encontrar una respuesta, comprobó su correo electrónico. Otra vez. Miró las paredes grises, tan desprovistas de todo que incluso atrajeron su atención un instante mientras esperaba que aparecieran los últimos mensajes.

Comprobó la hora y vio que eran casi las siete. Soltó un gruñido. Se había prometido a sí misma que aquel día volvería pronto a la residencia que le habían asignado. La sensación de que había olvidado algo le molestaba, aunque no conseguía averiguar de qué se trataba. Su familia estaba en Kazán. No tenía que preparar comidas ni poner lavadoras, no había nada que pudiera distraerla aparte de su trabajo.

Trabajar catorce o quince horas diarias en el campo que prefería era casi como estar de vacaciones. A su marido no le gustaba mucho, pero lo entendía porque él sentía lo mismo por algunos de los proyectos de construcción en los que trabajaba.

La fortuna le había sonreído cuando logró la beca para estudiar los objetos recientemente hallados en la excavación arqueológica entre los ríos Oká y Pronya.

A pesar de que el lugar se había cerrado en 2005 y se había prohibido hacer más excavaciones, todavía quedaban una serie de objetos que no se habían catalogado adecuadamente.

Y algún otro que había aparecido, a pesar de la prohibición.

La zona entre aquellos dos ríos había sido un lugar de encuentro o un crisol de culturas desde el Paleolítico Superior hasta comienzos de la Edad Media. En 2003, Ilya Akhmedov, otra arqueóloga, había descubierto una estructura de madera semejante a la de Stonehenge en Gran Bretaña. Los científicos creían que aquella estructura se había utilizado también para trazar un mapa de las estrellas.

Lo que más le interesaba, y la enfurecía enormemente, era el címbalo de arcilla que estaba en una de las mesas del laboratorio. Era sin duda cerámica celedón y le recordaba los delicados instrumentos chinos y japoneses. Pero tenía una inscripción que no conseguía descifrar. Tampoco lo había logrado ninguno de los lingüistas rusos a los que había tenido acceso.

Al final le había sacado fotos y se las había enviado a Thomas Lourds con la esperanza de que su conocimiento en lenguas antiguas pudiera encontrar una respuesta al rompecabezas con el que se enfrentaba.

Cuando lo descubrieron, era evidente que había estado guardado en una caja para huesos, pues había fragmentos alrededor del címbalo. La caja se había roto o se había descompuesto con el paso del tiempo. Yuliya desconocía el motivo. Había enviado muestras para que las dataran mediante carbono y esperaba una respuesta. El objeto era muy antiguo. Lo sabía.

Su servidor de correo emitió un sonido que le informaba de que habían llegado mensajes. Había recibido uno de la ayudante de Lourds, Tina Metcalf.

Cuando lo abrió, le temblaron las manos.

Querida Yuliya:

Lo siento, pero el catedrático no está y ya sabe cómo es respecto a lo de abrir el correo.

Sabía bien qué relación tenía Lourds con el correo electrónico. Jamás había conocido a nadie que odiara tanto las comunicaciones electrónicas. A menudo intercambiaba extensas cartas con él, por correo postal, claro está, en las que hablaban de los distintos descubrimientos en los que habían participado, además de las ramificaciones de dichos estudios. Había guardado esas cartas a lo largo de los años. Incluso las había utilizado en las clases de Arqueología que impartía en la Universidad Estatal de Kazán.

Le gustaban aquellas misivas y la forma de pensar de Lourds. Era algo de lo que su esposo, albañil, estaba a veces celoso. Pero también sabía que ninguna mujer conseguiría conquistar del todo el corazón de Lourds. El verdadero amor del catedrático era el conocimiento, y pasaría su vida buscando lo que había desaparecido en la Biblioteca de Alejandría. Ninguna mujer podría competir con una pasión como ésa. Con todo, algunas jóvenes parecían atraer su atención de vez en cuando; incluso había alguna que lo hacía por un tiempo.

De haberlo querido, podría haber hecho sudar a ese Don Juan. El correo electrónico continuaba:

> Sin embargo, puedo proporcionarle la dirección de correo electrónico que tengo de él en Alejandría.

«Alejandría, ¿eh?» Se echó a reír. Lourds había vuelto a caer en los brazos de su verdadera amante, la búsqueda de los restos de la gran biblioteca. Se preguntó cómo lo estaría tratando su amante.

> Está allí grabando un programa para la BBC. Es un documental sobre lenguas o algo así. El decano estaba muy contento e intentó forzarlo a aceptar, pero la BBC no lo consiguió hasta que accedieron rodar en Alejandría. Estaba en su lista de posibles exteriores.
>
> Ya sabe cómo le gusta esa ciudad…, la biblioteca y todo lo demás. Lo único que dice cuando abre la boca es bla, bla, bla…

Pensó que la joven señorita Metcalf también había sucumbido a la belleza y al encanto de Lourds y que le molestaba que no se hubiese dado cuenta de que era una mujer disponible. Había visto a mujeres prácticamente desmayarse cuando entraba en una sala. Y no es que él se hubiese dado cuenta.

> Creo que estará allí unas cuantas semanas. No tengo su número de teléfono y ya sabe que se niega a llevar un móvil. ¡Este hombre!
>
> Si necesita algo (o si se entera de cómo puedo ponerme en contacto con él), dígamelo, por favor.
>
> Le saluda atentamente,
>
> Tina Metcalf (Asistente graduada del doctor Thomas Lourds, catedrático de Lingüística)
>
> Departamento de Lingüística
>
> Boylston Hall
>
> Universidad de Harvard
>
> Cambridge, MA 02138

Así pues, no sabría nada de Thomas en varias semanas.

Molesta, dejó el ordenador y volvió a su laboratorio prestado. El címbalo de arcilla seguía en el centro de una de las mesas.

Era como si la estuviera provocando.

«¡Descíframe!», le decía.

Deseó poder hacerlo.

El bajo techo de la habitación la hacía muy agobiante, como si el peso del edificio se hundiera lentamente sobre ella.

Al cabo de un rato tuvo la sensación de que alguien la estaba mirando.

¡Qué extraño!

En la universidad no debería haber nadie a esa hora y no era de las que se imaginaba cosas.

Entonces tuvo otro pensamiento. La seguridad, incluso a pesar de que había mucha, tendía a ser pésima en muchos aspectos.

El miedo se apoderó de ella, sintió que una enorme descarga de adrenalina invadía su sistema nervioso. En los campus universitarios había violaciones y asesinatos con demasiada frecuencia.

Actuando de forma natural cogió el cuchillo que utilizaba para pulir la misteriosa inscripción y su mano se aferró al mango de madera.

—Si hubiera querido hacerte daño, sería demasiado tarde. De hecho, seguramente ya estarías muerta.

Al reconocer aquella voz burlona sintió que estallaba en cólera. Se dio la vuelta para enfrentarse al culpable.

Natashya Safarov estaba apoyada en la pared que había al lado de la escalera.

«Al menos no se ha acercado sigilosamente y me ha tocado la nuca», pensó Yuliya, que odiaba cuando su hermana pequeña le hacía esas cosas.

—¿Me estabas espiando?

—Quizá —respondió Natashya, que se encogió de hombros y puso una mueca de desinterés.

A sus veintiocho años, diez menos que Yuliya, Natashya era una suerte de amazona. Medía casi uno noventa de estatura, quince centímetros más que ella. Su pelo rojo oscuro le caía sobre los hombros y enmarcaba su cara de modelo. Sus chispeantes ojos marrones mostraban cierto regocijo. Llevaba unos pantalones y una blusa bajo un largo guardapolvo negro. Parecía envuelta en Dior.

Era exasperante.

A pesar de todo, la quería.

—¿Qué estás haciendo aquí? —preguntó Yuliya, que dejó el cuchillo y se acercó a su hermana.

Se dieron un fuerte abrazo. Siempre habían estado muy unidas, a pesar de que últimamente apenas se veían.

—Llamé a Ivan y me enteré de dónde estabas —contestó. Ivan era el marido de Yuliya—. Como estaba cerca, decidí pasar por aquí.

—Tengo café y unos bollos casi frescos. ¿Te apetece uno? —preguntó Yuliya.

Natashya asintió y siguió a su hermana al *office*. Cogió una silla. Para Yuliya era como si estuviera con un miembro de la realeza, a pesar de la lamentable decoración de aquella cocina.

Después de poner el café y los bollos en el microondas, Yuliya puso el plato y las tazas sobre la mesa y se sentó.

—Esto me recuerda cuando éramos niñas —intervino Natashya mientras cogía un bollo—. Preparabas el desayuno para las dos antes de ir al colegio. ¿Te acuerdas?

—Sí, claro. —Yuliya se entristeció.

Su madre había fallecido cuando eran unas crías debido a una enfermedad respiratoria. A veces, pensaba que seguía oyendo el agonizante resuello de su madre; entonces recordaba la noche en que aquel sonido cesó de repente.

Yuliya tenía catorce años y Natashya cuatro. A pesar de que lo intentaba, Natashya no conseguía recordar a su madre, excepto por las fotografías y las historias que le contaba su hermana. Su padre trabajaba en un almacén.

—Que yo recuerde me hacías llegar tarde casi todos los días.

—Que yo recuerde siempre estabas acicalándote para algún chico.

—Lo hacía por Ivan, y me salió bien. Estamos casados y tenemos dos hijos.

—Se parecen a su tía —comentó Natashya sonriendo.

—No —dijo Yuliya siguiéndole el juego—. Eso no te corresponde a tí. Soy su madre y los hice guapos.

Comieron los bollos y bebieron el café en silencio por un momento.

—Echo de menos que me prepares el desayuno —confesó Natashya en voz baja al cabo de un rato.

Yuliya intuyó entonces que su hermana acababa de pasar por un infierno. Sabía bien que no serviría de nada preguntarle dónde o cómo había pasado. No se lo diría.

—Bueno, tal como lo veo tienes dos elecciones —propuso con toda naturalidad.

—¿Dos? —preguntó Natashya, que enarcó las cejas.

Yuliya asintió.

—Puedes contratar a una criada, a la que puedo enseñar a cuidarte.

—¿Enseñar?

—Por supuesto, es la única manera. Pero para hacerlo bien tendría que estar conmigo unos cuantos años.

—¿Unos cuantos años?

—Si quieres que le enseñe a mi gusto…

—Ya veo.

Yuliya casi se echó a reír y arruinó el momento. Natashya siempre se controlaba y era capaz de mantenerse seria.

—O…

—Me alegro de que haya un «o», porque la otra sugerencia no me interesaba nada.

—O —Yuliya continuó impertérrita— te vienes a vivir con Ivan y conmigo.

Natashya se quedó callada e inmóvil.

Yuliya sabía que se estaba arriesgando mucho, pero no pudo contenerse.

—A los niños les encantará. Te quieren, Natashya. Eres su tía favorita.

—Tienen buen gusto.

—Es que eres su única tía. —Yuliya no pudo resistir la pulla.

Eran hermanas y nunca se permitían adoptar una postura demasiado afectada. Ivan tenía tres hermanos varones. De momento ninguno de ellos estaba casado. Echaba mucho de menos a su hermana pequeña y no solamente por la falta de parientes femeninos que había en su vida.

—Gracias, pero no quiero molestar —contestó sonriendo. Cogió otro bollo y lo partió. En ese momento, Yuliya se dio cuenta de que llevaba unidos los dedos meñique y anular. Se preguntó cómo se habría hecho daño. ¿Por accidente o tortura?

Con pesar, Yuliya dejó el tema de que su hermana compartiera piso con ella, sabiendo que no querría hablar más de aquello.

—¿Estás trabajando en un plato sucio?

—No es un plato sucio, es un címbalo. Por la pinta parece que tiene varios miles de años. Estoy esperando que lo confirmen —explicó recostándose en la silla.

Natashya meneó la cabeza fingiendo estar triste.

—Mi hermana mayor fue a la universidad para aprender cómo rebuscar en la basura de otra gente.

Riñeron un rato, como hacían siempre. Después, Yuliya le contó lo que sabía del címbalo. Como de costumbre, Natashya estaba más interesada de lo que creía que estaría.

Y, en aquella ocasión, aquel interés merecía la pena.

Alejandría, Egipto
19 de agosto de 2009

—¿Crees que hay más de una lengua en la campana? —Leslie caminaba del brazo de Lourds por una de las bocacalles cercanas al hotel.

—Sí, al menos dos.

—Pero no conoces ninguna.

—No, de momento no. —Lourds la miró y sonrió—. ¿Afecta eso tu confianza en mí?

Leslie miró sus claros ojos grises. Eran hermosos, cálidos, sinceros y… sensuales. Sólo mirarlos hacía que sintiera un hormigueo por todo el cuerpo.

—No, no afecta en absoluto.

—Los descifraré —aseguró Lourds.

—Ése es tu trabajo.

—Así es. —Lourds mordió un trozo de *baklava*, que habían comprado en un café que atendía al gentío de última hora—. ¿Has oído hablar de la piedra de Rosetta?

—Por supuesto.

—¿Qué sabes de ella?

—Fue muy... —Leslie pensó la respuesta— importante.

—Sí que lo fue —comentó Lourds con una risita.

—Y está en el British Museum de Londres.

—Eso es verdad también —dijo Lourds antes de dar otro mordisco al *baklava*—. Lo importante de la piedra de Rosetta es que está escrita en dos lenguas: egipcio y griego.

—Creía que eran tres.

—Eran dos lenguas, pero se utilizaron tres escrituras: jeroglíficos, demótico egipcio y griego. Cuando el ejército de Napoleón encontró la piedra, aquel objeto nos proporcionó una vía para entender la antigua lengua de Egipto. Sabíamos lo que decía la inscripción griega. Asumiendo que todos los pasajes decían lo mismo, los estudiosos finalmente descifraron el significado de los jeroglíficos. Lo único que tuvieron que hacer para entender los fue compararlos con lo que decían las otras dos lenguas. Su hallazgo permitió descifrar y traducir todos los escritos del antiguo Egipto que habíamos visto durante siglos en las tumbas y en las paredes de los templos sin tener ni idea de lo que significaban. Por supuesto, conseguirlo costó veinte años y el esfuerzo de unas cuantas mentes prodigiosas, incluso con la piedra.

—¿Crees que la campana es como la piedra de Rosetta? —Las implicaciones de aquella pregunta cayeron sobre Leslie—. ¿Que es una misiva de la Antigüedad esperando ser traducida?

—No lo sé. Para empezar no sé si las dos lenguas dicen lo mismo. Por eso fue tan importante la piedra de Rosetta, repetía lo mismo. Y yo no puedo leer ninguna de las dos lenguas. Por eso significó semejante avance, porque podíamos traducir el griego. Pero yo no tengo marco de referencia. Lo único que sé es que hay dos lenguas que no entiendo. Y eso no me gusta.

No estoy acostumbrado a no obtener resultados cuando se trata de lenguas antiguas.

—Sería fantástico que la campana fuera una especie de piedra de Rosetta.

—La piedra sólo tenía una lengua que desconocíamos y era un único mensaje que se repetía tres veces. No creo que ése sea nuestro caso.

—¿Crees que son dos mensajes diferentes?

—Todavía no lo sé, pero la extensión de los pasajes y las diferencias en estructura parecen indicar que así es. Eso significa que va a costar mucho más tiempo del que me gustaría. Me disculpo de antemano por mi confusión. Es un rompecabezas que me atrae mucho.

—No te preocupes, lo entiendo perfectamente. —Leslie acabó su *baklava*—. No estás solo, ¿sabes? Puse las fotos de la campana en Internet en unos foros académicos y las envié a todos los expertos que conozco, pero ninguno supo decirme qué lengua era. O lenguas, supongo.

Lourds se paró en seco y la miró.

—¿Has puesto las fotos de la campana en Internet?

—Sí.

—¿Ha contestado alguien tus correos?

—Unas cuantas personas.

Inquieto, Lourds la sujetó por el brazo. Miró a su alrededor, se orientó —sólo entonces se dio cuenta de que había estado siguiendo el consejo de E. M. Foster sobre andar sin rumbo por la ciudad— y se dirigieron hacia el hotel.

—¿Adónde vamos? —preguntó Leslie.

—Al hotel. Creo que acabo de descubrir cómo nos encontraron los ladrones.

Ciudad de Riazán, Riazán
Rusia
19 de agosto de 2009

Gallardo esperó en una furgoneta de fabricación rusa GAZ-2705 cerca de la Facultad Estatal de Medicina donde trabajaba la catedrática Yuliya Hapaev. Unos letreros magnéticos en los laterales de la furgoneta hacían publicidad de una empresa de limpieza que tenía un contrato con la universidad.

Inquieto en el asiento, Gallardo se obligó a tranquilizarse. Creía que la mujer iba a salir más temprano para volver a la residencia donde se alojaba.

¿Dónde se había metido? Ni siquiera un adicto al trabajo se queda hasta tan tarde.

—Viene alguien —dijo Faruk por la radio.

Gallardo cogió los binoculares de visión nocturna de la guantera.

—Es ella —aseguró Faruk.

Gallardo dirigió los binoculares hacia la figura que salía del edificio y la estudió. La visión nocturna impedía ver colores y lo volvía todo de color verde claro. No sabía si tenía el pelo castaño o no, pero el tamaño y la forma coincidían.

Faruk y DiBenedetto se acercarían, preparados para cogerla.

—¿Lleva algo?

—No —contestó Faruk.

—Entonces el címbalo debe de estar dentro del edificio.

—Sí.

Abrió la puerta de la furgoneta y salió. No se encendió la luz porque la había desconectado por precaución. Vio fugazmente a la mujer mientras se dirigía resueltamente hacia el aparcamiento y después la perdió de vista.

—Coged a la mujer —ordenó Gallardo—. Yo me ocupo del trofeo.

—De acuerdo.

Cuando Faruk le aseguró que harían todo lo que pudieran por mantenerla viva sacó la pistola de la pistolera y la introdujo en el bolsillo derecho del abrigo. Después echó a andar hacia el edificio manteniéndose en las sombras tanto como pudo.

Natashya Safarov sabía que la estaban siguiendo. Ya la habían seguido antes y sabía dónde tenía que mirar y qué escuchar. Su corazón se aceleró levemente mientras su cuerpo se preparaba para pelear o huir. Empezó a respirar lenta y acompasadamente. En aquel frío, si alguien la estaba observando, distinguiría los cambios en su respiración, pues el vapor la delataría.

Su mente estudió las opciones y calculó las probabilidades. Todos los sitios a donde iba eran potenciales campos de batalla. La habían entrenado para sacar partido a cualquier cosa que tuviese a su alrededor. Siempre veía el terreno, no el escenario. Allí eso no la iba a ayudar mucho. En las instalaciones de la universidad, a esa hora de la noche, no había mucho que utilizar como refugio.

Se preguntó quiénes serían esos hombres, si tendrían que ver con el asunto que había salido mal en Beslan. Una facción de osetos militantes había provocado disturbios para reclamar la devolución de sus tierras ancestrales y habían tomado rehenes. Natashya los había liberado. Se produjo un baño de sangre. No le cabía duda de que querrían vengarse. Pero ella no era un blanco fácil.

«Y si no son los osetos, podría ser mucha otra gente», pensó. Había dejado atrás una larga lista de enemigos. Su trabajo así lo exigía. La cólera hizo mella en su estado de ánimo porque aquellos hombres estaban llevando la violencia muy cerca de su familia.

Se concentró y puso atención al ritmo de sus perseguidores: reconoció el ruido de sus pisadas entre el resto de los escasos sonidos de aquella silenciosa noche. Ya los tenía, todos rastreados por su sistema de defensa personal, marcados de forma indeleble.

Metió las manos en los bolsillos y tocó las dos pistolas Yarygin PYa/MP-443 Grach que llevaba. Ambas tenían cargadores de diecisiete balas. Llevaba también algunos de reserva en un bolsillo interior. Esperaba no necesitarlos.

Los hombres eran pacientes y se acercaban poco a poco desde tres lugares distintos.

De repente, Natashya se dio la vuelta y subió corriendo las escaleras de un edificio cercano. Las sombras cubrían el pasadizo cubierto y supo que se volvería instantáneamente invisible para sus perseguidores.

Pero éstos estaban resueltos a no perderla. El sonido de sus pasos, que sonaron indecisos un momento, se volvió a oír con fuerza tras ella.

Natashya corrió ligera y silenciosa gracias a sus zapatos de suela de crepé. Al final del pasadizo saltó por las escaleras hacia la izquierda y se escondió en un lateral del edificio, detrás de unos arbustos. Sacó las pistolas, quitó los seguros y esperó.

Dos hombres llegaron corriendo, se detuvieron y miraron la amplia extensión que tenían delante. Fue una pena que no hubiera otro edificio cerca. Natashya pensó que eso los habría despistado durante más tiempo. Quizás habría podido deshacerse de uno silenciosamente. Pero los puntos de emboscada que muestran los expedientes de campaña no siempre aparecen con las características necesarias para un ataque perfecto.

Los hombres sacaron sus armas, evidentemente se sentían en peligro. La presencia de aquellas armas decidió la intervención de Natashya. Eran más. Eso les daba ventaja, pero ella podía conseguir que las circunstancias le fueran más favorables, allí, en ese momento.

Levantó las pistolas.

Uno de los hombres se volvió hacia ella. También ella tenía la pistola levantada, los brazos doblados para tenerla cerca del cuerpo, como si la mantuviera apuntada a un triángulo de tiro delante de él. La vio por encima de la mira.

Natashya apretó el gatillo de la pistola que llevaba en la mano derecha justo en ese momento. La bala de 9 milímetros le estalló entre los ojos. Volvió a disparar, con la otra pistola, y metió dos balas en el cuello del otro hombre. Por la forma en que se tambaleó pensó que seguramente una de ellas le había sesgado la médula espinal.

Se acercó rápidamente a los cadáveres. Los estallidos sordos y ásperos de sus disparos resonaron en el pasadizo que tenía a la espalda.

Se arrodilló, metió la pistola que llevaba en la mano izquierda en el bolsillo del guardapolvo y los registró. No llevaban identificación alguna. Eso era normal. Cuando se encarga el asesinato a alguien, el contratante normalmente se queda con la identificación de los sicarios para que no puedan rastrearlos hasta él.

La muñequera de uno de ellos le llamó la atención. Oyó voces en los auriculares que llevaba. Estaban sobre aviso. Quienquiera que fueran sus atacantes sabían que iba armada.

Natashya estudió la muñequera y reconoció la táctica utilizada por las fuerzas especiales de todo el mundo. Levantó la cubierta esperando ver su cara.

Pero la cara que apareció no era la suya, sino la de Yuliya.

Se levantó, sacó la pistola del guardapolvo y corrió hacia el edificio en el que había dejado a su hermana.

5

Alejandría, Egipto
19 de agosto de 2009

Lourds se acercó a la pantalla del ordenador y estudió las fotos de la misteriosa campana. Las imágenes que Leslie Crane había enviado a distintos sitios de Internet relacionados con la arqueología y la historia eran muy profesionales. Pero no mostraban toda su superficie. Las habían sacado desde dos lados, con lo que se perdía gran parte de la inscripción. Por suerte, él sí la tenía completa.

Leslie estaba a su lado y Lourds notaba el calor de su cuerpo más de lo que habría deseado. No le gustaba que le distrajeran cuando estaba trabajando.

El texto que acompañaba las fotos era sencillo y directo, y simplemente preguntaba si alguien sabía algo sobre la historia de aquel objeto. Unas cuantas respuestas se habían acumulado a lo largo de las dos semanas que las fotografías llevaban en Internet, pero ninguna de ellas parecía fuera de lo normal.

—¿Has recibido algún correo electrónico relacionado con la campana? —preguntó Lourds.

—Ninguno que dijera nada sobre su historia. Me hicieron algunas preguntas.

—¿Qué tipo de preguntas? —dijo Lourds recostándose en la silla.

—Dónde la había encontrado. Qué iba a hacer con ella. Ese tipo de cosas.

—¿Contestaste?

—No, lo que buscaba era información, no darla. —Leslie se quedó callada un momento—. ¿Crees que la gente que nos atacó tenía que ver con el envío de esas fotos?

—Creo que sí. ¿Cómo iban a saber si no dónde estaba?

—Utilicé un servidor centralizado. Creía que así estaba segura.

Lourds asintió.

—Según mi ayudante, el problema con la seguridad en Internet es que en cuanto alguien crea un supuesto programa para proteger el tráfico de datos, hay quien se ocupa de burlarlo.

—Ya, hice un trabajo sobre encriptación antes de que me contrataran para este programa —comentó con voz ligeramente quebrada—. No puedo creer que haya pasado esto. Lo envié a sitios web de universidades. ¿Por qué iba a atraer la atención de unos asesinos un objeto desconocido como esta campana?

Al fijarse en la preocupada expresión de la cara de Leslie en la pantalla del ordenador, se volvió hacia ella.

—Lo que sucedió no es culpa tuya.

Leslie cruzó los brazos.

—Si no hubiera enviado esas fotos no habría pasado nada. Y James no habría... —Inspiró entrecortadamente—. Nadie habría resultado herido.

—Lo que hiciste fue ponerte sin saberlo en una situación especialmente desagradable. —Le cogió una mano y se la apretó suavemente—. Lo que conseguiste descubrir...

—Sin darme cuenta —lo interrumpió.

Lourds asintió y continuó.

—Por muy sin darte cuenta que fuera conseguiste encontrar algo increíble.

—El problema es que la hemos perdido.

Lourds volvió a concentrarse en las imágenes.

—A veces no es necesario tener algo para poder aprender de él. A veces basta con saber que existe. —Asintió delante de la pantalla—. Eso es lo que puso tras nuestra pista a los que robaron la campana. Saber que existía. Lo único que tenemos que hacer es averiguar cómo lo supieron.

—Creo que simplemente eran ladrones contratados por la persona que quería la campana.

—Exactamente. Eso es lo que eran. Pero a juzgar por su aspecto, me atrevería a decir que eran mercenarios especializados. Quizá ladrones a sueldo. No tenían pinta de coleccionistas. Parecían más bien participantes en una convención de alquiler de matones, aunque una de las opciones más caras de ese mercado.

—Pero si alguien sabía de la existencia de la campana, ¿no la habría comprado en la tienda hace años?

—Conocer la existencia de un objeto y saber dónde se encuentra son dos cosas muy distintas —aseguró abriendo su servidor de correo electrónico.

—En tu opinión, ¿eso es bueno?

—Es muy bueno.

—¿Por qué?

—Porque quiere decir que hay una pista. La que condujo a esos hombres hasta la campana, hasta nosotros, la que nosotros también podemos averiguar. Una pista va en dos direcciones. Quizá consigamos averiguar quién estaba buscando la campana. Y quizá nos enteremos de lo que sabe de ella.

Esperó hasta que aparecieron los correos, hacía días que no los miraba.

En la pantalla aparecieron muchos nombres conocidos.

—¿Qué haces? —preguntó Leslie.

—Ponerme en contacto con algunas personas que conozco. Voy a hacer unas cuantas preguntas. Quizá tenga la misma suerte que el hombre que buscaba la campana.

Siguieron apareciendo correos.

—¡Guau! —exclamó Leslie—. ¿Contestas alguna vez?

—A veces. La gente que me conoce sabe que casi siempre es mejor llamarme. Se pierde mucho tiempo respondiendo todos los correos.

Un nombre llamó su atención.

Yuliya Hapaev. Le había escrito en más de una ocasión.

La conocía personalmente. Siempre que iba a Rusia intentaba verla por todos los medios. Pulsó sobre el clasificador y aparecieron todos los mensajes de Yuliya.

Había media docena. Tres de ellos tenían adjuntos.

—¿Una ardiente admiradora? —inquirió Leslie.

—Una arqueóloga que conozco.

—El nombre parece ruso.

—Lo es.

Lourds abrió el primero. Tenía fecha de once días atrás.

—¿La conoces bien?

En apariencia la pregunta parecía inocua, pero Lourds entendió lo que quería saber.

—Conozco a Yuliya, a su marido y a sus hijos bastante bien.

—¡Ah!

Leyó el primer mensaje.

Querido Thomas:

Espero que cuando recibas este mensaje estés bien y a punto de hacer un fabuloso descubrimiento. He encontrado algo interesante. Si tienes tiempo, me gustaría hacerte unas consultas. Te habría llamado, pero todavía no sé si merece la pena dedicarle mucho tiempo.

Atentamente,

YULIYA

Otros tres mensajes mostraban preguntas parecidas, enviadas por seguridad en caso de que su servidor hubiese perdido el correo. El de la universidad tenía fama de hacerlo.

La imagen atrajo su atención al instante. Tecleó para ampliar la imagen y poder leer la inscripción que había en la superficie.

—Parece un *frisbbe* antiguo o un plato —comentó Leslie.

—No es ninguna de las dos cosas, es un címbalo.

—¿Un címbalo? ¿De qué?

—Es un instrumento musical. —Muy interesado, utilizó el ratón y el teclado para abrir una de las imágenes digitales que había tomado de la campana.

—¿Qué haces? —Leslie se inclinó y miró por encima de su hombro. El pelo le rozó ligeramente la mejilla.

—¿Te has fijado en la inscripción del címbalo? —La voz de Leslie era tensa por la agitación. Lourds lo notaba.

—¿Crees que se parece a la de la campana?

—Sí.

—Tendré que fiarme de tu palabra. Tú eres el experto.

—Lo soy. —Miró la inscripción del címbalo. Al igual que la de la campana, era incapaz de descifrarla.

Se levantó y fue hacia la mochila que había dejado encima de una silla. Revolvió en ella, sacó un móvil y lo encendió. Sacó también una pequeña agenda y buscó el número de Yuliya Hapaev. Tenía dos, uno de casa y otro vía satélite para el trabajo.

Imaginó que con ese descubrimiento, Yuliya estaría trabajando aunque fuera tarde. Llamó a aquel número.

Volvió a mirar la pantalla y estudió las dos imágenes. No cabía duda acerca del parecido entre las dos inscripciones. Fuera la lengua que fuese en la que estaban escritas, compartían algo.

El teléfono sonó una y otra vez.

Ciudad de Riazán, Riazán
Rusia
19 de agosto de 2009

Yuliya se estiró y oyó el crujido de las vértebras. Mucha gente pensaba que la parte más dura de ser arqueólogo es la excavación, pero desenterrar objetos en un yacimiento era algo agradable comparado con estar sentada delante de un escritorio estudiando esos objetos durante horas y horas.

«Necesitas un descanso para poder ver las cosas con otros ojos.» Sabía que era verdad. Había estado investigando tanto como había podido, pero estaba completamente atascada. No recordaba haber estado nunca tan bloqueada.

Decidió llamar a casa y dejarlo por aquella noche. Levantó el címbalo de la mesa y se dirigió hacia el otro lado de la habitación para guardarlo en la cámara acorazada.

Entonces vio al hombre en la puerta.

Se paró en seco y lo miró, aterrorizada por su envergadura y la brutalidad de su cara.

—¿Habla mi idioma? —preguntó aquel hombre en ruso.

—¿Quién es usted? ¿Cómo ha entrado?

El hombre sonrió, pero su expresión no era precisamente encantadora. Todo lo contrario, tenía la sonrisa fría de un tiburón depredador.

—Sé un poco de ruso, pero no lo suficiente como para hablar de lo que tenemos que tratar —dijo acercándose.

Yuliya dio un paso atrás.

—Es usted la catedrática Hapaev, ¿verdad? Ha estado haciendo preguntas en Internet acerca de eso —dijo indicando con la cabeza el címbalo.

—¡Salga de aquí antes de que llame a seguridad! —Yuliya intentó mantener la voz firme.

El hombre hizo caso omiso y alargó la mano para coger el címbalo.

Yuliya reculó y lo mantuvo fuera de su alcance. No tenía mucho espacio en el que maniobrar.

Entonces, como por arte de magia, apareció una pistola en la mano de aquel hombre.

En el exterior sonaron unos disparos amortiguados por las paredes. Yuliya sabía bien qué eran esos sonidos sordos. Estaba familiarizada con las armas. Natashya había intentado enseñarle a disparar, pero había demostrado ser muy mala. Finalmente había concluido que aun en el caso de que aprendiera, no sería capaz de tener una pistola en casa, con los niños.

Sonaron más disparos.

El hombre dijo algo en italiano, pero la pistola no se movió.

Yuliya sabía lo suficiente como para reconocer aquel idioma, pero no como para entenderlo. Al principio pensó que estaba hablando con ella, pero luego se fijó en que lo hacía a través de un micrófono muy fino que llevaba pegado a la mejilla.

—¿Quién era la mujer que ha salido de este edificio? —preguntó el hombre.

«¡Natashya!» A Yuliya se le heló la sangre y su corazón se desbocó.

—¿Quién era? —El hombre avanzó y la cogió por la muñeca, haciendo que casi se le cayera el címbalo. Aunque Yuliya consiguió retenerlo en el último momento.

Volvieron a oírse disparos.

—¿Quién era? —El hombre apuntó con la pistola al ojo izquierdo de Yuliya.

—Mi hermana —contestó con voz ronca. Se sintió muy mal por haberlo confesado, pero quería desesperadamente volver a ver a sus hijos. No quería que crecieran sin ella—. Natashya Hapaev, es inspectora de Policía. —Se armó de valor—. Sin duda ya habrá dado aviso.

El hombre soltó un juramento y le arrebató el címbalo de las manos.

Pensó que no la mataría, que lo que le había dicho y la pistola de Natashya lo habrían asustado. Incluso cuando el brillo del silenciador la cegó y su cabeza salió disparada hacia la pared que tenía detrás creyó que iba a salir viva de aquello.

Entonces el vacío la arrastró, al tiempo que la oscuridad nubló su visión.

Con el corazón como un martillo hidráulico en el pecho, Natashya Safarov corrió a través de la oscuridad. Aquellos hombres buscaban a Yuliya. Aquel pensamiento iba acrecentándose en su mente.

Las balas la perseguían e impactaban en el suelo y en los árboles a su alrededor mientras volvía a toda velocidad hacia el edificio en el que había dejado a su hermana. Cargó las pistolas sobre la marcha y después metió la de la mano izquierda en el bolsillo para poder sacar el móvil.

Pulsó el número de emergencias de la Policía.

—Departamento de Policía de Riazán —contestó una lacónica voz masculina.

—Soy la inspectora Safarov, del Departamento de Moscú —le informó rápidamente. Los sordos estallidos interrumpieron sus palabras. Añadió su número de identificación—. Me están atacando en la Universidad de Riazán.

—¿Quién, inspectora?

—No lo sé. —Una bala descortezó un árbol a pocos centímetros de su cabeza—. ¡Envíe a alguien ahora mismo!

—Sí, inspectora.

Natashya cerró el teléfono. Le animó que el policía no hubiera intentado verificar su identidad. Por supuesto, Moscú estaba a tan sólo tres horas en tren, pero ni siquiera en su división había muchas inspectoras.

Unas sombras se movieron en el espacio que había entre los edificios que tenía a su espalda. Levantó la pistola y disparó hacia ellas.

Abandonó su posición y echó a correr, serpenteando detrás del edificio contiguo al que estaba Yuliya.

En el interior del laboratorio, Gallardo miró a la mujer muerta. La bala le había destrozado la cabeza. Comparó lo que quedaba de cara con la fotografía que llevaba en la ventana de plástico de la muñequera. No le cupo ninguna duda de que la mujer era la catedrática a la que habían encargado eliminar si era necesario.

Se arrodilló y llamó a uno de los hombres que lo habían seguido hasta allí. Le dio el címbalo. El hombre lo cogió con sumo cuidado y lo metió en la caja que llevaba para transportarlo.

Gallardo registró rápidamente los bolsillos de la mujer. Lo sacó todo y lo metió en una bolsa de plástico. Dudó que hubiera algo que mereciera la pena entre todo aquello, pero había un lápiz electrónico que parecía prometedor.

—Quemadla —dijo poniéndose de pie e indicando la habitación.

Dos de los hombres empezaron a rociar un líquido inflamable en el suelo. El ardiente olor a alcohol inundó el silencioso lugar.

Un tercer hombre estaba junto a la ventana con un rifle de asalto.

Gallardo fue hacia la pequeña oficina de la parte posterior, atraído por el resplandor azulado de un monitor de ordenador. Miró la pantalla.

El servidor de correo mostraba una lista de mensajes. Algunos estaban en cirílico, pero consiguió leer otros.

Un nombre llamó su atención: «Thomas Lourds».

Soltó un juramento al recordar el extraño aspecto que tenía el catedrático en Alejandría. Ahora su nombre había aparecido allí.

No era de los que creen en la suerte, buena o mala, pero odiaba la insistencia del destino. La continua aparición de Lourds en la búsqueda de objetos por parte de la Sociedad de Quirino le resultaba intolerable.

Oyó disparos en el exterior y habló al micrófono:

—¡Qué coño está pasando ahí fuera, Faruk!

—Es la mujer, la arqueóloga.

—La arqueóloga está aquí —lo corrigió—. Y no va a ir a ninguna parte.

—Entonces, ¿quién es ésta?

—Su hermana, es inspectora de Policía.

—Pues es mortífera. Ha matado a dos de los nuestros y ha herido a otros tres.

Gallardo no podía creerlo. Los mercenarios que había contratado para el asalto eran muy buenos.

—¿Está muerta?

—No. De hecho va hacia tu posición.

Gallardo volvió a maldecir.

—Cargad los cuerpos y a los heridos en la furgoneta. Tengo lo que hemos venido a buscar. Hay que largarse de aquí.

Faruk dudó.

Gallardo sabía que odiaba retirarse en un tiroteo.

—Si es inspectora de Policía, seguramente habrá pedido refuerzos. Es hora de limpiar la casa y salir pitando.

—De acuerdo —aceptó Faruk con reticencia.

En la puerta, Gallardo cogió una bengala de su arnés de combate, la armó y la arrojó al suelo. La bengala chisporroteó y prendió el alcohol y los productos químicos derramados. La vacilante neblina azul pronto se extendió por todo el suelo.

Cuando llegó a la parte de atrás del edificio médico, Natashya se fijó en que los hombres se retiraban. Por un momento pensó en perseguirlos, pero no tenía elección. A pesar de que eso suponía que escaparían, tenía que encontrar a Yuliya.

La puerta trasera estaba cerrada.

Se apartó, apuntó al candado y disparó tres veces. Las balas desgarraron el metal provocando chispas. Sabía que los destellos marcaban claramente su posición, así que se mantuvo agachada.

Se oyó un rugiente claxon.

Intentó empujar la puerta de nuevo y esa vez se abrió. Entró rápidamente, justo en el momento en el que una descarga impactaba en la puerta y el umbral.

Sin levantarse, se apresuró por el pasillo buscando una escalera que condujera al sótano. Se dijo que debía frenarse, que los hombres podían seguir en el interior del edificio, pero en lo único que podía pensar era en su hermana.

Cuando encontró la escalera se tiró por ella y chocó contra la pared. El impacto le hizo daño en el hombro, pero se obligó a seguir moviéndose.

Al final de la escalera pasó por delante de una puerta con las pistolas cruzadas sobre las muñecas. Su respiración raspaba el vacío del pasillo.

No se movía nada.

Durante un momento se quedó parada sin saber qué dirección tomar. Después vio un humo de color gris pálido saliendo de una habitación a su izquierda.

«¡Yuliya!»

Corrió, incapaz de contener el miedo que la atenazaba. Metió la pistola de la mano izquierda en el bolsillo, giró el pomo y abrió la puerta.

El humo salió a borbotones y se arremolinó a su alrededor. El acre olor a productos químicos le quemó la nariz. Se puso la manga encima de la boca, respiró a través de la tela y entró en la habitación buscando desesperadamente a su hermana.

Las llamas se elevaban en la puerta sorbiendo el líquido derramado sobre las baldosas. El fuego cubría la pared del fondo. Algunos contenedores de cristal de las estanterías explotaron.

Con un rápido vistazo a la oficina entendió que Yuliya no estaba allí. Al mirar aquel infierno que seguía cobrando fuerza, pensó que quizás aquellos hombres la habían tomado como rehén. Eso esperaba.

Entonces su esperanza se desvaneció cuando al moverse por la habitación la vio en el suelo. La sangre había contenido las llamas.

«¡No!»

Corrió hacia su hermana. La gran herida que tenía en la cabeza indicaba que ya no había esperanza para ella.

Las lágrimas, provocadas tanto por los productos químicos que se estaban quemando como por el dolor, nublaron su visión cuando se arrodilló al lado del cuerpo. La luz del fuego revoloteó sobre el charco de sangre, cuyos bordes había ennegrecido el calor.

Dejó la pistola en el suelo y acunó la cabeza de su hermana. Entre lloros recordó todas las mañanas en las que se habían quedado solas, cuando su padre iba a trabajar. De no haber sido por ella...

Una puerta se abrió a su espalda.

Se dio la vuelta, cogió la pistola del suelo y apuntó hacia las oscuras figuras que habían entrado en la habitación. Eran hombres uniformados que se identificaron como seguridad del campus.

—Inspectora Safarov de la Policía de Moscú —dijo en voz alta.

—Inspectora, soy Pytor Patrushev, trabajo en la seguridad de esta facultad.

—Mantenga las manos en alto.

El hombre obedeció.

—Tiene que salir de aquí. He llamado a los bomberos, estos productos químicos...

—Acérquese, déjeme ver su identificación. Con una sola mano. —La tos entrecortó sus palabras.

Patrushev se acercó y le entregó la identificación que llevaba prendida en una solapa del abrigo.

Cegada por las lágrimas que le producían los productos químicos y negando el dolor tanto físico como emocional que la desgarraba, apenas pudo ver aquel rectángulo de plástico. Entendió que aquel hombre no representaba ninguna amenaza y confió en su instinto.

—Tenemos que sacarla de aquí —dijo.

Entre los dos sacaron el cuerpo de la habitación antes de que el fuego o el humo lo impidieran.

Los bomberos llevaron a Yuliya a una ambulancia que estaba esperando. Natashya se armó de valor y se alejó del abismo de desesperación en el que se encontraba. La escena era muy similar a muchas que había presenciado en Moscú. Tiroteos con miembros de la mafia, enfrentamientos con traficantes de drogas, capturas de asesinos…; todas aquellas imágenes se arremolinaron para componer un cuadro surrealista que saturó su cabeza.

La Policía de Riazán había llegado junto con los bomberos. Sin embargo, éstos se mantuvieron fuera del área acordonada. Algunos empezaron a hacer preguntas a los curiosos que se habían acercado.

Natashya se sentó al lado de Yuliya. Estaba segura de que los hombres que la habían asesinado ya se habían ido.

El fuego llegó al primer piso, pero la fuerza de los chorros de agua lo hizo retroceder.

Sonó un móvil.

Natashya buscó el suyo de forma automática, pero cuando lo sacó del estuche que llevaba en el cinturón se dio cuenta de que no era su teléfono el que sonaba. Se volvió hacia Yuliya y siguió el agudo sonido hasta el bolsillo de la bata de laboratorio que llevaba puesta.

Se lo llevó a la boca y protegió el micrófono.

—Hola —dijo en ruso.

—¿Yuliya? —dijo una voz educada que hablaba ruso con un ligero acento norteamericano.

—¿Quién habla? —preguntó Natashya.

—Thomas Lourds. Mira, siento mucho llamar a estas horas, pero se trata de algo muy importante. Acabo de ver el címbalo en el que estás trabajando. Tiene relación con un objeto que he descubierto.

Natashya se obligó a mantener la calma. Aquella voz no parecía la de uno de los hombres que habían asesinado a su hermana y la habían atacado a ella. Aquel nombre le resultaba familiar. Estaba segura de que Yuliya se lo había mencionado en alguna ocasión.

—Lo que quería decirte —continuó Lourds— es que ese objeto puede entrañar un serio peligro.

Natashya miró a su hermana y pensó que el aviso llegaba demasiado tarde.

—Perdone —lo interrumpió Natashya—. ¿Cómo ha dicho que se llama?

Lourds no contestó inmediatamente.

—Usted no es Yuliya, ¿verdad?

—Soy Natashya Safarov, la…

—Su hermana. A menudo habla de usted.

Durante un momento, el dolor que le atravesaba el corazón apagó su voz. Se esforzó por poder hablar.

—Soy un compañero de Yuliya, ¿puedo hablar con ella?

—No puede ponerse.

—Es muy importante.

—Le daré el mensaje.

Lourds esperó un momento antes de continuar.

—Dígale que creo que su vida puede correr peligro. Estoy en Alejandría, Egipto. Tuve brevemente en mi poder un objeto que quizá tenga relación con el címbalo sobre el que me consultó. Hace unos días unos hombres nos atacaron y se lo llevaron. Durante el robo mataron a dos personas. Son peligrosos.

—Se lo haré saber —aseguró Natashya forzándose a no mirar el cuerpo de su hermana—. ¿Tiene un número al que pueda llamarlo? —preguntó metiendo la pistola en el bolsillo, para sacar después un bolígrafo con el que anotarlo en una libreta mientras sujetaba el móvil con el hombro.

—Dígale que me llame en cuanto pueda. Y discúlpeme en mi nombre por no haber contestado antes sus correos electrónicos.

Natashya tomó nota mental de mirar los correos de su hermana. Prometió que lo haría y colgó.

A través de la multitud distinguió a un joven policía de uniforme. Lo llamó, le enseñó su identificación, preguntó el nombre del inspector al cargo y dónde podía localizarlo, y después le pidió que vigilara el cuerpo de Yuliya.

Y

—¿Está segura de que hirió a alguno de esos hombres, inspectora? —preguntó amablemente el capitán Yuri Golev, un hombre brusco y cuadrado cercano a los sesenta años. Tenía el pelo plateado, pero su bigote y sus cejas seguían siendo de color negro. Se llevó un cigarrillo a los labios y aspiró profundamente. Las luces de los camiones de bomberos y de los coches de Policía tallaban unos profundos hoyos bajo sus tristes ojos.

—He matado al menos a dos de ellos —aseguró Natashya.

Golev hizo un gesto con el cigarrillo hacia el solar de la universidad, donde unos policías uniformados rastreaban la oscuridad con linternas.

—Entonces, ¿dónde están los cuerpos?

—Evidentemente se los han llevado.

—Evidentemente —repitió Golev, pero no sonó nada sincero—. ¿Por qué vinieron esos hombres en busca de su hermana?

—No lo sé.

—Quizá la estaban buscando a usted —aventuró Golev mirándola.

—Nadie sabía que iba a venir. Yuliya llevaba algunos días aquí.

—¿Había alguien que le deseara algún mal?

—No que yo sepa.

Golev fumó en silencio un rato mientras observaba la Facultad de Medicina. Los bomberos habían extinguido el fuego.

—¿Su hermana era arqueóloga?

—Sí.

—A veces esa gente encuentra cosas interesantes.

Aquella afirmación insinuaba una respuesta. Natashya sabía que Golev estaba pensando y que se daba cuenta de que lo sabía.

—Era un encargo estatal. No estaba trabajando con nada valioso.

—Algo tan minuciosamente organizado, sobre todo si se llevaron a los muertos con ellos, cosa muy poco frecuente entre los criminales con los que suelo encontrarme, no se hace por capricho.

Natashya estuvo de acuerdo, pero no dijo nada.

—¿No dio ninguna muestra de que temiera por su vida? —preguntó Golev.

—Si lo hubiese hecho, jamás la habría abandonado —contestó con la mayor serenidad que pudo.

—Por supuesto. —Golev suspiró, y su respiración se elevó en una nube de vapor en la noche—. Es un asunto muy triste, inspectora.

Natashya no dijo nada.

El hombre la miró, pero su mirada era mucho más suave.

—¿Está segura de que quiere ser usted la que se lo diga a la familia?

—Sí.

—Si necesita alguna cosa, inspectora, no dude en pedírmelo.

—Lo haré.

Se despidió y volvió al aparcamiento donde había dejado el coche. No podía quitarse a Thomas Lourds de la cabeza. Incluso si no tenía relación con la muerte de su hermana, debía de saber algo que la podría llevar a los que sí la tenían. Tenía la intención de averiguar todo lo que supiera.

6

Alejandría, Egipto
20 de agosto de 2009

—¡*D*espierta, sale en las noticias!

Lourds se despertó poco a poco. Una especie de niebla envolvía su mente. Sabía, por la incómoda postura en la que dormía, que no estaba en casa. Entreabrió los ojos y vio un borroso movimiento delante de él.

Antes de que pudiera entender bien la situación, una brillante luz le apuñaló los ojos. Gruñó una maldición y se cubrió la cara con el antebrazo.

—Lo siento, pero tienes que ver las noticias. Están hablando de Yuliya Hapaev. Está muerta.

«¿Muerta?» Aquello acabó de despertarlo y despejó la niebla de su cabeza.

Leslie, al otro lado de la habitación, volvió a meterse en la cama y apuntó con el mando a distancia hacia el televisor para subir el volumen.

Parpadeando para acostumbrar las pupilas, Lourds miró la pantalla. Detrás del presentador aparecía en grandes letras el titular:

ARQUEÓLOGA DE MOSCÚ ASESINADA.

El presentador comentó: «… la Policía de Riazán sigue sin saber el motivo de la muerte de la doctora Hapaev».

La imagen del televisor cambió a una de un edificio en llamas. El texto inferior lo identificaba como:

FACULTAD DE MEDICINA DE RIAZÁN. RIAZÁN, RUSIA

El presentador siguió diciendo: «Sigue sin explicación el incendio que se declaró en uno de los edificios de laboratorios de la Facultad Estatal de Medicina de Riazán y lo destruyó todo. Las llamas se cobraron la vida de la catedrática Yuliya Hapaev».

Mostraron una fotografía pequeña junto a la imagen del fuego. Lourds se fijó en que era un retrato reciente de Yuliya, trabajando en una excavación. Parecía feliz. «La catedrática Hapaev estuvo a cargo de numerosas investigaciones muy importantes. Deja esposo y dos hijos.»

Seguidamente apareció una de las continuas noticias sobre Oriente Próximo.

—¿Eso es todo? —preguntó Lourds.

—Por ahora, sí —dijo Leslie mirándolo—. Siento lo de tu amiga.

—Yo también. —Se levantó del sofá en el que había pasado la noche después de que Leslie se quedara dormida en su cama. Fue hacia el ordenador y se conectó rápidamente a Internet.

—¿Han dicho algo del címbalo?

—No.

Abrió las páginas de noticias y buscó más información. Incluso leyó los servicios de noticias rusos, pero había pocas cosas aparte de lo que había contado FOX News.

—¿Crees que el címbalo tiene algo que ver con su muerte? —Leslie salió de la cama y se acercó a él. Seguía vestida con la misma ropa que el día anterior e iba descalza.

—Por supuesto. ¿Tú no?

—Sería muy forzado.

—No tanto. —Siguió buscando noticias y guardándolas para leerlas luego—. Pusiste en Internet unas imágenes de la campana y al poco tiempo unos hombres armados derribaron la puerta, dispuestos a matarnos para conseguirla. Yuliya envió fotos del címbalo y ha muerto a causa de un fuego muy sospechoso que ha destruido su laboratorio. Yo creo que tienen relación.

—Pero te envió las fotos a ti.

—Sí, pero yo no era su único recurso. Ningún arqueólogo o investigador vive en el vacío. Cada uno de nosotros somos tan buenos como la red que podemos crear. La de Yuliya era muy extensa. Estoy seguro de que envió fotos a otras personas además de a mí.

—Pero si no hizo públicas las fotos del címbalo...

—Entonces la lógica nos dice que alguien próximo a ella, alguien a quien también se las envió, sería el responsable de su muerte. Por eso voy a rastrear todo lo que pueda sobre el címbalo —dijo Lourds, inclinándose hacia la pantalla.

A los pocos minutos había descubierto que Yuliya había enviado fotografías del címbalo al menos a cinco foros arqueológicos. Todas eran idénticas a la que le había enviado a él. Todas mostraban aquella inscripción tan inquietante, igual que la de la campana.

Parte de él —la parte que no estaba ocupada por el misterio que aquello entrañaba— sentía la pérdida de su amiga.

Yuliya era brillante e inteligente. Había estado con ella y su familia en Rusia al menos una docena de veces. Yuliya y su marido Ivan lo habían acogido en casa dos veces mientras llevaba a cabo alguna de sus investigaciones.

—¿Hay forma de saber quién vio esas imágenes? —preguntó Leslie.

—Es difícil. Esas páginas están abiertas al público. Un experto podría verlas sin dejar huellas. Con un poco de suerte podré rastrear a la mayoría de los que hicieron alguna pregunta a Yuliya o aventurar una suposición sobre la naturaleza del címbalo. —Con sus peores miedos confirmados, se recostó en la silla y cruzó los brazos sobre el pecho—. Me temo que vamos a tener que posponer el resto de la serie un tiempo.

—¿Qué quieres decir? —preguntó Leslie preocupada.

—Tengo que ir a Moscú.

—¿Para ver a su familia? Lo entiendo, pero...

—No solamente para eso, sino para buscar más información sobre el címbalo. Yuliya era una excelente arqueóloga. Aunque se quemara el laboratorio, sé que nunca guardaba sus hallazgos en un solo lugar.

Leslie era inteligente, así que supo leer entre líneas.

—¿Crees que dejó información en otro lugar?

Lourds asintió, no tenía sentido mentir. Leslie ignoraba lo que él sabía de Yuliya.

—Seguro que llevaba un cuaderno aparte. Era muy cuidadosa con sus cosas. A veces resulta difícil proteger las investigaciones. Los estudiosos toman todo tipo de precauciones. —Frunció el entrecejo—. Lo siento por el programa, Leslie.

—No te preocupes. Tengo una fecha límite, pero seguro que puedo atrasarla un par de días.

—Me llevará algo más de dos días. —Leslie lo miró—. Hay algo que relaciona el címbalo y la campana. Si encuentro una pista intentaré averiguar quién mató a Yuliya, a James Kale y al hijo del vendedor.

—Puede ser peligroso.

—No voy a hacer ninguna tontería. Iré a la Policía en cuanto tenga pruebas suficientes. Soy catedrático de Lingüística. Si Yuliya no hubiese sido mi amiga y si no estuviera seguro de que puedo hacer algo más que la Policía para encontrar a los asesinos, ni lo intentaría.

Más tarde, cuando Leslie se fue, Lourds se dedicó a buscar un billete de avión para Moscú. Por desgracia no tuvo mucha suerte. Rusia no era uno de los destinos turísticos más solicitados ni había vuelos cada media hora.

Tras intentarlo con tres compañías aéreas sin obtener resultado, decidió hacer las maletas. Iría de una forma u otra. Pensó que debería comprar algo de ropa, pues al salir de viaje no había previsto coger nada adecuado para las temperaturas de Moscú.

Mientras guardaba sus cosas sintió pena por Yuliya y su familia. No sabía qué iban a hacer Ivan y los niños, no podía imaginar el dolor que estarían sintiendo.

El recuerdo de aquella pérdida intensificó su determinación. No iba a dejar que los asesinos siguieran libres. Volvió a intentarlo con las agencias de viajes con renovada resolución.

Leslie se sentía incómoda en el vestíbulo del hotel, tenía la sensación de alguien que ha tenido una cita el sábado y sigue con la misma ropa el domingo. Quería darse una ducha y cambiarse, pero su instinto de periodista se había disparado.

O quizás era una paranoia suya.

Mientras esperaba establecer conexión con su teléfono vía satélite intentó organizar sus pensamientos. Cuando contestó el operador de la centralita pidió que le pusieran con Philip Wynn-Jones, su supervisor.

—Wynn-Jones —respondió éste con voz suavemente contenida.

—Hola, Philip. Soy Leslie Crane.

—Ah, Leslie, me alegro de saber de ti —dijo con un tono que denotaba que estaba sonriendo—. Sentí mucho lo de Kale. Gracias por todo lo que estás haciendo para mantener vivo al equipo. Tu heroísmo ha generado mucha publicidad. Por cierto, he estado leyendo noticias sobre tu programa en los diarios. Buen trabajo. Creo que va a ser estupendo. Tu Lourds es bastante fotogénico. La cámara parece enamorada de él.

—Gracias, eso mismo pienso yo. —Dudó un momento, sin saber muy bien qué decir después o cómo abordar el asunto.

—¿En qué estás pensando? Siempre adivino cuándo estás maquinando cómo decir algo. Los dos nos ahorraremos mucho tiempo si lo sueltas directamente.

—Tenemos un nuevo problema. Es posible que retrasemos el programa unos días.

Wynn-Jones se quedó callado. No le gustaba superar los presupuestos ni sobrepasar las fechas fijadas.

—¿Qué pasa?

Leslie le resumió rápidamente lo que había sucedido en Rusia.

—¿Estás segura de que esos dos objetos tienen relación? —preguntó una vez que Leslie hubo acabado.

—Lourds sí lo cree.

—Y va a ir a Moscú a investigarlo, ¿no?

—Sí.

—Hum. —Se oyó ruido de papeles al otro lado del teléfono—. Este asunto se está poniendo interesante. Tenemos algo de margen en nuestro calendario. De hecho vas bastante adelantada. ¿Sabe cuánto tiempo estará fuera el catedrático?

—Quiero ir con él.

Aquello pareció desconcertar a Wynn-Jones un momento.

—¿Tú?

—Sí, yo.

—¿Para qué?

Leslie inspiró profundamente.

—Piensa un poco, Philip. Encontré un misterioso objeto y aparecieron unos salvajes armados para robarlo en cuanto llamé al hombre que podía descifrarlo.

—Pensaba que habías dicho que Lourds no había traducido todavía la inscripción.

—Y no lo ha hecho, pero ellos no sabían eso. Estoy segura de que lo conseguirá.

—Le estás dando mucho crédito a ese catedrático tuyo.

—Sí, y ya sabes por qué. Te gustaron sus referencias incluso antes de que se nos presentara la posibilidad de cubrir una gran noticia.

—¿Una gran noticia? ¿No te estás adelantando un poco?

—Piénsalo. Aparecen dos objetos antiguos, uno en cada extremo del mundo, que pueden tener relación. Se cometen dos asesinatos en una semana, junto con el robo a mano armada de esos objetos. Si el responsable es la misma persona o incluso dos grupos enviados por la misma persona, han asesinado a profesionales relacionados con los objetos en dos continentes. —Leslie miró a la recepción del hotel y cruzó los dedos—. Es una gran noticia. Hasta ahora nadie, excepto nosotros, ha establecido la conexión. Philip, tenemos ventaja.

Wynn-Jones lanzó un sonoro suspiro.

—No somos una agencia de noticias.

—Ya lo sé —dijo Leslie, que casi no podía contener el entusiasmo. «¡No ha dicho que no!», pensó—. Tenemos la posibilidad de estar en el candelero. Y si Lourds consigue descifrar el secreto de la campana y del címbalo, ¿no sería un golpe de suerte? Además, si hay una conspiración criminal relacionada con esos objetos, sin duda la serie gozará de publicidad añadida, ¿no crees?

—Seguramente, pero no me gusta lo de la conspiración criminal, sobre todo si estás tú en medio.

Leslie no pudo contenerse. Una energía nerviosa la invadía. Dio varias vueltas en círculo, consciente de que estaba atrayendo la atención de los clientes que había en el vestíbulo.

—No seas obtuso, Philip, ya sabes que esto despertará un gran interés.

—¿Te dice algo el titular «Apreciado catedrático norteamericano de Lingüística y desesperada personalidad de la televisión inglesa encuentran la muerte»?

Wynn-Jones permaneció callado.

—Además, creo que el catedrático Lourds oculta algo.

—Si guarda algún secreto, ¿qué te hace creer que te lo contará a ti?

—Puedo ser muy convincente, Philip.

—¿Te estás acostando con él?

—No seas descarado. Aunque para tu información, te diré que no lo estoy haciendo.

—He visto a tu querido catedrático, no te culparía si lo hicieras. Por desgracia no parece ser mi tipo. —Philip era homosexual, aunque mucha gente del estudio no lo sabía.

—Sin duda, no lo es.

—Una pena.

—Otra cosa más. Quiero que el estudio se encargue de los gastos de avión y del viaje a Moscú.

—Eso es muy caro.

—Sí, pero Lourds lo vale y la historia es importante. Si lo financiamos, no intentará mantenerme al margen cuando encuentre algo. Y quiero llevar un cámara.

—Me vas a matar, ¿lo sabes, verdad? —se quejó Philip.

—Gracias Philip, eres un cielo. —Se despidió antes de dirigirse hacia los ascensores con el corazón saltándole dentro del pecho—: ¿Puedes decirle a Jeremy que se encargue del avión y del hotel? Va a ser fantástico.

—Lo siento, señor Lourds —dijo el empleado de la agencia—. No tengo billetes para vuelos que salgan de Alejandría hasta mañana.

Lourds fue a la terraza y miró hacia la ciudad. Un calor abrasador brillaba en las calles. La frustración le irritaba. Dio las gracias al hombre con el que había estado hablando y colgó.

Alguien llamó a la puerta cuando buscaba otro número de teléfono en una página web. Le invadió una oleada de temor. Miró a su alrededor y volvió a coger la plancha, que en esa ocasión estaba en el armario del cuarto de baño.

—¿Quién es?

—Leslie.

Soltó un suspiro aliviado. Aquello se estaba convirtiendo en algo habitual. Acercó un ojo a la mirilla, Leslie estaba en el pasillo. Parecía nerviosa. Cuando iba a volver a llamar, abrió la puerta.

—¿Pasa algo?

Leslie sonrió.

—De hecho pasan muchas cosas buenas. ¿Puedo entrar?

Lourds retrocedió. Leslie levantó la mirada hacia la plancha.

—Necesitas algo mejor.

—¿Una plancha más grande?

—Más bien estaba pensando en un bate de *cricket*. —Leslie entró en la habitación—. ¿Has tenido suerte con el billete a Rusia?

—Todavía no.

—Acabo de hablar con mi supervisor. Está de acuerdo en pagar tu viaje a Moscú.

—Me perdonarás la insolencia, pero llevo demasiados años en círculos universitarios como para saber que las cosas «gratis» o la «ayuda» siempre tienen un precio.

—El de ésta es poca cosa. He pensado que te gustaría tener compañía.

Lourds agradeció que no negara que había un precio.

—¿Quieres venir conmigo a Moscú? ¿Por qué?

Leslie cruzó los brazos sobre el pecho.

—Creo que no me lo has contado todo acerca de tu amiga.

—Así es —admitió.

—Dijiste que muchas veces hacía copias de su trabajo.

—No muchas veces, siempre. Yuliya era muy quisquillosa en ese sentido.

—Así que vas a buscar esa copia.

—Sí, y espero encontrar mejores imágenes digitales del címbalo que las que puso en Internet. Cuanto más material tenga para trabajar, más posibilidades habrá de que pueda traducir esa lengua.

—Si no interfiero en tu trabajo, ¿te importa que vaya?

—No, no tengo nada que ocultar.

—Pues no es que hayas sido muy comunicativo en cuanto a la información.

Lourds sonrió.

—Te dije lo suficiente como para que te interesara la historia y llamaras al estudio.

Leslie puso morritos.

—Creo que me la has…, ¿cómo lo dicen los norteamericanos?, jugado.

—Un poco sí —admitió Lourds.

—¿Qué habrías hecho si no hubiese llamado a mi supervisor o si no hubiera conseguido convencerlo?

—Me habría ido de cualquier forma. Pero he de confesar que la habilidad de tu estudio para conseguir visados, por no mencionar billetes de avión, es muy superior a la mía. Hablar con las agencias de viaje ha sido como darse cabezazos contra la pared.

—Crees que eres muy listo. —Leslie frunció el ceño.

Lourds apartó la plancha.

—Lo intento.

Vuelo BA0880 de British Airways
Desde Heathrow
21 de agosto de 2009

Horas más tarde, de vuelta en Europa, Lourds estaba sentado en la silenciosa oscuridad que se respiraba en el avión. Habían hecho una escala de varias horas en Heathrow antes de cambiar de aparato. Había aprovechado el tiempo para leer la información que se había descargado de Internet. Tenía una conexión vía satélite para su ordenador, un ejemplar de la gama más alta; le habían convencido para que invirtiera en él. Le había resultado útil en varias ocaciones.

—Deberías descansar —le aconsejó Leslie, que se sentó en el asiento contiguo.

—Pensaba que estabas dormida —dijo Lourds al tiempo que se abrochaba el cinturón.

—Lo estaba. ¿Has tenido suerte con la búsqueda?

—No —contestó Lourds antes de tomar un trago de agua—. He mirado en un montón de sitios esperando encontrar más información sobre la campana y el címbalo, pero no parece haberla.

—¿Eso es normal?

—Se trata de objetos que tienen miles de años. En ese tiempo han desaparecido muchas cosas.

—Pero no las importantes.

—¿Qué te parece la lengua egipcia? Desapareció durante mil años. Conseguimos recuperarla de chiripa. —Lourds sonrió, le encantaba su ingenuidad—. ¿Te parece importante una bomba nuclear?

—No te entiendo.

—Los Estados Unidos han perdido al menos siete desde la Segunda Guerra Mundial. Eso contando solamente las confirmadas. Puede haber muchas más. Por no hablar de todas las armas nucleares que «desaparecieron» tras la caída de la Unión Soviética.

—Eso son cosas secretas. Se suponía que nadie debería saber nada de ellas.

—Quizá la campana y el címbalo también lo eran.

Leslie lo miró con mayor detenimiento.

—¿Eso es lo que crees?

—Me he puesto en contacto con varios amigos que trabajan en museos o que tienen colecciones particulares, además de compañías de seguros. Cuando desapareció la campana imaginé que nuestros inoportunos adversarios podían haber robado otros objetos parecidos. El que no haya encontrado nada, excepto el címbalo, indica que se fabricaron muy pocas cosas como ésas.

—¿Quieres decir que la campana y el címbalo son únicos?

—Todavía no puedo hacer esa suposición, pero creo que sí.

—Y que otras personas también los buscan.

—Exactamente.

—Ya sabes, la campana y el címbalo estaban tan alejados y eran tan desconocidos… Ninguno de los dos estaba al cuidado de un coleccionista o una institución. Pero cuando aparecieron, alguien muy cruel los estaba buscando. Apuesto mi reputación a que encontrarás algo.

—Evidentemente algo hay, si no, nada de todo esto habría ocurrido. Nadie habría matado por esas piezas.

Aeropuerto internacional de Domodedovo
Moscú, Rusia
21 de agosto de 2009

Después de recoger el equipaje de mano, que era lo único que habían llevado desde Alejandría, Lourds y Leslie recorrieron un túnel hasta los controles de seguridad del aeropuerto.

Lourds miró el reloj y vio que eran apenas las cinco pasadas, hora local. Estaba cansado porque no había conseguido relajarse en el vuelo. Normalmente dormía como un niño en los aviones, pero en aquella ocasión su cabeza estaba demasiado ocupada. Leslie no había tenido ese problema y había descansado bien.

Mientras hacían fila con el resto de los viajeros, Lourds observó un grupo de guardias de seguridad uniformados de la East Line Group.

Un guardia, de unos cincuenta años, clavó en Lourds sus apagados ojos grises. Miró una fotografía que llevaba en la mano.

—¿El señor Lourds? —preguntó con marcado acento.

—Catedrático Lourds —lo corrigió sin intentar negar

quién era. Si los guardias de seguridad tenían su foto, seguro que sabían que estaba en la lista de pasajeros.

—Acompáñeme, por favor.

—¿De qué se trata?

—No haga preguntas, limítese a acompañarme.

Como no se movió con la diligencia que esperaba, aquel hombre lo agarró con fuerza por el brazo y lo sacó de la fila.

—¿Qué pasa? —preguntó Leslie intentando seguirlos.

Un guardia joven le cortó el paso y no dejó que avanzara.

—No —dijo el guardia.

—No pueden hacer esto —protestó Leslie.

—Ya está hecho —replicó el joven—. Permanezca en la fila, por favor. Si no, tendré que detenerla o deportarla.

Leslie miró a Lourds.

—Quizá deberías ponerte en contacto con el Departamento de Estado —le aconsejó Lourds intentando mantener la voz calmada, como si esas cosas le ocurrieran todos los días. Pero no era así: estaba muy asustado. Una cosa era ser un invitado en un país extranjero y otra que te trataran como a un enemigo del Estado.

7

Aeropuerto internacional de Domodedovo
Centro de detención, Moscú, Rusia
21 de agosto de 2009

*L*ourds intentó mantener la calma en el centro de detención. A pesar de que los guardias no le habían dado ese nombre, aquel espacio parecía una prisión.

Sus anodinas paredes parecían cernirse sobre él. La pintura gris era un deprimente añadido, Lourds pensó que absorbía el color, la vida y todo lo que había en la habitación, incluido a él mismo.

Una gastada mesa de madera y tres sillas ocupaban el centro. La de Lourds estaba en uno de los extremos, sola. Si aparecía alguien para ocupar las otras dos, contaban de antemano con el factor intimidación para suavizarlo, al igual que habrían hecho con cualquiera al que hubieran obligado a estar allí sentado durante mucho tiempo.

Se habían llevado el ordenador, la bolsa y el móvil.

Sabía que lo estaban observando. Como aquellas paredes grises no tenían espejos o cristales espía, imaginó que lo vigilaban mediante cámaras ocultas en la pared o en el techo. Cada vez que se había levantado para estirar las piernas, uno de los guardias había entrado para decirle que se sentara.

Era guapa. Una abundante cabellera de color rojo le caía hasta los hombros. Lo miró con sus cálidos ojos marrones. Llevaba un traje sastre de color gris, que complementaba su pelo y su complexión.

Sin pensarlo, Lourds se levantó. Sus padres lo habían educado bien.

Pero la mujer lo detuvo inmediatamente y se llevó la mano a la cadera.

—Siéntese —le ordenó.

Lourds obedeció. Incluso si no hubiese entendido lo que le había dicho, su gesto lo había dejado muy claro. Llevaba un arma.

—No pretendía ofenderla. Me enseñaron a ponerme de pie cuando una mujer hermosa entra en una habitación, por respeto. Supongo que tendré que agradecerle a mi madre el que casi me haya disparado.

La mujer permaneció de pie. Tenía una mirada apagada y endurecida.

—Mire, no sé lo que cree que he hecho, pero…

—¡Silencio! —le ordenó la mujer—. ¿Es el catedrático Thomas Lourds?

—Sí —respondió.

—¿Qué está haciendo aquí?

—Soy ciudadano de Estados Unidos y tengo un visado para viajar por este país.

—Una sola palabra mía, una sola… —lo interrumpió—, y se cancelará su visado y saldrá en el próximo avión. ¿Lo entiende?

Supo que no estaba tirándose un farol.

—Sí.

—En este momento está aquí porque yo se lo permito. ¿Por qué ha venido?

—He venido a ver a un amigo. Ivan Hapaev.

—¿Cómo conoció a Ivan Hapaev?

—A través de su mujer.

—¿Yuliya Hapaev?

Lourds asintió.

—Yuliya y yo nos hacíamos consultas a menudo. Enseño…

—Lenguas. Sí, ya lo sé —lo interrumpió—. Pero Yuliya Hapaev está muerta.

—Lo sé, he venido a dar el pésame.

—¿Se conocen mucho usted e Ivan Hapaev?

Decidió decir la verdad.

—No.

—¿Ha hecho este viaje para ver a un hombre al que sólo conoce superficialmente en un momento en el que llora la pérdida de su mujer?

—Tengo otros asuntos que solucionar en Moscú. Quería estar el tiempo suficiente para ver a Ivan.

—¿Qué otros asuntos?

—Proyectos de investigación. Es en lo que estoy trabajando ahora.

—¿Es buen amigo de Ivan?

—La verdad es que conocía mejor a su mujer. Como le he dicho, la doctora Hapaev y yo éramos…

—Colegas.

—Sí.

—Si eran tan amigos, yo le habría conocido.

—Estoy seguro de que no conoce a todas las personas relacionadas con la doctora Hapaev.

—Conocía a muchas. —La mujer buscó en su chaqueta y sacó una identificación—. Me llamo Natashya Safarov, la doctora Hapaev era mi hermana.

«¡Su hermana! —Lourds la observó con mayor detenimiento y distinguió su parecido. Lo había tenido todo el tiempo—. Bueno, esto sí que era algo inesperado.»

—Estoy investigando el asesinato de mi hermana, señor Lourds —le explicó guardando la identificación. Estudió su cara. Era un hombre atractivo y parecía estar realmente preocupado por lo que le había sucedido a Yuliya.

—¿Por qué me han detenido? —preguntó mirándola.

—La noche que asesinaron a mi hermana usted la llamó al móvil.

—Para prevenirla. Ese címbalo que estaba estudiando tenía una inscripción muy parecida a la que había en una campana que robaron hace pocos días a un equipo de televisión en Alejandría. Casi nos matan.

—Hábleme de eso.

Y

Lourds le contó lo sucedido, con todo detalle. Cuando terminó el relato añadió:

—Siento mucho lo de su hermana, inspectora Safarov. Era una mujer excelente y la quería mucho. Me habló mucho de usted. Me dijo que su madre había muerto y que estaban muy unidas. Sé que haberla perdido debe haber sido muy duro.

Natashya, que no supo qué decir, permaneció en silencio.

—No sé quién mató a Yuliya —continuó Lourds—. Si lo supiera se lo habría dicho.

—¿Sabe por qué la mataron?

—Tal como le he dicho, lo único que se me ocurre es que tenga relación con el címbalo.

—¿Sabe qué es o quién puede quererlo?

Lourds negó con la cabeza.

—Me temo que no. Si lo averiguo, también se lo diré. Y estoy dispuesto a buscarlos por la campana que se llevaron.

Buscó en su chaqueta, sacó el visado y el pasaporte de Lourds del bolsillo, pero no se los ofreció directamente.

—Estaba allí la noche que asesinaron a mi hermana —confesó.

El semblante de Lourds mostró su tristeza. Natashya notó que era un sentimiento sincero.

—Lo siento, debió de ser horrible.

Natashya no dijo nada.

—Los hombres que la mataron y robaron el címbalo eran profesionales —aseguró, intentando que sus palabras lo asustaran.

Lourds pareció preocupado y quizás un poco incómodo, pero no sorprendido.

—Los de Alejandría eran muy buenos también.

—Disfrute de su estancia en Moscú, catedrático Lourds. Espero que encuentre lo que ha venido a buscar. —Le entregó el visado y el pasaporte, y una tarjeta con su nombre y el teléfono al que podía llamarla—. Si descubre algo relacionado con el asesinato de mi hermana, hágamelo saber.

Lourds metió los papeles en el bolsillo de su chaqueta.

—Por supuesto. Será un placer poder hacerlo.

Natashya pensó que el catedrático norteamericano mentía sin malicia. Apreciaba esa habilidad en otras personas.

Cansado y frustrado, y seguro de que la hermana de Yuliya no acababa de creerse todo lo que le había contado, Lourds se dirigió a la pequeña oficina que había al lado del centro de detención, donde le esperaba Leslie.

Habían pasado casi dos horas. Estaba sentada en una dura silla junto a las bolsas de viaje. El estuche con el ordenador de Lourds estaba en la parte de arriba.

Leslie se puso de pie y estudió a Lourds con preocupación.

—¿Estás bien?

—Sí. ¿Has estado aquí todo el tiempo?

—Sí, llamé a la embajada estadounidense. Enviaron a una persona, pero la inspectora Safarov dijo que no era necesario. Aseguró que iba a ponerte en libertad en cuanto te interrogara, así que se fue.

—Es lo que ha hecho.

—¿Por qué te han detenido?

—Es complicado de explicar, quizá deberíamos hablar de esto en otro sitio —sugirió. Quería salir de la terminal. Al Servicio Federal de Seguridad le encantaban sus juguetitos electrónicos de vigilancia. Cogió su bolso de viaje y colocó el de Leslie sobre el suyo. Como tenía ruedas era mucho más fácil de llevar.

Tenía ganas de salir y ponerse en marcha. Después de las horas pasadas en el avión y en el centro de detención, empezaba a sentir cierta claustrofobia.

Leslie encabezó la marcha hacia la puerta y Lourds la siguió.

Fuera del edificio de seguridad, Natashya observó al catedrático y a la joven entre el tumulto de gente que se dirigía hacia las agencias de alquiler de vehículos. La confusión y las emociones se dispararon. Odiaba tener que dejar ir a Lourds sin averiguar antes todo lo que había dicho.

Lourds tenía un plan. Lo había protegido durante el interrogatorio, había hablado sobre él con rodeos. Quizás alguien menos preparado no se habría dado cuenta, pero Natashya había detectado enseguida ese vacío.

—¿Va a dejar que se vaya sin más, inspectora? —preguntó una calmada voz masculina.

Natashya miró por encima del hombro y vio que Anton Karaganov estaba a su lado. Aquel joven era su compañero, el oficial de entrenamiento.

Karaganov era silencioso e intenso, un buen ruso. Bebía, pero no demasiado, y era respetuoso con su novia. A Natashya le gustaba por todas esas cosas. Esas características no eran frecuentes en la Policía rusa.

—Le he dejado ir, pero no quiero que vaya muy lejos sin vigilancia. No lo vamos a perder de vista.

—La seguridad del aeropuerto ha soltado a Lourds.

Gallardo estaba fuera de la terminal, en el interior de un Lada cuatro puertas, con diez años de antigüedad. El sol había desteñido la pintura negra del exterior y había conseguido que tuviera el mismo aspecto que cualquier otro coche. Se llevó el auricular al oído.

—¿Dónde está?

—Con la mujer, recogiendo un coche de alquiler. —El hombre que permanecía al otro lado de la conexión había estado vigilando el centro de detención. También había informado de que los guardias de seguridad habían detenido a Lourds.

—Síguelo, no quiero perderlo —le indicó antes de dejar los auriculares sobre el muslo.

En el Lada había otros tres hombres: DiBenedetto al volante; detrás, dos de los hombres que habían contratado para el trabajo en Rusia. Todos iban armados. De hecho, iban muy armados.

Gallardo quería irse de Moscú. A pesar de que, según las noticias, el FSB de Moscú no tenía ninguna pista sobre las personas que habían asesinado a Yuliya Hapaev, sabía que mientras permaneciera en el país sería una presa fácil. En aquellos tiempos, el Servicio Federal de Seguridad —Federalnaya Sluzhba Bezopasnosti— contaba con oficiales de Policía muy inteligentes, y no se les podía comprar a todos.

Al cabo de unos minutos, Gallardo vio que Lourds y la joven salían de la terminal y se dirigían hacia el aparcamiento de vehículos de alquiler. Se subieron a un Lada de un modelo más reciente y se unieron al tráfico.

—Muy bien, veamos adónde van —le comentó a DiBenedetto.

Sin ningún esfuerzo, DiBenedetto se hizo hueco entre los coches, aunque le cortó el paso a un taxi. El conductor hizo sonar el claxon en protesta. Como cabía esperar, DiBenedetto tocó el suyo y siguió conduciendo.

Gallardo llamó a los otros tres coches que cubrían la llegada del catedrático al aeropuerto para comunicarles su posición y ordenarles que se pusieran en marcha: seguir de cerca un objetivo siempre era más fácil con varios vehículos. DiBenedetto estaba familiarizado con las calles de Moscú, al igual que el resto de los conductores. Gallardo estaba seguro de que no perderían a Lourds.

Lo siguieron por etapas y cambiaron varias veces el coche que los seguía para que Lourds no sospechara. Gallardo no creía que pudiera hacerlo. A pesar de todo lo que había viajado, todo aquello era nuevo para él. No había dado ninguna muestra de que creyera que lo seguían.

Al poco rato dio la impresión de que se dirigían a un sitio en concreto.

Gallardo hizo otra llamada. En esa ocasión a Murani.

Habitaciones del cardenal Stefano Murani
Status Civitatis Vaticanae
21 de agosto de 2009

Murani estaba frente a su escritorio con unos mapas antiguos y unas copias de libros que llevaba años estudiando, extendidos delante de él. Las excavaciones en Cádiz del padre Emil le habían proporcionado un nuevo marco de referencia para las antiguas historias y los pocos hechos que había en manos de la Sociedad de Quirino.

Cuando volvió a estudiar aquellas herramientas intentando encontrar una nueva forma de descubrir los secretos que estaba seguro que contenían, la irritación se apoderó de él.

«Secretos no, sólo uno», se corrigió.

Miró las fotografías de la campana y lamentó que los líderes de la sociedad se la hubieran llevado. Le tenían miedo, les aterraba el poder que representaba. La campana era la primera prueba física que tenían sobre la verdad de las leyendas que se habían ido transmitiendo sobre la Atlántida y todo lo que había desaparecido en ella.

A pesar de que los arzobispos pertenecientes a la Sociedad de Quirino habían recibido esas historias de los que les habían precedido, y cada uno de ellos elegía a su sucesor en el seno de la Iglesia con la aprobación del resto de los arzobispos, ninguno de ellos había visto ninguna prueba de que existiera ese secreto.

Cuando lo introdujeron por primera vez en la sociedad, Murani no había creído en él tampoco. La Iglesia albergaba muchos y algunos sólo eran leyendas.

«Pero no éste —pensó—. Éste es verdadero.»

La existencia de la campana había puesto a la sociedad en una situación difícil. Una cosa era proteger un secreto por costumbre; otra, aceptar que era real y que tenía el poder para destruir el mundo.

«O rehacerlo», se dijo a sí mismo. Ésa era la idea a la que se aferraba con fuerza.

Levantó la vista de los libros y mapas que tenía delante y miró la televisión. La CNN volvía a repetir las imágenes de «Destino: ¿La Atlántida?», que habían emitido la noche anterior.

Cogió el mando a distancia y subió el volumen.

El periodista era un joven norteamericano llamado David Silver.

Pensó distraídamente si habría acortado su apellido, de

Silverman, y si sería judío. A su manera, los judíos eran casi tan malos como los musulmanes. Ambos le restaban valor a la Iglesia y a la verdad. Llevaban años chupando poder de la Iglesia.

—La excavación está muy avanzada aquí en Cádiz, España —decía Silver—, aunque va muy lenta. Según me han informado, en esta zona hubo varias ciudades durante miles de años. Todas ellas añadieron su capa de estrato. Normalmente se iban construyendo una sobre otra conforme iban desapareciendo. El padre Sebastian está muy entusiasmado con lo que ha encontrado.

—¿Puedes contarnos algo acerca de lo que han desenterrado? —preguntó la presentadora que había en el estudio.

—Al parecer la mayoría son objetos normales que los arqueólogos suelen hallar en excavaciones como ésta. Herramientas, vajilla, monedas…

—¿Has tenido oportunidad de hablar con el padre Sebastian?

—Sí.

—¿Te ha confirmado si están buscando la Atlántida?

Silver se echó a reír y meneó la cabeza.

—Tal como he podido comprobar, el padre Sebastian es una persona muy seria en lo que respecta a su trabajo. No permite especular con lo que su equipo y él vayan a descubrir. De hecho, las veces que le he oído hablar, se ha tomado muchas molestias en recalcar que todo lo que se ha comentado sobre esta excavación no guarda relación con nada que él dijera o sugiriera.

—Entonces, ¿de dónde ha salido esa idea acerca de la Atlántida? —preguntó la presentadora.

—De uno de los historiadores locales —indicó Silver—. El historiador y filósofo griego Platón describió la ciudad de Atlántida en sus diálogos de Timeo y Critias. Esa descripción, según el catedrático Francisco Bolívar, se ajusta a las características de la topografía de la zona.

La pantalla del televisor se oscureció un momento y después mostró una transparencia con anillos concéntricos.

—Según la descripción de Platón —continuó Silver—, la

isla que llegó a conocerse como Atlántida fue cedida a Poseidón, el dios del mar. Gran parte de la isla estaba bajo el agua. Quiso la suerte, y para gran deleite de los narradores si se me permite opinar, que Poseidón conociera a una mujer que vivía en el interior. No se sabe cómo llegó hasta allí, pero allí estaba.

Murani no hizo caso al tono desdeñoso del periodista.

—Poseidón se enamoró de ella. Juntos tuvieron cinco pares de gemelos. Todos niños. Poseidón construyó un palacio en una pequeña montaña de la isla —dijo Silver—. La historia continúa describiendo los tres fosos que rodeaban la ciudad.

La imagen del televisor mostró la descripción de la montaña y de los tres círculos que representaban los fosos.

—Poseidón llamó Atlas al mayor de sus hijos y lo nombró rey de la isla. El océano Atlántico lleva su nombre. La gente que vivía en esa isla era conocida como atlantes —continuó Silver—. Construyeron puentes por encima de los fosos para llegar al resto de la isla. También, en teoría al menos, llegaron a practicar aberturas en los muros de los fosos para que los barcos pudieran pasar e incluso entrar en la ciudad.

Un cuadro que mostraba la fabulosa ciudad apareció en la pantalla. Barcos con las velas desplegadas navegaban elegantemente por los canales y túneles cercanos a la hermosa ciudad que había en el centro de los fosos.

—Se supone que había muros que reforzaban los fosos. Según Platón, estaban hechos con piedras rojas, negras y blancas extraídas de los propios fosos. Después se recubrían con oricalco, latón y estaño.

Una imagen generada por ordenador mostró el brillo de la luz del sol sobre el metal.

—Parece un pintoresco lugar al que hacer una escapada —comentó la presentadora.

La cámara volvió a Silver un momento. Éste sonrió y asintió.

—En sus tiempos seguramente lo fue, pero un día la Atlántida desapareció.

—¿Cómo?

—Platón no lo sabía a ciencia cierta. Su suposición era que los atlantes entraron en guerra con los atenienses. Éstos consiguieron organizar una firme resistencia contra los atlantes, porque se decía que eran esclavistas de la peor especie.

—No sabía nada de la cuestión de la esclavitud.

—La historia es fascinante, ¿verdad? —dijo Silver como si la historia fuera un invento nuevo—. En cualquier caso, la isla se vio sacudida por terremotos e inundaciones. Se dice que se hundió en el océano Atlántico en un solo día.

—Pero si la Atlántida era una isla, ¿por qué está trabajando allí el padre Sebastian? El yacimiento no está en una isla.

—Tienes que recordar que el padre Sebastian no ha dicho que estuviera buscando la Atlántida. Simplemente dice que está estudiando unas antiguas ruinas. Las historias sobre la Atlántida son rumores suscitados por las excavaciones.

—Decir que esa zona pueda ser la Atlántida es un poco exagerado. ¿Por qué iba a pensar nadie una cosa así?

—Porque, vista desde el aire, esta parte de Cádiz encaja con la descripción.

Una nueva imagen apareció en la pantalla: una transparencia de los supuestos fosos formaban círculos sobre la ciudad. Mientras Murani seguía pendiente, la imagen se superpuso sobre la imagen topográfica de la zona en la que trabajaba el padre Sebastian. Encajaba bastante. Sin embargo, por lo que sabía por su trabajo en la sociedad, había otros lugares que también encajaban.

—La isla podría haberse convertido en parte del continente —sugirió Silver—. Platón dejó claro que la isla estaba conectada con tierra firme, aunque bajo el agua.

—Durante todos estos años, los cazadores de tesoros que buscaban la Atlántida creían que era una ciudad inundada —dijo la presentadora.

—Durante un tiempo, esta porción de tierra estuvo sumergida. Al igual que gran parte de Europa. Unos paleontólogos descubrieron una ballena prehistórica enterrada en una montaña italiana no hace mucho tiempo. Pero una subida del nivel del mar, la corriente continental, algún tsunami, cualquier cosa podría haberla sacado del fondo del mar y elevarla o empujarla hasta tierra firme y conseguir que formara parte de ella.

Murani observó la forma en que la plantilla encajaba en las características topográficas de Cádiz. Por supuesto, aquello era obra de un artista, el dibujo original de la Atlántida se basaba en la descripción milenaria y de segunda mano de Platón, y sabía que sus proporciones y su situación eran temas abiertos a la discusión. Pero incluso a él le pareció bastante ajustado.

—Si se fijan podrán ver dónde se alzó en tiempos la Atlántida. Quizá las excavaciones del padre Sebastian han dejado al descubierto lo que podría ser uno de los tres fosos y una serie de los túneles que lo atravesaban. Es lógico imaginar por qué se extendieron los rumores.

El teléfono de Murani sonó y contestó.

—Lo esperaba la FSF —dijo Gallardo. No hubo necesidad de utilizar nombres. Los dos sabían de quién estaban hablando.

—¿Por qué?

—La hermana de la arqueóloga resultó ser inspectora de Policía.

Murani se recostó en su cómoda silla para pensar en las implicaciones que podía tener aquella revelación.

—Qué inoportuno.

—Me habría venido bien saberlo antes de ir a buscar el címbalo. Podríamos habernos evitado el problema.

—¿Qué problema?

—La inspectora utilizó su rango para hacer que lo detuvieran nada más bajar del avión. Eso es sin duda una clara implicación por su parte.

Murani estuvo de acuerdo, aunque no lo dijo.

—No puede haberle dicho nada. No puede saber nada.

—Sabe más de lo que me gustaría que supiese. De alguna forma ha relacionado los dos objetos. Ya lo sabías, por eso me enviaste aquí.

—Tras haberlo pensado, creo que he sido negligente en mi decisión de que te olvidaras de él.

—Creo que sabe algo que desconocemos. Lo estamos siguiendo de cerca. Por la forma en que se mueve, deduzco que tiene un plan.

Murani se volvió hacia el ordenador y abrió la carpeta del

catedrático Thomas Lourds. Mucha gente opinaba que era el lingüista más importante del mundo.

—El equipo de televisión sacó fotografías del objeto egipcio —dijo Murani—. La arqueóloga tenía fotografías del objeto en su habitación del hotel. Con las fotografías digitales a mano, las imágenes de la campana podían ser legibles.

—¿Crees que ha traducido la inscripción?

Murani no quiso creer que eso pudiera ser verdad. Todos los expertos de la Sociedad de Quirino habían estudiado la campana y las fotografías del címbalo, éste todavía no había llegado a la Ciudad del Vaticano, pero ninguno había conseguido hacer una traducción.

Pero Lourds…

El desasosiego le embargó sumándose a sus dudas. No le gustaba correr riesgos. Todo lo que había hecho hasta ese momento, todos los subterfugios que había logrado idear a espaldas del resto de los miembros de la Sociedad de Quirino habían estado cuidadosamente calculados. Cuando había planeado aquello, Murani había descartado la posibilidad de que pudieran surgir problemas.

Pero Lourds era impredecible.

—Averigua si ha conseguido traducir alguna de las inscripciones o si sabe algo de los objetos. Si lo sabe, quiero hablar con él. En privado. Pero si no lo sabe, asegúrate de que no interfiera más en este asunto.

8

Moscú, Rusia
21 de agosto de 2009

—No has dicho adónde vamos.

Lourds miró a la joven e intentó entender lo qué había dicho.

—¿Qué?

—Que no has dicho adónde vamos —repitió Leslie—. He intentado estar callada y ser una buena chica, pero no ha funcionado.

—A mí tampoco —dijo Gary desde el asiento de atrás. Gary era el cámara que Leslie había reclutado para la excursión a Moscú. Gary Connolly tenía unos veinticinco años y el pelo largo y rizado que le caía sobre sus estrechos hombros. Llevaba gafas redondas y una camiseta negra del concierto de U2, *Shake, Rattle and Hum*, que ya tenía unos años.

Como norma, a Lourds no le gustaba revelar todos sus planes hasta estar listo.

A pesar de todo, quería darle algo a Leslie. Se lo debía.

—Vamos a la Universidad Estatal de Moscú M. V. Lomonósov.

—¿Y qué hay allí?

—Como te dije, Yuliya y yo nos hacíamos consultas sobre diversos proyectos de trabajo a lo largo de los años. —La voz de Lourds sonaba tensa—. Era una buena amiga. —Hizo una pausa—. A veces trabajaba con documentos que contenían secretos de Estado. Algunos de sus descubrimientos revelaban cosas que gente poderosa de Rusia no quería que conocieran otros países. En Rusia, incluso en la moderna Rusia, eso puede implicar una sentencia de muerte.

—Hasta ahí te sigo, pero eso no explica por qué vamos a la universidad.

—Yuliya era una entregada artesana en su trabajo. Odiaba pensar que las grandes historias en las que estaba trabajando no vieran nunca la luz del día. Quería que hubiera alguien capaz de encontrar sus proyectos si le ocurría algo. Así que…

—Fabricó un escondrijo en la Universidad Estatal de Moscú. —Leslie acabó la frase. Sonrió, tanto por lo que les esperaba como por su capacidad para entender el motivo del viaje.

—Exactamente. —Lourds le regaló una de las sonrisas que normalmente reservaba para las estudiantes listas que hacían un buen razonamiento lógico.

—Lo complicado será salir del país con lo que haya dejado.

Lourds no dijo nada, pero estaba seguro de que salir del país sería solamente uno de los problemas con los que iban a enfrentarse.

Universidad Estatal de Moscú M. V. Lomonósov
Moscú, Rusia
21 de agosto de 2009

—No imaginaba que fuera tan grande —se maravilló Leslie.

Lourds levantó la cabeza y miró la imponente estructura. La torre central del edificio principal tenía treinta y seis pisos. La universidad había sido fundada en 1755, pero fue Stalin quien ordenó la construcción del edificio principal. Había sido uno de los siete proyectos de construcción obligatoria durante el mandato del antiguo secretario general del Partido Comunista. En la década de los cincuenta, el edificio principal y sus gemelos habían sido los edificios más altos de Europa.

Relojes, barómetros y termómetros gigantes, estatuas y relieves decoraban el exterior del edificio. En su interior había una comisaría de Policía y una estafeta de correos, oficinas administrativas, bancos, biblioteca, una piscina y varias tiendas.

Lourds tuvo que admitir que resultaba extremadamente impresionante para alguien que la viera por primera vez.

—Ya, yo sentí lo mismo la primera vez que la vi. Creo que uno no se acostumbra nunca.

Dejaron el coche en una calle cercana en vez de aparcar dentro de la universidad. Leslie preguntó que por qué tenían que andar tanto, y Lourds le explicó que no quería llamar la atención.

Leslie aceptó a regañadientes la larga caminata. Gary parecía menos entusiasmado con la idea.

Las instalaciones, a pesar de las duras condiciones económicas a las que se enfrentaba el país, estaban bien equipadas y limpias. Se veían arbustos y matorrales en flor, aunque fueran modestos.

Estudiantes y profesores caminaban por los pasillos o se reunían frente a los edificios. Lourds sintió una punzada de nostalgia al ver a esos grupos. Se acordó de sus clases. Sus asistentes eran competentes y apasionados con sus estudios, pero a él le gustaban los primeros días de clase, pues le encantaba conocer a sus alumnos antes de que se sumergieran en el aprendizaje.

Unos cuantos profesores lo saludaron mientras caminaba resueltamente. Devolvió los saludos sin pensarlo, en el idioma y con el acento de su interlocutor. Al poco rato se dio cuenta de que Leslie ponía cara meditabunda y se acordó de que no hablaba ruso, y mucho menos ninguno de sus dialectos.

Subió unas escaleras y aprovechó un momento que estuvieron los tres solos.

—Sonreíd y asentid con la cabeza, yo me encargaré de las conversaciones —les indicó a Leslie y a Gary.

—Vale, pero me siento un poco extraña. No es como ir de compras a Chinatown. Allí me las apaño aunque no sepa chino. Sé que puedo comunicarme con la gente porque la mayoría de ellos hablan inglés, aunque sea rudimentario.

—Aquí la gente habla bastante mejor el inglés —les advirtió—. La mayoría de los norteamericanos no hablan otros idiomas. Los niños de las escuelas inglesas tratan con más idiomas que los niños estadounidenses, así que imaginaba que eras bilingüe. En Rusia la gente se ha preocupado por hablar nuestro idioma. En muchos casos muy bien.

—Vale.

—Así que seguramente podrías conversar con cualquiera de los que nos cruzamos, pero no me gustaría que comentaran que habían visto a un grupo de extranjeros por los pasillos.

—De acuerdo.

Lourds enseñó el carné de la biblioteca que le había conseguido Yuliya e intercambió cumplidos con el anciano que cuidaba de las colecciones de aquella inmensa biblioteca. El hombre lo recordaba de anteriores visitas con Yuliya.

—Ah, profesor Lourds. ¿Otra vez entre nosotros?

—Por poco tiempo —contestó Lourds mientras le entregaba el carné para que lo escaneara.

—¿Puedo ayudarle en algo? —inquirió el hombre devolviéndole el documento.

—No, gracias, conozco el camino.

Lourds fue hasta la parte trasera de aquella gran sala llena de libros. Cuando el bibliotecario no podía verlos, atravesó las estanterías haciendo un camino serpenteante hasta su objetivo. La biblioteca estaba equipada con cámaras de vigilancia y no quería parecer demasiado decidido.

Había pocos profesores y estudiantes. Ninguno parecía excesivamente interesado en ellos.

Avanzó por un pasillo y encontró la sección dedicada a la lingüística. Notó con satisfacción que había muchos más volúmenes con su nombre. Por supuesto, algunos eran traducciones de *Actividades de alcoba*. Los gastados lomos indicaban que se habían leído mucho.

—Veo que los gustos de los universitarios no cambian de un país a otro —comentó Leslie sarcásticamente.

—No mucho, pero, aun así, cualquier cosa que los lleve a

buscar conocimientos me parece bien. El sexo, o al menos la promesa del sexo, atrae más atención que cualquier otra cosa en el mundo, sobre todo si eres un chaval sano de diecinueve años —comentó mirando a Leslie—. Y no sólo les gusta a los adolescentes. Que yo recuerde es el libro que hizo que te fijaras en mí y, sin duda, fue el que utilizaste para convencer a tus productores.

Las mejillas de Leslie se sonrojaron levemente.

—Al Departamento de Marketing le encantó la idea, por supuesto.

—Pues claro, y espero que se mencione en los anuncios de la serie de televisión.

—¿Te molestaría?

—En absoluto. Me pagan derechos —aclaró sonriendo—. Como puedes ver ha sido una especie de *bestseller* internacional. Me ha permitido un estilo de vida diferente al de un simple estudioso.

Se arrodilló delante de los libros. Sacó uno y pasó la mano por la parte de abajo del estante superior. No notó nada.

Sintió cierta desazón. No esperaba irse con las manos vacías. Se apartó.

—¿Qué pasa? —preguntó Leslie.

—No hay nada.

Leslie se arrodilló a su lado y miró bajo el estante.

—Puede que no tuviera tiempo de dejar nada.

Leslie levantó la vista y miró los libros que había en el estante superior.

—Ahí también hay varios libros tuyos.

Lourds miró y comprobó que era cierto.

—Al parecer la biblioteca ha adquirido más ejemplares de mis obras. —Pasó los dedos por la parte interior del estante y notó el afilado borde de un estuche de DVD. Tiró de él, pero no se desprendía con facilidad.

—¿Qué pasa? —preguntó Leslie.

—Está pegado. —Lourds sacó una linterna de bolsillo y miró la fina caja de plástico. La luz dejó ver unos pegotes de líquido seco en los bordes.

—Parece pegamento —indicó Leslie.

La estantería se movió. En su segundo intento, el estuche se rompió. Lo sacó y lo sujetó entre los dedos.

—Tío, espero que no lo hayas roto —comentó Gary.

Lourds observó la pálida superficie de la caja, pero no consiguió ver el contenido. Esperaba no haberlo estropeado.

En ese momento apareció una figura en el otro extremo de la sala.

—¿Profesor Lourds?

Éste levantó la vista y vio al bibliotecario.

—¿Pasa algo? Me ha parecido oír un ruido.

No supo qué decir. No tuvo tiempo de ocultar la caja del DVD; seguro que el bibliotecario la había visto.

Gallardo se sentía vulnerable conforme avanzaba por la biblioteca de aquella universidad rusa. Llevaba ropa de calle —pantalones caqui, camisa Oxford y jersey— ocultos con un largo abrigo de lana. Pero su vestuario no podía hacer nada por disimular su mirada. Un solo vistazo y cualquiera se daría cuenta de que no era un estudiante.

DiBenedetto y Cimino cubrían sus flancos. El más joven de ellos hacía comentarios cuando alguna mujer pasaba a su lado. Sonreía y actuaba como si fuera un estudiante camino de un examen.

Miroshnikov, uno de los hombres que había reclutado para que le ayudaran en Moscú, estaba en la puerta de la biblioteca. Había sido el que había seguido a Lourds y al equipo de televisión hasta edificio.

—¿Sigue dentro? —preguntó en inglés, porque era el único idioma con el que podía comunicarse con Miroshnikov.

—Sí.

Gallardo asintió y metió una mano en el bolsillo del abrigo para palpar la pistola con silenciador que llevaba.

—¿Dónde?

—En los pasillos del fondo.

—Vamos.

Miroshnikov entró el primero, seguido de cerca por Gallardo. Oyeron un sonido a la izquierda. El anciano que había detrás del mostrador se alertó. Salió de su puesto y se dirigió hacia donde provenía el ruido.

Gallardo siguió al bibliotecario, pero hizo una señal a Di-Benedetto y a Cimino para que se desplegaran. Desaparecieron entre las estanterías de inmediato.

Miroshnikov iba delante de Gallardo, hacia la izquierda. Tenía un buen ángulo de tiro y su mano se acomodó a la pistola de su bolsillo.

El bibliotecario se detuvo tan de repente que Miroshnikov casi tropieza con él.

—Profesor Lourds —dijo el bibliotecario con un ligero tono acusador.

Gallardo salió del campo de visión justo a tiempo y prestó atención. Miroshnikov cruzó el pasillo y ocupó su posición en la siguiente estantería.

Cuando Lourds contestó, Gallardo identificó su voz, pero no entendió lo que decía. Evidentemente hablaba muy bien el ruso.

Echó un vistazo desde la esquina de una estantería y vio a Lourds y al equipo de televisión frente al bibliotecario, como niños con cara de culpables. El anciano se interpuso entre ellos, obviamente preocupado por lo que había pasado.

La caja de plástico que Lourds tenía en la mano atrajo la atención de Gallardo. Por lo enfadado que parecía el bibliotecario estaba seguro de que llamaría a seguridad. Sabía que no podía dejar que aquello ocurriera.

Sacó el arma del bolsillo, se cubrió con un pasamontañas y salió de detrás de la estantería. Miroshnikov hizo lo mismo. Los silenciadores enroscados en los cañones de las pistolas aumentaban su tamaño y les conferían un aspecto amenazador. Gallardo esperaba que sólo enseñarlas bastaría para que nadie intentara hacer ninguna locura.

—Me llevaré eso —gritó en inglés.

El bibliotecario se dio la vuelta con grandes muestras de irritación. Gallardo imaginó que intentaba echarle una feroz reprimenda, pero aquel impulso se heló en los marchitos labios del anciano cuando vio el arma.

—¡De rodillas! —le ordenó Gallardo—. Cruce los tobillos.

El bibliotecario obedeció y apenas consiguió hacer lo que le había pedido.

Lourds mantuvo el suficiente aplomo como para empezar a echarse hacia atrás. Cogió a la joven de la mano y tiró de ella.

—Si tengo que disparar lo haré, señor Lourds —lo amenazó apuntándole con la pistola—. Empiezo a pensar que muerto me causará menos problemas.

DiBenedetto apareció al otro lado del pasillo.

Bloqueada la huida, Lourds se quedó quieto.

Gallardo sonrió. Sabía que aun a través del pasamontañas, notarían su amenazadora expresión. Avanzó lentamente y Miroshnikov lo siguió.

—Matémoslos, no los necesitamos vivos —sugirió DiBenedetto.

Un fuerte golpe sonó a la espalda de Gallardo antes de que éste pudiera hacer nada. DiBenedetto se hizo a un lado y cogiendo el arma con las dos manos apuntó hacia Gallardo.

—¡Cuidado! —le advirtió.

Gallardo intentó darse la vuelta, había oído el movimiento a su espalda. Cuando giró la cabeza vio a Miroshnikov inconsciente en el suelo. En ese mismo momento notó el cañón de una pistola en el cuello.

—Si te mueves, dispararé —lo amenazó una voz femenina.

Natashya Safarov mantenía la pistola pegada al cuello de aquel hombre corpulento. Si apretaba el gatillo, la bala le desgarraría la garganta.

Natashya notó la descarga de adrenalina mientras pensaba dónde estaría el otro hombre. Había llegado a la universidad después de Lourds y los hombres que lo seguían. Éstos no se habían percatado de que había aparcado a cierta distancia y les había seguido.

—Dile a tus amigos que tiren las armas o te mataré, y me arriesgaré a ver qué pasa con ellos. Personalmente confío más en mí. ¿Qué te parece?

Antes de que pudiera contestar, Lourds entró en acción. Natashya quiso gritar, iba a conseguir que lo mataran.

Lourds cogió la mano del pistolero y la levantó. El arma hizo un ruido seco y una bala impactó en el techo. Una leve nube de polvo cayó sobre ellos. Antes de que pudiera recobrarse, Lourds sacó un pesado volumen de la estantería y le golpeó en la cara.

La sangre brotó de la rota nariz de aquel hombre, que se encogió. Lourds aprovechó el momento para darle una patada a la pistola. Después se dio la vuelta, cogió la muñeca de la joven y la apremió para que se moviera.

Por increíble que pudiera parecer, el robusto tipo al que Natashya retenía empezó a moverse hacia delante. Lo agarró por la mandíbula y apretó el cañón del arma con fuerza sobre la piel.

—Mala idea.

El hombre se quedó quieto.

Los dos contemplaron impotentes cómo Lourds y sus dos acompañantes desaparecían entre las estanterías. Natashya maldijo en voz baja.

Levantó la vista, vio la cámara de seguridad que había en el techo y ordenó al hombre que avanzara hasta el final del pasillo. El pistolero joven intentó ir a gatas hasta la pistola. Natashya le dio una patada en la sien y el hombre cayó inconsciente.

Después le quitó el pasamontañas al hombre fornido. Lo arrojó lejos y giró su cara hacia la cámara.

—Dile a tu amigo que salga de su escondite, ¡ahora! —le ordenó.

—¡Cimino, sal donde pueda verte!

Al poco, el hombre apareció. Llevaba una pistola con silenciador colgando de un dedo por el guardamonte.

—¡Tírala hacia aquí! —le ordenó Natashya.

El hombre obedeció.

—¡Al suelo! ¡Sobre el estómago y con las manos cruzadas sobre la nuca! Estoy segura de que sabes hacerlo.

El hombre titubeó, pero Gallardo gruñó y Cimino se tumbó en el suelo.

Natashya dudó. Quería avisar por radio para pedir refuerzos y arrestar a aquellos hombres, pero sabía que Lourds conseguiría salir de Rusia si lo dejaba marchar. Entonces se fijó en el auricular inalámbrico que llevaba Gallardo en la oreja.

—¿Cuántos hombres hay afuera? —le preguntó.

Gallardo no contestó.

Natashya pensó que daba igual. Seguro que eran los suficientes como para matar o capturar a Lourds.

—¡Estira las manos! —Como no obedeció, le golpeó con la pistola en la cara.

Gallardo estiró las manos.

Con gran facilidad, Natashya le puso unas esposas en las muñecas.

—¡Al suelo!

Gallardo se tumbó lentamente. Natashya sabía que simplemente estaba esperando una oportunidad para poder darle la vuelta a la situación. Quería sorprenderla. Cuando estuvo en el suelo, lo esposó al hombre que seguía inconsciente.

Después echó a correr con la esperanza de poder evitar que los gorilas de aquel hombre mataran o capturaran a Lourds. Necesitaba que le contestara unas cuantas preguntas.

El corazón de Lourds latía deprisa. Se llevó la mano a la chaqueta para palpar el estuche en el interior del bolsillo. «Sigue ahí, gracias a Dios», pensó. Deseó que mereciera la pena arriesgar la vida por aquello.

Mantuvo sujeta a Leslie mientras corrían. No quería que la joven se quedara paralizada. Dudaba de que aquel tipo hubiera ido solo a la biblioteca.

Una vez fuera, Lourds atravesó los jardines como un rayo. El aliento le quemaba en la garganta. Miró hacia atrás y vio que Gary les seguía a pocos pasos. El joven cargaba la cámara con facilidad y se movía increíblemente rápido.

Tras orientarse, Lourds cambió de rumbo y se dirigieron hacia donde habían aparcado el coche alquilado sin preocuparse de ir por la acera. Los estudiantes y el personal los miraban desconcertados, pero todos se apartaban a su paso.

—¡Eh! ¡Moved el culo! ¡Tenemos compañía! —gritó Gary.

La angustia se apoderó de Lourds cuando vio a tres hombres corriendo calle abajo para interceptarlos. Por la pinta, dedujo que no eran ni estudiantes ni rusos. Eran tipos duros de mirada dura. Tendría que haber imaginado que habría alguien esperándolos fuera.

De momento no habían sacado las armas, porque estaban demasiado lejos y corrían a demasiada velocidad entre los grupos de estudiantes como para tener ángulo de tiro. Aquella situación no duraría mucho. Iban ganando terreno.

Lourds soltó un juramento. Estaba tan frenético que ni siquiera se dio cuenta del que acababa de utilizar. Salieron de la calle en la que habían aparcado el coche. Las cosas no iban bien y dudaba mucho de que pudieran ir mejor.

—¡Lourds!

Estaba equivocado.

Aquel grito acusador le hizo vacilar. Reconoció la voz. Cuando miró por encima del hombro vio que Natashya Safarov se acercaba rápidamente hacia ellos.

Ser una buena corredora parecía otro de sus talentos. Sus brazos y piernas se movían acompasados. Llegó a su lado como si aquella proeza fuera una nadería. Llevaba la pistola en la mano y todo el que la veía se llevaba un buen susto.

Lourds estaba entre los asustados.

—¡Quedas arrestado! —gritó mientras seguía tras ellos y los apuntaba con el arma.

Lourds continuó corriendo.

—Si nos paramos, esos hombres nos matarán —dijo señalando hacia sus perseguidores.

Natashya miró hacia donde le indicaba. A su espalda, los hombres que había dejado en la biblioteca acababan de salir por la puerta. Los dos que podían andar llevaban al que estaba inconsciente y esposado a uno de ellos. No parecían nada contentos, pero era difícil que aquel grupo de matones los alcanzara.

—Tengo un coche, venid. —Sin ningún esfuerzo Natashya adelantó a Lourds, a Leslie y a Gary—. Si dejáis de seguirme, os pegaré un tiro.

—¿Qué? —Leslie jadeaba entrecortadamente. Tropezó y casi se cayó—. ¿Dejar de seguirte? ¿Con esos hombres detrás de nosotros? ¿Estás loca o qué?

Lourds la sujetó por la muñeca y la ayudó a no perder el equilibrio.

—Guarda las fuerzas y corre.

Loca o no, Natashya Safarov era su única oportunidad.

Siguiendo a su armada líder corrieron por una bocacalle hasta llegar a un vehículo de tamaño mediano.

Natashya utilizó la llave electrónica para desbloquear las cerraduras.

—¡Adentro!

Se paró en seco ante la puerta del piloto y la abrió. En vez de entrar levantó los brazos por encima del capó y apuntó a los tres hombres que los perseguían.

Los matones se dispersaron con profesional habilidad. Iban armados.

Convencido de que los iban a hacer añicos, Lourds se quedó inmóvil por un momento.

—¡Adentro! —ordenó Natashya—. ¡Agachad la cabeza! El motor del coche absorberá el ruido de los disparos.

Lourds forcejeó con la puerta trasera del lado del conductor antes de poder abrirla. El pánico se apoderó de él, pero se forzó a concentrarse en lo que estaba haciendo y no mirar a sus perseguidores.

—Ten cuidado. Si disparas podrías herir a algún estudiante. —Lourds se lo advirtió en ruso para que no hubiese malentendidos. Natashya hablaba bien inglés, pero eso no quería decir que fuera capaz de entenderlo en el fragor del combate. Llevó a Leslie a la puerta abierta y después la protegió con su cuerpo.

—Ya, no voy a hacerlo, pero ellos no lo saben. Meteos antes de que se den cuenta —contestó en ruso.

Leslie gateó en el interior del vehículo y Gary entró antes de que Lourds tuviera tiempo de hacerlo. Se habían tumbado en el asiento trasero y Lourds no tenía espacio, así que cerró la puerta y abrió la del copiloto. Entró y mantuvo la cabeza por debajo del salpicadero.

Al otro lado de la calle los tres hombres se habían tirado al suelo. Uno de ellos apuntó y disparó. La bala destrozó el cristal de la ventanilla trasera. Lourds notó los trocitos de vidrio en la espalda y se cubrió la cabeza con los brazos.

Natashya abrió la puerta y entró. Puso la llave de contacto y encendió el motor.

Lourds la miró.

Cambió la pistola de mano. Cuando volvió a tenerla en la derecha apuntó a Lourds.

—Mantente agachado.

Tuvo la impresión de que no era un consejo sino una orden.

Disparó a los perseguidores por encima de la cabeza de Lourds. Más balas impactaron en el coche. En el interior, el ruido que producían era atronador.

—¡Joder! ¡Muévase, señora! ¿Está esperando alguna señal divina o qué? —gritó Gary desde atrás.

Natashya aceleró. El motor gruñó como una bestia acorralada cuando los neumáticos se agarraron al pavimento.

—¡Mierda! —exclamó Gary.

Natashya agarró con fuerza el volante y salieron al arcén. El coche protestó dando sacudidas. Al poco giró el volante para volver a la calle. El neumático se quemó y rechinó antes de salir directos hacia la carretera.

Lourds tenía la impresión de que su vida corría tanto peligro en ese momento como cuando estaban en la universidad y los tres asesinos armados los habían atrapado entre las estanterías. Se aferró con fuerza al salpicadero y deseó haber tenido tiempo para ponerse el cinturón.

—Muy bien, señor Lourds. Ahora vamos a hablar —dijo Natashya con voz calmada.

—¿Hablar de qué? —preguntó Lourds jadeando todavía por la carrera y la descarga de adrenalina.

—De lo que estabas haciendo en la biblioteca, de lo que has cogido allí —dijo Natashya mientras giraba el volante para adelantar a un turismo que iba muy despacio. Volvió a su carril justo a tiempo de no chocar contra un coche que venía en sentido contrario—. Y de lo que sepas sobre la muerte de mi hermana —añadió mientras pisaba el acelerador y el coche salía disparado.

—Creo que no es el mejor momento para hacerlo —le espetó Lourds con los ojos cerrados y preparado para una inminente colisión.

Natashya daba volantazos para esquivar los coches como Jeff Gordon en la última vuelta de la copa Nextel.

—A lo mejor no tenemos un momento mejor. Habla ahora —le exigió apartando los ojos de la carretera para lanzarle una estremecedora mirada.

—Chicos, nos están siguiendo —comentó Gary en el asiento trasero.

Lourds se dio la vuelta y miró por encima del hombro. Dos coches se abrían paso entre el tráfico detrás de ellos. Cogió el cinturón de seguridad y consiguió abrochárselo antes de que Natashya volviera a empezar con las maniobras evasivas. Aquellos virajes hicieron que el cinturón se le clavara en el pecho. Inspiró con fuerza para preparar sus próximas palabras.

Aquella mujer tenía razón. Tener tiempo para hablar estaba empezando a convertirse en un lujo.

9

Moscú, Rusia
21 de agosto de 2009

—¿*Q*ué has ido a buscar a la biblioteca? —preguntó Natashya mientras conducía. Levantó la vista hacia el retrovisor. Los coches que los perseguían destacaban entre el resto de los vehículos. A pesar del calmado comportamiento con sus «invitados», una nerviosa energía le atenazaba el cuerpo.

—¿Qué? —preguntó Lourds mientras la miraba como si le hubiera crecido otra cabeza.

Natashya no le prestó atención y giró hacia la izquierda para adelantar al coche que llevaban delante. Cuando lo dejó atrás, torció a la derecha y se metió por la primera bocacalle que encontró. Se oyó el rechinar de neumáticos y unos furiosos sonidos de claxon detrás de ellos.

—Fuiste a la biblioteca a coger algo. —Natashya volvió a mirar por el retrovisor. Los dos coches habían girado y seguían detrás de ellos.

—Algo que había dejado tu hermana.

—¿Qué es lo que te dejó?

—Un lápiz de memoria.

—¿Y qué hay dentro?

—No lo sé.

Natashya le lanzó una dura mirada.

—Es verdad. Estabas allí, no he tenido tiempo de mirarlo.

—¿Qué crees que hay? —Natashya entró en otra bocacalle.

La Universidad de Moscú estaba en las colinas de los Gorriones. En aquella zona había bastantes calles cortas y angostas. Había pensado aprovechar esa ventaja.

—Yuliya estaba trabajando en algo y quería enseñármelo.

—¿En el címbalo? —lo interrumpió Natashya.

—¿Te habló de él?

La irritación hizo añicos la tristeza y la pena que sentía Natashya. Las preguntas del norteamericano eran más rápidas que las suyas. Por supuesto, ella estaba ocupada en conducir.

—Un poco.

—¿Y qué te dijo?

—Las preguntas las hago yo, señor Lourds. —Natashya volvió a girar bruscamente. En esa ocasión se metió por un estrecho callejón lleno de cubos de basura. Dos de ellos pasaron por debajo del coche y salieron disparados—. ¿Qué sabes del címbalo?

—La verdad es que no sé mucho —confesó.

—Entonces, ¿por qué se puso en contacto contigo mi hermana? ¿Por qué iba a dejarte información sobre él?

—No sé lo que hizo. El contenido del lápiz podría ser acerca de otra cosa completamente distinta. —Se apoyó en el salpicadero en el momento en el que Natashya salió del callejón. El neumático chirrió cuando las ruedas derraparon en la calle.

Natashya hizo sonar el claxon, pisó el freno y volvió a acelerar. Cuando giró el volante para cruzar el tráfico en dirección al siguiente callejón vio que Lourds se estremecía involuntariamente cuando se acercaron demasiado a un minibús. Por un momento, Natashya pensó que no iba a conseguirlo.

—¡Santo Cielo! —exclamó la joven que iba en el asiento trasero.

Después el coche entró en el callejón. Más cubos de basura cayeron y salieron despedidos.

—¿Asesinaron a Yuliya por el címbalo?

—Quizá. ¿Lo encontraron aquella noche?

Natashya comprobó el espejo retrovisor justo a tiempo para ver que el primer coche que los seguía chocaba contra la esquina de un edificio y daba varias vueltas fuera de control. El segundo pasó volando a su lado y continuó la persecución.

—No, no lo encontraron. Pero el fuego destruyó muchas cosas en aquella habitación. —Miró a Lourds—. ¿Crees que esos hombres mataron a mi hermana?

—Presta atención a la calle —pidió él agarrándose otra vez.

El parachoques dio contra otro cubo de basura, que salió volando. Otro fue a parar al cristal delantero y dejó unas grietas en forma de tela de araña en lo que quedaba de él.

—Si no fueron esos hombres, era alguien relacionado con ellos, o con su jefe.

Oyeron disparos. Al menos una bala salió rebotando del coche. Otra atravesó el cristal trasero y pasó entre los últimos fragmentos del delantero.

—Siento mucho lo que le sucedió a Yuliya. La quería mucho. Era inteligente y encantadora. La voy a echar de menos.

Natashya estaba segura de que decía la verdad, pero sabía más de lo que le estaba contando.

En el callejón se oyó el estampido de disparos.

Cuando salieron, Natashya puso la pistola en su regazo, cogió el volante con las dos manos y redujo mientras torcía hacia la izquierda. El coche vibró al dar un giro de ciento ochenta grados para ponerse de frente al vehículo que iba hacia ellos.

—¿Qué haces? —preguntó Lourds nervioso.

—¡Se le ha ido la olla, tío! —gritó Gary—. ¡Va a conseguir que nos…!

Sin prestar atención a la angustia que la consumía, Natashya cogió la pistola, apuntó a través del parabrisas y quitó el seguro. El arma resonó en su mano cuando disparó. El plomo salió girando por el destrozado cristal. Soltaba balas tan rápido como podía.

Las balas impactaron en el parabrisas del coche perseguidor, al lado del conductor. Natashya vio que el hombre daba sacudidas a causa de los impactos y que perdía el control. Rozó uno de los laterales del coche de Natashya, abolló el parachoques y acabó chocando contra una tienda de ropa.

Natashya metió marcha atrás y volvió a la calle. Accionó el cambio de marchas con fuerza, quemó rueda y se sumó al tráfico.

—Tenemos que hablar. Después ya veré que hago contigo. De momento, esos hombres ya no son un problema.

Oyeron sirenas acercándose a la absoluta ruina que habían dejado atrás.

La gente que se arremolinó alrededor del coche cortó el tráfico. El vehículo que conducía Gallardo se quedó atascado. Se dio por vencido, abrió la puerta y salió. Pasó entre la multitud maldiciendo. Algunos hombres le respondieron con juramentos semejantes, pero nadie intentó detenerle.

En el interior del coche destrozado había cuatro hombres. El conductor había caído sobre el volante. Con cuidado de no tocar nada para no dejar huellas, Gallardo lo cogió por el pelo y le levantó la cabeza.

Las balas le habían destrozado prácticamente la cara.

Volvió a soltar un juramento y soltó al hombre muerto. El cuerpo cayó sobre el sujeto que había en el asiento del copiloto. Éste lo apartó bruscamente y soltó una blasfemia.

—¡Deprisa! ¡Salid de ahí! —les ordenó.

El sonido de las sirenas de la policía se oía cada vez más cercano.

—¡Seguidme! —exclamó Gallardo mientras volvía sobre sus pasos entre la gente.

Todos los mirones se mantuvieron a distancia. Se alejaron incluso más cuando los tres hombres que seguían vivos salieron del coche con sus pistolas en la mano y corrieron detrás de Gallardo.

Gallardo volvió al coche, subió e hizo un gesto a los demás para que entraran.

—Sácanos de aquí —dijo mirando a DiBenedetto.

Cuando las puertas se cerraron de golpe, DiBenedetto volvió rápidamente hacia el callejón.

Furioso, Gallardo sacó su móvil. Todavía perplejo por la facilidad con la que aquella mujer se había puesto a su espalda y lo había detenido. Como si fuera un crío. Era vergonzoso e inolvidable. Se prometió que volvería a verla. Y cuando lo hiciera, la mataría. Lentamente.

Marcó el número de Murani.

Habitaciones del cardenal Stefano Murani
Status Civitatis Vaticanae
21 de agosto de 2009

Un golpe en la puerta despertó al cardenal Murani. El cansancio lo había aniquilado. Se sentía como si le hubieran drogado. Seguía en pijama, en la cama, con uno de los pesados tomos que había estado estudiando en el regazo.

—¡Cardenal Murani! —lo llamó la voz de un hombre joven.

—Sí, Vincent. Entra —contestó con voz ronca.

Vincent era su ayuda de cámara personal.

El joven abrió la puerta y entró en el dormitorio. Medía poco más de uno cincuenta y era flaco como un palillo. Se le marcaban los huesos de los codos y de los antebrazos, y la cabeza parecía demasiado grande para ese cuerpo. Vestía un traje negro que le quedaba muy mal y llevaba el pelo cuidadosamente peinado con raya en medio.

—No ha venido a desayunar, cardenal —dijo Vincent sin mirarle a los ojos. Vincent no miraba jamás a nadie a los ojos.

—No me encuentro muy bien esta mañana.

—Lo siento. ¿Quiere que le traigan el desayuno?

—Sí, encárgate de que lo hagan.

Vincent asintió y salió de la habitación.

Sabía que no le había creído, pero le daba igual. Vincent era la última de sus preocupaciones. Aquel joven era su vasallo y estaba bajo su control. Vincent lo había visto enfermo unas cuantas veces en las últimas semanas.

Se incorporó, cogió el teléfono y llamó a su secretario personal. Le dio órdenes para que cancelara todos sus compromisos y la comida que había organizado con uno de los sacristanes de amén del Papa.

Abandonarlo todo para poder estudiar los secretos de la campana y del címbalo le hacía sentirse bien. Encendió el televisor y puso la CNN. No decían nada de la excavación de Cádiz, pero sabía que lo harían enseguida. Aquella excavación se había impuesto sobre el resto de las noticias, tal como pasaba con la súbita muerte de alguna estrella aficionada a las drogas.

Se levantó con intención de ducharse antes del desayuno, pero sonó el móvil. Contestó e inmediatamente reconoció la voz de Gallardo.

—Las cosas no han salido bien —dijo Gallardo sin mayor preámbulo—. Hemos perdido el paquete.

—¿Qué ha sucedido?

—Seguimos al paquete hasta la universidad.

—¿Por qué fue a parar allí?

—Había otro paquete esperando y lo cogió.

El corazón de Murani se aceleró. «¿Otro paquete?», pensó.

—¿Qué había en el otro paquete?

—No lo sabemos.

—¿Y cómo sabía que el otro paquete estaba allí?

—Tampoco lo sabemos. Pero sí sabemos que nos seguían y que él tiene ahora el paquete. Lo que no sabemos es por qué.

Una terrible cólera se apoderó de él. En el televisor, la CNN volvía a contar la historia del padre Sebastian y de las excavaciones de Cádiz. Se dio cuenta de que el tiempo corría en su contra. Cada segundo era precioso.

—No te pago para que no sepas las cosas —le acusó fríamente.

—Lo sé, pero tampoco me pagas como para correr los riesgos que estoy corriendo.

Aquella frase fue como un disparo de advertencia, y el cardenal así lo entendió.

Con la búsqueda de los instrumentos tan avanzada no podía llamar a nadie en tan corto espacio de tiempo y mucho menos a alguien del calibre de Gallardo y sus conexiones. Se obligó a respirar y a mantener la calma.

—¿Puedes recuperar los paquetes?

Gallardo guardó silencio un momento.

—Por un precio adecuado sí podría intentarlo.

—Entonces, hazlo.

Moscú, Rusia
21 de agosto de 2009

Lourds seguía agarrado al asiento del copiloto mientras Natashya Safarov aceleraba en medio del tráfico. La mujer habló rápidamente por el móvil. A pesar de que sabía bastante ruso, lo hizo a tanta velocidad y de una forma tan críptica que no supo muy bien de qué trataba aquella conversación.

Leslie y Gary estaban callados en la parte de atrás. Habían tenido más que suficiente. Leslie quería saber qué estaba pasando y había pedido que la llevara al consulado británico. Natashya sólo se había dirigido en una ocasión a la joven y fue para decirle que si no mantenía la boca cerrada la llevaría a la primera comisaría de Policía que encontrase.

Leslie no había vuelto a decir nada.

Tras conducir casi una hora entre el tráfico, pasando por zonas históricas de Moscú que Lourds ya conocía, además de antiguas zonas residenciales que pocos turistas habían visto, Natashya paró en un aparcamiento cercano a un anodino edificio.

Apagó el motor y guardó las llaves. Abrió la puerta y salió. Se inclinó por la ventanilla, y mirando a los ojos a Lourds, ordenó:

—¡Fuera! ¡Todos!

Lourds salió algo preocupado. Le temblaban las piernas, eran calambres provocados por la forzada tensión del viaje y la excitación emocional por la huida y el tiroteo. Confiaba en que Natashya los necesitara vivos, porque estaba convencido de que era capaz de pegarles un tiro.

Observó el edificio que había frente a ellos. Tenía seis pisos y parecía que lo habían construido en la década de los cincuenta. Su sórdido e inhóspito aspecto consiguió que se le hiciera un nudo en las tripas.

—¿Qué hacemos aquí? —preguntó Leslie.

La irritación crispó la cara de Natashya. Lourds se percató y supo que no iba a contestar.

Pero Natashya recuperó el control.

—Es un escondrijo —dijo con cara inexpresiva—. Aquí estaremos a salvo. Tenemos que hablar. Quiero saber si podemos arreglar esto antes de que tenga que morir alguien más. Estoy segura de que queréis lo mismo.

Cuando les hizo un gesto en dirección a la escalera de incendios que había en uno de los lados del edificio, asintió y tomó la delantera. Al parecer, la puerta principal no era una opción a tener en cuenta. Lourds puso un pie en el primer escalón y empezó a subir. Sabía que Leslie y Gary le seguirían.

Natashya les hizo detenerse en el cuarto piso. Había utilizado una llave para poder entrar en el edificio y después dirigió a Lourds hacia la tercera puerta a la izquierda. Otra llave les permitió entrar en un pequeño apartamento.

Éste consistía en un comedor-cuarto de estar, cocina, dos dormitorios y un cuarto de baño. Había ducha, pero no bañera. No era muy espacioso ni parecía muy cómodo para todos ellos, pero al menos se sentían a salvo.

Con todo, Lourds sabía que seguramente aquello sólo era una ilusión.

—Sentaos —les pidió Natashya.

—¿Estamos arrestados? —la desafió Leslie sin sentarse.

Lourds ocupó un sillón de orejas y renunció al suelo. Sospechó que Leslie ofrecería cierta resistencia y no quería crear más problemas, a menos que tuviera que hacerlo.

Elegir cuál de las dos partes tendría que apoyar iba a ser difícil. Sentía lealtad por Leslie, pero Natashya era la mejor oportunidad para descifrar el rompecabezas del címbalo y la campana. Además, Natashya sabía mantener la calma en los momentos de crisis.

Notó el borde afilado de la caja en el costado y se sorprendió de que Natashya no le hubiera pedido que se la diera.

—Si quieres que te arreste, puedo solucionarlo —contestó Natashya—. Te darán un mono usado y te meterán sin ningún miramiento en una celda.

La cara de Leslie mostró la furia de un bulldog.

—Soy ciudadana británica, no puedes desentenderte con tanta frivolidad de mis derechos.

—Y tú no puedes entrar en mi país, provocar una carnicería y llevarte algo que pertenecía a una funcionaria del Gobierno, mi hermana —replicó—. Estoy segura de que tu Gobierno no aprobaría semejante comportamiento. Y también dudo seriamente de que al estudio de televisión para el que trabajas le guste la mala imagen que les estás proporcionando.

Leslie cruzó los brazos sobre el pecho y levantó la barbilla sin dar ninguna muestra de sumisión.

—Quizá deberíamos acordarnos todos de que nadie quiere que nos encarcelen de momento —repuso Lourds con tanta suavidad como pudo, mientras lanzaba una mirada a Natashya para subrayar a qué se refería con eso de «nadie».

Natashya se encogió de hombros. Fue un gesto inconsciente. Lourds se había acostumbrado a estar atento a la comunicación no verbal; formaba parte del hecho de ser lingüista. A menudo, la parte más importante de la comunicación humana no es hablada. Esos pequeños gestos —y los metamensajes que transmiten— normalmente son los que primero atraviesan las barreras culturales, mucho antes que las palabras.

—Esto es un piso franco. Utilizamos este lugar y otros parecidos para mantener a salvo a prisioneros importantes. El brazo de la mafia rusa es alargado.

Leslie se ofendió al oír la palabra «prisioneros». Por suerte no expresó en voz alta su protesta.

—Los hombres que os persiguen no nos encontrarán aquí. Tendremos tiempo para meditar las cosas —continuó Natashya.

—Eso depende —intervino Gary—. Si tus colegas polis conocen este sitio y ven que has desaparecido pueden venir a comprobar si estás aquí. Y si creen que te han secuestrado, lo que explicaría por qué no has vuelto, pueden venir pegando tiros, ¿no? Tiene sentido, ¿no, tía?

Lourds tuvo que admitir que, a pesar de la forma en que lo había formulado, era una observación muy inteligente. Se notaba que tenía una mente muy fértil a la hora de imaginar situaciones. Seguramente por eso era tan buen cámara.

—No vendrían, y tampoco saben que existe este sitio —aseguró Natashya.

—¿Por qué no? —inquirió Leslie.

—Porque no les he hablado de este lugar. Soy una oficial de alto rango. Trabajo en los casos más peligrosos. Tengo cierta… libertad en mis investigaciones.

—¿No vendrá la Policía más tarde? ¿Cuando sea más conveniente? —sugirió Leslie.

—Hacer desaparecer a la gente en la calle no es nada conveniente. He matado a un hombre. No sé qué impresión tenéis de mi país, pero matar está tan mal visto como en el vuestro. De hecho, si tenemos en cuenta la benevolencia de vuestro sistema judicial en comparación con el nuestro, diría que en Estados Unidos los jueces son más benévolos que en Rusia —dijo con voz cada vez más grave.

—No soy norteamericana —la corrigió Leslie—. Soy británica. La mía es una sociedad civilizada, se compare con la rusa o la estadounidense.

—Bueno, si hemos acabado con las susceptibilidades, quizá podríamos empezar a pensar qué vamos a hacer —propuso Natashya.

—Si me permites —dijo Lourds en voz baja—, sugeriría que cooperáramos. De momento creo que todos estamos de acuerdo en que tenemos mucho que ganar si podemos saber más del lío en el que estamos metidos, y mucho que perder si nos atrapan.

Las dos mujeres se miraron. Leslie fue la primera en aceptarlo con un leve asentimiento de cabeza que finalmente Natashya imitó.

—Muy bien. —Lourds sacó el estuche de plástico de la chaqueta y lo abrió para estudiar el lápiz que había en su interior—. Entonces vamos a ver primero lo que nos dejó Yuliya.

Lourds se sentó cerca de la mesita del comedor donde colocó su portátil y conectó el lápiz que había dejado Yuliya a un puerto USB.

—Copia la información en el disco duro —le aconsejó Natashya, que estaba detrás de él.

Lourds notó el calor de su cuerpo en la espalda.

—¿Por qué? —preguntó Leslie, que se había sentado a la izquierda de Lourds para poder mirar.

—Por si acaso le sucede algo al lápiz.

A pesar de que sabía lo que tenía planeado Natashya, Lourds hizo lo que le había sugerido. En cuanto acabó, Natashya cogió el lápiz y se lo metió en el bolsillo.

—¡Menuda confianza! —comentó amargamente Leslie.

—La confianza tiene límites —replicó Natashya sin ninguna animosidad—. Tampoco está reñida con el sentido común. Os han robado, ¿no? Y os han seguido, ¿no? Tener dos copias es más inteligente. Y tenerlas separadas, aún más.

Lourds no quiso hacer ningún comentario. Estaba de acuerdo con Natashya, pero pensó que comentarlo no mejoraría la relación entre ambas mujeres. Pulsó el ratón y abrió el documento que había creado con el contenido del lápiz.

En una de las carpetas se leía: «ABRIR PRIMERO». Lourds lo hizo sabiendo que aquello evitaría más discusiones entre las mujeres. Las dos tenían demasiada curiosidad por saber qué había dejado Yuliya como para seguir discutiendo.

Gary tenía cosas más importantes en las que pensar que el contenido del lápiz. Tras percatarse de la presencia de una bien surtida despensa, pequeña, pero efectiva, se autoproclamó cocinero del grupo y puso manos a la obra. A juzgar por el olor que provenía de la cocina, el joven se daba buena maña en su aportación al grupo.

Una ventana de vídeo se abrió en la pantalla del ordenador. La imagen de Yuliya Hapaev se vio borrosa un momento y después ocupó el centro de la pantalla. Estaba sentada detrás de su escritorio, con la cámara delante. Llevaba la bata de laboratorio sobre una sudadera de color rosa.

Natashya inspiró con fuerza, pero no dijo nada.

Lourds lo sintió por aquella mujer, pero en ese momento era lo único que podía hacer para contener sus propias emociones. Yuliya había sido una mujer entusiasmada y una buena madre. Saber que se había ido le dolía profundamente. Se le nublaron los ojos y pestañeó para aclararlos.

—Hola, Thomas —dijo Yuliya sonriendo.

«Hola, Yuliya», pensó Lourds.

—Si tienes en tu poder esta grabación he de imaginar que algo me ha sucedido. —Yuliya ladeó la cabeza y sonrió de nuevo—. Parece un poco tonto decir algo así, pero tanto tú como yo sabemos que no me refiero a nada tan disparatado como lo que sucede en las novelas de espías. Imagino que me ha sucedido algo en un accidente de coche. —Frunció el entrecejo—. O quizá me han atracado o mis jefes me han echado.

Lourds se obligó a mirarla mientras intentaba continuar, sabiendo que se habría sentido ridícula escogiendo las palabras. Notó que se le hacía un nudo en la garganta.

—Es la tercera vez que empiezo esta presentación. Hace muchos años, tomando coñac en aquel refugio para arqueólogos en Francia, quedamos en que lo haríamos así. —Sonrió—. ¡Qué serios nos pusimos sobre el tema estando borrachos!

A pesar de su estado de ánimo, a pesar de la pérdida, Lourds sonrió. Se habían visto unas cuantas veces antes de aquella ocasión en Francia, pero su amistad se cimentó allí.

—Seguramente pensaste que el acuerdo al que llegamos era una broma. Un chiste producto de demasiado alcohol, buena compañía y el hecho de que a los dos nos encantan las malas novelas de espías.

»Pero espero que encuentres esto. —La cara de Yuliya se puso seria de repente. Cogió el címbalo y lo mantuvo en alto para mostrarlo—. Mis investigaciones sobre este objeto han resultado ser muy interesantes. Creo que sería una pena que nadie diese con la verdad.

«Sobre todo porque han conducido a tu muerte», pensó Lourds.

Yuliya dejó el címbalo.

—Llevo un par de días intentando localizarte. —Sonrió con tristeza—. Imagino que estarás en alguna fiesta; la universidad habrá insistido para que vayas. O quizás andas detrás de un gran hallazgo. Espero que sea un libro de la biblioteca de Alejandría. Sé lo interesado que estás y también sé que ninguna otra cosa te apartaría de tus estudiantes. En cualquier caso, he organizado los archivos para enseñarte lo que he descubierto sobre el címbalo. Dónde lo encontraron, cómo lo encontraron y mis conclusiones.

A pesar de no querer hacerlo, Lourds miró hacia la parte inferior del vídeo y vio que la presentación llegaba a su fin. No estaba preparado para ver cómo desaparecía Yuliya y tuvo que contenerse para no detener la imagen.

—Espero que lo que he recopilado te sirva de ayuda y que encuentres el significado del címbalo. —Sonrió y se encogió de hombros—. ¿Quién sabe? Quizás alguien de mi departamento encuentre las respuestas antes de que esto caiga en tus manos. Pero, sobre todo, espero estar tratando este tema contigo dentro de unos días. Con un coñac, frente a la chimenea y con mi marido y mis hijos, pensando que somos la gente más aburrida del planeta.

El nudo de la garganta de Lourds se apretó de forma insoportable. Sintió una lágrima en el rabillo del ojo. La limpió con los dedos sin sentir ninguna vergüenza.

La imagen desapareció de la pantalla.

Nadie dijo nada cuando acabó el vídeo. La habitación estaba demasiado cargada de dolor y remordimiento. Leslie dejó tranquilos a Lourds y a Natashya, con sus sentimientos, pero no se fue de la mesa.

Lourds ahuyentó los fantasmas de su amiga y compañera.

Tenía que encontrar a sus asesinos y resolver un misterio. La tristeza no ayudaba a Yuliya en nada.

Sacó una libreta de páginas amarillas, su herramienta preferida para asociar pensamientos libremente, y anotó la estructura de los documentos de Yuliya. Tomó nota de la fecha de creación y después de sus actualizaciones conforme Yuliya iba descubriendo más información.

De esa forma podría ir siguiendo su línea de pensamiento y la cadena lógica.

—¿Necesitas algo? —preguntó Natashya al cabo de un rato.

—No —contestó Lourds, que echó un vistazo a los textos sobre el címbalo que había dejado Yuliya—. Sólo tengo que leer todo esto.

—Vale. —Natashya permaneció en silencio, pero no se fue de su lado y prestó atención a todo lo que iba haciendo.

Y

Al cabo de una hora, Gary dejó un auténtico banquete al lado del ordenador y la libreta de Lourds.

El joven no había tenido ninguna verdura fresca con la que trabajar, pero había conseguido cocinar un sustancioso guiso con unas latas de patatas, zanahorias, judías y maíz. Le había puesto unos cubitos de caldo de carne. Pan frito en aceite de oliva acompañaba los boles con el guiso.

Atraído por el aroma de la comida después de no haber ingerido alimento alguno en todo el día, Lourds apartó el ordenador. En cuanto lo hizo lo asaltaron a preguntas.

—¿Sabía Yuliya quién podía querer asesinarla? —preguntó Natashya.

—No creo —contestó Lourds—. No he encontrado mención alguna a alguien que la estuviera acosando. No parecía estar preocupada por nadie en especial, sólo he visto algunas cuestiones políticas sobre el objeto. Los miedos habituales de cualquier investigador.

—¿No mencionaba a ningún coleccionista o traficante de antigüedades?

—No que yo haya visto.

—Pero el que se lo ha llevado tiene que ser alguien relacionado con ese mundo —insistió Natashya.

—¿Por qué? —preguntó Leslie.

—Por la forma en que descubrieron el címbalo —contestó mientras tomaba notas en cirílico en su agenda digital.

Lourds consiguió leer lo suficiente como para darse cuenta de que eran notas para ella misma, de las que él no entendía nada.

—Sigo sin entender esa deducción —dijo Leslie.

Gary cortó un trozo de pan y lo untó en el guiso.

—Los asesinos se enteraron de la existencia del címbalo en la página web, tía. O estaban buscando ese objeto o controlaban el correo electrónico de Lourds. Si no, se lo hubieran llevado cuando lo encontraron en la excavación.

Todo el mundo se lo quedó mirando.

—¡Eh! —dijo Gary un tanto intranquilo—. Sólo es un comentario. Es lo que habría hecho yo si quisiera algo tanto como para matar por ello. Cogerlo antes de que se conociera. No hace falta ser muy listo para saber cómo aparecieron los asesinos en el laboratorio de la doctora Hapaev. Además también buscaban la campana que Leslie encontró en Alejandría. Estaba en una página web. Los malos siguen un patrón.

—Entonces, ¿coleccionistas profesionales? —comentó Leslie.

—O ladrones profesionales —intervino Natashya.

—De cualquier forma, estamos buscando a alguien que conoce bien lo que sucede en el mundo de las antigüedades. Se lanzaron sobre los objetos mucho antes de que vosotros, los profesionales, supierais lo que teníais entre manos.

—La campana y el címbalo no son muy atrayentes para los coleccionistas. Son de barro, no de ningún metal precioso, tienen unas inscripciones que no se han traducido y puede que jamás se traduzcan, y parecen provenir de una cultura desconocida. A los coleccionistas les gustan los objetos antiguos, pero se sienten atraídos por las cosas más conocidas y codiciadas: bronces chinos Shang y Tang, jarrones Ming, objetos funerarios egipcios, estatuas de mármol griegas, oro y turquesas mayas, bronces y mosaicos romanos. Cosas como ésas. A los coleccionistas les encantan las cosas relacionadas con gobernantes poderosos o famosos. Conozco gente que mataría alegremente por un carro de bronce de tamaño natural de la tumba del emperador Chin, por ejemplo.

»Estos objetos son diferentes. Son antiguos y misteriosos, así que atraen a investigadores e historiadores. Pero no son el tipo de objetos que interesan a coleccionistas ricos u obsesionados. No se sabe de dónde proceden. No tienen certificado de autenticidad. Ni siquiera sabemos qué cultura los originó. Son antiguos e interesantes, pero no son precisamente el Santo Grial.

—Pues, si no van detrás de los instrumentos, ¿qué es lo que andan buscando? —preguntó Leslie.

—Creo que sí quieren los instrumentos. Gary tiene razón, hace tiempo que los andaban buscando. Pero no creo que fuera por ellos mismos, sino más bien por lo que representan.

—Así que buscamos algo que despierta un interés muy especial. Y a la gente que le interesa ese algo —comentó Natashya.

—Sí, eso creo —dijo Lourds, que había notado el frío destello en los ojos de aquella mujer. Estaba seguro de que podría ser una asesina a sangre fría si así lo quisiera. Pero él tampoco sentía ninguna piedad por los hombres que habían asesinado a Yuliya. De hecho les deseaba un tiro limpio.

—¿Sabía algo la doctora Hapaev sobre el origen del címbalo? —preguntó Leslie.

—Sí, creía que provenía de África Occidental. Aún más, estaba segura de que lo había fabricado el pueblo yoruba, o sus antepasados.

—¿Por qué?

—Los yorubas eran unos notables mercaderes, todavía lo son.

—También fueron capturados y vendidos por los traficantes de esclavos —intervino Gary, y todo el mundo se volvió hacia él—. ¡Eh! Veo el Discovery Channel y el Canal de Historia. Cuando empezamos a preparar este programa especial con el profesor Lourds empollé algún material que pudiéramos utilizar. Son unas historias geniales. Aunque las cosas no han salido como esperaba. Creía que habría más excavaciones y menos asesinos, tío.

—Siento haberte decepcionado —se excusó Lourds—. Según Yuliya, debido al tráfico de esclavos, la lengua de los yorubas se extendió. Es una lengua que sigue el patrón AVO.

—Eso sí que no tengo ni idea de lo que es —comentó Gary antes de llevarse otra cucharada a la boca.

—Es jerga profesional. Significa «agente-verbo-objeto». Es la secuencia, el orden si prefieres, en el que las palabras aparecen en las frases habladas o escritas de una cultura. También se conoce como SVO. El inglés, al igual que el setenta y cinco por ciento de los idiomas mundiales, sigue esa secuencia. Un ejemplo podría ser: «Pedro fue a casa». ¿Lo entendéis?

Todo el mundo asintió, incluso Gary.

—La lengua yoruba también es tonal. La mayoría de los idiomas no lo son. En general, cuanto más antigua es una lengua, más posibilidades hay de que sea tonal. El chino, por ejemplo, es un idioma tonal. Menos de la cuarta parte de las lenguas mundiales comparten esa característica. El yoruba es único en ese sentido.

—¿Por qué creía Yuliya que el objeto provenía de África Occidental? —preguntó Leslie—. Lo encontraron aquí, ¿no?

—Sí, pero estaba convencida de que se trataba de un artículo de comercio y de que no lo fabricaron aquí. El tipo de cerámica no tiene relación con la local en absoluto. Además, algunas de las inscripciones del címbalo son posteriores. Para demostrar quién era el dueño. Yuliya lo apuntó en sus notas. Podéis ver esas inscripciones en algunas de las fotografías.

—¿Están en lengua yoruba? —inquirió Natashya.

Lourds asintió.

—He leído lo suficiente de ese idioma como para reconocerlo. Pero la lengua original del címbalo, lo que Yuliya creía que era la lengua original, no es yoruba. Es otra cosa.

—Debió de ser una locura para ella. Supongo que por eso quería ponerse en contacto contigo —intervino Leslie.

—Eso imagino.

—¿Puedes descifrar la lengua de la campana y del címbalo? —preguntó Leslie.

—Son dos lenguas diferentes. Con el tiempo creo que podré descifrar las inscripciones. Me vendría bien tener más texto con el que trabajar. Cuanto más pequeña es la muestra con la que trabaja un lingüista, más difícil resulta el proceso.

—¿Cuánto tiempo necesitarás? —preguntó Natashya.

Lourds la miró y decidió ser sincero con ella.

—Podría tardar días, semanas, años…

Natashya soltó un juramento en ruso y después resopló con fuerza.

—No tenemos tanto tiempo.

—Una tarea como ésta puede ser inmensa —confesó finalmente.

Los ojos de Natashya echaron chispas de indignación.

—Esos hombres asesinaron para conseguir el címbalo. Creo que estaban sujetos a un calendario. Por eso tomaron medidas tan desesperadas. Si tienen un programa, son vulnerables.

—Si tienes razón sobre lo de que conocían la existencia de la campana y del címbalo antes de que aparecieran, entonces la persona que lo hizo podía llevar años buscándolos. Puede que simplemente estén desesperados por haberlos estado buscando durante tanto tiempo —comentó Gary.

—No puedo esconderos en la ciudad mientras buscáis información —los cortó Natashya—. Además de mi trabajo, está la cuestión de los hombres que han intentado asesinaros.

—No creo que aquí consigamos más información —dijo Lourds—. Si estuviera aquí, estoy seguro de que Yuliya la habría encontrado. —Se acercó el ordenador y abrió otra carpeta—. Nos dejó una pista a seguir.

—¿Qué pista? —preguntó Natashya inclinándose hacia él.

—Menciona a un hombre en Halle, Alemania, que es una autoridad en la lengua yoruba. El catedrático Joachim Fleinhardt, del Instituto Max Planck de Antropología Social.

—¿Alemania? —repitió Natashya frunciendo el entrecejo.

—Según las notas de Yuliya, el catedrático Fleinhardt es una eminencia en la trata de esclavos de África Occidental. Intentó ponerse en contacto con él después de escribirme.

Natashya se irguió y fue hacia la ventana. Corrió las cortinas y miró al exterior.

Lourds tomó una cucharada del guiso y un poco de pan. Observó que la mujer estaba pensando. No podía imaginar lo que pasaba por su cabeza, pero estaba seguro que el deseo de capturar a los asesinos de su hermana predominaba en sus pensamientos.

Finalmente se dio la vuelta y se puso frente a ellos.

—Voy a hacer unas llamadas. Quedaos aquí hasta que vuelva.

Leslie se ofendió.

—No puedes darnos órdenes sin más.

—Y tampoco podré protegeros de esos tipos si os aventuráis por la ciudad —replicó Natashya con tono severo—. Quieren la información que mi hermana le dejó a Lourds. Saben que la tenéis. Si creéis que estaréis mejor sin mí, podéis iros. Quizá me entere de quiénes son cuando investigue vuestros asesinatos.

—La inspectora Safarov tiene razón, Leslie —dijo amablemente Lourds—. Salir del país puede ser problemático. Al menos de forma convencional.

Leslie cruzó los brazos sobre el pecho con cara de pocos amigos.

—Me voy. Con un poco de suerte quizás encuentre la forma de que podamos ir a Halle —dijo Natashya.

—¿Podamos? —repitió Leslie.

—Podamos —confirmó Natashya—. Ninguno de vosotros está preparado para enfrentarse a ese tipo de gente.

Salió del apartamento sin decir una palabra más, y la puerta se cerró tras ella.

10

Moscú, Rusia
21 de agosto de 2009

Lourds estaba apoyado en el alféizar de la ventana y observaba la tienda de la esquina en la que había entrado Natashya Safarov. Casi no podía ver cómo hablaba por teléfono a través de la polvorienta ventana.

—¿A quién crees que puede estar llamando? —preguntó Leslie.

—No lo sé.

—Puede que esté avisando a la policía. Y si lo está haciendo, seguro que nos detienen.

—Si hubiese querido hacer tal cosa, ya la habría hecho —aseguró Lourds.

—Tiene una pistola y ha demostrado que está dispuesta a utilizarla —comentó Gary.

Leslie frunció el entrecejo mirando al cámara.

—Sólo lo estoy comentando, eso es todo —se defendió—. Ni que fuera una noticia de última hora.

—Creo que está intentando averiguar a quién ha matado —dijo Lourds—. A estas horas, la Policía ya habrá identificado al tipo. Con un poco de suerte, los habrán detenido a todos.

—Eso sigue dejándonos encerrados.

—No necesariamente. Siempre hay formas prudentes de entrar y salir de un país —dijo Lourds. Cogió su mochila, sacó el móvil y marcó un número de su memoria.

Y

Natashya entró en una tienda para llamar desde un teléfono público. La ventana al lado del aparato daba al edificio en el que había dejado a Lourds y a sus amigos. Miró hacia el apartamento y creyó ver la figura de alguien apoyado en el alféizar.

«Aficionados», pensó frunciendo el entrecejo.

Una mujer muy delgada con tres niños de ojos hundidos pasaba por delante de la puerta cuando contestó el superior de Natashya.

—Chernovsky —dijo bruscamente.

—Soy Natashya Safarov, necesito hablar contigo.

Durante un momento se produjo un desagradable silencio. A Natashya no le gustaba nada enfadar a Chernovsky, y decepcionarlo mucho menos.

Ivan Chernovsky tenía mucha experiencia en la Policía de Moscú. Había sido uno de los pocos que habían sobrevivido a la caída del comunismo y que había conservado el puesto. Eso decía mucho de él. Muchos policías se habían asociado con los criminales que habían perseguido y contra los que habían luchado en las calles. Chernovsky se había mantenido fiel a sus principios.

También había respondido por Natashya —cuando la situación lo había requerido— y la había cubierto. Natashya no siempre seguía al pie de la letra lo que ordenaba la ley. El poder y los privilegios seguían prevaleciendo en Moscú, quizá más que nunca. Natashya no permitía que nada de eso se interpusiera en su camino.

—¿De qué quieres hablar? —preguntó fríamente—. ¿Del hombre que has matado en la calle hace poco más de una hora o de otra cosa?

Natashya no contestó a la pregunta. Siempre que podía se rebelaba contra la autoridad. Los dos lo sabían. Pero al final siempre había hecho lo que le había pedido el departamento.

—Tengo una pista sobre los asesinos de mi hermana.

—¿Qué pista?

—De momento prefiero no decir nada al respecto. —Natashya observó a los viandantes.

—Estás con el profesor Thomas Lourds, el norteamericano, ¿verdad? —dijo al tiempo que se un crujido de papeles.

Natashya dudó un segundo.

—Sí.

—¿Está bien?

—Sí.

—Cuéntame lo que está pasando.

—No lo sé. Al menos, no todo. Lourds tiene relación con la muerte de mi hermana.

—Evidentemente, no es el responsable —razonó Chernovsky después de suspirar.

—Lo persigue la misma gente que asesinó a Yuliya.

—¿Para matarlo?

—No creo. Al menos no parecen dispuestos a hacerlo de momento. Aunque no creo que sean tan quisquillosos con los británicos que le acompañan.

—¡Ah! —exclamó al tiempo que se oía el manoseo de más papeles—. El equipo de televisión británico.

—Sí.

—¿Por qué me has llamado, Natashya?

—Mi hermana dejó cierta información para Lourds sobre el proyecto en el que estaba trabajando.

—¿El címbalo?

—Sí.

—¿Por qué se la dejó?

—Porque creía que podría descifrar las inscripciones que había en él.

—¿No puede hacerlo nadie más? En Moscú hay muchos especialistas.

—Yuliya confiaba en él.

—¿Y tú?

Natashya dudó.

—No lo sé, pero a Lourds y a los británicos también les robaron algo.

—¿Qué?

—Una campana.

La mujer delgada entró en la tienda con los niños. Uno de ellos se quedó en el pasillo del pan. No tendría ni seis años y parecía un manojo de palillos. Miró el surtido de pasteles que había en el expositor.

—¿Qué tipo de campana?

—Es igual de misteriosa que el címbalo en el que estaba trabajando Yuliya.

Chernovsky se quedó callado un momento.

—Esos instrumentos musicales no son tan misteriosos para alguien.

—Es lo mismo que opina Lourds.

—¿Qué piensas hacer?

—Ir con Lourds. Yuliya estaba en contacto con un catedrático de Antropología de Leipzig. Lourds quiere ir allí.

—Desaparecer del país con alguien a quien se busca para interrogarlo por su relación con un asesinato será como hacer un truco de magia —comentó Chernovsky—. Incluso si no fueras una oficial de Policía tan buscada.

—Lo sé.

—No puedo ayudarte, Natashya.

—No te estoy pidiendo que lo hagas. —Si hubiera pensado que podía hacerlo, lo habría hecho.

—Entonces, ¿por qué me llamas?

—Por respeto. Y porque necesito información que quizá pueda serme útil más adelante. —De no haber sido por la ayuda que Chernovsky podría facilitarle, se habría ido sin llamarle.

Los dos lo sabían también.

—Gracias. ¿Qué necesitas?

—¿Han identificado al hombre al que disparé?

—Todavía no, pero creo que hay alguna posibilidad. Los otros intentaron llevarse el cuerpo cuando desaparecieron de escena. Consiguieron huir, pero dejaron el cadáver. Ahora está en manos del departamento forense.

Natashya suspiró. Tenía esperanzas en la identificación de las huellas. Eso hubiese sido lo mejor. El trabajo de los forenses representaba una posibilidad más débil. Ni siquiera los norteamericanos tenían el deslumbrante equipo científico de la serie de televisión *CSI*.

—¿Llevas el móvil?

—No. —Natashya sabía que le estaba recordando que podían localizarla gracias a la tecnología GPS—. Me pondré en contacto contigo en cuanto pueda.

—¿Desde Leipzig?

—Si puedo…

—Ten cuidado, Natashya. Los hombres que asesinaron a Yuliya son profesionales.

—Lo sé, pero estoy acostumbrada a tratar con ellos. Hoy en día los criminales de Moscú son muy peligrosos.

—Pero a ésos los entiendes. Sabes que están dispuestos a arriesgarse. En este caso no conoces lo que hay en juego. Con esos hombres… —Chernovsky inspiró profundamente—. No deberían de seguir aquí, Natashya. Deberían de haberse ido de Rusia.

—Pero no lo han hecho, y ése será su error.

—Que no sea el tuyo —le aconsejó.

—No lo será.

—Ponte en contacto conmigo cuando puedas. Haré todo lo posible por ayudarte. Tu hermana era una buena persona, igual que tú. Cuídate.

Natashya le dio las gracias y se despidió. Colgó.

La madre había deambulado por la tienda para hacer una escasa compra. Natashya buscó en los bolsillos y encontró algo de dinero. Se acercó al niño de los ojos hambrientos. Recordaba los tiempos en que Yuliya y ella habían tenido que subsistir sin muchas cosas. Hasta que no fue mayor no se dio cuenta de todos los sacrificios que su hermana había hecho por ella.

—Dale esto a tu madre. —Natashya puso el dinero en la mano del niño—. ¿Me entiendes?

El niño asintió.

La madre vio que Natashya hablaba con su hijo y se puso nerviosa. A veces los niños desaparecían en las calles de Moscú y no volvía a saberse de ellos. Corrían rumores y verdades a medias sobre contrabandistas de órganos para el mercado negro que llevaban a niños y adolescentes a Occidente y los troceaban para los compradores.

Natashya se fue enseguida. Enseñarle la placa de Policía

sólo la habría asustado más. Rusia era un sitio duro y triste en el que vivir en aquellos tiempos.

E iba a ser todavía peor sin Yuliya.

—Danilovic's Fabulous Antiquities —respondió una voz masculina en inglés, y después repitió el saludo en ruso y en francés—. ¿En qué puedo ayudarle?

—Josef —lo saludó Lourds.

—¡Thomas! —La voz de Josef Danilovic pasó de un tono profesional a otro cercano a la euforia—. ¿Qué tal, viejo amigo? Hace mucho tiempo que no te veo.

Se había tropezado por casualidad con Danilovic mientras descifraba las lenguas de unos manuscritos iluminados que provenían de Rusia. Lourds encontró algunos de dudosa autenticidad. Ninguno de ellos estaba totalmente fuera del canon, tal como lo estipulaban los lingüistas, pero saber qué era real y qué falso, a menudo, era de gran ayuda.

Resultó que Danilovic había vendido tres de los manuscritos que Lourds había estado estudiando para universidades norteamericanas y británicas.

Tras largas cenas amenizadas con muchas historias y algunas mentiras de regalo, Danilovic y Lourds se habían hecho amigos. Éste le confesó que había negociado los manuscritos falsos. Después de todo, le explicó, la tarea de un traficante de antigüedades en esta vida es asegurarse de que el comprador queda satisfecho con su adquisición. Y esas adquisiciones no tenían que ser necesariamente auténticas.

Danilovic era un granuja elegante. Jamás robaba a nadie pistola en mano, aunque trataba con algunos indeseables que sí lo hacían.

—Estoy bien —dijo mientras veía por la ventana que Natashya continuaba su conversación.

Intercambió cumplidos con Danilovic y alguna que otra historia antes de ir al grano.

—Estoy en una situación apurada, Josef.

—¡Ah! —exclamó Danilovic—. Nunca me imaginé que pudieras meterte en problemas, Thomas.

—No es algo que haya buscado yo, eso puedo asegurártelo, pero es un problema igualmente.

—Si puedo hacer algo por ti, sólo tienes que pedirlo.

—Estoy en Moscú. Tengo que salir del país, sin que nadie se entere.

Se produjo una pequeña pausa.

—¿Te busca la Policía?

—Sí, pero es la otra gente la que me preocupa. No sé si han dejado de perseguirnos.

—Dame una hora. ¿Estarás bien hasta entonces? ¿Necesitas algo?

A Lourds le llegó al alma la preocupación de su amigo. Durante aquellos años se habían encontrado y desconcentrado, pero su amistad había sido esporádica. Con todo, compartían un amor por la historia que pocos podían igualar.

—No, estamos bien.

—Estupendo. Déjame tu número para que pueda llamarte en cuanto lo tenga todo listo.

Lourds obedeció y añadió:

—También te voy a enviar unas fotografías por correo electrónico.

—¿De qué?

—De algunas cosas que me gustaría que preguntaras por ahí con discreción. —Después de todo lo que estaba haciendo Danilovic por ellos, creyó que debía darle esa información. De pronto se dio cuenta de que se veía forzado a confiar en aquel hombre, y le sorprendió lo dispuesto que estaba a hacerlo.

—¿Qué cosas?

Vio que Natashya colgaba y salía de la tienda. Notó que comprobaba la calle antes de dirigirse al edificio de apartamentos.

—Te lo explicaré cuando te vea. Hasta entonces, si puedes encontrar alguna información sobre lo que te envío, te estaré muy agradecido.

—Cuídate, amigo. Estoy deseando verte.

Lourds se despidió y colgó.

—¿Puedes llamar a alguien y sacarnos de Moscú sin más, colega? —preguntó Gary, incrédulo.

Lourds lo miró, el joven parecía pasmado. Leslie, sorprendida, había arqueado las cejas.

—Eso espero, pero todavía está por ver.

Alguien llamaba a la puerta.

Lourds levantó la vista del ordenador. Eran las 22.23. Pensaba que la ayuda de Danilovic ya no llegaría.

Gary dormitaba en una silla con una revista en el pecho. Leslie estaba a su lado, tal como había hecho prácticamente todo el tiempo. Había estado trabajando en su ordenador mientras Lourds buscaba en Internet los enlaces que Yuliya mencionaba en sus notas.

Natashya se acercó desde la ventana tapada que daba a la calle. Metió la mano en la chaqueta y sacó una pistola.

A Lourds se le secó la boca cuando cerró el ordenador.

Natashya apoyó la espalda en la pared, al lado de la puerta, con las dos manos en el arma.

—¿Quién es? —preguntó en ruso.

—Soy Plehve. Me envía Josef Danilovic.

La tensión atenazó a Lourds y sintió que se le aceleraba el corazón. Leslie le puso una mano en el brazo cuando se levantó.

—¿Estás solo? —preguntó Natashya.

—Estoy solo —respondió Plehve.

—Si no lo estás, te mataré y espero alcanzar a cualquiera que esté detrás de ti —le amenazó. Abrió la puerta con un solo movimiento al tiempo que levantaba la pistola delante de ella.

Un hombre, mayor y encorvado, esperaba en el umbral. Llevaba un desgastado abrigo hasta las rodillas y un viejo sombrero en la mano.

—Preferiría que no me disparase —dijo en ruso.

Natashya tiró del hombre con una mano. Éste tropezó y casi se cayó. Natashya lo manejó con facilidad. Mantuvo la pistola cerca de su cuerpo para que nadie pudiera arrebatársela con facilidad.

—¡Quieto! —dijo Natashya cambiando de idioma.

Lourds pensó que era para mantener el orden entre los que no hablaban ruso.

—Por supuesto. —El anciano no se inmutó. Daba la impresión de que el hecho de que lo arrastraran a una habitación en mitad de la noche con una pistola era algo normal.

Natashya esperó al otro lado de Plehve. Mantuvo su cuerpo entre la pistola y la puerta. Al cabo de un rato, cuando nadie tiró la puerta abajo, bajó el arma, pero no la guardó. Asintió.

—¿Puedo fumar? —preguntó Plehve.

—Por supuesto —contestó Natashya.

El anciano sacó un paquete de cigarrillos de la chaqueta y encendió uno. Inhaló y después soltó el humo antes de apartarlo con una mano.

—Llegas tarde —le acusó Natashya.

Plehve sonrió.

—Su gente es muy buena a la hora de pescar a los que quebrantan la ley en estos tiempos. El sistema penitenciario es severo. Y quizá Josef ha sobreestimado mis capacidades.

—Espero que no a la hora de sacarnos de Rusia —dijo Natashya.

—Puedo hacerlo —aseguró Plehve.

Unos minutos más tarde, Lourds seguía a aquel hombre. Leslie y Gary iban detrás de él y Natashya cerraba la marcha.

Tras volver a la calle cruzaron hacia un callejón. Plehve tenía un Zil de fabricación rusa esperando en las sombras. Con un gesto elegante abrió la puerta para Leslie y para Lourds.

Natashya rehusó la invitación de sentarse en el asiento trasero, dio la vuelta al vehículo y se acomodó en el del copiloto. Lourds se dio cuenta entonces de que la luz interior no se había encendido. Evidentemente, Plehve era un hombre precavido.

Una vez acomodados, Plehve se puso al volante y salieron de allí. Fue el momento en el que Lourds soltó el tenso aliento que había estado conteniendo.

Nadie dijo una palabra hasta que salieron de los límites de la ciudad. El anciano mantenía una mano en el volante; con la otra, fumaba un cigarrillo detrás de otro. Al parecer Plehve no confiaba tanto en poder llevar a cabo el traslado que se le habían encargado.

En un momento dado comentó que el viaje duraría casi veinte horas si lo hacían directamente y sólo paraban para poner gasolina e ir al baño. Lourds se sorprendió al comprobar lo cansado que estaba, aunque también podía ser una reacción natural al hecho de no tener nada que hacer.

Durmió un rato.

—¿Por qué crees que mi hermana se puso en contacto con el Instituto Planck? —preguntó Natashya. Le ardían los ojos, no había conseguido dormir bien desde el asesinato de Yuliya. Miró fijamente a Lourds, que hacía pocos minutos que se había despertado.

—Yuliya creía que los cátaros llevaron el címbalo a Rusia, entonces llamada Rus.

—¿Y quiénes eran ésos? —preguntó Natashya sin dejar de prestarle atención.

—Los historiadores no se ponen de acuerdo sobre el verdadero origen de los cátaros. Hay quienes los relacionan con las tribus perdidas que se dispersaron tras la destrucción de Israel. La idea más aceptada es que eran turcos. Sé alguna cosa sobre ellos porque escribí unos monográficos sobre la lengua uigur.

Natashya no dijo nada. Sabía que Yuliya tenía en alta estima a Lourds, pero también sabía que no había estudiado lo suficiente esas cosas como para discernir si le estaba diciendo la verdad o se lo estaba inventando todo sobre la marcha. Así que prefirió observar si alguno de sus gestos confirmaba que estaba mintiendo. En eso sí que era buena.

—Eran parte de la cultura huna —continuó Lourds—. Formaban clanes y recorrían el mundo para comerciar. Incluso su nombre tiene sus raíces en ese empeño. La palabra «cátaro» tiene relación con el verbo turco «*gezer*», que literalmente quiere decir «errar». Eran simplemente unos nómadas.

—Mi hermana era arqueóloga —Natashya notó la vacilación de su voz al hablar de Yuliya en pasado— y sabía de historia. ¿Cómo sabes tú tanto?

Lourds tomó un trago de la botella de agua.

—La lingüística y la arqueología coinciden hasta cierto punto. Esa coincidencia depende de cuánto profundiza el lingüista o el arqueólogo en sus conocimientos. Yuliya y yo lo hacíamos con tenacidad. Aprendíamos constantemente. Era como ir a la escuela cada día.

Natashya estuvo de acuerdo con aquello. Hubo un tiempo en el que su hermana siempre tenía a mano un grueso libro sobre algún tema difícil.

—¿Estás seguro de que los cátaros no fabricaron la campana? —preguntó Natashya.

—Casi seguro. Yuliya opinaba lo mismo. Creía que ellos la habían conseguido de los yoruba.

—¿Y dónde vivían ésos?

—En África Occidental.

—Eso es muy grande.

—Ya, por eso vamos al Instituto Max Plank. Yuliya había pedido poder ver allí ciertos documentos.

—¿Mi hermana quería ir a Leipzig?

—Eso es lo que decían sus notas. Y si a mí me era posible quería que la acompañara para ayudarla con las traducciones.

—¿Por qué Leipzig? ¿No sería más fácil ir directamente a África Occidental?

—Los documentos que quería consultar ya no están allí. Los guardan en Leipzig. El Instituto Max Plank sigue investigando y estudiando la historia de la esclavitud y de las culturas africanas perdidas.

—¿No tienen museos en África Occidental? ¿O algún sitio en el que guardar esos polvorientos documentos?

Lourds sonrió.

—Por supuesto que sí —dijo antes de tomar otro trago de agua—. Pero no pueden almacenar información de toda su historia. Mucha de ella se ha perdido.

Por la forma en que entrecerró los ojos y se rascó la perilla, Natashya pensó que estaba reorganizando sus pensamientos. Al mirarlo detenidamente se dio cuenta de que era un hombre muy apuesto. Dudaba mucho de que a su hermana le gustara solamente su forma de pensar, por muy fascinante que fuera. Pero por supuesto, la fidelidad a su marido quedaba fuera de toda duda.

—Cuando se destruyen y subyugan las culturas en la forma en que se hizo en África, su historia se dispersa, se pierde y, a veces, se reescribe. Los museos de África Occidental en Benín, Nigeria y Senegal, y en los otros doce países de esa zona, sólo poseen una pequeña parte de lo que existió en su día.

—¿El resto quedó destruido? —preguntó Natashya.

—Destruida y perdida. Vendida y robada, pero en su mayoría perdida. Mucha de su historia se conservó oralmente. Generación tras generación iban contándose historias y transmitiéndoselas. Ésas, por desgracia, se han perdido para siempre. Pero algunos objetos los compraron los coleccionistas. Muchas piezas están en manos de coleccionistas privados y museos de todo el mundo. Nunca sabes dónde puede aparecer una pieza. Como el címbalo.

—Todavía no has dicho por qué Yuliya creía que los cátaros habían llevado el címbalo al norte de Rusia.

Lourds sacó el ordenador y lo abrió. Tecleó algo y rápidamente apareció en la pantalla una fotografía de monedas que parecían antiguas.

—¿Qué es eso? —preguntó cada vez más interesada.

—Las encontraron en el mismo lugar que el címbalo. Pertenecen a la misma excavación. Los estudios estratigráficos demuestran que fueron dejadas allí al mismo tiempo.

—¿Dejadas?

—Eso es lo que pensaba Yuliya. Según las notas del equipo de arqueólogos que descubrió los objetos, encontraron el címbalo y las monedas a la vez.

—¿Y por qué iban a dejarlas?

—Sólo puedo aventurar una suposición, pero estoy de acuerdo con lo que dedujo Yuliya. Quienquiera que dejara el címbalo y las *yarmaq*, intentaba esconderlos para que no se los llevaran.

Natashya le dio vueltas a todo el asunto. La posibilidad de que hubieran buscado al címbalo cientos de años atrás, al igual que lo buscaban en ese momento, la intrigaba. ¿Quién podía saber de la existencia de algo que había estado perdido tanto tiempo? ¿Quién podía recordarlo durante la gran cantidad de años que habían pasado desde que lo habían escondido? ¿Y quién lo quería en la actualidad?

—Esas monedas fueron lo que convenció a Yuliya de que los cátaros habían llevado el címbalo al norte de Rus —continuó Lourds—. Las monedas son *yarmaq*. Las acuñaban los cátaros. Eran tan uniformes y puras que se utilizaron en el comercio en toda Rus, Europa y China.

Natashya observó las monedas que aparecían en aquella imagen digital. En una de las caras se veía a un hombre tumbado en una litera. Yuliya también había sacado fotos del anverso, que mostraba una estructura que parecía un templo o quizás una sala de reuniones.

—¿Así que vamos a Leipzig a averiguar por qué los cátaros llevaron el címbalo a Rus? —preguntó Leslie, que sin duda se había despertado en algún momento de la conversación.

—No exactamente —contestó Lourds—. Vamos allí a buscar documentación sobre el címbalo. Puesto que la lengua que hay en él, o parte de ella, es yoruba, espero que podamos encontrar alguna pista sobre su procedencia; descubrir cómo y por qué la consiguieron los cátaros sería un regalo añadido.

11

Estudio del Papa Inocencio XIV
Status Civitatis Vaticanae
22 de agosto de 2009

El cardenal Murani sentía que la tensión le destrozaba los nervios cuando se sentó ante la puerta del estudio del Papa. A pesar de su recargada decoración, la silla en la que estaba era cómoda. De vez en cuando hojeaba un libro sobre la historia de Europa Oriental, pero no estaba leyendo, su mente estaba demasiado confusa.

Miró el reloj, eran las ocho y trece. Sólo habían pasado tres minutos desde la última vez que lo había comprobado. Al intentar pasar una página se dio cuenta de que la mano le temblaba ligeramente. Aquel temblor le llamó la atención y meditó sobre ello con verdadero interés.

«¿Es miedo o ilusión?», se preguntó. No sabía por qué lo había mandado llamar el Papa.

Cerró el puño y deseó que se mantuviera quieto. Sonrió ante el control que tenía sobre sí mismo. Al fin y al cabo, era lo único que realmente importaba.

Se abrió la puerta. Un sacerdote joven salió de la estancia y lo miró.

—¿Cardenal Murani?

En un principio pensó que el joven estaba siendo insolente por preguntar quién era. Lo conocían en todo el Vaticano.

Después se dio cuenta de que no lo había visto nunca. Entonces, podía aceptarlo. No se preocupaba por aprender los nombres de los sacerdotes, a menos que le hubieran ayudado u ofendido.

—Sí.

El joven asintió y señalo hacia el estudio.

—Su Santidad desea verle.

Volvió a colocar el libro en el estuche de piel que llevaba antes de ponerse de pie.

—Por supuesto —dijo, aunque le hubiese gustado sonar más convincente.

—Buenos días, cardenal Murani —lo saludó el papa Inocencio XIV, que le indicó una de las lujosas sillas que había frente a un enorme escritorio. Su pulida superficie reflejaba la opulencia de la habitación—. Espero no haberle hecho esperar demasiado.

—Por supuesto que no, Su Santidad. —Sabía que no estaba permitida otra respuesta. Se acercó a él.

El papa Inocencio XIV tenía buen aspecto para ser un hombre de más de setenta años. Su enjuta estructura no mostraba ni un ápice de grasa y sus ojos azules miraban con seguridad. Su cara parecía la de un halcón, alejada detrás de una gruesa y larga nariz. Años de estudio de textos arcanos le habían dejado la cabeza ligeramente hundida entre los omoplatos. Su ropa blanca parecía el plumaje de una paloma, pero Murani sabía que esa imagen era engañosa. En aquel Papa no había nada delicado.

Antes de que el Sagrado Colegio Cardenalicio lo eligiera, Wilhelm Weierstrass había sido bibliotecario en esa institución. Anteriormente, fue obispo con una carrera poco brillante.

Murani estaba seguro de que los años que durara su papado serían igual de mediocres. No cambiaría nada ni dirigiría nada y, al final, no conseguiría nada a la hora de reafirmar el papel de la Iglesia en el mundo. No había votado por él.

—Me han dicho que estás mejor —dijo el Papa.

—Lo estoy, Su Santidad. —Se arrodilló ligeramente y besó el anillo de pescador del Papa antes de sentarse. Miró a su alrededor y se percató de la presencia de dos miembros de la Guardia Suiza. Estaban en posición de firmes, uno a cada lado de Su Santidad.

El papa Julio II había creado la Guardia Suiza en 1506, pero fueron Sixto IV e Inocencio VIII quienes proporcionaron las bases para reclutar mercenarios para su protección. La Guardia Suiza era la única unidad que había sobrevivido. Su existencia había comenzado como una ramificación del ejército de mercenarios suizos que había llevado soldados a toda Europa.

A pesar de que seguían vistiendo su uniforme original rojo, azul, amarillo y naranja en las ocasiones especiales, a menudo simplemente llevaban uniformes azules con cuello blanco, cinturón marrón y boina negra, como en aquel momento. Los que estaban en las habitaciones del Papa llevaban pistolas semiautomáticas SIG P75, y los sargentos portaban una pistola ametralladora Heckler & Koch. Esta última se había integrado en el armamento de la guardia después de que casi asesinaran al papa Juan Pablo II.

Murani posó los codos en los brazos de la silla y puso los dedos bajo la barbilla. No se sentía cómodo en las habitaciones del Papa, pero se esforzaba por aparentar que sí lo estaba.

—Has estado unos cuantos días enfermo.

Asintió.

—Me preguntaba si crees que ha llegado el momento de que te vea un médico.

Por un momento, se quedó desconcertado. Después cayó en la cuenta de que Inocencio XIV le estaba indicando que, a pesar de su continua «enfermedad», no había ido al médico.

Había sido un descuido. Se prometió que en el futuro sería más cuidadoso.

—Creo que ha sido sólo un ataque de gripe, Su Santidad. Nada por lo que molestar a un médico. —Sus palabras sonaban poco convincentes; por un momento, volvió a sentirse como un niño.

—Aun así, esa… gripe te ha apartado varios días del trabajo.

En la habitación se produjo un pesado y opresivo silencio. Sabía que el Papa no le creía.

—Sí, Su Santidad. Por suerte tengo muchos años aún para ofrecer mi servicio a Dios.

—También me ha llamado la atención que estés tomando un desmesurado interés por el trabajo del padre Sebastian en España.

—El mundo entero parece estar tomándose un desmesurado interés por el trabajo del padre Sebastian. Las excavaciones en Cádiz parecen haber atraído la atención mundial.

—Eso, quizás es poco afortunado. Creo que al mundo le iría mucho mejor si centrara su interés en otros objetivos.

Supo que el Papa no estaba preocupado por la atención del mundo, sino por la suya.

—Seguro que no pasarán más de dos o tres días sin que algún incidente en Oriente Próximo, o algún asunto económico o la muerte de alguien famoso vuelva a acaparar su atención.

—No desearía que ocurriese ninguna de esas cosas —replicó el Papa.

Sintió que apenas podía contener la cólera. «No, si dependiera de ti no pasaría nada. Simplemente te dedicarías a ocupar este despacho y seguir reproduciendo el vacío que la Iglesia ha soportado con los últimos papas», pensó con ferocidad.

Se obligó a respirar con calma, pero la rabia que sentía era como una roca en su pecho que amenazaba con desprenderse. Inocencio XIV era simplemente otro cáncer que medraba gracias a la Iglesia y le arrebataba la fuerza.

—Sé que tienes cosas importantes que hacer, cardenal Murani —dijo el Papa, que fijó la vista en el libro de citas que había sobre la mesa—. Hace tiempo que no hemos tenido oportunidad de hablar. Creo que sería mejor que volviéramos a vernos.

—Por supuesto, Su Santidad. —Sabía que aquello era un aviso. El Papa le vigilaba. El mensaje y la amenaza implícita eran evidentes.

—Has descuidado tus obligaciones, Stefano.

Murani miró al hombre que estaba sentado al otro lado de aquella pequeña y elegante mesa. Partió un palito de pan y se quedó callado.

El cardenal Giuseppe Rezzonico tenía poco más de sesenta años. Llevaba el pelo blanco cuidadosamente peinado y era lo suficientemente atractivo como para despertar la curiosidad de algunas mujeres sentadas en las mesas cercanas. Alto y grueso de cintura, seguía irradiando poder. Había entrado al servicio de la Iglesia ya mayor, pero había ascendido rápidamente hasta ocupar un cargo en el Sagrado Colegio Cardenalicio. Al igual que Murani, vestía un traje azul oscuro.

Murani ladeó la cabeza sin dejar de mirar a aquel hombre.

—¿Y qué obligaciones son ésas?

—Las obligaciones de tu cargo, Stefano. Llamar y cancelar las citas que tenías en nombre de la Iglesia, esas cosas son como indicios para nuestro actual Papa.

—Vuestro papa —replicó amargamente.

Rezzonico frunció el entrecejo.

—Todo el mundo sabe que no votaste por Su Santidad.

—No, no lo hice —dijo Murani dejando a un lado el palito de pan.

—Estoy seguro de que el Papa también lo sabe.

—¿Crees que se está vengando?

—No, Su Santidad no caería en eso —aseguró Rezzonico moviendo la cabeza.

—Así que para ti se trata de piedad, ¿no? —Aquello le pareció interesante. A Rezzonico no solían engañarle con facilidad—. Sólo es un hombre, a pesar del cargo y las vestiduras.

—¡Eso es un sacrilegio! —exclamó Rezzonico frunciendo más aún el entrecejo.

—Es la verdad. —No estaba dispuesto a pasarlo por alto. Había tenido que soportar que Inocencio XIV lo avergonzara aquella mañana y no iba a permitir que lo sobornara con una buena comida y unas palabras amables—. Es corto de vista, y lo sabes. Sigue manteniendo conversaciones con los judíos y los musulmanes.

—Por supuesto que lo hace —admitió Rezzonico de manera razonable—. Lo que sucede en esos lugares afecta al resto del mundo. Las economías están demasiado interrelacionadas como para que las cosas sean de otra forma.

—¿Te das cuenta de lo que dices? —preguntó frunciendo el

ceño—. ¿Economías? ¿Eso es la Iglesia en la actualidad? ¿Las economías?

—Juraste lealtad al Papa.

—Juré lealtad a Dios —replicó con voz áspera. La cólera y la frustración se habían desatado en su interior y no era capaz de controlarse—. Eso sustituye cualquier juramento de lealtad que pueda hacer a cualquier otra persona.

—Estás pisando terreno peligroso.

Una joven camarera les sirvió unas ensaladas y más vino. Dejaron de hablar hasta que se fue.

—Todos pisamos terreno peligroso en estos tiempos —dijo Murani, que empezaba a calmarse.

Rezzonico arqueó las cejas.

—¿Lo dices por las excavaciones del padre Sebastian? Ni siquiera sabemos si saldrá algo de allí —dijo mientrás acercaba la copa a sus labios.

—¿Y si aparece algo? ¿Y si el padre Sebastian encuentra algo? Aunque no sea el libro, ¿qué pasaría si hubiera algo que señalara los textos secretos?

—Entonces nos ocuparemos de ello.

—Ocuparse de algo cuando ya ha ocurrido es inútil —se mofó Murani.

—Stefano, por favor, escúchame. Soy tu amigo. Todo está controlado.

Murani rehusaba creerlo.

—No hay nada controlado. —Quería hablarle de la campana, del címbalo y de lo que creía que podían significar, pero no pudo. Rezzonico formaba parte de la Sociedad de Quirino y no estaba seguro de que no quisieran quitárselo todo. No podría soportarlo.

Por un momento, Rezzonico se limitó a mirarlo.

—Controlamos la Guardia Suiza. Tenemos algunos de sus miembros en la excavación. Si el padre Sebastian encuentra algo, cualquier cosa, tienen órdenes de intervenir y llevárselo.

Murani lo sabía, había colaborado en aquella negociación. Por suerte, después de tantos años de servicio, muchos de los líderes de la Guardia Suiza mantenían las mismas creencias básicas que la Sociedad de Quirino. Lo más importante para ambas organizaciones era preservar la Iglesia. Se arrebatarían vidas y se contarían mentiras para lograrlo.

El trabajo del padre Sebastian ponía en peligro a la Guardia Suiza tanto como a la Iglesia. Su líder, el comandante Karl Pulver, también conocía la amenaza que suponían los textos secretos, a pesar de no saber lo que contenían.

—Hemos de hacer algo más —propuso Murani.

El recelo tiñó los ojos de Rezzonico.

—¿Exactamente, qué?

—El padre Sebastian es el elegido del Papa, no es uno de los nuestros.

—Pero si eso es incluso mejor. Si Sebastian encuentra algo, no reconocerá lo que es. Sólo nosotros conocemos lo que son los textos secretos.

—El Papa cree que lo sabe.

Rezzonico hizo un gesto con la mano como para quitar importancia al comentario.

—El Papa sólo sabe lo que le contamos e incluso entonces le falta la capacidad de comprensión que tenemos nosotros.

Murani se movió inquieto.

—Eso no es suficiente. Tenemos que controlar la excavación, que no haya intrusos. Y para eso ha de estar a nuestro cargo.

—El Papa eligió al padre Sebastian. Fue una buena elección. Su campo es la arqueología. De todos nosotros…

—Es el menos fiable —aseguró Murani endureciendo la voz—. Estuvo en el mundo seglar mucho tiempo antes de entrar en la Iglesia.

—Daríamos los pasos necesarios para enmendar la situación.

—Hay otros sacerdotes y cardenales que podrían haberse encargado de esa excavación —aseguró Murani con un tono más suave.

—¿Como tú, quizá? —preguntó Rezzonico sonriendo.

No intentó fingir modestia.

—Sí, yo podría haber sido la elección perfecta.

—¿Por qué tú?

—Porque desde niño he dado mi vida por la Iglesia. Creo en

el poder del papado. La Iglesia necesita ocupar el lugar que le corresponde en el mundo. La Iglesia ha ido debilitándose cada vez más. La pérdida de la misa en latín, además de las conversaciones con otras religiones y países... El papado ha desempeñado su cargo desde el Concilio Vaticano II como si se tratara de un jefe de Estado...

—Que es lo que han sido —señaló Rezzonico.

—... y han tratado a otras naciones y religiones como si fueran sus iguales. —Su voz se endureció—. Nadie es igual que la Iglesia. El propio Dios nos puso aquí para guiar al pueblo, para que nos ocupáramos de él. Se supone que debemos guiarlo y dar sentido a sus vidas. No podemos hacerlo si continuamente renunciamos al poder y al prestigio que hace de nosotros los instrumentos elegidos por Dios.

Rezzonico inspiró con fuerza y dejó salir el aire. Dudó.

—Todos tus puntos de vista son válidos...

—Por supuesto que lo son.

—Pero...

No le prestó atención.

—No hay peros que valgan. La Iglesia es intocable. Es, y debe ser, el último poder aquí, en la tierra; y cualquier poder que controle ese tipo de poder pertenece a la Iglesia. Las reliquias sagradas son nuestras por derecho y por la gracia de Dios.

—El mundo es diferente, Stefano —dijo Rezzonico suavemente—. Tenemos que movernos con más cuidado y prudencia en estos tiempos.

—Existen libros y objetos capaces de poner fin a este mundo y crear uno nuevo. Llevan enterrados mucho tiempo y están a punto de volver a aparecer.

—Sólo si hemos acertado con la excavación.

—¿Lo dudas?

—Todavía está por demostrar.

Disgustado, se recostó en la silla.

—Hay que tener fe.

Por primera vez, la mirada de Rezzonico se heló.

—No te olvides, Stefano, de que has pisoteado a sacerdotes y cardenales menores, pero que yo estoy aquí a petición de la sociedad.

Aquella declaración hizo que se contuviera. Con todo, esperaba algo así. A pesar de sus intentos de autocracia e independencia, Rezzonico a menudo era el perrito faldero de los miembros más antiguos de la Sociedad de Quirino.

Murani contó hasta diez y se armó con la paciencia que le quedaba.

—No estaríamos en esta situación si la elección del Papa hubiese sido de otra manera.

—Eso es agua pasada.

El Sagrado Colegio Cardenalicio se dividió a la hora de tomar una decisión. Cada una de las facciones había elegido a uno de sus miembros. Los dos que podrían haberse convertido en papas, hombres a los que ya se había confiado la tarea divina de proteger al mundo de los textos secretos, no obtuvieron los suficientes votos para ganar. Una tercera facción, que actuaba en nombre de sus propios intereses, sugirió el nombre de Wilhelm Weierstrass como alternativa. Al final, debido a esa división, el nuevo Papa no sabía nada de los textos secretos.

De hecho, Murani no estaba seguro de que el papa Inocencio XIV creyera en los textos secretos aún después de haber sido informado. Los había escuchado a todos, pero había guardado silencio. Al final, al elegir al padre Sebastian para que se encargase de la excavación, al menos para él, decía mucho.

—Tienes razón —dijo Murani.

Rezzonico lo estudió un momento.

—Todo está en orden, Stefano. Ya lo verás. Lo que la sociedad desearía es que intentaras no llamar la atención. La confianza que nos tiene el Papa es algo muy frágil. Sobre todo ahora. Si hubiese subido al poder en otro momento habríamos podido tener más influencia sobre él.

No estaba de acuerdo con Rezzonico, pero no lo dijo. Habían dejado a Wilhelm Weierstrass entre libros demasiado tiempo. Aquel hombre tenía una opinión sobre todo tipo de cosas y no dudaba a la hora de utilizar el poder que le confería su cargo. Ya lo había demostrado al elegir al padre Sebastian en vez de a otros candidatos que la Sociedad de Quirino había propuesto.

Y lo había vuelto a demostrar al reprenderlo aquella mañana. De hecho, fue en ese momento cuando se dio cuenta de que aquello había sido más una advertencia a toda la Sociedad de Quirino que a él solamente. Al caer en la cuenta, vio claramente que la situación era mucho más apurada de lo que había creído.

—No te preocupes, Stefano. Tienes muchos amigos en la Sociedad de Quirino. Espero que sigas contándome entre ellos. Sólo deseo lo mejor para ti. Estamos juntos en esto. Tienes que ser más paciente.

—Ya —aceptó antes de tomar un sorbo de vino—, pero es el momento en el que más cerca hemos estado de los textos secretos.

Rezzonico asintió.

—Todo el mundo lo sabe. Todo está en su sitio. No puede suceder nada que no controlemos.

Pensó que aquello podía ser verdad, pero que ninguno de ellos estaba preparado para utilizar esos textos. La Sociedad de Quirino controlaba muchos secretos. A lo largo de los años habían asesinado silenciosa y brutalmente a todo el que se había opuesto a ellos o que había intentado revelar sus secretos.

No les asustaba tener las manos manchadas de sangre. A él tampoco.

Mercado A Siete Kilómetros
Afueras de Odessa, Ucrania
23 de agosto de 2009

—¿De dónde sale esto?

Lourds sonrió ante la ingenuidad de Leslie. A pesar de ser una periodista de televisión, con cierta experiencia de la vida a sus espaldas y quizá muy viajada por su cuenta, el mundo seguía siendo para ella un lugar enorme que no había imaginado. No había visto tanto como creía.

El mercado A Siete Kilómetros era un rugiente circo del mercado negro servilmente dedicado al capitalismo. Cubría casi un kilómetro cuadrado y estaba lleno de contenedores metálicos de barco convertidos en edificios. Sus estrechas calles estaban atestadas de gente que deambulaba entre ellas.

Aquellos contenedores provenían de todo el mundo. Los había desde seis metros de largo a los monstruosos de dieciséis. Los comerciantes guardaban en ellos la mercancía y a menudo también les servían de vivienda. Eran viejos y nuevos y mostraban todos los colores del arcoíris. Muchos estaban ensamblados unos con otros.

Parecían pequeños edificios metálicos con carteles publicitarios y flanqueados por aceras, que en ocasiones se elevaban hasta dos y tres pisos. Los coches y camiones llegaban hasta la parte frontal de las tiendas para cargar y descargar. Se oían voces en todas partes y en multitud de idiomas. Algunas luces colgadas a pequeños intervalos aseguraban que la oscuridad no impidiera las ventas.

Lourds estaba cansado y tenía calambres por haber estado metido en el coche durante largo tiempo. Pero no podía dejar pasar la oportunidad de ser a la vez guía y educador. El anciano que los había llevado hasta allí había vuelto a Moscú inmediatamente.

—Bienvenidos al mercado A Siete Kilómetros —dijo haciendo un gesto hacia el complejo laberinto de contenedores—. El mercado original estaba situado dentro de los límites de la ciudad de Odessa, pero cuando el capitalismo invadió la zona tras la caída del muro de Berlín en 1989, hubo más comerciantes que abrieron su tienda.

—Es increíble —comentó Leslie.

Gary grababa.

—Ten cuidado con la cámara —lo previno Natashya.

—¿Por qué? —preguntó éste volviéndola a guardar en el estuche que llevaba colgado al hombro—. ¿No permiten que los turistas hagan fotos?

— Sí que lo permiten, pero la mayoría de los comerciantes no son legales.

—Muchos de ellos están buscados por la Policía y los servicios de inteligencia de varios países —le explicó Natashya, que estaba muy atenta a lo que sucedía a su alrededor. A pesar de haber pasado un día entero de viaje parecía descansada y lista para continuar—. Si alguno de ellos cree que te han enviado para espiarle, a lo mejor intentan cortarnos el cuello.

—¡Ah! —Evidentemente, a Gary no le agradaba aquella posibilidad.

—Cuando el mercado empezó a crecer dentro de Odessa, se ordenó que saliera de la ciudad. Se volvió muy popular y hubo que realojarlo aquí, a siete kilómetros de distancia —explicó Lourds.

—De ahí el nombre —comentó Leslie.

—Exactamente. —Lourds inició la marcha. Pasaron por delante de contenedores que ofrecían aparatos electrónicos asiáticos y objetos para turistas, además de falsificaciones de productos occidentales de lujo—. Hay más de seis mil tiendas, cuyos alquileres suman miles de dólares. Sólo el dinero que se paga por el espacio es una importante fuente de ganancias, aunque las ventas sobrepasan los veinte millones de dólares.

—¿Al año? —preguntó Leslie.

Lourds sonrió.

—Veinte millones de dólares diarios.

Leslie se detuvo en un cruce y miró hacia las cuatro direcciones. La gente abarrotaba las calles y regateaba con los comerciantes.

—Cuando empezó a crecer demasiado se intentó cerrarlo —continuó Lourds—. Pero ya era demasiado tarde, había empezado a tener vida propia. En la actualidad sigue creciendo y al Gobierno le gustaría poder clausurarlo, pero los comerciantes y compradores están dispuestos a levantarse en armas para evitarlo.

—¿Por qué iba a querer nadie cerrar un sitio como éste?

—Porque no pueden controlarlo.

—¿Y para qué quieren controlarlo?

—Por cuestión de impuestos.

—¿Es todo mercancía libre de impuestos? —Leslie se detuvo frente a un contenedor que ofrecía bolsos italianos—. ¿Veinte millones de dólares diarios sin impuestos?

—Sí, lo que estás viendo es el mayor mercado negro europeo. Por curioso que parezca, también es un refugio de contrabandistas. A la venta hay artículos legales, falsificaciones y productos ilegales, munición y drogas. Este negocio funciona al aire libre simplemente porque nadie puede frenarlo.

Leslie examinó uno de los bolsos que había sobre una mesa. Lourds sabía que ninguna mujer se resistiría a una ganga. Aunque dudaba mucho que nada de lo que había en esa mesa lo fuera.

—No tenemos tiempo para comprar nada —intervino Natashya. Leslie volvió a dejar el bolso en su sitio a regañadientes—. ¿Dónde vamos a encontrarnos con tu amigo?

—No queda lejos de aquí —aseguró Lourds.

Una hora más tarde, Lourds estaba tomando una taza de café turco frente a una tienda que vendía pantalones vaqueros norteamericanos. Leslie los descartó inmediatamente por ser imitaciones. Lourds no se habría dado cuenta. Gary se entretenía filmando algunas tiendas e incluso le había pedido a Leslie que hiciera introducciones y cierres para una propuesta que pensaban hacer a la BBC.

—¿Estás seguro de que tu amigo vendrá? —preguntó Natashya en ruso.

—Josef dijo que lo haría —contestó Lourds en inglés. No quería que Leslie y Gary se sintieran excluidos de la conversación.

Pasó otro incómodo minuto, que se alargó cinco más.

Natashya se puso a su lado. Por un momento pensó que iba a enfadarse con él por la situación en la que estaban, pero había centrado su atención en un joven que se acercaba a ellos. Metió la mano en el bolsillo.

No había duda de cuál era el destino de aquel joven, aunque se detuvo a pocos metros. Llevaba las manos en los bolsillos. Lourds sabía lo que tenía en ellas. Sus ojos no se apartaron en ningún momento de Natashya e imaginó que sería porque había juzgado que era la más peligrosa de todos.

—¿Señor Lourds? —preguntó en un inglés impecable.

—Sí.

—Me envía Josef Danilovic.

—¿Puedes probarlo? —intervino Natashya.

El joven sonrió y se encogió de hombros.

—Éste no es un buen sitio para probar nada ni lugar para policías. He venido a ofreceros una forma de salir de la ciudad. Vosotros veréis si queréis seguirme o no.

Sonó el teléfono de Lourds y éste contestó. La batería estaba prácticamente agotada.

—¿Sí?

—¡Thomas! —lo saludó Danilovic con una voz jovial que revelaba cierta tensión.

—Hola, Josef. Acabamos de conocer a tu intermediario.

—Se llama Viktor, podéis confiar en él.

Lourds sabía que el joven estaba esperando la llamada porque estaba totalmente relajado. Natashya no bajaba la guardia.

—¿Puedes describirlo? Últimamente estamos un poco paranoicos.

—Por supuesto, vivimos tiempos muy paranoicos —dijo Danilovic antes de proporcionarle una acertada descripción.

—Gracias, Josef, espero verte pronto —se despidió antes de colgar.

—¿Es él? —preguntó Natashya.

—Sí, Josef lo ha descrito. Incluso me ha dicho qué ropa llevaba.

Viktor sonrió.

—Por supuesto, siempre podría tener un socio con un arma apuntando a la cabeza de tu amigo. Es decir, si queréis seguir con la historia de las paranoias. Pero si lo hacéis, dudo mucho que consigáis salir de este mercado.

Lourds cogió su mochila y se la colgó al hombro.

—¡En marcha!

—Esta vez te has superado, amigo —lo alabó Lourds al contemplar la mesa llena de comida en el amplio comedor de la casa de Danilovic. Había estado allí varias veces como invitado y estaba acostumbrado a la generosidad que se respiraba en aquel hogar.

Una mesa y unas sillas decoradas que podrían haber embellecido una casa de la realeza ocupaban el centro del comedor.

Las paredes estaban llenas de cuadros y jarrones, y otros objetos coleccionables llenaban los espacios entre ellos.

Danilovic restó importancia al halago con un decidido movimiento de la mano. Era un hombre pequeño y quisquilloso, que lucía un fino bigote. Vestía un traje caro con confianza y orgullo.

—He pensado que si tenía que organizar una huida de Moscú para vosotros, había que hacerlo a lo grande, ¿no te parece? —Su amplia sonrisa dejó ver un hueco entre los dientes y mantuvo el pulgar y el índice de una mano ligeramente separados—. Y quizá con un poquito de peligro.

—Si no te importa, prescindiremos del peligro —dijo Lourds con cierta tristeza—. Creo que ya hemos corrido el suficiente en los últimos días.

En la mesa había incluso tarjetas que indicaban el lugar que debían ocupar los comensales. Lourds y Danilovic los extremos. No le sorprendió que hubiera colocado a las dos mujeres a su lado.

Unas criadas con blusa blanca sirvieron vino y después apareció el jefe de cocina para anunciarles el menú. A pesar de la tensión que reflejaban las caras de todos los sentados alrededor de la mesa, se fijó en que prestaban toda su atención a las explicaciones de éste.

—He pensado que lo indicado sería cocina francesa. Empezaremos con una ensalada, *boeuf bourguignon*, o ternera estofada en vino tinto, *escargots* de Bourgogne con mantequilla de perejil, *fondue bourguignonne*, *gongère* y *pochouse*, que es una de mis especialidades —recitó antes de entrechocar los tacones y volver a la cocina.

—No conozco nada de lo que ha dicho, pero suena de maravilla —comentó Gary.

—Auguste es muy buen cocinero —aseguró Danilovic—. Se lo he pedido prestado a un restaurante, sólo por esta noche.

—No tenías por qué haberte molestado tanto —protestó Lourds.

—Ya. A ti te habría bastado con un sándwich y una cerveza, pero era a las damas —dijo mirando a Leslie y a Natashya— a las que quería impresionar.

—Me siento cumplidamente impresionada —agradeció Leslie.

—Gracias, querida —dijo Danilovic cogiéndole una mano para besarla.

«Pamplinero», pensó Lourds, aunque no pudo dejar de sonreír ante las payasadas de su amigo. Danilovic era uno de los hombres más sociables que había conocido nunca. Le encantaba montar un espectáculo y ser el centro de él.

La cena llegó enseguida. A la enérgica y crujiente ensalada le siguió una sopa de ternera y unos caracoles cocinados con cáscara. Gary se negó a comerlos. Para Lourds era la mejor mantequilla de perejil que había comido en su vida y pidió que se felicitara al cocinero.

La *fondue* tenía trozos de carne que redondeaban su sabor y conseguían que fuera aún más sabrosa. El *gougère* eran bolas de queso enrolladas en masa *chou*. Pero el remate fue la *pochouse*, pescado guisado en vino tinto.

El postre lo componían fresas y un pastel de crema *mascarpone* que se deshacía en la boca.

Más tarde se reunieron en el estudio de Danilovic, frente a un acogedor fuego que les protegía del frío exterior. Lourds y Danilovic encendieron unos puros y los dos se sorprendieron cuando Natashya aceptó uno. Bebieron coñac en grandes copas.

—¿No sabes quiénes son los hombres que os persiguen? —preguntó Danilovic.

Lourds negó con la cabeza.

—Creo que reconocí a alguno de Alejandría.

—Así que crees que van tras la misma pista.

—Es la única respuesta. —Lourds se había sentado en un mullido sillón que le pareció demasiado cómodo—. No hay motivo para que yo les interese.

Danilovic se inclinó hacia delante y le dio un golpecito en la rodilla.

—A mí siempre me has parecido interesante, querido catedrático.

—Estás borracho.

—Quizás un poco —dijo mirando a Leslie—. Pero quizá no es a ti a quien buscan, amigo mío, sino a la estrella de la televisión.

—No soy ninguna estrella y no sé nada de historia, lenguas u objetos.

—Sabes que van unidos —replicó Danilovic—. Mucha gente no es consciente de ello. —Tiró la ceniza en un cenicero y le lanzó una mirada evaluadora—. Y, sin embargo, encontraste la campana en Alejandría.

—Fue una casualidad.

Danilovic se encogió de hombros.

—Suelo ser un hombre de fe, querida, pero me dedico a una profesión que algunos podrían creer que deja al descubierto precisamente esas cosas. Esos hombres, los que os perseguían, buscaban la campana o, al menos, algo similar. Si no, no habrían ido a por ella.

—Podemos imaginar quién te persigue —señaló Natashya—. Al identificarlos, al saber más sobre por qué quieren los instrumentos, sabremos más sobre los propios instrumentos.

Danilovic sonrió de forma beatífica.

—Sí. Amigo mío, cada vez que vendo una pieza que ha caído en mis manos he de saber de quién la consigo, a quién se la voy a vender y lo suficiente sobre el objeto para entender qué lo hace valioso para los dos. ¿Por qué estás tan interesado en esos objetos?

—Por la lengua —respondió inmediatamente Lourds.

—Eso es lo valioso para ti, pero muy poca gente estaría interesada en una lengua muerta que puede costar años descifrar.

—No creo que me cueste tanto. Si consigo averiguar qué relación tienen, podré hacer una conjetura fundamentada y respaldarla con hechos —replicó Lourds.

Danilovic le dio una palmadita en la espalda.

—Estoy seguro de que lo harás. Sin embargo, los materiales con los que están fabricados esos objetos no tienen valor. No es ni oro ni plata, ni siquiera tienen incrustaciones de piedras preciosas. Son cosas muy sencillas. Con secretos escritos en ellas.

—Pero la gente que las birló ya sabía lo que había escrito en ellas —dijo Gary inclinándose hacia delante con entusiasmo—. Al menos saben lo que se supone que hay escrito en ellas. Como si fuera el mapa de un tesoro o algo así.

Lourds meditó sobre aquello.

—La gente que se llevó los instrumentos sabía lo que estaba buscando. Lo que no sabe es lo que hay escrito en ellos.

—Entonces, ¿de dónde han sacado lo que saben? —preguntó Leslie.

—Ésa es una de las preguntas que deberíais formularos —continuó Danilovic—. Al hacerlo habréis estrechado el campo de quién puede estar persiguiéndoos.

—¿Y por qué lo hacen? —intervino Gary.

—También.

—Hay dos posibles razones —declaró Natashya tranquilamente—. Una es que tengan miedo de que Lourds descifre la lengua y ponga al descubierto los secretos que están protegiendo. Y la otra es que Lourds haya tenido relación, por suerte o por designio, con dos de los instrumentos que andaban buscando.

—Tenemos que ir a Leipzig cuanto antes, viejo amigo —comentó Lourds a Danilovic.

—¿Y abandonar mi hospitalidad tan pronto? —preguntó éste, sorprendido.

—No es por ninguna otra razón…

Danilovic levantó una mano y sonrió.

—No me siento desairado, entiendo vuestra prisa. Ya lo he arreglado todo. Por la mañana, Viktor os llevará a un barco en el que os he conseguido pasajes.

—Gracias —dijo Lourds.

—Por hoy, lo que deberíamos hacer es disfrutar de lo que queda de este coñac y hablar de los viejos tiempos.

12

Puerto comercial Illichivsk
Provincia de Odessa, Ucrania
24 de agosto de 2009

—¿*D*ónde estás, Natashya? —Ivan Chernovsky parecía calmado, pero Natashya sabía, después de haber trabajado largo tiempo con él, que no lo estaba.

—En Illichivsk. —No quería mentir, pues seguramente la descubriría enseguida, igual que haría ella con él.

La zona portuaria estaba en plena ebullición de trabajo y negocios. Situado a veinte kilómetros de Odessa, el segundo puerto más grande de aguas cálidas de la provincia, del *oblast*, Illichivsk se alzaba a su alrededor como cuna de la Compañía de Navegación del Mar Negro. Barcos de todos los tamaños anclaban en los muelles o surcaban lentamente sus aguas. Los estibadores subían o bajaban flete en los cargueros.

—¿Qué haces ahí? —preguntó Chernovsky.

—Estoy buscando al asesino de mi hermana. Te llamé pensando que podrías ayudarme.

—Los forenses encontraron una bala antigua en el cuerpo. Le habían disparado, pero no había recibido atención médica. La herida se había curado, pero la bala seguía ahí.

—¿La han identificado de la misma forma que hicimos en el asesinato de Karpov? —preguntó Natashya.

—Sí. La bala pertenecía a la pistola que le quitamos a un miembro de la mafia. Cuando la identificaron, le hice una visita.

Natashya seguía mirando de un lado a otro. Leslie había vuelto con Lourds y Gary, pero también había otro hombre a pocos metros de ellos.

Iba muy desaliñado. Llevaba una capucha baja sobre la cara y una chaqueta ligera a cuadros. Un observador normal lo hubiera confundido con un trabajador del puerto, pero Natashya se fijó en la calidad de las botas que llevaba y supo que no las utilizaba para trabajar en el puerto, aunque se hubiese vestido como para hacerlo. Chernovsky le había enseñado a fijarse en los zapatos de la gente. Normalmente se mudan de ropa antes o después de hacer algo ilegal, pero rara vez se cambian de calzado.

Apoyado en un contenedor que esperaba ser cargado, de vez en cuando hacía un gesto con la cabeza a los trabajadores y daba tragos a un vaso de papel. También hablaba por un móvil. No muchos de los estibadores pueden permitirse uno.

—Ese hombre identificó al muerto como parte del grupo que intentó robar un cargamento ilegal de antigüedades iraquíes que entraron durante la guerra con Estados Unidos. He hablado con algunos de los traficantes que se dedican a esa mercancía y también he enseñado la foto. Se llamaba Yuri Kartsev.

—Ese nombre no me dice nada. —Natashya sabía que Chernovsky esperaba una respuesta.

—¿Quizás al catedrático sí?

—Ya le preguntaré. —También sabía que era la forma de comprobar si seguían viajando juntos.

—Este Kartsev solía trabajar para un hombre llamado… —Se oyó ruido de papeles— Gallardo, Patrizio Gallardo.

—Tampoco me suena.

—Pues es un nombre con historia —aseguró Chernovsky inspirando profundamente.

El hombre que vigilaba a Lourds y a los demás se metió el móvil en el bolsillo y encendió un cigarrillo. Natashya notó que se reducía la tensión en su estómago. Quienquiera al que estuviera esperando todavía no había llegado.

Siguió observándolo mientras hablaba con Chernovsky.

—Ya sé que quieres tenerme esperando tanto como puedas.

Si yo estuviera en tu lugar también lo haría. El problema es que estamos al descubierto y creo que los hombres que nos persiguen se están acercando. Así que quizá deberías decirme lo que sabes.

Chernovsky dudó. Natashya sospechaba que incluso podían estar escuchando la llamada.

—Patrizio Gallardo es un tipo muy malo. Es un ladrón y un asesino. No se puede confiar en él.

—¿Trabaja por su cuenta o para alguien?

—Ambas cosas. Trabaja a destajo y está especializado en adquisiciones ilegales de antigüedades.

—¿Para quién trabaja?

—Todavía no he descubierto que deba lealtad a nadie, pero seguiré investigando.

—Hazlo, por favor. Te llamaré en cuanto pueda.

—¿Desde dónde debo esperar tu llamada la próxima vez?

—Ya te lo haré saber. Vamos a viajar mucho. Gracias, Ivan.

—Cuídate, Natashya. Espero verte pronto de vuelta.

Guardó el móvil y cruzó la calle. Había llegado el momento de hacer algo con el mirón.

Patrizio Gallardo merodeó por el puerto mientras cerraba el móvil y se lo metía en el bolsillo. Apretó el paso cuando vio el carguero *Carolina Moon* anclado a unos trescientos metros.

Según su informante, Lourds y su grupo estarían cerca.

Lo acompañaban cuatro de sus hombres, todos con armas bajo los abrigos.

Un coche de Policía entró en la calle por detrás de él. En los asientos delanteros iban dos policías uniformados; en el de atrás, otro de paisano.

Su radar personal entró en acción. De forma instintiva torció hacia una bocacalle. Habían dejado un buen lío en Moscú y pensó en si le estarían siguiendo por eso.

Se oyeron unos frenos y un motor cambiando de marcha.

—El coche de Policía viene detrás de nosotros —dijo uno de los hombres.

—Desperdigaos y cubridme si me paran. —Siguió caminando, pero prestó mucha atención cuando las ruedas del coche que se aproximaba hicieron rechinar la gravilla.

Una voz lo llamó en ruso, pero no hizo caso. Muchos de los marineros que iban a ese puerto no lo hablaban.

—Señor —dijo una voz en inglés.

Continuó sin detenerse. Algunos marineros tampoco hablaban inglés.

Las puertas del coche se abrieron y oyó pasos a su espalda.

Calmadamente, metió la mano por la abertura del bolsillo de su abrigo y apretó la pistola de nueve milímetros que llevaba en una cartuchera en la cadera. Si la policía lo andaba buscando, no era para hacerle unas preguntas.

Notó una mano en el hombro.

—Señor —dijo el policía.

Se detuvo bruscamente y se dio la vuelta. Aquel movimiento pilló desprevenido al policía. Le colocó la pistola en el estómago antes de que pudiera darse cuenta. Poniéndole la mano izquierda por detrás de la cabeza para poder utilizarlo como escudo, disparó tres veces rápidamente. Podría haber disparado más, pero el arma se encasquilló bajo los pliegues del abrigo.

Los secos estallidos se oyeron en todo el callejón.

El policía se tambaleó y cayó contra él con la cara blanca por el *shock*.

Los otros dos policías intentaron salir del coche con las pistolas desenfundadas, pero DiBenedetto se colocó detrás del inspector, como por casualidad, le puso un arma en la cabeza y le voló los sesos.

Al darse cuenta del peligro que corría, el conductor intentó dar la vuelta, pero DiBenedetto le disparó dos veces en la cara y lo tiró al suelo.

Cuando Gallardo apartó al policía muerto, el cadáver cayó como un fardo. El rectángulo de plástico que llevaba en la muñeca izquierda le llamó la atención y se inclinó para verlo mejor.

En aquel rectángulo había una fotografía de él. Era el mismo tipo de estratagema que habían utilizado para localizar al catedrático.

—Patrizio —lo llamó DiBenedetto. Levantó el brazo del

inspector de paisano. Estaba cubierto de sangre en su mayor parte, pero el rectángulo era visible.

Sabían quién era.

Darse cuenta de forma tan fría le revolvió el estómago. No sabía quién le había identificado. Había sido cuidadoso toda su vida, pero en alguna ocasión la Policía lo había encarcelado una temporada.

Dejó caer el brazo. Abrió el abrigo y sacó la pistola. Con gran rapidez quitó el cargador y reemplazó las balas usadas.

—Tenemos que irnos —dijo DiBenedetto—. Los disparos atraerán a más policía, y te están buscando.

Gallardo asintió y soltó aire.

—Ya, pero antes vamos a ver si encontramos al catedrático.

—¿Dónde está Natashya? —preguntó Leslie.

Lourds apartó la vista de los grandes barcos del puerto y miró hacia el almacén donde había estado Natashya hacía un momento.

—Ha llamado por teléfono —los informó Gary, que había estado filmando.

—Bueno, pues ahora no está allí —dijo Leslie consultando su reloj—. ¿Cuándo se supone que vamos a ver al capitán del barco?

—A las diez y media —dijo Viktor, que parecía calmado y confiado.

La preocupación caló en la mente de Lourds. Si Natashya tuviera alguna pista de quiénes eran los asesinos de su hermana, ¿se lo diría? ¿O simplemente entraría en acción y los dejaría a un lado? Estaba prácticamente convencido de que actuaría por su cuenta. Evidentemente, a Natashya no le importaba otra cosa.

—Ahí está —dijo Gary, que indicó un edificio situado al otro lado de la calle.

Lourds vio que estaba hablando con un hombre de mediana edad con aspecto andrajoso. Imaginó que sería un trabajador del puerto, pero no supo por qué podría estar perdiendo el tiempo allí si no había trabajo.

El hombre le dio un cigarrillo a Natashya, que se inclinó para encenderlo y puso las manos alrededor del mechero. Sin previo aviso le dio un golpe en el cuello y lo dejó de rodillas. Una patada en el costado lo tiró al suelo inconsciente.

—¡Joder! ¿Por qué coño lo habrá hecho? —exclamó Leslie.

Lourds corrió hacia Natashya mientras ésta empezaba a rebuscar en los bolsillos del hombre.

—¿Qué haces?

Natashya sacó un móvil del bolsillo del hombre y se lo arrojó a Lourds.

—Os ha estado vigilando.

Lo que aquello implicaba lo dejó helado. Había muchas cosas que desconocía en la vida de un fugitivo y tenía muy poco tiempo para aprender.

Miró a su alrededor. Varios peatones cruzaron la calle para evitarlos.

—Quizá podrías haber elegido un lugar más concurrido para tu emboscada —comentó Leslie.

—Estaba hablando con alguien por teléfono. —Natashya le quitó la cartera y se la metió en el abrigo. Después encontró unas fotografías en el bolsillo de la camisa, de Lourds, Leslie y Natashya.

—Sin duda os estaba buscando —dijo Viktor antes de hacer un gesto con la mano—. Venga, tenemos que irnos de aquí.

Natashya dejó al hombre inconsciente.

—¿Lo conoces? —preguntó.

Viktor negó con la cabeza y se metió por un callejón.

Antes de que Lourds pudiera moverse se oyeron disparos cerca de allí. Y al poco, sirenas de Policía a todo volumen. Para entonces, Lourds y los demás se alejaban rápidamente.

El *Winding Star* provenía de Sudamérica. Muchos barcos piratas venían de allí. Los piratas actuales enarbolan banderas de conveniencia, y lo más conveniente era que éstas fueran sudamericanas. Habría sido muy divertido saber cuántos países latinoamericanos cerrados al mar amparaban barcos por todo el mundo.

Lo único que tenía que hacer su propietario o la empresa para que se les reconociera como barco de ese país era pagar una cuota. Y, gracias a ello, gozaban de protección, privilegios y derechos internacionales. No podían ser abordados por la Policía de ninguna otra nacionalidad sin causa justificada, a riesgo de provocar un conflicto internacional.

Viktor les presentó rápidamente al primer oficial, un hombre chupado de cara llamado Yakov Oistrakh. Tenía unos cuarenta años y cicatrices que demostraban la cantidad de tiempo que llevaba en el mar.

—Bienvenidos a bordo —los saludó mientras hacía desaparecer en su abrigo el grueso sobre que le había entregado Viktor.

—Es posible que haya algún problema —le advirtió Lourds.

—¿Se refiere a los disparos? —preguntó Oistrakh levantando una ceja.

—Nos persiguen unos hombres.

—Pues claro. Por eso vienen con nosotros, ¿no?

—Así es —intervino Natashya, que le dio un empujón a Lourds para que siguiera andando.

—No tema, señor Lourds. Tenemos derecho a defender nuestro barco y a las personas que haya en él. Una vez en nuestra cubierta, de hecho están en otro país. Necesitarían documentación apropiada para llevárselos. Y al capitán y a mí nos han dicho que esa gente no tiene esos papeles.

—Así es —repitió Natashya.

Lourds se agarró a las cuerdas que había a ambos lados y subió la empinada plataforma mirando hacia atrás varias veces.

Un poco más allá, varios coches de la Policía llegaban a un callejón situado entre varios almacenes. Aquel suceso había atraído a un numeroso grupo de curiosos.

Al poco, resollando por la larga e inclinada subida, Lourds se dirigió a popa y miró hacia el muelle. La radio que llevaba uno de los miembros de la tripulación emitía sonidos a pocos pasos de él. Unas voces hablaban a toda velocidad en ruso y pudo oír lo suficiente de la conversación como para darse cuenta de que había captado la frecuencia de la Policía.

—¿Sabe lo que está pasando? —le preguntó en ruso.

El marinero, fornido y canoso, se encogió de hombros.

—Han disparado a unos policías.

—Señor Lourds, si no le importa, creo que sus amigos y usted estarían mejor en la bodega. Aquí están demasiado al descubierto —sugirió Oistrakh.

—Tiene razón —intervino Natashya—. Si Gallardo quisiera, con un francotirador en un tejado podría acabar con tu búsqueda de la campana.

—¿Quién es Gallardo? —preguntó Leslie.

—El hombre que nos viene persiguiendo desde Moscú.

—¿Cómo…?

Oistrakh los obligó a que siguieran adelante como si fueran niños.

—Nada de hablar, pueden hacerlo abajo —les conminó.

Lourds obedeció a regañadientes.

Gallardo se movió casi a la carrera, con DiBenedetto a su lado. El resto de los hombres los seguían de cerca. Maldijo las circunstancias que le habían conducido a esa situación. Lo habían descubierto. La Policía sabía quién era.

Por suerte, había hecho negocios con comerciantes del mercado negro que actuaban en Odessa. Había más de un sitio en el que podía esconderse. Iba hacia uno de ellos.

El bar era uno de los pocos que atendía las necesidades de los marineros. Había anuncios de neón en las ventanas.

Gallardo subió el corto tramo de escaleras, atravesó la puerta y entró en un lugar lleno de humo. Había unos pocos clientes en la barra, y reservados. Había varios televisores sobre la barra y colgados en los rincones que emitían canales deportivos.

Mijaíl Ritchter estaba en su lugar acostumbrado. Era gordo, llevaba la cabeza afeitada y lucía una espesa barba. Sujetaba un hediondo puro entre los dientes y llevaba un delantal en la cintura. Dos hermosas mujeres atendían la barra bajo su atento ojo.

—¡Hola, Patrizio! ¿Cómo estás?

—Ocupado. No tengo tiempo para hablar. Necesito utilizar la puerta trasera.

Mijaíl hizo un gesto con la cabeza hacia uno de los hombres que había junto a la puerta. El hombre se levantó y salió.

—Un momento —dijo Mijaíl—. Si no viene nadie, te dejaré ir.

«Si no me persigue nadie no necesito que me hagas desaparecer», pensó mientras dejaba escapar un enfadado suspiro. Pero se acercó a la barra y aceptó el vaso de cerveza que le ofreció una de las mujeres siguiendo instrucciones de Mijaíl.

El hombre que Mijaíl había enviado fuera apareció de nuevo. Le lanzó una mirada y meneó la cabeza.

—Tienes suerte, Patrizio. Ven —le pidió haciéndole un gesto para que le siguiera detrás de la barra.

Gallardo y sus hombres entraron en el almacén y bajaron unas escaleras hasta la bodega. Mijaíl encendió una bombilla desnuda que colgaba del techo. Una pálida luz amarilla inundó el lugar.

Apartó unos barriles de cerveza que había al otro lado de la habitación. Empujó una sección de la pared y una losa del suelo se deslizó para dejar ver unos escalones tallados en la piedra, que bajaban en espiral.

La mayoría de los cimientos en Odessa eran de piedra caliza, por lo que eran muy fáciles de excavar. Aprovechando la circunstancia, mucha gente había excavado la roca en edificios y hogares. Más tarde, cuando fue necesario y el contrabando se convirtió en el trabajo mejor pagado, se hicieron túneles para conectar esas galerías y crear catacumbas en las que almacenar y esconder mercancías.

—Tomad —dijo Mijaíl, que cogió una linterna de un armario.

Gallardo acercó el encendedor a la mecha y la tapó con el cristal a prueba de viento. Cuando la llama ardió, bajó hacia las entrañas de la tierra.

Lourds y sus compañeros se habían zafado de él por el momento, pero seguía disponiendo de medios para localizarlos. Sin embargo, pasaría mucho tiempo antes de que volviera a hacer negocios en Rusia.

Por suerte, Lourds no permanecería allí, eso habría sido un problema.

Puerto de Venecia
Venecia, Italia
28 de agosto de 2009

Lourds iba sentado en la barca que los transportaba desde el *Winding Star* y observó la ciudad. El hedor del agua casi estancada rompía en cierta manera el encanto, pero para él no había nada más imponente que Venecia. La luz de las últimas horas de la mañana se reflejaban púrpura y oro hacia el este, mientras los turistas abarrotaran las calles y los canales.

—Estás sonriendo —comentó Leslie, sentada a su lado en el banco. De vez en cuando los golpes de las olas hacían que sus cuerpos se acercaran de una forma demasiado agradable y tentadora.

—¿Sí? —Se tocó la cara para comprobarlo, pero sí, lo estaba haciendo—. Será por la compañía.

Leslie sonrió también.

—Me sentiría halagada si así fuera, pero es una tontería pensar que ésa es la razón.

—Es esta ciudad —confesó Lourds—. Algunas de las mejores mentes de este mundo vivieron aquí. Escribieron libros, obras de teatro y poesía que todavía se estudian en nuestros días. Familias de la realeza, casas de mercaderes e imperios nacieron y murieron aquí —dijo Lourds, pero se calló antes de dar comienzo a un sermón.

—¿Has estado alguna vez en algún sitio que no te haya maravillado?

Lourds negó con la cabeza.

—Nunca. Al menos no en los lugares que tienen historia. He estado en sitios de los que sabía muy poco, pero al conocer la lengua de las personas que los habitaban pude encontrar historias y sueños con los que asombrarme. Las sociedades y las culturas son únicas y extraordinarias, pero aún son mejores cuando se yuxtaponen, cuando chocan o compiten.

—¿Te refieres a guerras? Eso no parece muy agradable.

—La guerra no lo es, es simplemente parte del proceso de civilización del mundo. Si no hubiera guerras, la gente no tendría oportunidad de aprender nada de otra gente. No intercambiarían ideas, pasiones e idiomas. Todo el mundo conoce el impacto que tuvieron las cruzadas en la civilización de aquellos tiempos, en cuestión de alimentos, matemáticas y ciencia. Pero pocos se dan cuenta de que los chinos, con sus enormes juncos, algunos de hasta casi doscientos o doscientos cincuenta metros de largo, tuvieron relación con muchas culturas en su apogeo.

—Pero ¿esa yuxtaposición no destruía las lenguas y las adulteraba haciendo que ya no fueran puras?

—Seguramente, pero las raíces de la lengua original seguían allí, y la superposición de lenguas permite estudiarlas mejor. Sus semejanzas, sus diferencias. Consigue aumentar la comprensión que un lingüista pueda tener de ellas.

—Me fío de lo que dices. —Leslie parecía un tanto sombría—. En otro orden de cosas, he hablado esta mañana con mi productor. Nos ha concedido más tiempo para seguir con esta historia, pero empieza a presionarme para que le enseñe algo.

Lourds pensó un momento.

—¿Le has hablado del címbalo?

—Me dijiste que no lo hiciera.

Se dio cuenta de que no había contestado su pregunta, pero lo dejó pasar.

—Quizá deberías contárselo.

—¿Y que vamos camino del Instituto Max Planck para estudiar la trata de esclavos?

—Sí, pero eso tendrá que mantenerlo en secreto de momento.

—Muy bien —aceptó mientras contemplaba la ciudad—. ¿Cuánto tiempo vamos a estar aquí?

—Saldremos hacia Leipzig enseguida. Halle está a menos de una hora en coche desde Leipzig, pero alquilar una habitación allí puede ser más problemático. Josef también me dijo que en un sitio tan pequeño como Halle sería muy fácil encontrarnos, así que lo ha arreglado todo. Se supone que habrá un coche esperándonos en tierra firme.

Υ

—¿Señor Lourds?

Lourds estudió a la mujer de mediana edad que estaba sentada en la terraza de una cafetería, con un helado en forma de flor y adornado con una galleta.

—Le he reconocido por la foto que me ha enviado Josef —dijo abriendo una carpeta para enseñarle la fotografía que Danilovic le había sacado la noche anterior.

En la imagen, Lourds sujetaba una copa de coñac y un puro. No parecía un fugitivo, ni en la foto ni en persona, pero se le había helado la sangre al oír pronunciar su nombre.

—Se parece mucho, es un hombre guapo —aseguró la mujer.

—Gracias.

Leslie se colocó suavemente a su lado y le cogió por el brazo.

La mujer miró primero a Lourds y luego a Leslie. Volvió a sonreír, pero esa vez no de forma tan amistosa.

—Josef quería que le entregara este paquete.

Lourds cogió el sobre de papel Manila que le ofrecía.

—En el interior están las llaves de un coche de alquiler e instrucciones para localizarlo. —Se levantó y cogió su helado—. Espero que tengan un viaje seguro y productivo.

—Gracias —se despidió Lourds.

—Y si alguna vez viene a Venecia y no tiene que hacer de canguro, avíseme. —La mujer le entregó una tarjeta de visita y, tras darse la vuelta elegantemente, se alejó de una forma que hizo que Lourds y Gary no le quitaran los ojos de encima.

Lourds olió la tarjeta, estaba perfumada con lilas.

Leslie se la quitó de las manos.

—Créeme, no la vas a necesitar —dijo tirándola en la primera papelera que encontró después de sacarlo de la terraza hacia la calle.

Lourds no le dio importancia. Tenía una memoria fotográfica para los números de teléfono, incluso los internacionales.

Leipzig, Alemania
28 de agosto de 2009

A pesar de no haber conducido nunca por una autopista alemana, Natashya demostró saber hacerlo muy bien. A Lourds no le sorprendió, porque ya la había visto conducir en Moscú. Gary y Leslie iban en el asiento trasero del coche alquilado y maldecían o gritaban respectivamente cuando Natashya serpenteaba entre el rápido y frenético tráfico.

El hotel Radisson SAS de Leipzig estaba situado en el centro, en Augustusplazt. Dejaron el vehículo en el garaje y entraron en el vestíbulo.

—Voy a comprobar las habitaciones. ¿Por qué no buscáis algo de comer? —sugirió Leslie.

Habían estado conduciendo unas cuantas horas y sólo habían parado para repostar gasolina. Lourds tenía hambre, pero como era bastante tarde —pasadas las once de la noche— dudó mucho que encontraran un restaurante abierto en el que quisieran servirles. Sus miedos se vieron confirmados cuando apareció la recepcionista.

—Me temo que el restaurante Orangerie está cerrado —dijo la joven sonriendo para disculparse—. Pero el bar del salón y el del vestíbulo están abiertos, aunque su menú es muy limitado.

—Gracias —dijo Leslie. Las cosas mejoraban. Al menos no se morirían de hambre.

La recepcionista sonrió a Lourds.

—Si necesita alguna otra cosa, hágamelo saber, cualquier cosa. —Un montón de posibilidades brillaban en sus ojos.

—¿Siempre consigues una respuesta tan genial con las mujeres, tío? —le preguntó Gary en voz baja mientras se alejaban de la recepción—. Porque si es así, no lo entiendo.

—No —respondió Lourds sin darle más explicaciones.

Más tarde, después de haber tomado unos aperitivos, entrantes y postres, Lourds se recostó en uno de los grandes sillones y miró los televisores. Había muy poca gente en el salón.

La conversación era superficial y cansada, pero se centraba en la reunión con el catedrático Joachim Fleinhardt del Instituto Max Planck. Lourds se había puesto en contacto con él de camino y había concertado una cita para la mañana siguiente.

—Bueno, creo que he disfrutado de toda la diversión que soy capaz de disfrutar en un día. Me voy a la cama. Parece que mañana va a ser un día muy especial —se despidió Leslie.

—Seguramente. En una investigación nunca se sabe lo que se puede descubrir —comentó Lourds.

Leslie le dio un golpecito en el hombro.

—Tengo fe en tí. La catedrática Hapaev creía tener una respuesta acerca del origen del címbalo y depositó su confianza en ti. Creo que estamos en buenas manos.

Lourds agradeció el cumplido, pero sabía por experiencia que, si se habían hecho ilusiones, las universidades y los periodistas tendían a enfadarse cuando alguien no les mostraba algo increíble.

—Yo también me voy a la cama —dijo Gary.

—¿Tú? ¿A dormir? —preguntó Lourds. De todos ellos, Gary parecía el que menos dormía.

—Tienen televisión por cable —contestó éste sonriendo—. Eso significa o animación para adultos en Cartoon Network o porno. Cualquiera de las dos opciones estará bien.

Lourds se volvió hacia Natashya.

—¿Y tú?

—¿Yo qué? —replicó. Estaba sentada frente a él. A pesar de que parecía relajada, sabía que estaba continuamente alerta. Controlaba todo y a todo el que se movía por el vestíbulo.

—¿Demasiado cansada para una copa? Pago yo.

—¿Intentando ser amable, señor Lourds?

Éste se encogió de hombros.

—Que te vayas a tu habitación y te quedes allí mirando a las paredes me preocupa un poco. No has podido dormir en el coche.

—Dormir es necesario cuando te persiguen. Me siento más segura cuando nos movemos.

La idea de ser cazados lo desconcertó; su cara debió mostrarlo.

—Tienes los ojos tan fijos en el trofeo que te olvidas de que otros hacen lo mismo. El problema es que el trofeo somos nosotros. Somos una amenaza para todo lo que hagan.

—¿Y no pueden conseguirlo?

Natashya negó con la cabeza.

—Parece que no. Si no, no habrían enviado a Gallardo para que nos persiguiera.

—¿Cómo nos encontraron en Odessa?

Una triste y forzada sonrisa se dibujó en los labios de la inspectora.

—Ésa es la cuestión, ¿verdad? ¿Cómo crees que nos encontró Gallardo?

—Si estuviéramos en una novela de espías uno de nosotros llevaría un dispositivo que pudieran rastrear, pero no hemos tenido el suficiente contacto con Gallardo o sus secuaces para que pasara algo así.

—Estoy de acuerdo.

—Y su presencia en Odessa no fue una coincidencia.

—Si pensaras algo así, aunque fuera por un momento, creería que eres peligrosamente ignorante. Para ser catedrático de universidad, tu habilidad para la supervivencia es impresionante.

—Aunque no tengo la suficiente como para evitar que me maten.

—Probablemente no.

—Eso es cruelmente sincero —protestó Lourds.

—Vivirás más si te trato así.

—Eso sólo deja una posibilidad, y me niego a aceptarla.

—Entonces eres más tonto de lo que creía —dijo mostrando decepción en su hermoso rostro.

—¿Estás insinuando que alguien, Leslie, Gary o Josef, nos ha traicionado?

—Gallardo y sus hombres se acercaron demasiado a nosotros. Eso es algo más que decirles simplemente que estábamos en Illichivsk.

Lourds aceptó el hecho en silencio.

—Ha de haber otra respuesta.

—La hay. Puedo ser yo la que nos haya delatado.

Aquello sorprendió a Lourds.

Natashya lo miró y ladeó la cabeza, parecía confusa.

—¿Eso no te entraría de ninguna forma en la cabeza?

—No —contestó Lourds con sinceridad.

—¿Por qué?

—Eres la hermana de Yuliya. No harías algo así.

—Eres un hombre de mundo, Lourds, pero ¿sabes lo que más le gustaba a mi hermana de ti?

Se encogió de hombros.

—Tu ingenuidad. Siempre me decía que eras uno de los hombres más inocentes que había conocido —dijo al tiempo que se levantaba—. Nos toca madrugar mucho. Te aconsejo que descanses un poco. Buenas noches.

—Buenas noches.

Observó cómo se alejaba. Tenía una hermosa forma de andar y una figura de la que presumir. Se fijó en ambas cosas de un modo que no le pareció nada inocente.

13

Instituto Max Planck de Antropología Social
Halle del Saale, Alemania
29 de agosto de 2009

—¿Conoce la labor que lleva a cabo el Instituto de Antropología Social, señor Lourds?

Joachim Fleinhardt resultó ser una persona muy interesante. Por su conversación telefónica, breve y concisa, Lourds esperaba que fuera un tipo patoso y corpulento que pasaba demasiadas horas en el laboratorio.

Resultó medir uno ochenta como poco y ser un sorprendente ejemplo de energía híbrida. Les confesó que su padre se había casado con una piloto militar negra de Estados Unidos. Los genes de aquella mezcla eran evidentemente superiores. El puesto de Fleinhardt en el instituto y su reputación indicaban que era una persona brillante. Su piel mostraba una hermosa mezcla de colores, oscura y suave, y era esbelto y apuesto. Se movía como un atleta profesional. Sólo eso ya era intimidante.

También iba vestido de forma impecable, lo que hizo que Lourds se sintiera extraño con vaqueros cortos y la camisa suelta desabrochada sobre una camiseta de fútbol. Iba vestido de acuerdo con la estación, pero no para un entorno de investigadores.

—He de admitir que no lo conozco como me gustaría.

Fleinhardt avanzaba por los prístinos pasillos del instituto con autoridad y la gente le cedía el paso.

—Mi grupo trabaja en integración y conflicto —les explicó.

—¿Estudio de guerras tribales?

—Y de la trata de esclavos. Me temo que no hay una sin otra. Cuando los europeos llegaron a África, sobre todo a África del Norte, e introdujeron unos mercados que los yoruba y el resto de las tribus no conocían, cambiaron por completo sus vidas.

—Normalmente es lo que hace el comercio, para bien o para mal.

—Investigamos y documentamos la integración y los conflictos porque creemos que esos elementos designan mejor la identidad y diferencia entre culturas.

—Debido a su visión del parentesco, la amistad, la lengua y la historia.

—Exactamente. —Fleinhardt sonrió encantado—. La necesidad de las culturas de rituales y creencias nos da muchas claves para saber quiénes eran sus poseedores y con quién entraron en contacto.

—No sólo eso, sino que ayuda a establecer una línea en el tiempo.

—Me impresiona, está al día. En la actualidad hay mucha gente que no está a favor de la formación o las actividades multidisciplinarias —aseguró Fleinhardt asintiendo.

—De hecho, el proyecto me interesó. Además, los lingüistas, arqueólogos y antropólogos suelen beber de las mismas fuentes. En la actualidad resulta muy difícil estar al día en todo lo relacionado con la ciencia, pero intento complementarlo tanto como puedo.

—Ya. —Fleinhardt frunció el ceño con pena—. Me temo que estamos perdiendo el conocimiento básico. El lenguaje básico que utilizan los científicos para comunicarse. Pero las lenguas son su especialidad, ¿no es así?

—Sí. El problema del conocimiento básico es al que se enfrenta finalmente toda civilización en expansión. Incluso hace dos y tres mil años la tecnología avanzaba con demasiada rapidez como para que la gente pudiera acostumbrarse. El nacimiento de las bibliotecas, lugares en los que podía conservarse y compartirse el conocimiento, ayudó en cierta forma, pero hasta que apareció Gutenberg y su primitiva imprenta, compartir y distribuir seguían siendo un problema.

—Sigue siendo un problema. Si no fuera por este trabajo y el presupuesto que tiene asignado, no podría permitirme la mayoría de los manuales técnicos y de los libros de referencia que tengo a mano.

—Lo entiendo. Ni siquiera Internet, con todas las posibilidades de pirateo puerto a puerto, puede con ello. Mi presupuesto nunca cubre todo lo que quiero leer. Todos los años acabo gastando de mi propio bolsillo.

—Ésa es la queja de todos los investigadores que se toman en serio su trabajo —comentó Fleinhardt riéndose.

La sala en la que se encontraban los objetos y la documentación acerca de los yoruba era más pequeña de lo que esperaba Lourds. Su cara debió demostrar cierta decepción.

—No está todo aquí —le explicó Fleinhardt mientras encendía un ordenador—. A pesar de lo grande que es el instituto, no tenemos sitio para todo. Muchos de los documentos que hemos recuperado o de los que hemos hecho copias físicas se han pasado a imágenes digitales. Nuestra base de datos es bastante completa.

Lourds dejó la mochila en el suelo y se sentó donde le indicó Fleinhardt.

—Me he tomado la libertad de buscar los archivos por los que preguntó la catedrática Hapaev. ¿Es eso lo que quieren ver? —preguntó al tiempo que tecleaba.

—Para empezar, sí. No sé dónde me llevará mi búsqueda.

—Bueno, si la investigación que está haciendo sirve de ayuda para el programa de televisión, espero que no le parezca mal mencionarnos. Al instituto siempre le vienen bien los donativos.

Le aseguró que no lo olvidaría, pero su mente ya estaba al acecho de información. Avanzó mentalmente hacia los yoruba y conoció su país, su historia y su pueblo, y se quedó completamente fascinado.

Trastevere
Roma, Italia
29 de agosto de 2009

—Bienvenido, padre. Entre, por favor.

Murani hizo caso omiso al desaire, a pesar de que él era mucho más que un simple sacerdote. Sabía que su interlocutora no había intentado desmerecer su posición. Últimamente, esa mujer ya no recordaba muchas cosas ni las tenía claras.

—Gracias, hermana —dijo dejando que se ocupara de su abrigo. Aquel día iba vestido de negro, con un rosario colgando del cuello.

—Los demás están en la parte de atrás, padre —afirmó la mujer mientras ponía el abrigo en una percha.

Murani recorrió la espaciosa y elegante casa. No todos los miembros de la Sociedad de Quirino habían permanecido en la Iglesia. La sociedad necesitaba autonomía y no existía solamente bajo la atenta mirada del papado. Además, no todos sus miembros eran funcionarios de la Iglesia. A veces, el dinero tenía que proceder de algún otro sitio. Se habían hecho negocios con los creyentes.

Una vez hubo recorrido los estrechos pasillos llenos de pinturas y esculturas que describían gran parte de la historia de Roma y de la Iglesia, encontró a Lorenzo Occhetto recibiendo en audiencia en su amplio estudio. La puerta doble estaba abierta.

Occhetto era un hombre de tez arrugada y tenía la cabeza calva llena de manchas de la vejez. Parecía un cadáver animado, pero a sus amarillentos ojos no se les escapaba nada. En su día, había mostrado un dinamismo increíble dentro de la Iglesia y se había opuesto a todas las pérdidas de poder y prestigio que había sufrido ésta. Había expresado en voz alta su opinión en todos esos asuntos y acusado a los anteriores papas de no haberlo evitado.

Además del anfitrión había otros tres hombres en aquella sala. Todos escuchaban a Occhetto. Una amplia pantalla empotrada en la pared mostraba imágenes en tiempo real de las excavaciones de Cádiz. No había duda sobre el tema de conversación.

—Ah, cardenal Murani, encantado de verte. —Su voz era áspera, pero cargada de autoridad—. Me alegro de que hayas podido venir.

Al final no había tenido más remedio. Cuando Occhetto llamaba a alguien, ese alguien tenía que acudir.

Le estrechó la mano.

—No tenemos por qué hablar aquí. Me gustaría pasear contigo mientras pueda hacerlo —propuso levantándose lentamente.

—Hemos compartido muchos secretos a lo largo de los años —comentó Occhetto mientras entraba en el ascensor que llevaba a los sótanos y que estaba escondido detrás de una pared y un reloj de pie que se abría hacia dentro cuando se soltaban unos pestillos.

Occhetto apretó un botón y la luz se debilitó. Al cabo de un momento, la caja dio una ligera sacudida antes de iniciar el descenso.

—Pero no te hemos enseñado todos los secretos.

Aquello lo encolerizó. Cuando aceptaron su ingreso en la Sociedad de Quirino creyó que se lo contarían todo.

—¿Por qué me ocultásteis información? —Sabía que el tono de exigencia de su voz podría causarle problemas, pero formuló la pregunta antes de poder contenerse.

Occhetto no hizo caso.

—Te lo dijimos todo, Stefano, pero no te lo enseñamos todo.

«Y no lo dice», pensó Murani.

El ascensor se detuvo. Murani abrió las puertas y entraron en una espaciosa sala excavada en la piedra.

Las habitaciones del sótano de Occhetto se habían utilizado para el contrabando. Su familia era muy religiosa y aquello normalmente se le había perdonado. Por supuesto, sus ganancias ilícitas eran adecuadamente diezmadas para que sus almas siguieran protegidas.

—Lo que te voy a enseñar es la joya de mi colección —dijo Ochetto mientras cruzaba aquel cavernoso espacio y se paraba frente a una puerta. Había varias—. Sólo unos pocos miembros de la Sociedad de Quirino saben que lo poseo. —Sacó un llavero del bolsillo y metió una llave en la cerradura. El mecanismo se abrió con un sonido débil y suave que indicaba que se utilizaba a menudo.

Occhetto cogió una vela de una estantería de la pared y la encendió con una cerilla. La llama osciló un momento y después ardió con fuerza. La colocó dentro de una lámpara.

Lo primero que llamó la atención de Murani fue una Virgen en el interior de una hornacina excavada en la pared de enfrente. Tenía casi un metro de altura. María, la madre de Dios, tenía los brazos abiertos, en una postura de silenciosa súplica. Después se fijó en la larga mesa que había en el centro. La vela iluminaba lo suficiente como para poder vislumbrar unas extrañas formas de cristal.

Hipnotizado por la visión e intentando hacerse una idea de la forma de aquella presencia que todavía no conseguía ver, avanzó.

—Espera, necesitarás otra vela.

Cogió una y la encendió con la que había en la linterna que Occhetto sostenía con manos temblorosas.

—¿Ves el contenedor de cristal que hay a tu lado? —preguntó Occhetto.

Murani miró en esa dirección.

—En el interior hay una mecha. Enciéndela y échate hacia atrás.

En la mesa, Murani inclinó la vela para encender la mecha que había flotando en aceite y que rodeaba la estructura de cristal.

Mientras miraba, la vela prendió lentamente por la tubería que recorría toda la estructura. El cristal amplificaba la luz conforme iba iluminándose. Al cabo de pocos minutos, una ciudad en miniatura surgió de las sombras.

¡La Atlántida!

Y

Fascinado por la belleza que tenía delante, Murani avanzó con cuidado. La cera derretida le caía en la mano, pero casi no se daba ni cuenta.

Unas torres almenadas de color verde pálido se alzaban entre el verde más oscuro y el ámbar de las casas y de los edificios de cristal que había en la base de la maqueta. Unas lámparas amarillas iluminaban las estrechas calles que surcaban la ciudad en círculos concéntricos. Aquélla era la prueba indiscutible de que era la Atlántida. Más allá, la continuación del cristal conformaba el mar circundante, pero éste brillaba tenuemente de color azul.

El color provenía del tinte del cristal soplado. Todas las piezas se habían fabricado y colocado con sumo cuidado.

Vacilante, Murani levantó la vela y la apagó. La suave luz de la Atlántida seguía encendida.

—Se ha hecho esta maqueta según una ilustración de la ciudad —aseguró Murani. Aquella imagen había habitado en su mente desde que se la enseñaron.

—Sí.

—¿Quién lo hizo?

—Un sacerdote que no era muy fiel a sus votos. Se llamaba Sandro D'Alema. Era el tercer hijo, así que su padre se lo ofreció a la Iglesia. Le habría ido mucho mejor como artesano, pero en su diario explica que su padre temía que pasara hambre. Se ausentaba semanas y meses y estudiaba arte.

—¿Cómo acabó haciendo esto? Si no estaba comprometido con la fe, es difícil que nadie le hablara de los textos secretos o de la Atlántida.

—Uno de los cardenales quería que se recreara el dibujo, así que llamó a D'Alema, pero no le dijo lo que era.

Murani miró la ciudad.

—La razón de que te lo enseñe es recordarte lo poderosa y hermosa que era la ciudad y, sin embargo, tan frágil. El poder que se utilizó allí…

—La fruta del árbol —murmuró Murani.

—Sí, pero no la manzana que tantos pintores han puesto en manos de Eva cuando tentó a Adán. Era un libro. La verdadera palabra de Dios, tal como fue escrita en el jardín del Edén.

—La palabra era sagrada e incognoscible —repitió como una letanía Murani, tal y como le habían enseñado cuando lo aceptaron en la Sociedad de Quirino—. Pero lo intentaron de todas formas.

—Era una tentación. Tanto poder —dijo Occhetto señalando con una mano cerrada como una garra—. Justo allí para que lo cogieran.

Murani no dijo nada, pero sus pensamientos se dirigieron hacia todo lo que podría hacer con semejante poder. Hizo un esfuerzo para apartar la vista de la ciudad que ardía en las sombras.

—Te estoy contando esto para que recuerdes que la gente que vivió en esa ciudad perdió el mundo, un mundo mucho mejor del que jamás tendremos. Y que los pocos que sobrevivieron tenían que hacer su propio camino a través de los restos de lo que había sido su civilización para volver a Dios. No todos lo hicieron. No todos lo haremos.

Mientras mantenía su mirada, Murani pensó en cuánto sabía o se imaginaba Occhetto de lo que él estaba haciendo. El resto de cofrades no sabía nada acerca de los instrumentos. Sólo él lo había descubierto. La verdad había estado delante de ellos, escrita en las páginas y dibujada en los cuadros de la Atlántida, pero nadie la había visto.

Si no hubiese estado vigilando las excavaciones arqueológicas y buscando información, él tampoco la habría visto.

Occhetto se acercó a la ciudad de cristal y se inclinó. Sopló sobre la mecha, la llama disminuyó y se apagó.

Murani se fijó en lo astutamente que se había fabricado la ciudad. Conforme se extinguían las llamas, extraían el aire de la siguiente sección y creaban un vacío que las apagaba. Al cabo de poco tiempo, la habitación volvió a quedar envuelta en sombras.

—Haz que su lección sea la tuya también. No codicies lo que no debe ser tuyo —le aconsejó Occhetto.

—Por supuesto —mintió Murani.

El problema de los otros cardenales era que tenían miedo a utilizar el poder. Él no. Era necesario utilizarlo. Cualquier cosa que consiguiera devolver el orden al mundo era justificable.

Y

Menos de una hora después, Murani no conseguía apartar de su mente la imagen de la ciudad iluminada por las llamas. Desde que se había enterado de su existencia y de lo íntimamente relacionada que estaba con la Iglesia y con todo en lo que creía, se había sentido fascinado por ella. Saber de la existencia de los textos secretos y de la palabra sagrada que contenía aquel libro había incrementado su fascinación.

Se sentó en uno de los bancos de la basílica de San Clemente, una de sus iglesias favoritas, y rezó a Dios para que le diera fuerza para ser paciente.

El banco se movió ligeramente, como si alguien se hubiese sentado a su lado.

Murani abrió los ojos, miró a la derecha y vio a Gallardo. Era puntual.

—No quería interrumpir —se excusó—, pero no me apetecía estar de pie esperando.

—No pasa nada. —Lanzó una última mirada a la iglesia y se puso de pie—. Vamos.

—Lourds está en Alemania —le informó mientras caminaban por la Via San Giovanni, llena de compradores, turistas y vecinos.

—¿Sabes dónde? —preguntó Murani, que caminaba con las manos a la espalda. Sus hábitos de cardenal llamaban la atención, pero la gente desviaba la mirada cuando se cruzaban con sus ojos.

—En Leipzig, en el Radisson.

—No quiero que se te adelante demasiado.

—No lo hará. Mientras siga con la inglesa no podrá ir muy lejos. —Cuando pasaron al lado de una madre que empujaba un coche de niño se calló—. Mientras tanto no me parece mala idea darle algo de cuerda.

—Ese hombre es peligroso —aseguró Murani moviendo la cabeza—. Si consigue traducir los grabados…

—Me dijiste que sólo tú podías hacerlo.

Eso no había sido del todo verdad. Murani había conseguido descifrar parte de las notas sobre el instrumento, pero no mucho. Si no hubiese habido ilustraciones, no habría entendido gran cosa. Pero era la persona que más se había acercado a poder leer aquella antigua lengua.

—Lourds está muy cualificado —dijo Murani.

Continuaron en silencio un rato deambulando por una plaza de camino al aparcamiento donde estaba el coche de Murani.

—Lourds va detrás de algo —dijo Gallardo.

—¿Cómo lo sabes?

—Sé lo que hay que ver cuando se vigila a alguien. Cree que va detrás de algo. Por eso está en Leipzig. Si no, habría corrido a casa después de que lo alcanzara en Moscú.

—¿Qué hay allí que pueda interesarle?

—Todavía no lo sé. Si las cosas están tranquilas en Alemania, iré allí mañana o al día siguiente.

—Puede que ya se haya marchado para entonces.

—Si lo ha hecho, lo encontraré. Mientras tanto quiero contratar a un par de personas para que entren en su casa de Boston.

—¿Por qué?

—Para conocerlo un poco mejor. A menudo hago que roben en casa de alguno de mis clientes para comprobar alguna cosa. Normalmente para saber si tienen suficiente dinero para pagarme. Si no tienen un buen sistema de alarma, normalmente es que no. Pero no estaría mal echar un vistazo a la de Lourds para comprobar si descarga información cuando está de viaje.

—¿Descargar información?

—Claro. Un tipo que está de viaje con un ordenador seguro que guarda sus archivos en el disco duro de casa. O en otro lugar. Si envío a alguien para que registre su apartamento y copie el disco duro, nos enteraremos de lo que ha considerado tan importante como para enviarlo allí. Quizá descubramos lo que sabe.

Murani no había pensado en ello.

—Parece buena idea.

Y

Murani volvió al aparcamiento donde tenía el coche, acompañado por Gallardo. Debido a la oscuridad que reinaba, se alegró de estar con él.

—En cuanto sepas algo de Leipzig o del apartamento de Lourds, házmelo saber.

—Lo haré —dijo Gallardo frente al coche.

En el momento en que Murani iba a entrar vio una cara conocida entre las sombras que había más allá de las luces de seguridad del aparcamiento. Le invadió el terror.

El Papa había ordenado que lo espiaran.

Durante un momento no consiguió recordar quién era aquel hombre. Creía que se llamaba Antonio o Luigi, un nombre de lo más corriente.

—¿Qué pasa? —preguntó Gallardo.

—He cometido un error —contestó en voz baja—. Me han seguido o me han descubierto.

—¿Hay alguien ahí?

—Sí, al otro lado del edificio, contra la pared de atrás. —Temió que Gallardo se diera la vuelta, pero no lo hizo.

—¿Sabe alguien de la Iglesia quién soy?

—No lo sé. Pero si más tarde se enteran de lo que sucedió en Moscú, me harán un montón de preguntas difíciles.

Gallardo tomó la decisión instantáneamente y se le endurecieron las facciones de la cara.

—Vale, eso no nos conviene. Dame las llaves.

A Murani le dio un vuelco el corazón. Incluso si aquel joven iba a ver al Papa y éste no le daba demasiada importancia a aquel encuentro, la Sociedad de Quirino sí que lo haría. Protegían sus secretos con gran celo; si creían que corrían algún riesgo, le cortarían toda información. No podía permitirlo.

Dejó las llaves en la palma de la mano de Gallardo.

—Entra en el coche, en el asiento del pasajero —le ordenó mientras abría las puertas electrónicamente.

Murani rodeó el coche y entró.

Después de ponerlo en marcha, Gallardo metió una marcha

y buscó la pistola que llevaba bajo la chaqueta. Cuando salió la puso debajo de su pierna.

—¿Qué vas a hacer?

—Voy a encargarme de tu problema. —Gallardo vio que el joven sacerdote se daba a la fuga y apretó el acelerador.

El sacerdote corría, sin duda para salvar la vida. Sus hábitos revoloteaban a su alrededor cuando llegó a la salida.

Gallardo pasó como una exhalación por la salida e hizo rechinar las ruedas cuando giró bruscamente a la derecha para perseguir a su presa por la acera.

El hombre que seguían estaba aterrado y corría con toda su alma.

Gallardo aceleró y giró las ruedas hacia la derecha. Adelantó al sacerdote y le cortó el paso. Los peatones se alejaron.

El sacerdote se detuvo asustado contra el coche. Su cara, con las facciones tensas por el miedo, estaba a escasos centímetros de la ventanilla de Murani. Por un momento, Murani estuvo cara a cara con su subordinado. Después, el sacerdote se separó y echó a correr por un callejón.

Gallardo dio marcha atrás, retrocedió, y volvió a meter la marcha. Las ruedas dieron una sacudida y rechinaron al ponerse en movimiento. El coche salió como una bala y derribó varios cubos de basura.

Antes de que pudiera preguntarle a Gallardo qué había planeado, éste volvió a pisar el acelerador con fuerza. El coche cogió velocidad y adelantó al sacerdote. En ese momento el parachoques le golpeó en las piernas y lo tiró al suelo.

Desapareció bajo el coche y dio la impresión de que pasaban rápidamente por encima de varios badenes, al tiempo que saltaban los airbags. El impacto dio de lleno a Murani en el pecho con gran fuerza y lo echó hacia atrás. Un humo químico y el olor a pólvora de la carga explosiva que detonaba las bolsas inundaron el vehículo.

Obsesionado por el crujiente ruido que habían hecho las ruedas al pasar por encima del sacerdote y sabiendo que no lo olvidaría jamás, Murani se dio la vuelta y miró el maltrecho cuerpo del hombre, inmóvil y en silencio sobre el suelo de granito del callejón.

Gallardo dio marcha atrás y volvió hacia el sacerdote. Paró, rajó el airbag con un cuchillo y salió pistola en mano.

Murani tuvo que deslizarse para poder salir. Cuando lo siguió le temblaban las piernas.

Milagrosamente, el sacerdote seguía vivo. Tenía un lado de la cara destrozado por el impacto contra el suelo y le faltaba un ojo. Había sangre por todas partes. Intentó levantar la cabeza y respirar, pero no pudo hacer ninguna de las dos cosas. En cuestión de segundos se desplomó.

Gallardo se arrodilló para tomarle el pulso y se limpió la sangre de los dedos en la sotana.

—Ya está. ¿Puedes hacerte cargo? —preguntó poniéndose de pie y mirando a Murani.

Por un momento no supo muy bien a qué se refería.

—Saca el móvil —le ordenó con calma mientras guardaba el arma en la pistolera—. Llama a la Policía. Diles que acaban de atracarte en el coche, que estabas dentro de él y que un hombre con una pistola te apartó y se apropió del vehículo; que peleaste con él y atropellasteis a un peatón.

Murani buscó con torpeza el teléfono.

—¿Te has enterado? —preguntó Gallardo.

—Sí, pero ¿me creerán?

Gallardo le golpeó sin avisar. Su enorme puño le dio en la mandíbula y casi le da la vuelta a la cabeza. Cuando se desplomaba hacia atrás, volvió a atizarle. Este segundo golpe casi le dio de lleno en la nariz. Empezó a echar sangre por la boca y se le doblaron las piernas. Gallardo pensó por un momento que lo había dejado inconsciente. Murani cayó hacia delante y tuvo que sujetarlo.

—Ahora ya eres más creíble —aseguró Gallardo, que sonrió antes de ponerlo contra el coche—. Haz la llamada. Que sea corta. Vas a sonar muy creíble también. Tengo que irme.

Se metió las manos en los bolsillos, como si fuera a dar un paseo dominical, y se alejó de allí. En cuestión de segundos había desaparecido en la noche.

Murani hizo la llamada y esperó en el callejón con el muerto. Sabía que aquello no era el final. Había mucho en juego. Al cabo de un momento, cuando estuvo seguro de que podía moverse, se acercó al cuerpo del joven sacerdote y empezó a administrarle la extremaunción.

14

Instituto Max Planck de Antropología Social
Halle del Saale, Alemania
3 de septiembre de 2009

*L*ourds encontró un dibujo del címbalo el miércoles por la tarde. A pesar de que revisar el abundante material que poseía el instituto sobre el pueblo yoruba parecía una labor interminable, no había perdido la esperanza de que apareciera algo. Lo que más le preocupaba era tener que buscar algo específico. Aunque sabía algo del pueblo yoruba y del impacto de su cultura en África Occidental, y más allá, no conocía su verdadero alcance.

Normalmente, cuando llevaba a cabo alguna investigación, estudiaba todos los documentos antes de dividirlos en categorías o separar los campos de estudio. No sabía que sus ciudades estado hubieran sido tan desarrolladas. En su opinión rivalizaban con sus equivalentes europeas. A pesar de haber estado gobernados por monarquías, éstas regían según la voluntad del pueblo y los senadores podían ordenar a los reyes que abdicaran al trono.

«No eran exactamente unos salvajes», pensó. Los yorubas habían comerciado durante cientos de años antes de que los europeos empezaran a atacar las naciones africanas en busca de esclavos.

Por desgracia, los yorubas —conocidos en aquellos tiempos como Imperio oyo— cedieron ante la fácil riqueza que les procuraba la trata de esclavos. Emprendieron guerras contra otros reinos y ciudades estado para capturarlos.

Había algunos documentos de los siglos XVIII y del XIX que le hubiera encantado leer, pero no tenía tiempo. Así pues, con permiso de Fleinhardt, los descargó en el servidor que utilizaba en Harvard.

Por supuesto, aquel archivo iba aumentando alarmantemente con todo el material que quería estudiar. Algunos días se sentía frustrado al pensar en la cantidad de cosas que no llegaría a conocer por mucho que se esforzase. La vida no era lo suficientemente larga como para satisfacer su curiosidad.

Pero sí que pudo leer algo sobre el címbalo y supo, con mayor certeza, que sólo habían descubierto la punta del iceberg.

Hotel Radisson SAS
Leipzig, Alemania
3 de septiembre de 2009

A las ocho, Lourds se dispuso a cenar con sus compañeros. Leslie había insistido en que al menos comiera como era debido una vez al día, y que los pusiera al día sobre sus investigaciones.

Cenaron en el restaurante del hotel. Normalmente estaba lo suficientemente vacío como para poder escoger una mesa al fondo y hablar con relativa intimidad.

—¿Has encontrado el címbalo? —Los ojos de Leslie brillaron entusiasmados.

—Creo que sí. —Sacó el ordenador de la mochila y lo dejó sobre la mesa, alejado de su copa de vino.

Se habían acostumbrado a comer y a hablar sobre el trabajo al mismo tiempo —con imágenes en el ordenador incluidas, si era necesario—, y seguían atrayendo curiosas miradas del resto de los clientes y de los camareros.

—Es un dibujo del címbalo, no una fotografía, pero creo que es bastante parecido.

Tecleó y apareció la imagen digital que había descargado de los archivos del instituto.

En el dibujo, el címbalo parecía un disco plano con una inscripción. El hombre que lo sujetaba vestía una larga capa y llevaba corona.

—Imagino que era el rey —comentó Gary con cierta sorna.

—La verdad es que era más que un rey. Es una representación de Oduduwa.

—Para ti es fácil, colega —comentó Gary.

—Según el pueblo yoruba, fue el líder de un ejército invasor que llegó a África Occidental desde Egipto o Nubia. Algunas fuentes musulmanas sostienen que procedía de La Meca. Según parece, había huido del país por cuestiones religiosas.

—¿Qué cuestiones? —preguntó Natashya.

—Los documentos que estuve mirando no decían nada al respecto —aseguró ladeando la cabeza—. También puede ser que escapara de un ejército invasor. El caso es que huyó con el címbalo. Se supone que es un descendiente de los dioses.

—La campana apareció en Alejandría. ¿Crees que es de donde procede el címbalo? —intervino Leslie.

—¿Te refieres a si estuvo allí? Según las leyendas que he descubierto, en tiempos remotos sí que estuvo. Pero por desgracia no he descubierto aún de dónde procede.

—Porque las lenguas no se corresponden con ninguna de las de esa zona —aventuró Natashya.

—Exactamente —dijo Lourds asintiendo y sonriendo.

—¿Y si pusieron los instrumentos allí a propósito?

Aquello no se le había ocurrido y le pareció muy interesante. Lo meditó un momento.

—Espera, ¿qué te hace pensar que alguien dejara allí la campana y el címbalo? —preguntó Leslie.

—Que no encajan —dijo Lourds siguiendo con la línea de razonamiento de Natashya. Su comentario había conseguido que todo tuviera más sentido—. No provienen de esa cultura. El material utilizado, el trabajo realizado, las lenguas, todo desentona con lo que sabemos de esa zona.

—Y si querían que el címbalo desapareciera, ¿por qué atribuirlo a un dios? ¿O a alguien cercano a los dioses? O lo que fuera el Odudo ese.

—Puede que no lo hicieran. Quizás inventaran esa historia cuando Odudo salió de Egipto —comentó Gary.

—Es posible. Según la leyenda, a Oduduwa lo envió su padre, Olodumare —explicó Lourds.

—Ese nombre sale en un disco de Paul Simon —lo interrumpió Gary—. Lo publicaron a principios de la década de los noventa. Se llamaba *Ritmo de los santos*... o algo así.

—¡No fastidies! —exclamó Lourds.

—Sí, tío —replicó Gary—. Tienes conexión Wi-fi, ¿verdad?

Asintió.

—Déjame el ordenador.

Después de pasárselo, se concentró en la cena. Como era el que más hablaba durante esas reuniones informativas, normalmente acababa comiéndoselo todo frío.

Al cabo de unos minutos, Gary esbozó una sonrisa triunfal.

—¡Sanseacabó! —exclamó al tiempo que le daba la vuelta al ordenador para enseñarle las letras.

La referencia a Olodumare estaba en la octava línea.

—Olodumare sonríe en el cielo —leyó Gary.

—Estás resultando ser un verdadero pozo de sabiduría. ¿Por qué no fuiste a la universidad? —preguntó Lourds.

—Lo intenté, pero era muy aburrida. La mayoría de las veces sabía más que los profesores. Lo primero que se aprende es que no son mucho más listos que tú, y a veces ni siquiera saben tanto como tú. —Al darse cuenta de lo que había dicho, levantó la mano en actitud defensiva—. No me refería a ti, colega. Tú eres impresionante.

—Me alegro. A ver si puedo impresionarte un poco más —dijo tomando un sorbo de vino—. Los yorubas se refieren a sí mismos como *eniyan* o *eniti aayan*, cuya traducción literal sería: «Los elegidos que llevan la bendición al mundo».

—¿Crees que el címbalo era una bendición? —preguntó Leslie.

—Me lo planteé, después de todo llegó de manos de alguien cercano a Dios.

Cambrigeport
Cambridge, Massachusetts
3 de septiembre de 2009

El mejor momento para robar en una casa no es por la noche,

sino de día. Por la noche se supone que no tiene que haber nadie; si hay alguien, llama la atención.

Pero durante el día la gente entra, sale y va y viene a todas horas.

Bess Thomsen era una ladrona profesional. Llevaba entrando en casas ajenas desde los once años. A los treinta y tres, tenía mucha experiencia.

Medía un metro sesenta y siete, tenía el pelo castaño, ojos marrones y una cara fácil de olvidar. En otras palabras, tenía un aspecto bastante anodino, aunque una bonita figura, en parte por el ejercicio que hacía para poder desempeñar su trabajo, en parte porque su cuerpo desviaba la atención de su cara. Con todo, aquel día había elegido taparlo con un amplio mono de color naranja.

Su compañero de robo era un veinteañero llamado Sparrow. Lo acompañaba por si tenían que cargar algo, ya que medía casi uno noventa y pesaba más de noventa kilos. Bess estaba convencida de que un noventa y nueve por ciento de su ser era pura fachada. Jamás había conocido a nadie tan arrogante como él.

Sparrow se repantingó en el asiento del pasajero y echó la ceniza del cigarrillo por la ventana. La barba de tres días hacía que sus mejillas y su mandíbula parecieran papel de lija. Llevaba el pelo rubio de surfista cortado a la altura de los hombros. Unas gafas azules a la última cubrían la parte superior de su cara y llevaba auriculares en los oídos, aunque Bess había estado tentada de metérselos por otro orificio. A pesar de que bloqueaban parte del sonido, Sparrow oía música —un tipo de rock enloquecido— lo suficientemente alta como para que Bess tuviera ganas de pegarle unos buenos gritos.

Comprobó la dirección en la falsa orden de trabajo por última vez y paró en la entrada de la casa. Se inclinó bajo el quitasol y estudió la estructura.

La casa era amplia y tenía dos pisos. No era excesivamente grande, pero más de lo necesario para el solo ocupante que, según le habían informado, vivía allí. Cambrigeport era una zona residencial, con viviendas unifamiliares, además de algunas de alquiler, ya que la Universidad de Harvard y el río Charles quedaban cerca. Era un buen barrio para pasear, para aquellos a los que les gustaba hacer tal cosa. Ésa era otra buena razón para hacer el trabajo de día y no por la noche.

Bess tenía poca información. Se suponía que el dueño era un catedrático universitario que estaba fuera del país. Había tomado notas, pero no confiaba mucho en ellas. La gente regresa en los momentos más inesperados.

Habría sido mejor que hubiera estado trabajando. Las horas que tendría que pasar en clase le habrían dado más seguridad que depender de cuando decidiera acabar sus vacaciones.

Salió de la furgoneta, se puso un casco de motorista y fue hacia la puerta con un sujetapapeles en la mano. En cuanto pasó por la puerta de la calle oyó el pitido de la alarma.

Según los informes que había pirateado, tenía cuarenta y cinco segundos para llegar al teclado que había en el vestíbulo y apagarla. Llegó con tiempo de sobra y tecleó el código, que también había pirateado.

—¿Has cerrado la puerta? —preguntó volviéndose hacia Sparrow.

El tipo frunció el entrecejo y cruzó los brazos sobre el pecho. El cinturón para las herramientas, que no había tocado, le colgaba de la cintura.

—¡Vete a la mierda! Para mí el piso de arriba. Nos vemos —dijo encaminándose hacia las escaleras.

Bess lo maldijo, y también a su arrogancia. Ambos eran lo suficientemente grandes como para dedicarles largo rato y los dos merecían cualquier epíteto que les atribuyera.

Recorrió el piso de abajo para asegurarse de que estaba sola. Una vez comprobado, volvió al despacho y encendió el ordenador.

Hotel Radisson SAS
Leipzig, Alemania
3 de septiembre de 2009

—¿Has oído hablar de las excavaciones que se están haciendo en Cádiz, Gary? —preguntó Lourds.

—¿Donde están buscando la Atlántida?

Leslie tomó un sorbo de vino y observó a Lourds. Lo había echado de menos mientras había estado trabajando en el Instituto Max Planck.

«Olvídalo —se reprendió—. No es ni el momento ni el lugar.»

—No sé si encontrarán la Atlántida allí. Han descubierto media docena de sitios donde podría haber estado. Grecia sostiene que está sumergida cerca de sus costas, al igual que Bimini. También hay quien dice que está próxima a las costas de Sudamérica.

—No sabía nada de eso último.

—Esa afirmación la hizo un hombre llamado J. M. Allen, que asegura que la Atlántida estaba en el Altiplano boliviano. Según sus investigaciones, esa zona se inundaba con frecuencia. De hecho, descubrió que se había inundado en el año 9000 a. C.

—¿Por qué estáis hablando de la Atlántida? ¿Has encontrado algo que indique en esa dirección? —preguntó Natashya.

«Bruja», pensó Leslie. Las cosas habían perdido su gracia desde que se había unido a ellos. Cuando Lourds y ella se habían puesto en camino hacia Moscú —incluso remolcando a Gary—, todo era potencialmente interesante. En ese momento resultaba difícil mantener cinco minutos de conversación con aquel atractivo catedrático sin que la poli rusa se metiera de por medio.

Leslie sentía la pérdida de la hermana de Natashya, por supuesto, pero no sabía por qué tenía que haberse invitado al viaje.

—Por extraño que parezca, mientras estaba investigando sí que apareció el tema de la Atlántida. Hay algunas teorías que indican que el pueblo yoruba podría haber sido atlante —confesó Lourds recostándose en la silla y estirándose.

—¡Nooo! —exclamó Gary.

—¡Sííí, tío!

Leslie sonrió. Sin duda, aquellas bromas de fumetas estaban prohibidas en Harvard, pero a Lourds no le importaba. Era lo que más le gustaba de él, que era auténtico.

—Ifé es una ciudad yoruba de Nigeria. Los documentos

que he estado estudiando sostienen que existe desde, por lo menos, el 10000 a. C.

—Eso encaja con el marco temporal que se estableció para la Atlántida —dijo Gary.

—Algunas investigaciones condujeron a varios historiadores a creer que los yorubas fueron en tiempos una potencia marítima. Hay documentación que sugiere la existencia de una gran flota de barcos que quedaron destruidos tras un cataclismo oceánico que se internó tierra adentro.

—¿Como el hundimiento de una isla?

—Y el subsiguiente tsunami. Esa sociedad era famosa por sus comerciantes. Los habitantes de Aromire eran almirantes, y los de Oloko eran mercaderes que hacían viajes de hasta un año. Los expertos creen que llegaron a Asia, Australia, Norteamérica y Sudamérica.

—¿Qué tiene todo eso que ver con el címbalo por el que asesinaron a mi hermana? —preguntó Natashya.

Aquello puso serios a los dos hombres; Leslie se molestó por la facilidad con que Natashya se había apoderado de la conversación. Siempre parecía calmada, serena y controlándolo todo.

—Mientras investigaba descubrí algo muy interesante. Me aparté un poco del tema, pero en los primeros tiempos de Ifé muy poca gente podía leer y escribir su lengua. Los escribas yorubas mantenían ese tipo de conocimiento sólo al alcance de unos pocos.

—¿Crees que las inscripciones de la campana y del címbalo son yorubas?

—Es posible —dijo Lourds bostezando—. Tengo que estudiarlo mejor ahora que he encontrado ese dato. Según la leyenda yoruba, Oduduwa y su hermano Obatala, que también era hijo de Olorun, dios del cielo, crearon el mundo. Obatala creó a los hombres con arcilla y Olorun les insufló vida.

—Un mito de creación. Todas las culturas lo tienen —intervino Gary.

—Resulta fascinante comprobar cuánto tienen en común todos esos mitos —dijo Lourds.

—¿Vas a buscar inscripciones que coincidan con las de la campana y el címbalo en el instituto? —preguntó Natashya.

—Ése es el plan.

—¿Cuánto tardarás?

—No lo sé —contestó encogiéndose de hombros—. El problema es que prácticamente estoy acabando todo el material que tiene esta gente.

—¿Y qué pasará entonces?

—Entonces tendremos que pensar en estudiar el material original.

Aquello despertó el interés de Leslie.

—¿Te refieres a ir a África Occidental?

—Si es necesario, sí —contestó mirándola, y asintió con la cabeza.

Cambrigeport
Cambridge, Massachusetts
3 de septiembre de 2009

Bess seguía en el despacho cuando las cosas se estropearon. Había encendido el ordenador y estaba descargando todo lo que había en el disco duro. También había echado un vistazo a los ficheros en papel que tenía en el archivador, aunque la mayoría de ellos tenían relación con presentaciones académicas para las clases.

En ese momento, la puerta de la calle se abrió y entró alguien.

Bess se puso en movimiento instantáneamente. Fue hacia la puerta del despacho y se pegó a la pared. El corazón le latía a toda velocidad. No era la primera vez que le ocurría. Se haría pasar por empleada de la compañía del gas.

Sparrow no se lo montó igual de bien. Bajó las escaleras con los auriculares en los oídos y no vio al hombre hasta que fue demasiado tarde. Además, llevaba un saco a la espalda como si fuera un malvado Santa Claus. Al parecer había cogido la funda de un almohadón y había metido dentro todo lo que le había gustado.

Eso no formaba parte del plan.

Era poco profesional, y lo que era peor, no tenía excusa, ya que el dueño no tenía que enterarse de que habían entrado. Bess se juró que no volvería a trabajar con él.

El hombre que acababa de entrar tenía unos cuarenta años y algo de sobrepeso. Llevaba pantalones cortos de color caqui, camisa de golf y sandalias.

A juzgar por la ropa, imaginó que sería un vecino. Nadie sería tan estúpido como para ir muy lejos con esa pinta. Seguramente sólo estaba vigilando la casa de su amigo.

—¿Quién eres? —preguntó.

Bess salió de su escondite.

—Somos de la compañía del gas. Nos han informado de que había un escape en esta zona.

El hombre miró la funda de almohadón a la espalda de Sparrow.

—No te creo —dijo sacando un móvil de la cintura.

Prácticamente todo el mundo disfrutaba de aquel avance tecnológico, lo que hacía el trabajo de un ladrón profesional aún más difícil. En aquellos tiempos, cualquier idiota podía denunciar un robo inmediatamente.

Sparrow buscó en la parte de atrás del pantalón y sacó un revólver.

Bess no sabía de qué tipo era. Nunca había trabajado con armas ni tampoco las había robado. No había forma de saber si estaban marcadas o no, ni quién las había utilizado. No le apetecía nada que la pillaran por allanamiento de morada y la acusaran de un asesinato cometido por otra persona. Antes de poder detenerlo, disparó.

La detonación se oyó en toda la casa y en aquel reducido espacio fue atronadora.

El vecino se tambaleó, se llevó una mano al pecho, que apartó llena de sangre, y se desplomó.

Bess no perdió tiempo en comprobar si estaba vivo ni en maldecir a Sparrow. Simplemente lo miró.

—Sal de aquí ahora mismo —le ordenó.

Sparrow se quedó inmóvil.

—¡Sal de aquí! —gritó.

Sparrow empezó a moverse, pero sin apartar la vista del cuerpo que había en el suelo.

—Iba a llamar a la Policía. Tuve que…

Bess no le prestó atención y volvió al despacho. Desenchufó el disco duro externo que había llevado para descargar los ficheros. El programa había finalizado. Lo había copiado todo. Había hecho su trabajo.

Bordeó el cadáver, salió de la casa y cerró la puerta. Sparrow estaba en el asiento del pasajero.

Bess se puso al volante, encendió el motor y arrancó. Sacó un móvil desechable del mono. Antes de cada trabajo compraba uno con la esperanza de no tener que utilizarlo. Llamó al teléfono de emergencias, informó del disparo y colgó.

—¿Por qué lo has hecho? —preguntó Sparrow.

—Puede que siga vivo. No debería morir por culpa de tu codicia. —Conducía de forma mecánica mientras serpenteaba entre las calles.

—¡Eh! Lo que he cogido no es para tanto. La pasta de este trabajo no…

—La pasta está bien. El hombre que nos contrató no quería complicaciones. Lo que has hecho, para que lo sepas, ha sido una complicación. Una complicación muy grande.

Sparrow se recostó en el asiento y cruzó los brazos sobre el pecho como un niño caprichoso.

—Dame la pistola —le pidió estirando su mano enguantada.

—¿Por qué?

—¡La pistola!

—Es mía.

—¡Dámela ahora mismo!

Se la entregó de mala gana.

Bess la limpió con una sola mano. Incluso abrió el tambor y limpió las balas. Por suerte era un revólver y sólo habían dejado atrás una bala.

Eligió con cuidado el recorrido que iba a realizar y fue hasta el puente Longfellow. Mientras lo cruzaba, un tren de la línea roja circulaba por las vías del medio. A mitad de camino, antes de entrar en Boston, le ordenó a Sparrow que bajara la ventanilla y tiró el arma al río Charles. Esperaba que aquello fuera el fin.

Hotel Radisson SAS
Leipzig, Alemania
3 de septiembre de 2009

El teléfono de Leslie sonó mientras ésta contemplaba Leipzig. Era su productor, que llamaba a las once y dieciocho minutos de la noche, no podía ser nada bueno.

Entre el segundo y tercer timbrazo dudó si contestar, pero finalmente bajó el volumen del televisor y respondió.

—Hola.

—Dime que tienes algo. —Philip Wynn-Jones no parecía contento.

—¿Qué quieres que te diga?

—No te pongas estupenda.

—No lo hago. Estamos en Leipzig.

—Me enteré en cuanto empezaron a llegar facturas del hotel a cargo de la tarjeta de crédito. Dime algo que no sepa.

Leslie contempló la línea del cielo sobre la ciudad e intentó pensar con calma.

—Todavía estamos siguiendo la pista de los instrumentos que desaparecieron.

—¿Habéis descubierto algo?

—Lourds cree que a lo mejor tenemos que ir a África Occidental.

Durante un momento sólo se oyó silencio al otro lado del teléfono.

—¿A la maldita África? ¿Los cuatro?

Leslie decidió no morderse la lengua. Gary era fijo y —aunque pasaba mucho de Natashya Safarov— aquella policía rusa tenía recursos y acceso a información que ella no podía conseguir. Todavía.

—Sí, los cuatro.

Wynn-Jones soltó una larga exhalación seguida de una retahíla igual de larga de juramentos.

—¡Me estás empezando a tocar los huevos, Leslie! Lo sabes, ¿verdad?

—Tienes que darnos un poco más de tiempo.

—El tiempo es dinero en los negocios, cariño. Ya lo sabes.

—También sé que la publicidad lo es igualmente —dijo apartándose de la ventana; el tráfico la distraía. Miró hacia el televisor.

Había puesto el Discovery Channel, como de costumbre. Los programas que solían emitir podían darle ideas y ofrecer potenciales mercados para lo que quería hacer, además de ver contra lo que tenía que competir.

Por casualidad, después de la conversación que habían tenido durante la cena, repetían uno de los documentales sobre la Atlántida. Parecía que la gente no pensaba en otra cosa desde que habían empezado las excavaciones de Cádiz.

Espoleada por la desesperación, pues llegados a ese punto estaba segura de que Lourds seguiría sin ella, aquel programa le dio una idea.

—Los restos de un grupo de música prehistórico no valen nada —protestó Wynn-Jones.

—No era prehistórico —replicó automáticamente. Sabía que estaba canalizando mentalmente una de las charlas de Lourds de los últimos días. ¿Cuál era la palabra que había utilizado?

—¿Qué?

—Prehistoria se refiere a la época en la que todavía no había ningún testimonio escrito. La campana y el címbalo pertenecen, sin duda... —intentó encontrar el término—, al periodo histórico.

—Estupendo, ahora vas de culta. No era exactamente lo que imaginaba que harías cuando te fuiste pitando con el catedrático.

Los ojos de Leslie se concentraron en la pantalla. Mostraba imágenes de archivo de unas enormes torres de cristal de alguna película de ficción científica cutre. Al cabo de un momento, unas grandes olas barrieron la ciudad y la hicieron añicos.

—¿Qué pasaría si te diera la Atlántida?

Wynn-Jones resopló.

—Por si no te has enterado, la han encontrado en España, en Cádiz.

—¿Y si se han equivocado?

—La Iglesia católica romana financia esas excavaciones. —A pesar de que Wynn-Jones mantenía una actitud negativa, notó cierto interés en su tono de voz—. No suelen equivocarse con ese tipo de cosas.

—Se equivocan siempre. Piensa en la actitud sexual de sus sacerdotes. —Antes de que pudiera replicarle nada, Leslie continuó—: La campana y el címbalo tenían una escritura grabada que Lourds no había visto nunca. Ha seguido la pista del címbalo hasta el pueblo yoruba, que vive en África Occidental, por eso tenemos que ir allí. Hay indicios que demuestran que esos objetos son restos de la civilización de la Atlántida.

—¿Provenían de España?

—No, al parecer la Atlántida estaba frente a la costa de África Occidental o formaba parte de ella. —Leslie creía que así era como lo había explicado Lourds.

—Están bastante seguros de lo de Cádiz.

Leslie sabía que le había hecho pensar. Ambos solían atraer la atención sobre ellos mismos siempre que podían.

—¿Y si se han equivocado? ¿Y si con el tiempo podemos aportar la verdadera ubicación de la Atlántida?

—Eso es mucho decir.

—Piénsalo, Philip. Los medios internacionales de comunicación han estado flirteando con esta historia desde que se supo de ella. ¡La Atlántida finalmente descubierta! ¿Te acuerdas de todos esos titulares de los que nos reíamos?

Lo habían hecho, pero también habían admitido a regañadientes que les habría gustado dar la noticia.

—Han despertado el apetito del público. Si Lourds nos lleva a algo que tenga relación con ella, será un éxito. Pero si se la robamos…

No acabó la frase. Conocía a Wynn-Jones. Su mente estaría dándole vueltas a las posibilidades.

—Muy bien. Te concedo África Occidental, pero más te vale que haya alguna maldita historia allí.

Leslie sabía que sí la había. No estaba segura de si sería la Atlántida, pero sí de que había suficiente material como para aplacar a la empresa cuando llegara el momento. Si no lo había, se quedaría sin trabajo. Ése era el riesgo. Jugar sobre seguro no la iba a llevar a ninguna parte. Y tenía planeado llegar muy lejos, quería triunfar.

Tras darle las gracias, colgó y empezó a marcar el número de Lourds para comunicarle que tenían vía libre para ir a África, pero seguía algo eufórica por el vino y aún tenía que ocuparse de la calentura que sentía.

Decidió darle la noticia en persona. Abrió el bolso y sacó una copia de la llave de la habitación de Lourds. Éste no había parecido extrañarse de que le entregaran una solamente.

Sonriente y esperanzada, salió por la puerta.

Natashya salió del ascensor a tiempo de ver a Leslie en el pasillo. Recelosa y aún preocupada por la facilidad con que Patrizio Gallardo y sus hombres los habían encontrado en Odessa, la siguió.

Después de la cena había cogido un taxi para ir a un club cercano y llamar a Ivan Chernovsky. No quería que supiera en qué hotel se hospedaban. No estaba en casa. Su mujer le había dicho que estaba investigando un asesinato.

La noticia hizo que se sintiera culpable. Chernovsky estaba en la calle, seguramente corría peligro, y ella no estaba allí para cubrirle la espalda. Su esposa, Anna, le había comentado que estaba preocupado por ella. Evidentemente su marido le contaba todo. Le aseguró que estaba bien y que le dijera a Ivan que lo llamaría pronto.

Ralentizó el paso, pero si Leslie se hubiese vuelto, la habría visto. Por suerte, su habitación quedaba en esa dirección. Tenía una excusa.

No obstante, Leslie no se desvió de su camino, iba directa hacia la puerta de Lourds. Se paró y levantó la mano para llamar. Después buscó en el bolso y sacó una tarjeta.

La pasó por el dispositivo y vio que se encendía la luz verde. Entró.

Natashya no perdía nunca la calma, pero aquello la alteró. Lo que más le molestó era que no sabía muy bien por qué le afectaba. Desde el principio estaba muy claro que a Leslie le gustaba el catedrático. Natashya se preguntó si Lourds sería lo suficientemente vanidoso como para creer que era algo más.

Eso podría ser un problema. Lo necesitaba animado y con la cabeza despejada si quería encontrar a los asesinos de Yuliya.

Pero también sabía que no le gustaba que estuviera con otra mujer. «Otra», se fijó en lo raro que sonaba aquella palabra y no le gustó nada.

También se le pasó por la cabeza ir a la habitación de Lourds y arruinarles la fiesta, pero luego se dio cuenta de que era demasiado inmaduro. En vez de eso, fue a la suya y pidió una botella de vodka Finlandia. Ponerla en la cuenta de la habitación y saber que tendría que pagarla Leslie le hizo sentir bien.

Leslie se entusiasmó al oír caer el agua y notar el vapor que salía del cuarto de baño. Estaba en la ducha. No era exactamente lo que había imaginado, pero sería divertido. Se le dibujó una sonrisa en la cara.

El televisor estaba encendido y emitía un programa de la CNN. El ordenador estaba abierto encima de la mesa y pensó que Lourds habría estado trabajando.

Dudó. «Vale, ¿lo vas a hacer o no?», se dijo a sí misma. Inspiró, dejó el bolso y se quitó los zapatos y la ropa.

Entró en el cuarto de baño completamente desnuda.

Lourds estaba en la bañera con la cabeza reclinada y los ojos cerrados. Al principio pensó que estaba dormido, pero cuando se acercó y le hizo sombra en la cara, abrió los ojos.

Cuando la vio no intentó taparse ni se mostró pudoroso. Permaneció tal como estaba y la miró. Después sonrió.

—Imagino que no has entrado en la habitación equivocada sin darte cuenta.

Leslie soltó una risita. Eso no se lo esperaba, pero una de las cosas que había acabado por apreciar en los diecinueve días que llevaban juntos era su sentido del humor.

—No.

Tampoco la invitó a que se acercase.

—¿Te importa? —preguntó indicando hacia la bañera.

—En absoluto, aunque va a ser algo incómodo.

Leslie entró en el agua y se sentó sobre los muslos de Lourds. Por un momento no estuvo muy segura de si estaba interesado en lo que ella tenía *in mente*. «Si no estuviera intrigado, te habría echado», pensó. Entonces su interés se manifestó, duro e insistente, se deslizó entre sus muslos y le presionó el bajo vientre.

—Bueno, ¿a qué debo este placer?

—No es placer. De momento. Pero creo que lo será. —Se inclinó hacia él y lo besó apasionadamente. El calor del cuerpo de Lourds encendió el suyo. La mente le dio vueltas y sus pensamientos explotaron en un calidoscopio de sobredosis sensorial.

Olía a jabón y a almizcle. Sus labios sabían a vino. Leslie sólo consiguió oír su corazón latiéndole en la cabeza cuando las manos de Lourds empezaron a recorrer su cuerpo. La cogió por la cadera para apretarla contra él con más fuerza, pero no intentó penetrarla. Su proximidad era enloquecedora, estaba justamente donde debía estar.

Leslie movió las caderas e intentó capturarlo para que entrara, pero Lourds flexionó los muslos y evitó su íntimo abrazo.

—Todavía no —le susurró en el cuello.

—Pensaba que estabas listo.

—Yo sí, pero tú no.

Empezó a protestar y a decirle que sí que lo estaba. Si alguien lo sabía, era ella. Estaba más que lista.

Deslizó sus manos cuando se besaron y le mordió el labio mientras la acariciaba. Dudó de que encontrara lo que buscaba. Aquel maldito punto —el que le hacía sentir tan bien— nunca estaba en el mismo sitio. Al menos, eso es lo que parecía.

Pero lo encontró. La punta de sus dedos lo rozaron con la suficiente presión como para que se quedara sin aliento. Arqueó la espalda y se apartó para que pudiera presionarle el clítoris. Empezó a balancearse acompasadamente y se asombró de que hubiera encontrado lo que ella buscaba con tanta frustración en otras ocasiones.

Lourds se inclinó hacia ella y le besó la cara y el cuello, pero Leslie estaba tan bloqueada por la vibrante necesidad que la recorría que no pudo corresponderle. En un instante, una cálida sensación inundó sus entrañas al tiempo que sus caderas daban sacudidas hacia él. Se estremeció y se balanceó mientras cabalgaba sobre su mano. El mundo se detuvo silenciosa y dulcemente. Respiró entrecortadamente.

—¡Guau! —susurró mientras se inclinaba hacia él una vez que hubo retirado la mano. Su pecho le pareció cálido y firme al entrar en contacto con él.

—¡Y tanto!

—¿Ya estoy lista?

—Creo que sí. —Se levantó y salió de la bañera demostrando una sorprendente fuerza. Leslie se aferraba a su cuerpo con las piernas.

La dejó en el suelo y la secó enérgicamente. Aquello consiguió que sus sentidos se encendieran. Pero incluso fue peor cuando se inclinó para besarla.

—Me estás martirizando.

—No creo.

Leslie también lo secó, pero fue más directa en sus atenciones. Se puso de rodillas y utilizó la boca. Aquello lo pilló por sorpresa y resistió ante sus intentos de llevarlo al límite. Era frustrante, pero Leslie esperaba con ansia doblegar esa resistencia.

—Vale —pidió con voz espesa—. Basta.

—De momento.

Lourds se inclinó, la cogió en los brazos y la acunó como a una niña. Disfrutó de la sensación de ser más pequeña y sentirse indefensa en su abrazo, aunque sabía que no lo estaba. El fuego de su vientre se avivó cuando la llevó a la cama.

La depositó con suavidad y se puso a su lado. Leslie lo miró a los ojos cuando notó que su mano volvía a apartarle los muslos para acariciarla. Estaba segura de que no conseguiría que aquello acabara bien otra vez, aunque, por sorprendente que pudiera parecer, quería más.

Se deslizó hasta colocarse encima de él, pasando las piernas por encima de su cadera. Lo provocó un momento rozando su resbaladiza entrepierna contra su miembro erecto, pero imaginó que era capaz de soportar todas sus provocaciones.

Se rio.

—¿Qué te hace gracia?

—Tú. No pensaba que pudieras controlarte tanto.

—No es control. Considéralo un cumplido. Quiero que disfrutes.

—Lo estoy haciendo. —Le acercó la entrepierna una última vez y lo introdujo en ella reclamando su carne como propia—. Pero me gusta más cuando soy yo la que controla. —Se acomodó, encontró el ritmo adecuado y empezó a pulverizarlo.

15

Campamento base
Excavaciones de la Atlántida, Cádiz, España
4 de septiembre de 2009

El padre Emil Sebastian se despertó al oír que lo llamaban. Cuando levantó la vista desde el catre en el que dormía vio lo que parecía una figura encapuchada que se inclinaba hacia él. Momentáneamente le dominó el pánico, porque aquello le recordó las pesadillas que había tenido durante las últimas semanas, desde que se había internado bajo tierra.

Después, la figura ajustó la llama dentro de la linterna que llevaba.

«Los demonios no necesitan linternas», pensó. Su miedo se disipó y se reprendió por haber pensado algo así.

Si no hubiera estado viendo imágenes perturbadoras en sus sueños anteriormente, le habría echado la culpa a la película de miedo que los trabajadores de la excavación habían visto la noche anterior en un DVD. Él no quería verla, pero aquellos miedos formaban parte de una infancia de la que no podía desprenderse, a pesar de tener cincuenta y seis años.

—¿Está despierto, padre? —preguntó amablemente el hombre.

La luz de la linterna le permitió ver sus facciones. Eran angelicales, no demoniacas. Su voz era casi demasiado suave como para oírse por encima de la constante vibración de los generadores que proporcionaban electricidad al campamento base.

—Lo estoy, Matteo. —Sebastian buscó por el suelo de la tienda, al lado de la cama, encontró las gafas y miró la hora. Eran las 3.42.

—¿Ha pasado algo?

—Nada malo, padre. Lo que ha sucedido es bueno, venga a verlo —le apuró Matteo.

—Ayúdame a encontrar los zapatos. —De noche y con su mala vista tenía problemas para encontrar las cosas. Y lo que era peor, no se acordaba dónde los había dejado.

Matteo movió la linterna a su alrededor y después señaló hacia los pies de Sebastian.

—Todavía los lleva puestos, padre.

—¡Ah!

—Tiene que dejar de hacerlo, cogerá hongos.

Lo sabía por las continuas advertencias que les habían hecho antes de la llegada al circuito de cuevas que había aparecido durante el temblor submarino que había desenterrado veinte metros de nueva línea de costa. Aquella red de cuevas, al haber estado sumergida tanto tiempo, seguía siendo un entorno húmedo en el que las bacterias y los hongos se multiplicaban con facilidad.

Durante los primeros meses de la excavación tuvieron que levantar muros de contención contra el mar y bombear el agua de las cuevas. Habían hecho lo mismo en todas las que habían encontrado. Cuando el padre Sebastian se había ido a la cama, o al catre, el equipo de bombas había seguido drenando la que habían encontrado dos días antes.

Sebastian se puso de pie y golpeó con los pies contra el suelo para comprobar la circulación de la sangre. A veces, cuando dormía con los zapatos puestos, los pies se le entumecían.

—Al menos debería cambiarse de calcetines.

Muy a su pesar, supo que el joven tenía razón. Se sentó, cogió un par de calcetines limpios de la bolsa que había al lado de la cama y se los puso después de quitarse los sucios.

—¿Por qué has venido a buscarme, Matteo? —preguntó poniéndose de pie otra vez.

—Sabíamos que había otra cueva. —De hecho esperaban que hubiera varias. Fuera lo que fuese lo que había fracturado la línea de costa original, había hecho estragos en las catacumbas que minaban la antigua ciudad.

Al estar rodeada por el mar desde hacía nueve o diez mil años, los constructores se habían preocupado por compartimentar las catacumbas. Si una zona se anegaba, podían cerrar la siguiente.

—Sí, pero no como ésta.

Le dio una palmadita en la espalda.

—Entonces vamos a ver qué es lo que han descubierto.

Pasó por debajo de la puerta de la tienda, pero se detuvo a coger la linterna que había dejado en el cargador. No le agradaba la idea de perderse en el oscuro y serpenteante laberinto de cuevas.

En el exterior de la cueva había tres miembros de la Guardia Suiza destinados en la excavación. Vestían ropa informal, adecuada para el frío de las cuevas, y llevaban pistolas.

Sebastian había protestado por la presencia de esas armas, pero no había sido capaz de convencer al capitán de que renunciara a ellas. Hasta ese momento no había habido ningún incidente en el que hubieran sido necesarias, pero para ellos eso no significaba que no pudiera haberlos. Estaban bien entrenados y eran educados, pero nunca bajaban la guardia.

El campamento base olía a diésel, a agua salada y a peces muertos. Cuando el mar había abandonado la costa y expuesto su secreto, y cuando se habían dragado las cuevas, muchas criaturas marinas quedaron aisladas. Habían muerto a cientos y había sido necesario retirar sus restos.

Según decían, esos despojos eran un buen fertilizante. En cualquier caso, habían desaparecido del campamento.

Cuando pasaron por la tienda de la despensa, Sebastian entró para coger dos botellas de agua y un bollo. El bollo era un capricho, pero necesitaba el agua. Nadie debía ir a ningún sitio sin ella, por si acaso se perdía. Había ocurrido en alguna ocasión, cuando varios hombres guiados por la curiosidad habían salido de exploración por su cuenta.

Seguían buscando riquezas, lo sabía. Todas esas historias sobre la Atlántida les habían llenado la cabeza de fantasías acerca de un fabuloso tesoro.

Él no sabía qué pensar. Esperaba algo, aunque hasta el momento sólo habían encontrado objetos que tenían miles de años según las pruebas de carbono, lo que los hacía interesantes por sí solos, pero no revelaban nada de la civilización que se había desarrollado.

Gran parte de la ciudad había desaparecido. Cuando las olas se tragaron la Atlántida, el mar acabó con la ciudad. Hecha pedazos por el cataclismo —ya fueran las fabulosas torres que había visto en las ilustraciones o simplemente chozas—: la ciudad quedó hecha añicos, que se desparramaron por el fondo marino.

Lo que quedó de ella estuvo enterrado bajo el cieno miles de años. Si el mar no decidía mostrarla, puede que jamás la hallaran.

Metió las botellas de agua en los bolsillos del largo abrigo que se había puesto para protegerse del frío de las cuevas. Siguió a Matteo mientras avanzaban junto a la cuerda amarilla que marcaba el camino.

Había cables con bombillas colgados de las paredes, pero cada vez que abandonaba el campamento base sabía que estaba entrando en la oscuridad que esperaba en las profundidades de la tierra.

Hotel Radisson SAS
Leipzig, Alemania
4 de septiembre de 2009

El estridente sonido de un móvil despertó a Lourds entre una maraña de suaves extremidades y seductoras curvas. Gracias al tenue resplandor del radio-reloj que había en la mesilla vio los destellos del pelo rubio de Leslie.

«Así que no ha sido un sueño.»

Sonrió. La noche anterior se había notado tan cansado que no estaba seguro de haber soñado aquel encuentro.

Apartó un brazo de Leslie con suavidad y cogió el teléfono.

—¿Es el mío? —preguntó ella en voz baja.

—No, es el mío.

—Estupendo. —Se apartó de él y se acurrucó bajo las mantas.

Cuando apretó el botón para hablar y se lo llevó a la oreja admiró su tersa espalda y la suave curva de su desnudo trasero.

—Lourds —dijo.

—¿Thomas? —La mujer que hablaba al otro lado parecía asustada. Prestó atención inmediatamente. Conocía la voz, pero no recordaba de qué.

—Soy Donna Bergstrom, esposa de Marcus Bergstrom.

—Hola, Donna.

El catedrático Bergstrom también había enseñado en Harvard, en el Departamento de Paleontología. Su mujer enseñaba Economía. Como eran vecinos, vigilaban su casa cuando él estaba fuera. De vez en cuando hacían barbacoas a las que le invitaban.

—Ha sucedido algo horrible. Han disparado a Marcus.

Sacó las piernas de la cama y se puso en pie.

—¿Cómo está?

—Ha salido del quirófano hace unas horas. Los médicos dicen que se pondrá bien. Es fuerte y luchador.

—Sí que lo es. —Lo sabía porque también había jugado al fútbol—. ¿Qué ha pasado? ¿Lo han asaltado?

—La Policía dice que ha sido un allanamiento de morada.

—Lo siento mucho. —Notó que Leslie se movía a su espalda. Miró y la vio sentada con las piernas cruzadas sobre la cama y una sábana en las caderas—. ¿Os han hecho algo en casa?

—No ha sido en la nuestra, ha sido en la tuya. Marcus vio una furgoneta de la compañía del gas en tu puerta y fue a ver qué pasaba. —La mujer se echó a llorar—. Le han disparado, Thomas. Le han disparado sin motivo.

Intentó tranquilizarla, aun sabiendo que su amigo no había resultado herido sin razón alguna. Lo había puesto en peligro sin querer; su sentimiento de culpa era casi insoportable.

Sentado en el asiento del copiloto del helicóptero, Patrizio Gallardo observó el hotel Radisson SAS.

—¿Preparado? —le preguntó el piloto por los auriculares.

—Preparado.

Gallardo miró por encima del hombro a los ocho hombres que había en la zona del pasaje. Todos llevaban trajes negros en los que ocultaban sus pistolas con silenciador. Varias maletas contenían los cargadores de reserva.

DiBenedetto fumaba, a pesar de que el piloto le había dicho que no lo hiciera. Sus ojos azules parecían brillar por la droga que le recorría el cuerpo. Faruk estaba tranquilo y decidido, con las manos en las rodillas. Pietro y Cimino parecían un poco tensos, entrar y salir del hotel no iba a ser fácil.

El helicóptero se mantuvo a pocos centímetros de la terraza del hotel. Gallardo abrió la puerta del copiloto al tiempo que DiBenedetto y Faruk abrían las de los pasajeros. Los nueve hombres, Gallardo el primero, saltaron y fueron corriendo hacia la puerta de la terraza.

Cimino utilizó una carga explosiva hueca que no hizo más ruido que un petardo para romper el candado. Para cuando el helicóptero se alejó ya estaban dentro del edificio e iban en dirección al séptimo piso.

Lourds jamás sabría quién le había atacado.

Zona restringida de la biblioteca
Status Civitatis Vaticanae
4 de septiembre de 2009

Murani observó el libro que tenía en la mano. Representaba tanto una promesa como una condena. Era el único libro, aparte de la Biblia, que realmente poseía esa dualidad.

De gran tamaño y forrado en piel, era un manuscrito ilustrado de oscuros orígenes. Estaba en latín y creía que lo habían escrito en Roma, en el apogeo del imperio. Sin embargo, tras la caída de Roma, las tribus germánicas habían arrasado sus murallas y sus calles, y habían dejado las bibliotecas incendiadas a su paso. Muchos libros fueron llevados a los Países Bajos, donde algunos monjes irlandeses los copiaron y los mantuvieron con vida.

El cardenal Murani quería creer que el ejemplar que tenía era el original. No le gustaba la idea de que pudieran existir copias.

Una vez que un secreto se divulga, resulta difícil de contener.

Se sentó frente a una de las antiguas mesas al fondo de las estanterías y olió el aroma a polvo, papel antiguo y piel. Todavía recordaba el entusiasmo que había sentido cuando le permitieron la entrada por primera vez a aquella habitación, tras ingresar en la Sociedad de Quirino.

Las estanterías estaban repletas. Lo más triste de aquello era que nunca tendría tiempo para leerlo todo.

Al menos, no en esa vida.

Seguía teniendo esperanza en una segunda.

Lo inteligente, pues, era leer los mejores. Empezó con los que le habían recomendado los miembros de la sociedad. Había tantos secretos entre los que elegir, tantas cosas que la Iglesia se afanaba por ocultar.

La Sociedad de Quirino quería que se mantuvieran así.

Sin embargo, al final, había sentido la llamada de la Atlántida. Aquello, en su opinión, era el mayor secreto que habían guardado Dios y algunos hombres.

La primera vez que le hablaron de los textos secretos y de la historia que contenían —la del jardín del Edén y lo que realmente ocurrió allí— no lo había creído. Después, cuando se convenció, quiso asegurarse de que todo había ocurrido exactamente como le habían contado.

Miró detenidamente la página en la que aparecían los cinco instrumentos.

La campana.

El laúd.

El címbalo.

El tambor.

La flauta.

Eran los cinco instrumentos que podían desentrañar los secretos que albergaba la Atlántida. Aunque no sabía con exactitud la forma en que podían hacerlo.

Tenía dos de ellos. La Sociedad de Quirino no lo sabía.

Murani sonrió en la silenciosa oscuridad de la biblioteca. Si hubieran sabido que los tenía, se habrían asustado.

Tenía todo ese poder, el poder de rehacer el mundo, al alcance de la mano. Pasó los dedos por las imágenes.

Como parte de la colección restringida, nadie podía sacar el libro de aquella biblioteca. Así que lo había ocultado a la vista. Los conserjes insistían en que ningún libro abandonara aquella habitación, pero no eran muy quisquillosos a la hora de mantenerlos ordenados.

Si los que pedían libros no hubieran mantenido un comportamiento ejemplar a la hora de preservar aquel sistema, habrían tenido demasiado trabajo.

Así que el libro había sido su secreto durante los cuatro largos años en los que se había dedicado a buscar los instrumentos. Después, la campana apareció en Alejandría. Cuando sucedió aquello, lo interpretó como una señal. Más tarde, cuando el címbalo vio la luz en Rusia, comenzó a tener esperanzas.

—Cardenal.

No se había percatado de la presencia de nadie y levantó la vista.

El anciano bibliotecario estaba encorvado por la edad. Sus grises cabellos sobresalían de su cabeza en todas direcciones. Caminaba ayudado por un bastón.

—Buenas tardes, Beppe —lo saludó amablemente, con la esperanza de que se fuera sin más.

—Más bien sería buenos días.

—Entonces, buenos días.

—¿Qué le ha pasado en la cara? —preguntó tocándose la suya.

No se sorprendió de que no estuviera al tanto del asalto al coche que se había cobrado la vida de Antonio Fenoglio. Los ancianos conserjes y bibliotecarios casi nunca salían de los lugares que custodiaban.

—He sufrido un accidente de coche. —Tenía la cara llena de magulladuras de color verde y morado, que empezaban a ponerse amarillas.

—Por eso nunca me subo a esas cosas. Le dejo con su lectura, tengo cosas que hacer. Hay libros que necesitan arreglos y cuidados —aseguró antes de irse arrastrando los pies.

Murani volvió a las maravillas y a las promesas del libro. Seguro que pronto le revelaría algo. Entonces podría poner en marcha la misión para la que Dios le había elegido.

Cueva 41
Excavaciones de la Atlántida
Cádiz, España
4 de septiembre de 2009

—Padre Sebastian. —Ignazio D'Azeglio, el capataz nocturno de la excavación, salió a saludar al sacerdote. Era un hombre fornido, de unos cuarenta años, al que le empezaban a aparecer canas en las sienes y en la perilla. Tenía una piel oscura, morena, mediterránea, marcas de expresión, nariz ancha y ojos honrados—. Espero que perdone que lo haya mandado llamar.

—Matteo me ha dicho que estáis a punto de entrar en otra cámara.

D'Azeglio asintió y le entregó un casco de color amarillo.

—Sí, hemos avisado también a Dario.

Dario Brancati era el capataz del equipo de excavación. Había trabajado en descubrimientos arqueológicos en Oriente Próximo y Europa.

—Todavía no ha llegado, creo que no camina con tanta facilidad como usted, padre —dijo D'Azeglio sonriendo.

—Dario trabaja mucho más que yo.

—Nadie trabaja más que usted —aseguró D'Azeglio—. Creo que es la persona que más tiempo ha llevado un casco puesto.

—Sólo porque no me guío por las mismas directrices de trabajo que tu gente.

—Venga y deje que le muestre lo que nos espera —propuso D'Azeglio, que guio la marcha hasta la pared en la que el equipo trabajaba con taladros y pequeños remolques para ir retirando los escombros.

Varios volquetes, buldóceres y retroexcavadoras estaban listos. Toda la tierra que habían extraído en las cuevas se había sacado y utilizado para construir los diques que contenían el mar.

La cueva tenía unos ciento ochenta metros de largo y cincuenta o sesenta de alto. La mayor parte estaba a oscuras. Cuanto más se adentraban en el interior, más difícil resultaba alimentar las bombillas. Hasta que pudieran mantener una ventilación adecuada, nadie quería arriesgarse a almacenar más monóxido de carbono del que había.

Las catacumbas habían demostrado tener la misma compartimentación circular sobre la que Platón había escrito cuando describió la ciudad perdida. Sebastian no sabía si se trataba de un diseño para dar a las catacumbas una distribución concreta o si se había hecho para estabilizar el subsuelo.

Tampoco sabía qué se había construido antes, si las catacumbas o la ciudad, ya que había quedado destruida hasta quedar irreconocible. Quizás encontraran testimonios allí, donde se habrían conservado mucho mejor.

D'Azeglio se acercó a una zona iluminada por focos y señaló hacia una pared.

—Creemos que hay otra gran cámara detrás.

Sebastian asintió. Ya le habían informado de ello, aunque D'Azeglio no lo sabía.

El capataz llevó a Sebastian a la furgoneta donde guardaban todo el equipo electrónico. Sabía por anteriores conversaciones que el equipo de excavación utilizaba reflexión sísmica. En un principio habían intentado utilizar un georradar, pero pronto se habían dado cuenta de que la roca era más densa de lo que podía atravesar la máquina y que las cuevas eran demasiado grandes.

La reflexión sísmica requería la utilización de dinamita o de una pistola de aire comprimido que enviaba ondas de choque para que el equipo de precisión pudiera trazar un mapa de ellas. Una vez enviadas, se rastreaban y el programa informático obtenía una imagen.

D'Azeglio le enseñó las que habían obtenido en la última prueba. A pesar de que conocía el funcionamiento, seguía teniendo problemas para ver lo que mostraban.

—La cueva que hay detrás de ésta es enorme —dijo D'Azeglio.

—Puede que sea la más grande que hemos encontrado hasta ahora —comentó otro hombre.

Sebastian se dio la vuelta y vio a Dario Brancati al lado de la furgoneta. Era un hombre alto, un par de años mayor que él. Tenía la barba completamente gris y sus hirsutas cejas casi rodeaban por completo sus hundidos ojos. Era una persona cordial y muy eficiente.

—Perdón por haberle despertado, jefe —se disculpó D'Azeglio—. Pero creía que le gustaría estar aquí para ver esto.

—Ya, sabía que llegaríais aquí más o menos a esta hora. Me fui a la cama enseguida. —Brancati observó la pared—. ¿Preparados?

—Sí, las cargas están colocadas. Estábamos esperando que nos diera luz verde.

—Ya la tenéis. Acabemos con esto.

Hotel Radisson SAS
Leipzig, Alemania
4 de septiembre de 2009

Lourds, vestido con una camiseta, pantalones cortos y zapatillas de deporte llamó a la puerta de Natashya. Se sentía incómodo, pero la conversación con Donna Bergstrom le había alterado por completo. No creyó ni por un momento que aquel allanamiento de morada hubiera sido una casualidad. Mientras esperaba se colocó bien la mochila a la espalda.

—¿Qué quieres? —preguntó Natashya desde el interior.

—Necesito hablar contigo.

—¿Por qué no sigues haciéndolo con la rubia de bote que está en tu habitación?

Aquello lo desconcertó. ¿La había visto?

—No creía que a tu edad siguieras vivo después de que ella te clavara las uñas.

Un hombre entrado en años pasó por el pasillo y lo miró con desdén.

Lourds sintió la necesidad de defenderse, pero sabía que era una locura. No conocía al hombre y no había hecho nada malo.

—Quizá no deberíamos tratar ese tema desde aquí afuera —propuso.

—No lo vamos a hacer en mi habitación.

No conseguía entender por qué estaba tan enfadada. No había estado persiguiendo a Leslie. Aunque la verdad era que tampoco la había rechazado. No eran nada más que dos adultos disfrutando de un poco de tiempo libre. No había nada más. Estaba seguro de que Leslie opinaba lo mismo.

Aunque tampoco habían hablado de ello y no era muy bueno leyendo mentes. Había tenido relaciones con mujeres que no habían entendido las reglas del juego. Su gran pasión sería siempre su trabajo. De momento, nunca le faltaban compañeras, pero tampoco iba a dejar que eso le cambiara la vida. Había tenido la impresión de que Leslie pensaba lo mismo respecto a esa cuestión.

—Deja esa historia ahora. Ha ocurrido algo más importante. Alguien ha asaltado mi casa. Han disparado a un amigo mío cuando fue a ver qué pasaba y ahora está en el hospital. Casi lo matan.

Por un momento pensó que Natashya no iba a hacerle caso ni aun después de contarle aquel incidente, pero, cuando estaba a punto de irse, la puerta se abrió.

—Entra. —Natashya se apartó para dejarle entrar, vestida únicamente con una camiseta muy grande que se pegaba a sus grandes pechos y le llegaba hasta la mitad de los muslos.

Lourds pensó que no debería de haberse fijado en los detalles. De hecho intentó no hacerlo. Había temporadas en las que podía pasar días enteros sin prestar atención a ese tipo de cosas. O, al menos, sin que tuvieran efecto en él. El problema era que cuando se le despertaba la libido, seguía desenfrenada hasta que se consumía por sí misma. Eso podía tardar un tiempo. En ese momento todavía tenía la sangre caliente.

Entró y cerró la puerta. La luz de la pantalla del televisor ofrecía una burbuja de iluminación gris azulada en el centro de la habitación. Evidentemente, Natashya no estaba durmiendo.

—¿Tienes problemas para dormir? —le preguntó en ruso. Natashya estaba de pie con los brazos cruzados sobre el pecho.

—Si tienes algo que contarme, hazlo —replicó en inglés.

—Han asaltado mi casa —repitió.

—¿Y?

Lourds no le hizo caso, a pesar de no saber por qué estaba así. Abrió la mochila y sacó el ordenador. Después de dejarlo en el escritorio, lo abrió y lo encendió.

—Tengo un programa que me permite acceder a la cámara de seguridad esté donde esté.

—Así que me vas a enseñar tu casa.

—Te voy a enseñar lo que me preocupa del asalto. —Abrió el programa y aparecieron una serie de ventanas que mostraban lo que registraban las cámaras—. También puedo ver lo que ha sucedido hace veinticuatro horas. Si quisiera ver más tendría que pedirlo a la empresa de seguridad.

—¿Tienes una imagen de los asaltantes de tu casa? —Parecía más interesada.

—Sí. Por supuesto, es posible que entraran por casualidad. Llevo unas tres semanas fuera, pero me parece demasiada coincidencia.

—Quizás estás paranoico.

—Después de todo lo que ha pasado, creo que es lo único que puedo estar —dijo mientras rebobinaba hasta llegar al momento en el que se veía a una figura con un mono de color naranja en su despacho, y a otra en el dormitorio cogiendo los artilugios con los que se entretenía en los ratos de ocio.

—Está copiando tu disco duro en uno externo —comentó Natashya.

—Sí. —Cada vez se sentía más incómodo al ver cómo se tensaba la tela de la camiseta sobre los pechos de Natashya. También desprendía un agradable olor. Tuvo que aclararse la voz para hablar—. ¿Te parece que es lo que haría un ladrón común y corriente?

—¿Guardas algo importante en tu ordenador?

—Notas, proyectos en los que estoy trabajando.

—¿Proyectos importantes?

—Trabajo en las mismas cosas que Yuliya. Nada de eso va a hacerme rico ni tiene gran valor para nadie.

—¿No? ¿Qué me dices de tus tarjetas de crédito y de cuestiones financieras? ¿Están en tu ordenador?

—No, me temo que soy demasiado desconfiado para esas cosas.

—Lo dice alguien que puede ver su dormitorio desde otro país.

—La verdad es que me pareció muy enrollado. No lo había

mirado nunca, excepto cuando me lo instaló mi amigo; no lo habría comprobado si no hubieran disparado a Marcus Bergstrom.

Natashya se irguió y Lourds echó de menos las vistas.

—Eran profesionales. La mujer copió los datos de tu ordenador mientras el hombre que había arriba intentaba hacer que pareciera un robo. Eso quiere decir que Gallardo no se ha olvidado de nosotros.

—Pensaba que quizá se había dado por vencido después de lo de Odessa.

—Al parecer no. Siguen persiguiéndonos —aseguró Natashya mirando la pantalla del ordenador.

—¿Por qué?

—Seguiste la pista del címbalo hasta el pueblo yoruba. Me apuesto lo que quieras a que ellos no lo han hecho.

—¿Ellos?

—Un hombre como Gallardo trabaja según resultados. Comete un crimen y obtiene un beneficio inmediato.

—Robó la campana en Alejandría, así que debía de tener un comprador.

—Tendremos que averiguarlo. Mientras tanto, es mejor que te vayas.

—¿Sí? —Se sorprendió de lo rápidamente que quería quitárselo de encima.

—Sí, no quiero…

Se oyó un golpe en la puerta.

Sin hacer ruido, Natashya metió la mano debajo de un almohadón y sacó una pistola. Lourds iba a decir algo, pero no lo hizo al ver que se llevaba un dedo a los labios. En silencio, Natashya se acercó a la puerta y miró por la mirilla.

Entonces suspiró enfadada. Lourds tuvo que admitir que las mujeres rusas eran las campeonas a la hora de mostrarse enfadadas cuando así lo querían.

—Esto —dijo abriendo la puerta— era lo que no quería.

Al otro lado estaba Leslie completamente vestida. Tenía los brazos cruzados y parecía ligeramente desafiante.

—He venido a ver qué te retenía tanto tiempo. Me preguntaba si te habrían entretenido.

Por un momento, Lourds pensó que Natashya le iba a pegar un tiro, aunque no estaba seguro de por qué.

—Créeme —dijo Natashya volviendo a la cama—, cuando me acuesto con un hombre soy bastante más que un entretenimiento. —Sin decir nada más, volvió a meter la pistola debajo de la almohada—. Tenéis que iros, necesito dormir.

Lourds empezó a irse. Ya se sentía bastante incómodo tal y como estaban las cosas como para verse involucrado en una pelea entre mujeres que no acababa de entender. Pero cuando abrió la puerta vio a un hombre que reconoció y rápidamente volvió a cerrarla.

—No podemos irnos.

Las mujeres le lanzaron una mirada feroz.

—Patrizio Gallardo y sus hombres acaban de pasar por delante de la puerta.

Cueva 41
Excavaciones de la Atlántida
Cádiz, España
4 de septiembre de 2009

—¡Fuego!

Agachado detrás de uno de los grandes buldóceres, el padre Sebastian apenas oyó el grito de aviso del jefe de demoliciones por megafonía. El protector de oídos amortiguaba prácticamente todos los sonidos.

Al poco, los explosivos estallaron en una rápida serie de sonidos parecidos a los de las palomitas de maíz al explotar.

El polvo y los escombros llenaron la cueva. Una máscara con filtro tapaba toda la cara del padre Sebastian y protegía sus ojos y sus pulmones. Los temblores que recorrieron el suelo le recordaron a los de la cubierta de un barco. No era la primera vez que pensaba en el mar que esperaba al otro lado de los diques que habían construido para mantener secas las cuevas.

Permaneció agachado hasta que D'Azeglio le dio un golpecito en el casco.

—Ya está, padre. Todo ha salido bien —dijo el capataz levantando uno de los protectores para los oídos.

D'Azeglio parecía un extraño insecto con la máscara y el casco. Su voz sonaba amortiguada y cansada. Le ofreció una mano para que se levantase.

—Gracias a Dios, las explosiones siempre me ponen nervioso —dijo al levantarse y quitarse el protector.

—Llevo un año trabajando en ellas, padre. Cuando hay tanta roca, nunca es fácil.

—¡No hay agua! —gritó alguien—. ¡No hay agua! La cueva está seca.

Se oyeron gritos de júbilo. Las cuevas inundadas que habían encontrado hasta ese momento retrasaban su trabajo considerablemente. Se perdían muchos días bombeando el agua.

Un nuevo entusiasmo inundó a Sebastian. Desde que era niño e iba con su padre, arqueólogo, siempre había soñado con la idea de ver algo que llevara oculto cientos o miles de años.

Cuando entró en el clero pensó que esos días habían llegado a su fin. Pero dio las gracias a Dios, que en su infinita sabiduría le había permitido no sólo la Biblia y la cruz del sacerdote, sino el pico y la pala del arqueólogo.

Era una buena vida.

Unos potentes focos iluminaron el lugar en el que había estado la pared. De ella sólo quedaba un montón de rocas en la abertura de la siguiente cueva. El agujero de la parte superior tenía casi un metro y medio de diámetro.

Brancati ordenó a los sacerdotes que esperaran mientras inspeccionaban la zona. Sebastian observó a los cuatro hombres que alcanzaron la cima de la montaña de rocas. Llevaban cascos de minero con lámparas, además de linternas en la mano. Brancati permaneció continuamente en contacto con ellos por radio.

Al cabo de unos minutos, los hombres descendieron por el otro lado. Poco después, Brancati se acercó al padre Sebastian.

—Padre, ¿podrá subir?

A Sebastian le sorprendió la pregunta. Brancati se había asegurado de que no corriera ningún peligro.

—Creo que sí.

—Le ayudaremos. Es importante que vea lo que hay en esa cueva.

—¿Qué es?

Brancati tenía una expresión muy seria y había hablado en voz baja.

—Creen que es un cementerio.

Aquel anuncio hizo que sintiera un escalofrío. No sería un cementerio tradicional. Cuando de joven viajaba con su padre había estado presente en muchos de sus descubrimientos. Los hombres sencillos siempre recibían una lección de humildad.

Y de temor.

—Vamos —dijo el padre Sebastian poniéndose en marcha, aunque su mente se centraba en las posibles implicaciones. ¿Iban, por fin, a encontrar atlantes?

16

Cueva 42
Catacumbas de la Atlántida, Cádiz, España
4 de septiembre de 2009

*L*a empinada subida hizo que el padre Sebastian se quedara sin aliento y recordara que ya no era tan joven. A pesar de los paseos diarios que daba, pasaba mucho tiempo entre estanterías de bibliotecas en vez de en excavaciones. Leer no era una actividad muy gimnástica, pero logró subir. Llegó hasta la cima de la empinada montaña de rocas partidas y escombros, aunque no tan rápido como sus compañeros más jóvenes.

La luz halógena que uno de los hombres introdujo en el interior de la siguiente cueva iluminó las catacumbas. La cueva estaba tallada en roca viva y modelada para hacer sitio a los muertos. Unos pasillos recorrían las paredes, que parecían enormes estanterías, y le recordaron a un antiguo radiador de serpentines.

—Parece un complejo de apartamentos para muertos —dijo uno de los obreros en voz baja.

Los escombros habían caído en el interior de la cueva y algunas rocas habían rodado entre las paredes de las tumbas.

La Atlántida.

Aquella palabra dio vueltas en su cabeza. La Atlántida era el más legendario de los mundos perdidos y tuvo la impresión de que, al menos, parte de su pasado se extendía ante su vista. Uno de los tópicos de sus dos campos de experiencia era que el alma de una cultura se muestra en la forma en que trata a sus muertos.

Sebastian se movió con tanta rapidez que casi se cayó al pisar una piedra suelta. Uno de los guardias suizos estiró la mano con un movimiento reflejo para sujetarlo.

—Tengo que bajar ahí. Necesito verlo, ayúdeme —pidió.

—Padre, el camino no parece seguro —le advirtió el guardia.

—Me temo que no podemos permitirle bajar —dijo uno de los obreros—. El jefe dijo que podíamos traerlo hasta aquí nada más.

—Entonces hablaré con Brancati. ¿Me deja su radio? —pidió a uno de los trabajadores.

—El señor Brancati es muy testarudo, pero puede intentarlo.

Después de enseñarle cómo funcionaba, el sacerdote apretó el botón del micrófono.

—¿Brancati? ¿Dario?

—Sí, padre.

Sebastian miró la oscuridad que envolvía la última morada de las personas que en su día habían hecho que la ciudad que había encima de ellos estuviera llena de vida. Calculó que, por lo bajo, habría unos mil cuerpos en la cripta.

—Necesito bajar ahí.

—Espere a que el equipo se asegure de que no hay peligro.

—Sólo un momento. —Se fijó en que su voz estaba teñida de cierta súplica y aquello lo avergonzó.

—No quiero que sufra ningún daño.

—No creía que nuestra excavación acabaría así —confesó—. Me siento como los hombres que desenterraron a Tutankamón. Necesito ver lo que hemos hallado.

—Debería recordar lo que les sucedió a aquellos hombres. ¿No puede esperar hasta…?

—Dario, voy a hablar con el Papa dentro de unos minutos. Sabemos que hay filtraciones dentro del equipo. No vamos a poder mantenerlo en secreto. No quiero decirle que todavía no sabemos lo que hemos descubierto. ¿Y tú?

Brancati guardó silencio un momento.

—Muy bien, padre. Pero tenga cuidado. Bajar y subir, y sale de allí.

—Por supuesto. —Devolvió la radio al obrero—. ¿Ha oído?

El hombre asintió, pero no parecía nada contento con la situación.

—Puede ir delante o seguirme —sugirió el padre Sebastian.

—Iré delante, padre. Pero tendrá que hacer lo que yo le diga. No quiero que ninguno de los dos corra peligro.

Asintió y se preparó para seguirlo.

Hotel Radisson SAS
Leipzig, Alemania
4 de septiembre de 2009

Natashya asumió el mando inmediatamente. Con Gallardo y sus hombres al otro lado de la puerta, no había tiempo que perder.

—Llama a Gary —ordenó con la esperanza de que no fuera ya cadáver—. Dile que salga de su habitación y que baje por la primera escalera. —Se quitó la camiseta y se quedó desnuda. A pesar de que Lourds y Leslie la miraron, le dio igual. No sentía ningún pudor respecto a su cuerpo—. ¡Ya!

Lourds fue el primero en reaccionar y atravesó la habitación en busca del teléfono.

—Esperemos que hayan ido primero a tu habitación. Es lo que habría hecho yo. Eso nos dará tiempo. —Mantuvo la pistola en la mano mientras buscaba unos vaqueros y se los ponía sin bragas—. Leslie, llama a recepción y pide que vengan los de seguridad. Diles que alguien está intentando entrar en tu habitación. Está al lado de la de Lourds.

Lourds estaba hablando, pero notó que la miraba mientras se ponía un ligero top de punto. Si no hubieran temido por sus vidas seguramente habría sentido cierto regocijo. Se fijó en que Leslie se daba cuenta de a quién prestaba atención el catedrático.

Por desgracia, sus celos podían provocar que los mataran a todos. Se había quedado inmóvil y no obedecía sus órdenes.

—¡Muévete! —exclamó Natashya.

Asustada, Leslie utilizó su móvil para llamar a recepción. Mientras pedía que enviaran a los encargados de seguridad, Natashya encontró las zapatillas de deporte y se las puso. Cogió una riñonera de su bolso, en la que había cargadores de repuesto comprados a un traficante del mercado negro el día que llegaron a Leipzig, y se la puso en la cintura.

—Gary se reunirá con nosotros en el vestíbulo —dijo Lourds colgando el teléfono.

—Los de seguridad vienen de camino —informó Leslie.

Natashya notó un nudo en el estómago. Habría sido mejor si hubiera habido alguien más con experiencia o si no fuera la única que tenía un arma.

—Vamos. Una vez que hayamos salido por la puerta, dirigíos hacia las escaleras que hay al fondo del pasillo. Moveos con rapidez, pero sin correr. No queremos llamar la atención. Y no utilicéis el ascensor.

—Son siete pisos —protestó Leslie.

—Si quieres ser un blanco fácil por ahorrarte siete pisos, a mí me da igual —replicó Natashya encogiéndose de hombros. Aquel plan encajaba a la perfección con el genio que mostraba en ese momento—. Ve al ascensor y atráelos. Intenta que no te maten muy rápido.

Leslie se calló, sorprendida por sus categóricas palabras.

—Nada de ascensores, iremos por la escalera —aseguró Lourds cogiéndola de la mano.

—Muy bien.

Se oyó un golpe en la puerta.

Maldiciendo y sin pensar en utilizar la mirilla, por si acaso los hombres de Gallardo preferían disparar primero y preguntar después, Natashya abrió la puerta de par en par. Aquello los cogió desprevenidos. Tenían las manos en las pistolas, por debajo de las chaquetas, pero no las habían sacado todavía.

Puso la suya en la cara del primer hombre, de forma que el de detrás pudiera verla.

—Si tocáis las armas sois hombres muertos —dijo en inglés, con la esperanza de que hablaran esa lengua—. ¡Levantad las manos!

No estaba segura de si habían entendido sus palabras o

reaccionaban a la rotunda y patente amenaza de la pistola. En cualquier caso, levantaron los brazos.

—Adentro, rápido. —Natashya movió la pistola para que entraran. Les quitó los auriculares y le pidió a Lourds que los registrara y les quitara las armas. Las dos llevaban silenciadores.

—De rodillas. Cruzad los tobillos. Las manos detrás de la cabeza —ordenó mientras cogía las armas que le daba Lourds. Se metió la suya en la parte de atrás de la cintura y les apuntó con una de las requisadas. Pensó que lo justo sería matarlos con sus propias armas.

Ninguno de los dos se movió.

—Bueno, vamos a intentarlo otra vez —propuso—. Voy a dispararle al que no hable inglés.

Lourds dijo algo en italiano y los hombres se pusieron rápidamente en posición.

«Vale —pensó Natashya—, quizá no hablen inglés realmente.»

Al final del pasillo se oyó que alguien derribaba una puerta. No tenían tiempo.

—Vamos. —Abrió de nuevo la puerta e hizo un gesto a Lourds y a Leslie para que salieran, sin dejar de apuntar a sus prisioneros.

—Al primero que salga por esta puerta le pegaré un tiro —advirtió con la esperanza de que entendieran su intención, aunque no sus palabras.

Después salió al pasillo y siguió a sus compañeros hacia la escalera. Mantuvo la pistola con silenciador pegada a la pierna mientras seguía vigilando su habitación. Los hombres que habían dejado dentro no tardarían en salir, lo sabía. A menos de seis pasos de su destino oyó que se abría una puerta a su espalda.

—¡Gallardo! —gritó uno de los hombres.

Natashya levantó la pistola y disparó un par de veces. Ambos disparos impactaron en la puerta a pocos centímetros de la cara del gánster.

Éste se escondió, las balas no habían conseguido atravesar la puerta, pero el daño estaba hecho.

A pesar del silenciador, Gallardo había oído los disparos.

Al otro extremo del pasillo, Gallardo y sus hombres seguían frente a la habitación de Lourds. Gallardo se volvió al oír el amortiguado sonido de la pistola y de las balas.

Lourds había llegado a la puerta. La abrió y entró.

Natashya aprovechó la protección que le brindaba aquella puerta para disparar las suficientes veces como para obligarles a agacharse.

—¡Bajad! ¡Yo los entretendré!

Lourds dudó.

—¡Bajad! —le ordenó antes de agacharse, pues algunas balas habían impactado contra la pared y la puerta.

Leslie tiró de Lourds y empezaron a bajar las escaleras.

Apoyada contra el marco, Natashya esperó un momento antes de girarse. Intentó mantenerse calmada, pero le resultaba difícil. Ni siquiera cuando patrullaba las calles con Chernovsky había tenido que enfrentarse con semejante desventaja en un tiroteo. En ocasiones habían perseguido a alguna banda de delincuentes, pero la mayoría de las veces sólo buscaban a un hombre. Nunca a más de tres. En ese momento había contado al menos cinco en el pasillo.

Vio al que estaba más cerca y disparó al centro de su cuerpo. Estaba a unos seis metros y corría a toda velocidad. Vació el cargador de la pistola con silenciador.

El hombre se tambaleó y cayó de cabeza. Tuvo espasmos y contracciones. Sus compinches se tiraron al suelo al tiempo que una descarga martilleaba la puerta.

Natashya volvió a refugiarse y tiró la pistola vacía. Sacó la otra con silenciador y le quitó el seguro. Miró la puerta y vio que ninguna de las balas había atravesado el metal. Las armas con silenciador de los hombres de Gallardo tenían menos fuerza que la suya.

Todo su cuerpo le pedía a gritos que echara a correr, pero en vez de eso estiró la mano y rompió el fluorescente con el largo silenciador. Los tubos explotaron y cayó una lluvia de cristales. El rellano de la escalera quedó en la penumbra. Había luces arriba y abajo, por lo que aquella zona no quedó completamente a oscuras.

Se puso de cuclillas en un rincón, mientras oía que Leslie y Lourds corrían escaleras abajo. El eco repetía el sonido de sus pasos, iban a buena velocidad.

La puerta de la escalera se abrió con cuidado y Natashya mantuvo firme el arma.

«Ven», pensó. No le gustaban las emboscadas, pero ahora que se trataba de su propia supervivencia y de llevar a buen puerto los objetivos de su hermana, no tenía dudas. Le debía a Yuliya acabar con Gallardo y sus hombres. No sentía ninguna compasión mientras esperaba.

Un hombre asomó la cabeza y recibió un disparo entre los ojos. Antes de que cayera al suelo, Natashya ya había empezado a correr. Con suerte, el resto se demoraría ligeramente al ver el cadáver, antes de salir tras ella.

Corrió como si su vida dependiera de ello, y seguramente ése era el caso.

Alcanzó a Lourds y a Leslie cinco pisos más abajo. Lourds iba el primero y se encargaba de que Leslie no se cayera. Aquello le sorprendió, pensaba que sería él el que tendría problemas y no Leslie. Estaba mucho más en forma de lo que creía. Leslie se había desmoronado por la tensión.

Lourds abrió la puerta del vestíbulo e hizo ademán de entrar.

—¡Espera! —gritó Natashya poniéndose a su lado. Oír que Leslie respiraba entrecortadamente la alegró y se sorprendió de poder ser tan rencorosa incluso teniendo que escapar como alma que lleva el diablo.

Escondió la pistola en la espalda y echó un vistazo al vestíbulo. No podía ver la recepción desde donde estaba, pero sí era obvio que no había nadie delante.

—Dejaremos el coche y cogeremos un taxi —dijo—. Aunque Gallardo haya conseguido entrar en la base de datos del hotel no podrá perseguirnos gracias a la matrícula.

Lourds asintió.

—¡Salid! Yo os cubro.

En una esquina, dos hombres vestidos con traje sacaron sus pistolas.

—¡Seguridad del hotel! ¡Tire el arma! —gritó uno de ellos en alemán.

246

Cueva 42
Catacumbas de la Atlántida
Cádiz, España
4 de septiembre de 2009

Una vez que el padre Sebastian subió la primera barrera de piedras y escombros, bajar le resultó mucho más fácil. Cuando empezó a recorrer las tumbas temblaba de entusiasmo. Si ese lugar era realmente lo que creía, tenía motivos para ser cuidadoso.

Los dos guardias suizos que iban a su lado también llevaban linternas.

Atraído por la sobrecogedora visión de aquellos muertos tendidos en sus sencillas tumbas, se arrodilló ante el primer grupo y miró el profundo agujero. Había sido excavado a mano. En vez de cavarlos simplemente, habían redondeado los bordes del nicho y estaban bien proporcionados. Eran unos receptáculos cuidadosamente preparados para los restos y objetos que contenían. Todos se habían tallado con gran cuidado y maestría.

Observó un cuerpo. A juzgar por los huesos, era un hombre. El contorno de la pelvis lo demostraba. Tocó la mortaja. Tomando el brazo como medida, desde la punta de los dedos hasta el codo, estimó que habría medido aproximadamente uno ochenta, bastante alto para el tiempo en el que se suponía lo habían enterrado. La forma y los rasgos del cráneo parecían normales. No se veían huesos vendados o alteraciones en los dientes, ni ninguna otra modificación ceremonial como las que había visto en incontables excavaciones en todo el mundo.

Alumbró los restos del sudario. Quiso rasgarlo y ver qué había debajo, pero sabía que no podía. Antes de hacer nada en la cámara funeraria tenían que registrar una grabación digital, después tomar medidas y finalmente ir catalogándolo todo conforme avanzara el estudio.

Con todo, logró ver algo a través de los agujeros de la mortaja, aquel hombre había llevado una túnica gris, negra o azul oscuro. Era difícil distinguir el color después de tantos años. Los dientes parecían estar en buenas condiciones en el momento de su muerte. Aquello era extraño, pues la mayoría de las personas que llegaban a la edad adulta en esos tiempos solían tener problemas dentales. Las tribus que comían mijo y otros cereales de grano grueso normalmente mostraban una dentadura desgastada debido a que tenían que masticar constantemente ese tipo de comida. A las tribus que molían el grano les pasaba lo mismo, ya que las piedras que utilizaban dejaban arenilla en la harina, que erosionaba el esmalte dental casi tanto como si hubieran comido los granos enteros. Aquel hombre tenía unos dientes que cualquier actor hubiera estado orgulloso de enseñar.

Algún tipo de metal brillaba en su cuello, bajo las manos cruzadas.

Inclinándose un poco más hacia la cavidad, utilizó un lápiz que llevaba en el bolsillo para levantar suavemente la mortaja y ver qué había debajo. Era un collar de oro blanco o de plata.

El colgante tenía forma de hombre, con la mano derecha levantada en señal de amistad y un libro en la mano izquierda.

—¡Dios mío! —exclamó al reconocer aquella imagen, que llevaba grabada en la mente—. Perdónanos. Perdona lo que te hicimos a ti y a tu hijo.

Era verdad. Todo. Y, si era verdad, lo que contaban los textos secretos también lo era.

Cogió el collar con la mano temblorosa. Tocó el metal y sintió una ligera descarga eléctrica, pero no supo si aquella sensación había sido real o imaginaria.

Asustado, soltó un grito y se echó hacia atrás. El dolor lo aturdió y se sentó.

Inmediatamente, el esqueleto saltó del nicho y cayó contra sus propias piernas.

Entonces se dio cuenta de que temblaba toda la caverna. El esqueleto no se movía por que tuviera vida propia. Miró una fila de tumbas justo en el momento en que otros esqueletos caían de sus lugares de descanso y se estrellaban contra el suelo de piedra. Algunos cuerpos embalsamados también se despeñaron e hicieron un ruido muy diferente al de los huesos.

Las linternas de los otros dos hombres recorrieron el interior de la caverna. El paisaje era un vertiginoso espectáculo de luces.

Entonces alguien gritó:

—¡Inundación! ¡Inundación!

«Otra vez vuelve a suceder —pensó—. El mar reclama la Atlántida y el jardín.»

Los guardias suizos lo cogieron por debajo de los brazos y lo pusieron en pie cuando varios centímetros de agua empezaron a inundar el suelo de repente. Echaron a correr arrastrándolo hacia la abertura por la que habían entrado. El agua subía cada vez más, a cada paso que daban.

Hotel Radisson SAS
Leipzig, Alemania
4 de septiembre de 2009

Natashya se quedó quieta un momento frente a los miembros de la seguridad del hotel mientras pensaba qué podía hacer. No quería problemas con ellos, pero tampoco podía dejar el arma sin más, porque eso los convertiría en un blanco fácil para Gallardo y sus hombres.

En ese momento, Gary salió del vestíbulo y se colocó detrás de uno de los guardias. Se inclinó hacia él y le susurró algo.

—Horst, me está apuntando con un arma, ríndete —dijo levantando las manos.

El segundo guardia dudó un momento y después levantó también los brazos.

Natashya corrió hacia ellos y les quitó las pistolas.

—¡Al suelo! —les ordenó.

Cuando lo hicieron, Gary le regaló una amplia sonrisa y le enseñó el bolígrafo que había utilizado para desarmarlos.

«Dios me libre de los norteamericanos, los británicos y sus programas de televisión para machos», pensó Natashya.

—Podrían haberte matado —le susurró.

—No esperaba que lo hicieran y no es que tuviera mucho tiempo para resolver la situación —replicó con voz quebrada.

—Sal —dijo empujándolo hacia la puerta principal. Miró por encima del hombro y vio que Gallardo salía por la puerta de la escalera de incendios.

Levantó la pistola y disparó rápidamente. Las balas dieron en la pared y la puerta, e hicieron añicos una ventana.

Gallardo se agachó y maldijo en voz alta.

Para entonces, Lourds, Leslie y Gary habían llegado a la puerta principal. Cuando Natashya los alcanzó, ya la habían cruzado. Corrieron hacia la calle e intentaron parar un taxi, pero ninguno se detuvo.

El siguiente que iba hacia ellos llevaba la luz apagada y con toda seguridad no tenía intención de detenerse. Natashya saltó en medio del asfalto, levantó la pistola que no llevaba silenciador y disparó al aire.

El seco estallido resonó en toda la calle y el destello se reflejó en el parabrisas. Después apuntó al conductor.

—¡Salga! —le ordenó en alemán.

El taxista bajó en el mismo momento en que Lourds ayudaba a Leslie a subir al asiento de atrás, aunque no se sentó a su lado, sino que lo hizo en el asiento delantero con Natashya y empezó a buscar en la guantera. Gary subió atrás.

En cuanto estuvieron todos dentro, Natashya pisó a fondo el acelerador.

—¿Dónde vamos? —preguntó Lourds.

—No lo sé —contestó Natashya.

—Al aeropuerto —propuso Leslie—. He hablado con mi supervisor y he conseguido un viaje a África Occidental.

Natashya miró a la mujer con severidad.

—¿Que has hecho qué?

—El catedrático Lourds…

«¿Ahora vuelves a lo de catedrático Lourds…? ¿Después de haberte acostado con él?», pensó Natashya.

—… dijo que había acabado con toda la información que había disponible en el Instituto Max Planck. Según él, en África hay documentación más completa sobre los objetos desaparecidos.

Lourds no prestó atención a la discusión y se concentró en ir indicando el camino al aeropuerto.

—¿Has estado hablando con tu supervisor todo el tiempo y diciéndole lo que estábamos haciendo? —preguntó Natashya mientras seguía las indicaciones de Lourds.

—Sí, tenía que hacerlo. La empresa lo ha pagado todo hasta ahora. Merecen saber lo que estamos haciendo.

Natashya miró a Lourds y no pudo dejar de pensar que, en parte, era por su culpa.

—¿Te das cuenta de que así es como nos ha localizado Gallardo? ¿Gracias a la ayuda financiera de la BBC?

Lourds puso cara de sentirse culpable, algo que decía mucho a su favor.

—No, no lo sabía.

—Pues ya lo sabes. —Natashya se concentró en conducir y en buscar algún sitio donde abandonar el taxi, demasiado enfadada como para hablar. Nada bueno podía salir de su boca en ese momento y no quería decir nada de lo que después pudiera arrepentirse o por lo que sentirse culpable. No podían ir con ese coche hasta el aeropuerto, seguramente el conductor ya había denunciado el robo. Necesitaban otro.

—La mujer ha cogido un taxi, la rastrearé por las calles.

«Hasta que lo abandonen», pensó Gallardo mientras volvía a subir corriendo los siete pisos. Le dolían las piernas por el esfuerzo, y el pánico se apoderó de él cuando creyó que no lo conseguiría.

—No —jadeó mientras se arrastraba por el último tramo de escaleras. DiBenedetto y Faruk le seguían, Pietro y Cimino estaban abajo. El ruido de sus perseguidores, sus pisadas en las escaleras, resonaban tras ellos—. Tenemos problemas más graves ahora.

Una vez en la terraza corrió agitando una linterna. El helicóptero se aproximó y permaneció inmóvil a escasos centímetros del suelo. Fue hacia la cabina y subió al lado del piloto.

—¿Y los otros? —preguntó DiBenedetto.

—Si no están, no vienen. ¿Quieres que te maten o te detengan mientras los esperamos? —Se puso los auriculares y levantó el pulgar mirando al piloto.

El helicóptero se elevó instantáneamente y se dirigió hacia el oeste. El plan de emergencia estaba claro. Habían decidido salir de la ciudad y dejar el aparato entre los árboles. El control aéreo podría localizarlos si seguían volando, pero la Policía no conseguiría atraparlos antes de que hubieran cogido los coches que habían dejado en un aparcamiento a la salida de la ciudad.

Aunque, en ese momento, a Gallardo no le preocupaba tanto dónde iban como dónde habían estado.

La puerta de la terraza del hotel se abrió y salieron dos de los hombres que había contratado para que le ayudaran. Se quedaron quietos y observaron cómo se alejaba el helicóptero.

Unos segundos más tarde, los agentes de seguridad del hotel, flanqueados por oficiales de la Policía de Leipzig, aparecieron en escena. Unos amortiguados resplandores iluminaron ligeramente la oscuridad de la noche cuando se produjo un intercambio de disparos. Al acabar el tiroteo, los dos habían muerto.

Gallardo maldijo a Lourds en voz baja. Aquel tipo estaba teniendo una suerte increíble, pero ya arreglarían cuentas. La suerte no dura siempre. Se volvió hacia DiBenedetto.

—¿Has podido registrar la habitación de Lourds?

Éste asintió y le entregó la bolsa en la que había metido todos los papeles y libros que había conseguido reunir.

Gallardo la inspeccionó. La mayoría de la información parecía tener relación con África Occidental y una tribu. Sonrió. Al menos tenían un destino si Lourds desaparecía.

—Tiene razón —dijo Lourds en voz baja—. Gallardo y sus hombres no han dejado de pisarnos los talones. Seguir en contacto con tu jefe puede ser peligroso.

Leslie le lanzó una mirada feroz.

—Ya sé que tiene razón, pero yo también la tengo. Sin la ayuda de mi empresa no estaríamos aquí ni podríamos continuar, a menos que penséis que podemos ir a dedo hasta Dakar.

Cuando se sentaron en un restaurante que estaba abierto toda la noche, Leslie tenía la cara colorada.

Gary flirteaba en el mostrador con la cajera. A ésta le había gustado la camiseta del grupo alemán de heavy metal que llevaba puesta. Pensó que el cámara lo estaba pasando mucho mejor que él.

—No, no creo que podamos ir a dedo a Dakar —aseguró finalmente.

—Bueno, al menos eso es algo.

—No creo que te estuviera acusando de habernos traicionado.

—Créeme, sé cuando me están acusando, y Natashya lo estaba haciendo.

—¿De verdad piensas que cree que ibas a arriesgar tu vida diciéndole a Gallardo y a sus matones dónde estábamos?

—Quizá deberías preguntárselo a ella. Tiene respuestas para todo. A lo mejor cree que el hecho de que me disparen satisface algún tipo de perversión que tengo.

Lourds frunció el entrecejo, odiaba estar en medio de una guerra de poder entre mujeres. Por un lado, podía ser peligroso para todos; por otro, en cualquier momento, podían unir fuerzas y arremeter contra él. En muchos sentidos, aquello le preocupaba más que le dispararan.

—Quizá podrías preguntarle a tu supervisor si puede enviarnos el dinero de otra forma.

—O quizá podrías llamar a Harvard y pedir que te subvencionen el viaje a Dakar —replicó Leslie, que cruzó los brazos sobre el pecho.

Lourds tomó un sorbo de té verde y meditó sobre ello. Casi se echa a reír. Seguramente tendría más posibilidades yendo a África a dedo. Sobre todo porque no podía explicar de qué trataba esa expedición.

—No, tienes razón. —Hizo una pausa—. Estamos en un aprieto. La cuestión es saber si deberíamos continuar, sabiendo que esa gente sigue ahí intentando asesinarnos.

—¿Quieres dejarlo todo ahora? ¿Olvidarlo ahora que hemos llegado hasta aquí? ¿Tienes idea del bombazo que puede ser? —continuó Leslie en voz más baja.

—Esto no es un juego, Leslie. Esa gente asesinó a una amiga mía y casi mata a otro. Eso sin contar todos los cadáveres que han ido dejando a su paso. ¿Te acuerdas de cómo mataron a tu productor?

—¿Quieres que queden sin castigo? —le preguntó Leslie—. ¿Quieres que consigan todo lo que persiguen? ¿No quieres recuperar los objetos?

—Esto es muy grande para nosotros. Necesitamos ayuda.

—En Alejandría fuimos a la Policía. ¿Te acuerdas? No hicieron nada. La única Policía que parece interesada en seguir con esto es Natashya.

—Tiene un interés personal, asesinaron a su hermana.

—Igual que tú. Llevan disparándote unos cuantos días. Casi matan a tu vecino. Si no hubieses estado allí el día que robaron la campana no habríamos entendido qué estaba pasando.

—Seguimos sin saberlo.

—Entonces, ¿por qué vamos a Dakar?

Lourds no contestó. Tenía razón, pero no tenía por qué admitirlo.

—No creo que sea simplemente porque te apetezca ir a África —dijo Leslie inclinándose más hacia él—. Crees que la respuesta está allí —aseguró manteniéndole la mirada—. Lo sabes.

Al ver el deseo de saber en sus ojos, sintió que su propia necesidad de comprender todo aquello se ponía al rojo vivo.

—Quizá.

—¿Por qué crees que está allí?

—Porque la cultura yoruba es la más antigua que hemos descubierto hasta el momento y porque hay indicios de que tuvieron esos instrumentos en algún momento. Si provienen de la misma zona, es razonable que pertenecieran a la civilización más antigua que conocemos.

—Entonces tenemos que ir.

—Puede que esos hombres nos estén esperando.

—Y también pueden estar esperándote en casa —intervino Natashya.

Lourds miró por encima del hombro y la vio de pie. Ni siquiera la había oído acercarse. Otro nefasto recordatorio de que estaba completamente desvalido ante esos peligrosos delincuentes.

—Le estaba diciendo a Leslie que deberíamos ir a la Policía.

—La Policía quiere detenernos. Hay testigos que nos han visto disparar a hombres armados. Una comisaría municipal de Policía que permitiera ese tipo de cosas no inspiraría ninguna confianza. Han dado nuestra descripción en la radio y dicen que nos están buscando.

—Pues es fantástico —gruñó Leslie—. Imagino que sabrás que si lo que dices es verdad, intentar salir del país en avión, tren, barco o autobús es totalmente imposible.

—Lo sé. Sin embargo, he conseguido un coche con el que llegar hasta Francia.

—¿Por qué Francia? —preguntó Leslie.

—Porque allí no nos buscan. La Unión Europea no tiene fronteras, si vamos conduciendo no nos pararán al entrar en el país. Desde allí podremos comprar los billetes para Dakar.

Gary se alejó del mostrador, parecía un poco nervioso.

—He estado viendo la tele. Tienes razón, salimos en las noticias.

Lourds miró el televisor que colgaba en un rincón y vio parte de la película que había grabado la cámara de vigilancia del hotel durante el tiroteo. La Policía y los encargados del hotel no daban ningún detalle, pero se había confirmado la muerte de cuatro hombres.

—Has dicho que sólo habías matado a dos —la acusó Leslie.

—Y eso es lo que he hecho.

Aquellas palabras atrajeron la atención de algunos clientes.

Lourds cogió la mochila y salió del reservado.

—Entonces, damas y caballeros, no hay nada más que decir. Creo que será mejor que nos vayamos a otro sitio, antes de que venga la Policía.

Zona restringida de la biblioteca
Status Civitatis Vaticanae
4 de septiembre de 2009

—¿El cardenal Murani? Sí, está aquí. —La voz ronca de Beppe resonó en la silenciosa biblioteca.

Sentado a la mesa, Murani miraba el dibujo del hombre que ofrecía su mano derecha mientras sujetaba un libro en la izquierda. Esa imagen llevaba años en sus pensamientos.

«No —se corrigió—, no es la imagen, sino el libro.»

Oyó pasos que se acercaban.

El cardenal Giuseppe Rezzonico siguió al bibliotecario hasta allí.

—Cardenal, tiene un invitado —dijo Beppe mostrando una desdentada sonrisa.

—Gracias, Beppe —dijo haciendo un gesto hacia una silla al otro lado de la mesa.

Rezzonico se sentó. Parecía que se acababa de levantar de la cama y que no estaba muy contento.

—Cueva número cuarenta y dos —dijo, estaba al día respecto a la exploración de las catacumbas.

—Ha resultado ser una cámara funeraria. Muy grande.

Murani no pudo contenerse.

—¿Quién está enterrado allí?

—No lo sabemos. Los guardias suizos nos han enviado imágenes digitales por Internet —le explicó entregándole una cámara—. Las he descargado aquí.

Murani la cogió y empezó a mirarlas rápidamente.

—Son ellos, los atlantes. Los que vivieron en el jardín —aseguró con voz ronca.

—Quizá.

Murani no podía creerlo. Miró a Rezzonico y se llenó de cólera.

—¿Cómo puedes dudarlo? Si tu fe fuera tan firme como debería de ser, sabrías que lo es.

—Es una cámara funeraria, es lo único que sabemos.

Tras comprobar el tamaño de los archivos digitales descubrió que tenían cinco *megabytes* cada uno. Podría ampliarlos mucho.

Se levantó sin decir palabra y fue hasta la parte de atrás de la habitación. Un equipo digital de alta tecnología ocupaba una pequeña zona de las estanterías.

Se sentó en una mesa, sacó la memoria SD-RAM de la cámara y la introdujo en el lector del ordenador. Con sólo apretar unas cuantas teclas abrió las imágenes.

—No he venido aquí para esto. Tenemos que hablar —protestó Rezzonico.

—Te escucho, pero voy a mirarlas mientras hablamos —dijo Murani mientras examinaba las imágenes una por una y seguía al padre Sebastian hasta la cripta.

—El concilio quiere hablar contigo, no cree que no tengas nada que ver con la muerte del padre Fenoglio.

Por un momento, Murani no consiguió recordar ese nombre.

—Saben que el Papa lo había enviado para que te siguiera.

—El Papa es quien debería sentirse culpable, no yo. No fui yo el que lo puso en peligro. Además, ¿por qué no me avisó el concilio de que el Papa había ordenado que me vigilaran?

—Pensaron que Fenoglio sería más prudente.

—¿Por qué quería el Papa que alguien me espiara?

—Porque no confía en ti.

—He demostrado que soy de confianza durante muchos años.

—No a este Papa. Cree que tu excesivo interés en los textos secretos no es bueno para ti.

—Estoy aquí, no en Cádiz. No podría alejarme mucho más de los textos secretos. El Papa ya se ha ocupado de ello.

—Y, sin embargo, sigues merodeando entre las estanterías dedicadas a ellos y a todo lo que tiene que ver con el jardín del Edén.

Murani inspiró profundamente y exhaló el aire con fuerza.

—Debería ser yo el que estuviera en Cádiz, el que dirigiera la excavación. Nadie sabe más de los textos sagrados, el jardín del Edén y la Atlántida que yo. Nadie.

—La sociedad no quería pelearse con el Papa.

—El enfoque del Papa acerca de la Iglesia es erróneo.

—Por favor, no grites, Stefano. Te lo suplico. Bastantes problemas tienes ya —pidió Rezzonico, cohibido y mirando a su alrededor.

—¿Qué problemas?

—¿No me has oído? El concilio sospecha que la muerte de Fenoglio no se debió a un accidente.

—Pues claro que no lo fue, el ladrón lo atropelló. Estaba

presente. Casi me mata a mí también, los moratones todavía no se han curado.

—Y, según la Policía, el coche volvió marcha atrás sobre él —dijo Rezzonico manteniéndole la mirada—. Eso no lo mencionaste.

Murani cayó en la cuenta de que no lo había hecho. En aquel momento le pareció que atraería demasiado interés sobre el incidente. Había olvidado el trabajo de los forenses.

—Estaba conmocionado, todo pasó muy rápido.

—La Policía dice que no había sangre dentro del coche.

—El ladrón me golpeó una y otra vez. No quería que escapara y lo identificara. —Una sencilla modificación que añadir a su versión de los hechos.

Rezzonico se quedó callado un momento.

—La única razón por la que la Policía no te ha interrogado más respecto a ese asunto es porque hemos intercedido por ti.

—¿Hemos? —preguntó esbozando una triste sonrisa—. ¿Ahora me protege la sociedad?

—Tu falta de respeto es intolerable, Stefano.

—No, la estupidez que habéis mostrado la sociedad y tú es lo que motiva mis burlas. La sociedad me protege para protegerse a ella misma. ¿Crees que seguiría guardando los secretos que la Sociedad de Quirino ha ocultado durante tiempo si me detuvieran por la muerte de Fenoglio?

—Si amas a la Iglesia…

—La Iglesia es la esposa de Dios. Se supone que sirve a Dios. No podrá hacerlo si continúa debilitándose y volviéndose cada vez más tolerante. Ha de ser fuerte y gobernar la casa de Dios en este mundo. Tiene una misión…

La última imagen que apareció en la pantalla del ordenador atrajo la atención de Murani, que dejó la frase sin acabar.

Era un collar en el que se veía a un hombre ofreciendo una mano mientras en la otra sujetaba un libro.

—El padre Sebastian la ha encontrado. Mira esto —murmuró incrédulo.

—Ya veo, aunque puede que la haya perdido. Al poco de encontrar la cueva y de que enviara las fotos a la sociedad, hubo un temblor de tierra. El agua inundó la cámara mortuoria. Nadie sabe si el padre Sebastian y el resto de las personas que había allí siguen vivos.

17

Aeropuerto Internacional Charles de Gaulle
París, Francia
5 de septiembre de 2009

El titular de las noticias de la CNN atrajo el interés de Lourds mientras esperaba en la zona de embarque del vuelo a Dakar, Senegal:

¿Ha vuelto a sumergirse la Atlántida?

Aunque a regañadientes, la empresa de Leslie había aceptado crear una nueva cuenta para frustrar cualquier intento de espiar los gastos del viaje. También le habían enviado cheques de viajero para pagar los gastos, en vez de una tarjeta de crédito. Una evidente muestra de que creían en la importancia de aquella historia, a pesar de que habían gritado y pataleado ante todas las necesidades que les planteaban. En muchos aspectos había sido una gran ayuda que los liberaran de la pista que atraía a los asesinos como un picnic a las hormigas.

Con todo, aquello no había tenido un efecto positivo en el humor de Leslie. Cuando acabó las negociaciones, volvió a la habitación del hotel de París con un humor de perros. No había vuelto a dormir con Lourds desde Leipzig. En aquel momento dormía en una butaca cercana, cubierta por una chaqueta de verano.

Gary ocupaba otra no muy alejada y parecía absorto en un juego de su PlayStation. Unos auriculares lo mantenían atrapado en el mundo virtual del que disfrutaba gracias a aquella minúscula pantalla.

Lourds no sabía dónde andaba Natashya. Estaba prácticamente seguro, por los breves sueñecitos que se había echado de vez en cuando, de que no había dormido en toda la noche. También sabía que no poder llevar un arma dentro del aeropuerto la estaba martirizando.

Él no podía hacer nada al respecto. Volvió a concentrarse en el programa de televisión: «Hace casi treinta horas, las excavaciones de Cádiz, que han tenido cobertura por parte de innumerables medios de comunicación internacionales debido a los rumores que se han propagado en los últimos meses sobre la posible existencia de la desaparecida Atlántida, han sufrido un duro revés —comentaba el joven presentador negro».

Introdujeron unas imágenes de archivo de las excavaciones. Varios camiones volquete y personas con cubos echaban tierra en la costa, a menos de cien metros. Unos grandes diques contenían la marea: «A primeras horas de la mañana del 4 de septiembre, el padre Emil Sebastian condujo a sus hombres a la nueva cueva que habían descubierto».

Volvieron a insertar más imágenes de archivo que mostraban al padre Sebastian hablando con su equipo en el interior del campamento base. Según los artículos de *Time*, *Newsweek* y *People* que había leído, no se había permitido entrar a los medios de comunicación en el campamento base.

La voz siguió diciendo: «Según unas informaciones aún sin confirmar, estaban examinando una cámara funeraria llena de tumbas».

—Suena horrible —comentó Gary.

Lourds se volvió y vio que había dejado el videojuego y miraba el televisor atentamente.

—¿Has decidido abandonar el reino del ciberespacio?

—Seguiría allí si pudiera hacerlo. Las putas pilas se han gastado. Tengo que cargarlas.

—Pues date prisa, salimos dentro de una hora.

—No pasa nada. Voy a buscar un enchufe, para entonces estarán listas.

El presentador continuó diciendo: «A pesar de que el

equipo de excavación no ha confirmado todavía dichas informaciones, una fuente que pertenece a ese equipo y que no ha querido revelar su identidad nos ha informado de que dentro de la cueva se encontraron cuerpos. También tenemos una foto que muestra las tumbas excavadas en la pared».

En la pantalla apareció una imagen. El color no era uniforme y estaba muy oscura, pero parecía una antigua cámara funeraria con una pared llena de nichos.

La cámara volvió al presentador: «Según nos han informado, dos personas se ahogaron antes de poder ser rescatadas».

Las imágenes de un hombre joven y de otro de mediana edad aparecieron por detrás del presentador. Ninguno de los dos era el padre Sebastian. La voz dijo: «El padre Sebastian ha declarado que la nueva cueva ha quedado prácticamente inundada por el agua. Según él, este contratiempo retrasará el calendario de la excavación, pero asegura que continuarán su trabajo. El Vaticano, que subvenciona la excavación, no ha hecho ningún tipo de declaración cuando se la hemos solicitado».

—Colega, los tipos que se arrastran por las entrañas de la tierra tienen un par de cojones. A mí no me pillabas ahí debajo, con el mar esperando abalanzarse sobre mí, ni loco. Me gusta estar entero, por no hablar de mantener el equipo seco y en funcionamiento, y no me refiero sólo a las cámaras, ya me entiendes.

—¿Ni siquiera ante la posibilidad de descubrir una nueva cultura?

—Ni por todo el oro del mundo. Tampoco estaría aquí si no fuera todo tan apasionante —confesó moviendo la cabeza—. Si quieres que te diga la verdad, lo de ir corriendo de un lado para otro con Leslie, contigo y con Natashya Terminator me parece una locura.

—No creo que le guste que la llames así —lo reprendió Lourds frunciendo el entrecejo.

—Seguramente no, por eso no lo digo cuando está delante —replicó haciendo una mueca antes de irse a conectar su equipo en un enchufe cercano.

Lourds echó una última mirada a Leslie y se sintió incómodo de nuevo, al darse cuenta de que no podía hacer nada por la situación que se había creado entre ellos. Decidió dejarlo todo como estaba, hasta poder enfocarlo de otra manera, y volvió a los documentos sobre los yorubas que había copiado en el Instituto Max Planck.

Prestó especial atención a la leyenda de los cinco instrumentos: el címbalo, el tambor, el laúd, la campana y la flauta. Si lo había traducido todo bien, seguramente había encontrado una buena pista.

Estudio del papa Inocencio XIV
Status Civitatis Vaticanae
6 de septiembre de 2009

El padre Sebastian estaba en el balcón del estudio privado del Papa, observando la Ciudad del Vaticano. Tras haber pasado varios meses en Cádiz, sin prácticamente salir del campamento base y del asentamiento que se había creado alrededor para suplir las necesidades del equipo de excavación, la ciudad le producía cierta claustrofobia. Aunque no se podía comparar con cómo se había sentido la noche en que se había inundado la cámara funeraria. De no haber sido por los guardias suizos, habría muerto.

«No —se corrigió a sí mismo—, no sólo los guardias. Si Dios no me hubiera protegido de todo daño, habría muerto. No hay que olvidar nunca en manos de quién se está realmente.»

—Emil —lo saludó una animada voz.

Se dio la vuelta y vio que se acercaba el papa.

—Su Santidad —dijo mientras doblaba una rodilla e inclinaba la cabeza.

El papa Inocencio XIV le ayudó a levantarse y le dio un abrazo.

No acababa de acostumbrarse a que su buen amigo se hubiese convertido en el Sumo Pontífice. Ni siquiera habían bromeado con esa posibilidad cuando trabajaban juntos en las bibliotecas de la Iglesia.

Al Papa, cuando no era más que un cura de parroquia, le

habían fascinado las historias que le contaba sobre cuando viajaba con su padre. Incluso había leído los diarios que había escrito en aquellos tiempos.

—Me alegro de que estés bien. Cuando me enteré del accidente en la cueva y pensé que habías desaparecido, recé para que te hubieras salvado. Me sentía culpable por haberte enviado allí.

—Tonterías —replicó Sebastian haciendo un gesto con la mano, aunque luego pensó si aquello estaba permitido ahora que su amigo era el Papa. ¿Cómo iba a saberlo? El tipo de relación que habían mantenido durante muchos años de amistad había cambiado por completo, como si un tsunami la hubiese golpeado y hubiera inundado todos los puntos de referencia. Al menos, no le hizo ningún reproche—. Me habéis devuelto la vida, Su Santidad. Me encanta desenterrar el pasado. Es algo que le habría gustado hacer a mi padre, Dios lo tenga en su gloria. Esta excavación me lo ha recordado a él y a mí mismo, en el pasado.

—Me alegro de que te sientas así, sobre todo después de lo que ha sucedido. La inundación… He oído lo que han dicho las noticias, aunque siempre dramatizan. ¿Es muy grave?

—Es grave, pero puede que no permanente. Dario Brancati insiste en que podemos bombear la cueva 42 y secarla en dos o tres semanas. Después continuaremos con la excavación.

—Aquella idea le produjo miedo. Tenía que volver a la cueva después del accidente, y la verdad era que no sabía si se vería capaz.

—¿De dónde proviene el agua?

—Los buceadores de Brancati creen que de otra cámara más profunda de las catacumbas. Están buscando la fuente. Tuvimos suerte de que la presión del aire se igualara rápidamente.

—¿A qué te refieres?

—Cuando abrimos la cámara mortuoria, el aire que había quedado atrapado escapó. Ese cambio permitió que el agua rompiera una pared en el sistema de cuevas. Podría haber sido mucho peor, y no estaría aquí. —Hizo una pausa al sentir un escalofrío. Creía firmemente que había escapado gracias a la intervención divina—. Debéis recordar, Santidad, que todo el océano Atlántico espera muy cerca, listo para reclamar esas cuevas.

—Lo sé.

Se produjo un silencio. Por la tensa cara del Papa, pensó que estaba tan preocupado como él.

—A pesar de todo, hemos tenido suerte, Santidad.

Éste suspiró y asintió.

—Te preguntas si lo que estamos haciendo merece la pérdida de vidas.

Permaneció en silencio. No conseguía traducir sus miedos en palabras.

—Cuando te puse al frente de esta excavación, te dije que seguramente era lo más importante que ninguno de nosotros podía hacer en estos momentos.

—¿Os referís a las tumbas?

—Más que eso. Me refiero al collar que encontraste.

—¿Éste?

Sebastian sacó la mano de la sotana, abrió los dedos y le enseñó el colgante. La brillante figura, que ofrecía una mano y con la otra sujetaba los textos sagrados, giró en la luz de la habitación.

—Dios tenga piedad —susurró el Papa mientras lo cogía con dedos temblorosos.

—Después de todo lo que ha hecho la humanidad para rechazar los regalos de Dios, no sé cómo puede quedarle piedad por nosotros.

El Papa acarició el colgante con ternura.

—¿Creéis que sigue existiendo allí abajo, Santidad? —Ni siquiera fue capaz de decir el nombre en voz alta—. El mar ha destruido muchas cosas.

—Todo lo que Dios creó es eterno. —Como si estuviera embargado por una emoción demasiado intensa, el Papa apretó el colgante con tanta fuerza que los nudillos se le pusieron blancos—. Cuando llegues al final de tu viaje en esa excavación tuya, amigo mío, encontrarás el jardín del Edén. Pero también encontrarás el mayor peligro al que Dios expuso al mundo.

Dakar, Senegal
6 de septiembre de 2009

Lourds iba en el asiento del pasajero del Land Rover que habían alquilado en el Aeropuerto Internacional Dakar-Yoff-Léopold Sédar Senghor y observaba el cálido sol de la tarde que caía sobre la ciudad. El calor hacía que el ardiente asfalto brillara, a pesar de las gafas de sol.

Dakar es la ciudad más occidental de África; iban hacia ella desde el aeropuerto. El océano Atlántico bañaba las playas de arena blanca, flanqueadas por humildes casas rodeadas por algunos arbustos que ofrecían escasa sombra. Los pescadores y los turistas hollaban sus aguas.

La ciudad es una extraña mezcla de antigüedad y modernidad. Unos altos edificios acuchillan el cielo, pero está rodeada de casas pequeñas. La mayoría de ellas no dispone de las comodidades básicas. El pasado y el futuro se encuentran cara a cara.

—Imagino que no podemos ir en coche a la isla Gorée —comentó Gary, que estaba de buen humor.

—Cogeremos el trasbordador —aseguró Lourds.

—Todavía no nos has dicho por qué vamos allí.

—La Île de Gorée, como se la conocía en tiempos, tiene un pasado infame. Era un enorme mercado de esclavos que abastecía a todo el mundo. Miles de hombres, mujeres y niños eran llevados allí a la fuerza y subastados a compradores de prácticamente todas partes. A pesar de que Inglaterra y algún otro país declararon ilegal la esclavitud en su territorio, siempre había gente dispuesta a comprarlos aquí para venderlos en América y el Caribe.

—Eso no explica por qué vamos allí.

—Durante los muchos años en los que se subastaban esclavos, Gorée también se convirtió en un depósito de documentos y objetos. Maderas de barcos, tallas y cerámica africana, joyas… Todo lo que provenía de África se exponía allí.

—Me sorprende que no lo vendieran.

—De hecho lo hicieron. Con enormes ganancias. Gran parte de lo que en tiempos existió en las tierras en las que los traficantes de esclavos diezmaron a tribus enteras ha desaparecido en la actualidad. Culturas enteras se perdieron debido al tiempo y la codicia.

Gaviotas y garcetas revoloteaban por encima de las aguas gris azuladas. Un poco más allá, algunos cruceros y barcos de pesca entraban y salían del puerto.

—Pero eso es una vieja historia —continuó Lourds—. Las civilizaciones siempre se han alzado por encima de otras. En Inglaterra, los pictos fueron derrotados y masacrados por los romanos y tuvieron que refugiarse en las tierras altas escocesas. En América fueron los indios nativos. Muchas tribus fueron exterminadas conforme los colonizadores europeos iban extendiéndose por el continente. En la actualidad, los pocos que quedan se esfuerzan por aferrarse a su identidad cultural. La destrucción cultural es completa cuando la tradición de los pueblos a los que se arrasa es oral en vez de escrita. Cuando se asesina al narrador de una tribu que no tiene tradición escrita, esa cultura muere para siempre.

—¿Y qué esperas encontrar en esa isla? ¿Narradores? —preguntó Gary.

—Quiero investigar una leyenda muy interesante que leí en el Instituto Max Planck.

—¿Qué leyenda? —preguntó Natashya en ruso.

«Ah, la barrera del lenguaje —pensó Lourds—. Las personas bilingües siempre podemos utilizarla para aislarnos de los demás y señalar las diferencias entre nosotros y ellos.»

—Se trata de una antigua leyenda —contestó en inglés— sobre un grupo de cinco instrumentos: una flauta, un laúd, un tambor, una campana y un címbalo, y de cómo se repartieron entre distintas culturas después de una inundación.

—¿Nuestra campana? —preguntó Leslie.

—¿El címbalo en el que trabajaba Yuliya? —inquirió Natashya en ruso.

—¿Qué inundación? —quiso saber Gary.

—Buenas preguntas, todas ellas. No sé si son la campana y el címbalo con los que hemos tenido contacto —admitió—, pero creo que es la dirección en la que iba Yuliya cuando estaba haciendo su investigación. Recordad que sabía que el címbalo no se había fabricado en Rusia.

—Creía que lo habían llevado unos mercaderes —apuntó Natashya en inglés, que evidentemente había decidido unirse al idioma que hablaban todos, ya que Lourds no iba a contestarle en el suyo.

—Correcto.

—Sólo que no tenía sentido, porque el címbalo no tenía ningún valor.

—Correcto igualmente. —Hizo una pausa—. Técnicamente hablando. ¿Qué pasaría si esos instrumentos tuvieran un precio que no estuviera relacionado con su valor intrínseco? ¿Y si estuvieran unidos a un desastre común?

—¿La inundación?

—Uno de los arquetipos más comunes de la mitología universal, presente en todas las culturas, es el diluvio. Además del de Noé, hay historias de diluvios en los sumerios, babilonios, escandinavos, aunque éstos lo relacionaban con un diluvio de sangre provocado por el gigante de hielo Ymir, irlandeses, aztecas y en muchos otros países. Los griegos contaban que el mundo llegaría a su fin con tres diluvios.

—Incluido el que inundó la Atlántida —apuntó Gary.

—En realidad no incluyen lo que Platón contó sobre el hundimiento de la Atlántida —le corrigió—. Era otra historia completamente diferente. En ella el mundo sobrevivía, aunque no la Atlántida. La del diluvio relacionado con los instrumentos era más importante. Mucho más.

—¿Crees que los instrumentos tienen relación con el Diluvio Universal? —preguntó Natashya—. ¿El diluvio de los hebreos que Dios envió para borrar el mal y la crueldad del mundo?

—La leyenda que leí no era muy clara, no estoy seguro. Es posible, pero tanto como que pueda ser otro diluvio... El mundo, en un momento o en otro, sufrió grandes diluvios que inundaron la mayoría de las grandes masas terrestres. Gran parte de Estados Unidos estuvo en tiempos bajo el mar. Los arqueólogos encuentran constantemente pruebas de vida marina prehistórica en los desiertos y terrenos baldíos en el oeste norteamericano. También algunas partes de Europa estuvieron bajo el agua. El esqueleto de una ballena apareció en una montaña de Italia.

—Pero los instrumentos… ¿Crees que están relacionados con ese diluvio? —preguntó Leslie.

—No lo sé. Es una leyenda muy antigua, proviene de una tradición oral que casi se ha perdido. No importa si tiene relación o no. Sólo quiero confirmar el mito que habla de esos instrumentos. Si lo consigo, me gustaría averiguar si hay algo más en esa narración aparte del trozo que conozco. Creo que puede ser importante.

Sagrado Colegio Cardenalicio
Status Civitatis Vaticanae
4 de septiembre de 2009

A pesar de que Murani llegó pronto a la reunión, fue el último en entrar. Vestía los hábitos de cardenal, que le atribuían el poder de su cargo, gracias a la virtud de la armadura de Dios.

Aquella habitación subterránea era casi un secreto en el Vaticano. Sólo un reducido grupo de personas tenía las llaves de las dos puertas que permitían el acceso a la estancia. Debido al enorme laberinto excavado bajo el Vaticano durante sus cientos de años de existencia, una buena parte en mal estado, aquellas habitaciones podían existir sin que nadie las conociera. De hecho era fácil que hubiera otras de las que nadie tuviera noticia.

Seguramente no hay lugar más privado en todo el mundo.

Unos soportes de pared sostenían linternas que teñían con un resplandor amarillo las paredes de piedra y la bruñida madera de la larga mesa que había en el centro. Se notaba que alguien la había limpiado cuando había encendido las linternas. Una espesa capa de polvo cubría el suelo de piedra y había espesas telarañas en los rincones. Aquella habitación nunca se había utilizado desde que Murani había ocupado su cargo.

Los treinta y tres hombres que había alrededor de la mesa eran miembros de la Sociedad de Quirino. Aunque no todos estaban allí.

Había acudido hasta el cardenal Lorenzo Occhetto. Estaba sentado a la cabecera con sus vestiduras, tan frágil y envejecido que parecía un cadáver bien vestido. Hizo un gesto con la mano a Murani hacia la silla que había vacía a su izquierda.

—No, gracias. Si esto va a ser un interrogatorio, prefiero estar de pie.

Aquel comentario provocó hoscas miradas por parte de los cardenales.

—Tu falta de decoro está fuera de lugar —lo reprendió Occhetto con un seco susurro.

—En realidad —replicó Murani, que había elegido mostrarse desafiante—, la falta de decoro está fuera de lugar en todas partes. Es lo que la convierte precisamente en una falta de decoro.

—No quieras divertirte a nuestra costa —le reprochó Occhetto.

—No lo hago. Estoy enfadado —aseguró juntando las manos por detrás de la espalda, y echó a andar alrededor de la mesa sin dejar de mirar desafiante a todos los presentes.

—Siéntate —le ordenó Occhetto, aunque su débil voz carecía de autoridad.

—No. —Murani seguía insolentemente de pie, en un extremo de la mesa—. Esto es una farsa que ha durado demasiado tiempo. No permitiré que continúe.

—¿Que no lo vas a permitir? —explotó el cardenal Jacopo Rota. Tenía unos cincuenta de años y era famoso por su genio. Era un hombre grandote que había realizado trabajos manuales en su juventud y que seguía teniendo la musculatura que lo demostraba. Se levantó con ademán amenazador a la derecha de Occhetto.

—No, no lo permitiré —dijo Murani con voz calmada.

—Asesinaste al pobre Fenoglio y responderás ante Dios por eso —lo acusó Rota.

—Ante Dios quizá —replicó, aunque no lo creyera—, pero no ante ti.

—Entonces, ¿lo admites? ¿Admites que lo asesinaste? —preguntó Occhetto.

—¿Es la muerte de Fenoglio la primera que ha cometido la Sociedad de Quirino para proteger sus preciosos secretos?

—No ordenamos esa muerte, nosotros no asesinamos

—dijo Emilio Sraffa, que apenas tenía treinta años. Era el más joven y, en opinión de Murani, el más inocente.

—Sí, sí que lo hacemos. Aunque todavía no hayas tomado parte en ningún asesinato.

Sraffa miró al resto de los cardenales para que alguien negara la acusación. Nadie lo hizo. Ninguno de ellos apartó la mirada de Murani. Todos lo sabían.

—Las vidas que ordenamos eliminar eran… —empezó a decir Occhetto.

—Eran de quienes considerabais un obstáculo a vuestros deseos —le interrumpió Murani, que se impuso sobre sus palabras—. Podéis justificarlo como queráis. Podéis decir que sólo habéis asesinado a los hombres que no eran verdaderas almas ante Dios. No me importa. Habéis asesinado. Muchas veces.

—Mataste a un sacerdote —le acusó Rota.

—Vuestro querido papa fue el que lo puso tras de mí mientras llevaba a cabo lo que todos vosotros tenéis miedo de hacer.

—No tenemos miedo a nada —aseguró Occhetto.

—¿Ah, no? Entonces, ¿por qué dirige la excavación el padre Sebastian en vez de uno de vosotros?

Nadie contestó.

Lleno hasta rebosar de energía, cólera y sentido del deber, Murani seguía andando alrededor de la mesa.

—Os sentáis aquí en la oscuridad como viejas asustadas, en vez de haceros con el control de la Iglesia.

—Ése no es nuestro cometido —replicó Occhetto.

—Sí que lo es —lo contradijo Murani en voz alta—. ¿A quién más se le han confiado los secretos que custodiáis? El Papa que elegisteis ni siquiera era uno de nosotros. No conocía los textos sagrados. No sabía lo que sucedió realmente en el jardín del Edén hasta que se lo dijisteis.

—No podíamos elegir a uno de nosotros —comentó el anciano cardenal—. No tenemos suficientes votos en el Sagrado Colegio. No…

—No queréis que os descubran —aseguró Murani con saña—. Os conozco. Buscáis cobijo en la oscuridad como cucarachas.

—Siempre hemos trabajado en la sombra —aseguró Occhetto—. Hemos guardado nuestros secretos durante cientos de años y con decenas de papas.

—Vuestras acciones y elecciones han debilitado a la Iglesia. No protegíais los secretos, sino vuestras vidas.

—Estás yendo demasiado lejos —intervino Rota—. O te sientas y escuchas lo que tenemos que decirte, o te siento yo.

—No. —Cuando el hombre hizo ademán de levantarse, Murani sacó una pistola del abrigo y le apuntó al pecho—. No te muevas.

Los oscuros ojos de Rota brillaron desafiantes y se quedó como estaba, a medio camino de levantarse.

—¿Necesitas una prueba de que apretaré el gatillo? Acuérdate de Fenoglio, de lo que me estáis acusando. ¿Crees que me importa un cadáver más?

Rota se sentó frunciendo el entrecejo.

Murani mantuvo la pistola en la mano. Estaba de espaldas a la puerta, pero, algo ladeado, para poder ver si se abría. Aquella reunión era secreta, pero no sabía lo que podían haber contado sus compañeros de la sociedad. La Guardia Suiza siempre estaba cerca. Ningún lugar, por secreto que fuera, estaba a salvo.

—Mientras habéis estado a salvo en la Ciudad del Vaticano, cotorreando como críos, yo he estado trabajando. He estado en el mundo real y he descifrado algunos pasajes relacionados con los textos sagrados.

Aquello los cogió a todos por sorpresa.

—Mientes —lo acusó Occhetto.

—No, es la pura verdad. Existen cinco instrumentos que abrirán la última cámara, en la que se guardan los textos secretos.

—Todos lo sabemos.

—Tengo dos de ellos.

De repente la habitación se llenó con los murmullos de los cardenales. Occhetto levantó las manos e hizo que se callaran. Poco a poco, se hizo el silencio.

Murani miró a los hombres que tenía delante. El orgullo y el miedo recorrieron su cuerpo como una corriente eléctrica. Jamás se había atrevido a decir tanto de una forma tan clara. Ninguno de ellos lo había hecho.

—¿Dónde están los instrumentos? —preguntó Occhetto.

—Guardados. Donde pueda tenerlos a mi alcance.

—No son tuyos.

—Ahora sí, y pronto el resto también serán míos. —Estaba seguro de que Lourds conduciría a Gallardo hasta el resto o que quizá podría utilizar la campana y el címbalo para localizarlos. La voluntad divina no podía negarse y estaba convencido de que actuaba por su mediación.

—No sabes lo que estás haciendo. Si tienes los instrumentos, debes entregárnoslos —exigió Occhetto.

—¿Por qué? ¿Para que podáis encerrarlos en la oscuridad y que se pierdan? ¿Otra vez?

—No pueden estar juntos. Todo lo que hemos leído dice que Dios quería que estuvieran dispersos.

—Entonces, ¿por qué no los destruyó? ¿Por qué dejó que los encontrara?

—Eso es una herejía —lo acusó Rota.

—Es la voluntad de Dios. Soy su fuerza divina para devolver el poder a la Iglesia.

—¿Cómo vas a hacerlo? —inquirió Occhetto.

—Con el poder de los textos sagrados.

Los cardenales protestaron en voz alta, pero Murani no les prestaba atención.

—Esos textos ya destruyeron el mundo en una ocasión y podrían volver a hacerlo —apuntó Occhetto.

—No lo harán, me ayudarán a rehacer el mundo. Le conferirán un poder a la Iglesia como no se ha visto nunca. Los encontraré y no podréis detenerme.

—Podemos hacerlo, no lo olvides —le recordó Rota.

Murani sonrió ante el corpulento cardenal.

—¿Te refieres a la Guardia Suiza?

Nadie dijo nada.

—Los miembros que escogisteis cuidadosamente han estado haciéndoos el trabajo sucio durante cientos de años. Un asesinato más en nombre de la Sociedad de Quirino no importaría demasiado, ¿verdad?

—No será un asesinato, sino justicia —lo corrigió Rota.

—Ninguno de los que estais sentados en esta habitación tenéis las manos limpias. Todos habéis estado involucrados en algún tipo de traición o muerte.

Sraffa parecía preocupado, era más débil de lo que Occhetto había pensado. Todavía tenía conciencia. No lo dejaba todo en manos del Creador.

—En asesinatos no —aseguró Occhetto.

—Entonces, si hubierais ordenado que me mataran, ¿eso no habría sido un asesinato?

—No —replicó Occhetto—. Sería un homicidio justificable, una eutanasia en nombre de la Iglesia.

—Quizá —Murani se dirigió al cardenal—. También sería algo insensato, te destruiría y provocaría una herida en la Iglesia que tanto amas.

Occhetto tembló y cerró los ojos. Murani supo que tenía miedo.

—Os diré por qué. Tengo una lista con todos vuestros nombres; tengo grabaciones y documentos que lo prueban todo. Sois unos estúpidos por haber guardado grabaciones de algo así; de esta manera habéis encubierto mi encuentro con Fenoglio. Ahora estáis todos involucrados en el crimen, sois cómplices de un asesinato. He dado estas pruebas a un hombre que las enviará por correo electrónico a las autoridades que correspondan y a la prensa en caso de que me ocurra algo. ¿Creéis que la Iglesia podrá manejar un escándalo como éste después de todo lo que ha salido a la luz en los últimos años? ¿Pensáis que el Papa o vuestras sotanas rojas os protegerán? —Un grito ahogado en la habitación confirmó la información que había pagado—. Sí, conozco muy bien vuestros secretos y los compartiré con el mundo si algo me sucede.

—No puedes hacer algo así, Murani —protestó Occhetto, ultrajado.

—Ya está hecho —replicó con voz fría—. Si me tocáis, os destruiré.

Se produjo un profundo silencio.

—Así es como vamos a tratar esta situación —continuó con voz suave y siniestra—. Os vais a apartar de mi camino, o haré que os maten.

—Estás loco —dijo Occhetto.

—No, soy un hombre de fe y de convicciones. Dios me ha revelado lo que he de hacer y lo haré. Todos queremos, ansiamos, esos textos sagrados. Soy el hombre que logrará que nadie los consiga.

Miró a todos los cardenales y después fijó la vista en Rota. Sin vacilar, se dio la vuelta y se dirigió hacia la puerta.

Nadie le siguió.

Cogió la linterna que había utilizado para llegar allí y deshizo el camino andado por el laberinto subterráneo. Estaba seguro de que la Sociedad de Quirino no había acabado con él, pero habían conseguido un respiro.

Le temían y no actuarían contra él.

Todo estaba saliendo según sus planes, y los de Dios.

Gorée
Dakar, Senegal
6 de septiembre de 2009

Lourds vio a Ismael Diop en el embarcadero, desde el transbordador. Lo reconoció por las fotos que había encontrado en Internet.

Era negro y estaba flaco hasta el borde de la escualidez. Tenía unos setenta años y, según la biografía que había leído, seguía acudiendo a convenciones sobre la historia africana y en especial sobre la trata de esclavos en el Atlántico. Publicaba regularmente, a pesar de estar jubilado. Era profesor emérito de la Universidad de Glasgow.

Llevaba pantalones cortos de sarga, de color blanco, una camisa caqui a la que le había quitado las mangas y un ajado sombrero Panamá, festoneado con cebos para pescar. Mostraba una canosa barba de por lo menos tres días.

Detrás de él había una pintoresca vista del puerto. De hecho, parecía una postal. Piraguas y pequeñas canoas surcaban las aguas llevando turistas, adolescentes y pescadores. Las casas de alegres colores destacaban en el azul del cielo y la blanca arena. Algunos toldos daban sombra cerca de la playa para los turistas y vendedores. Los papayos y las palmeras compartían espacio con los limeros y árboles del Diablo. Los reconoció gracias a la documentación que había estudiado relativa a Gorée.

Cuando el transbordador llegó al muelle, Lourds esperó hasta que se quedó quieto, lo amarraron y bajaron la pasarela. Después bajó al muelle. Leslie iba detrás de él, y Gary y Natashya en segundo término.

Diop se acercó a ellos; cuando ofreció la mano, una enorme sonrisa se dibujó en sus labios.

—Catedrático Lourds.

—Catedrático Diop —contestó éste.

—No, por favor, llámame Ismael —pidió el anciano haciendo un gesto con la mano.

—Me recuerda una famosa cita —observó Lourds sonriendo.

—Sí, lo sé, créeme, la he oído muchas veces. —La voz del anciano era suavemente melódica, y tenía un ligero acento británico.

Diop estrechó la mano a todos los demás cuando Lourds se los presentó.

—El calor y la humedad hacen insoportable hablar aquí fuera. Me he tomado la libertad de reservar mesa en una taberna cercana, si os parece bien.

—¿Cerveza fría? Me apunto —dijo Gary, que estaba secándose el sudor de la cara con una toalla.

—Sí, por aquí. Está cerca, la isla no es muy grande.

Lourds siguió a Diop por un estrecho callejón bordeado de arbustos y buganvillas. Aquellas flores moradas, rojas y amarillas alegraban aquella zona. Las flores del mango aumentaban la paleta de colores y su sombra proporcionaba un gran alivio al agotador deslumbramiento del sol.

—Es muy bonito —comentó Leslie.

—Lo es. Tenemos colores todo el año, pero me temo que eso también significa que tenemos que sufrir el calor —dijo Diop.

Al final del callejón se dieron de bruces con un edifico de color rosa, con dos amplias escaleras que se curvaban la una hacia la otra. Encima de ellas había un pequeño balcón sobre una amplia puerta de madera.

—¿Es una casa de esclavos? —preguntó Gary alejándose un poco para grabarla con la cámara.

—Sí —dijo Diop, que se paró y esperó pacientemente—. Los franceses la llamaban *Maison des Esclaves*. Pasaban por la puerta de abajo, llamada «La puerta sin retorno», y esperaban encadenados dentro hasta que los sacaban y los vendían.

—Espantoso —comentó Gary frunciendo el entrecejo y guardando la cámara.

—Mucho. Si esas paredes pudieran hablar, os horrorizarían —dijo Diop mirando el edificio—. Con todo, de no haber sido por la trata de esclavos, nadie habría considerado esta zona lo suficientemente importante como para conservarla. Se habría perdido mucha de la información que tenemos, —hizo una pausa—, incluida la que has venido a buscar, Thomas.

—Siempre resulta fascinante comprobar la forma en que los huesos de la historia se conservan más tiempo cuando hay culpa presente.

—Y lo rápido que se olvida la verdad —comentó Diop haciendo un gesto con la cabeza hacia unos niños que jugaban en un descampado—. La gente joven de aquí conoce la historia, pero, para bien o para mal, es algo que les queda muy lejos. No tiene un verdadero impacto en sus vidas.

—Excepto por el hecho de que pueden ganar dinero con los turistas —intervino Natashya.

Lourds la miró disgustado y pensó que quizás había violado las normas de la cortesía.

—En mi país pasa lo mismo. Los occidentales llegan a Moscú y quieren ver cómo vivían los comunistas y dónde estaba la KGB. Como si fuera el escenario de una película y no una cuestión de vida o muerte durante casi un siglo en Rusia.

—Imagino que han visto demasiadas películas de James Bond —dijo Diop sonriendo.

—Demasiadas. No teníamos intención de ser un estereotipo, pero creo que acabamos siéndolo para los forasteros. Sobre todo para los occidentales. Quizás ese edificio representa lo mismo.

—Creo que tienes razón —dijo Diop asintiendo.

Y

Las cervezas llegaron tan frías a la mesa que había hielo en el cristal, aunque se deshizo inmediatamente. Unas anchas rodajas de lima bloqueaban el cuello, pero sólo temporalmente.

Lourds quitó una y dio un buen trago.

—Yo no lo haría —comentó Diop.

Lourds iba a preguntarle a qué se refería, cuando el cerebro casi le estalla. Cerró los ojos y pasó el mal rato.

—¡Uf! Ya veo. La próxima vez iré más despacio.

Diop soltó una suave risita.

—Os he traído aquí porque la cerveza está fría y la comida es excelente. No sé si habéis comido.

—No, y me muero de hambre —dijo Leslie.

—Quizá podamos hablar mientras comemos. Cocina tradicional, ¿de acuerdo? Compartir el pan con los amigos.

Todos aceptaron.

Mientras tomaba cerveza con más cuidado, Lourds se fijó en que Natashya se había sentado de espalda a la pared. Siempre en guardia. «Como un pistolero del viejo Oeste», pensó.

La taberna era pequeña. El suelo de madera mostraba las cicatrices de décadas de uso y abuso. Las mesas y las sillas estaban desparejadas. Unos ventiladores de aspas de mimbre giraban lentamente en el techo, aunque sólo conseguían remover el cargado ambiente. Había buganvillas en jarrones de cerámica y macetas. Sus fragantes flores llenaban el aire de perfume.

Diop llamó a una joven y pidió rápidamente en francés. Lourds sólo prestó atención cuando abrió el documento de Word de su agenda electrónica en el que había anotado las preguntas que quería hacerle.

La camarera trajo otra ronda de cervezas y se fue rápidamente.

Diop se quitó el sombrero y lo lanzó hacia la percha que había en la pared. El Panamá voló elegantemente y aterrizó en uno de los colgadores.

—Buen tiro —lo alabó Gary.

—O eres muy bueno, o éste es tu bar preferido —comentó Lourds.

—Es mi bar favorito —dijo Diop, que pasó sus largos dedos por la afeitada cabeza—. Y ese sombrero y yo llevamos muchos años juntos. —Hizo una pausa y miró a Lourds—. Siento mucho lo que le pasó a la doctora Hapaev.

—¿La conocías? —preguntó rápidamente Natashya.

—No, aparte de habernos enviado algún correo electrónico.

—Era mi hermana.

—Mi más sincero pésame.

—Gracias. —Natashya se inclinó ligeramente hacia la mesa—. No sé si Lourds te ha comentado por qué hemos venido exactamente.

—Me dijo que buscabais información sobre el címbalo en el que estaba trabajando la doctora…, tu hermana.

—También estoy buscando a sus asesinos —dijo sacando su identificación del bolsillo y dejándola sobre la mesa.

Diop la cerró rápidamente.

—Éste no es buen lugar para enseñar placas. Mucha de la gente que hay aquí sigue haciendo negocios prácticamente ilegales. Y hay mucha más a la que no le gusta tratar con representantes de la autoridad. ¿Lo entiendes?

Natashya asintió, pero Lourds pensó que sabía perfectamente a lo que se había arriesgado. Guardó la identificación.

—Mientras estés aquí es mejor que olvides que eres policía. En tierra firme podrías conseguir que te mataran, aquí sería peor.

18

Casa de madame Loulou
Gorée, Dakar, Senegal
6 de septiembre de 2009

—¿*Q*ué sabes de la campana y el címbalo? —preguntó Diop, con las fotos de los dos instrumentos en las manos. Se había puesto unas gafas para verlas de cerca.

—No mucho. Forman parte de una colección de cinco instrumentos. Los que todavía no han aparecido son una flauta, un laúd y un tambor.

Diop lo miró por encima de las gafas un momento.

—¿Sabes dónde están?

—No, sé dónde estuvieron dos de ellos.

Le contó rápidamente la historia de la campana y del címbalo, y cómo se los habían robado.

Durante ese tiempo la joven volvió con plátanos fritos y pasteles, una pasta de estilo portugués rellena y frita. También llevó más cervezas. Natashya pidió agua y Lourds supo que era porque no quería marearse. Dudó de que en alguna ocasión se permitiera relajar aquel control.

—Patrizio Gallardo —dijo Diop mientras pensaba. Después meneó la cabeza—. Hay unos cuantos comerciantes de objetos, unos legales y otros del mercado negro, tanto aquí como en el continente. El pasado siempre está a la venta para los coleccionistas.

—¿Sabes de alguien que haya estado buscando los instrumentos? —preguntó Lourds.

—No —contestó devolviéndole las fotografías.

—He leído tus trabajos. ¿Qué has oído de ellos? —continuó Lourds mientras guardaba las fotos en la mochila.

—Hay una vieja leyenda yoruba acerca de los cinco instrumentos. Quizá son los mismos que estáis buscando. No lo sé. Me he ocupado más de la historia de este sitio que de las fábulas de las diferentes culturas que han pasado por aquí.

—Pero ¿la conoces? —inquirió Leslie.

—Sí, no es muy distinta de muchos otros mitos de creación —respondió encogiéndose de hombros.

—¿Puedes contárnosla? —pidió Lourds.

—Hace mucho, mucho tiempo, el Creador, llamadlo como queráis, de acuerdo con vuestras creencias religiosas, se enfadó con sus hijos en este mundo. En aquel tiempo sólo vivían en una tierra.

—¿Cuál? —preguntó Gary.

—La leyenda no lo dice. Simplemente la denomina como «el lugar de origen». Una vez, invité a unas cervezas a varios estudiosos que insistieron en que podría haber sido el jardín del Edén. O quizá la Atlántida, Lemuria o cualquier otra de las innumerables tierras de fantasía que desaparecieron en lo más recóndito del tiempo.

—Si lo cuentas así suena a paparruchas —comentó Leslie.

Lourds miró a la joven. ¿Estaba verdaderamente perdiendo la fe en lo que buscaban o lo decía solamente por pincharle? Quizás era para desafiarlo. No lo sabía. Intentó no enfadarse, pero no lo consiguió del todo.

Evidentemente, Diop no se ofendió, sino que sonrió.

—Si estás el suficiente tiempo en África, señorita Crane, oirás todo tipo de cosas. Pero si te quedas aún más, te darás cuenta de que todas esas cosas, cada una a su manera, tienen su parte de verdad.

Apareció la camarera seguida de otras dos. Todas llevaban unas enormes bandejas llenas de comida. Cuando las dejaron sobre la mesa, Diop les explicó lo que iban a comer.

Tieboudienne, el plato típico de Senegal, pescado adobado con salsa de tomate y verduras. *Yassa*, pollo o pescado cocido con cebolla, ajo y zumo de limón, y con mostaza para realzar el

CHARLES BROKAW

sabor. *Sombi*, sopa dulce de leche de arroz; y *fonde*, albóndigas de mijo rebozadas en crema agria.

Lourds se fijó en que a Diop no le molestaba hablar y comer a la vez. El estudioso dejaba de hablar en los momentos adecuados para que le hicieran preguntas.

—Cuando se le pasó la cólera, el Creador vio lo que había hecho a sus hijos y se apenó. Así que les prometió que nunca más destruiría el mundo de esa manera.

—Parece el pacto del arcoíris —comentó Gary—. O la historia del arca perdida de Indiana Jones.

—Tal como he dicho, muchas de estas leyendas son similares. Incluso las de los animales, como la del oso que perdió el rabo, son muy parecidas en las regiones que hace tiempo tenían esos animales.

—¿Cree realmente que el oso utilizó el rabo para pescar en el hielo y se le congeló? —preguntó Gary.

Diop se echó a reír.

—No, creo que el oso era muy perezoso y engañó al canguro para que cavara en busca de agua y, en venganza, el canguro utilizó su *boomerang* para cortarle el rabo.

—Ésa no la conocía, colega —aseguró Gary.

—La cuentan los aborígenes australianos —repuso Diop, que cogió un poco de cuscús con el tenedor y se lo llevó a la boca—. La cuestión es que cada cultura cuenta historias para explicar lo que no conoce.

—Pero en esta leyenda hay algo más —intervino Lourds—. He visto la campana y las imágenes digitales del címbalo. Los dos comparten una lengua que no soy capaz de descifrar.

—¿Te parece raro?

Lourds dudó un momento.

—Aún a riesgo de parecer egotista, sí.

—Entonces no me extraña que te intriguen tanto esas cosas.

—Otra persona intrigada asesinó a mi hermana por ese címbalo —declaró Natashya con rotundidad.

—Pero sabes el nombre de uno de los que mató a tu hermana. Puedes perseguirlo —señaló Diop.

Natashya no dijo nada.

Por primera vez, Lourds cayó en la cuenta y se sorprendió de no haber reparado en ello antes.

—Por supuesto, si Gallardo y su gente están buscando los mismos cinco instrumentos que Thomas, tiene sentido seguir con él. Tarde o temprano vendrán a ti, ¿no?

Los ojos de Natashya permanecieron fríos como el hielo hasta cuando sonrió.

—Tarde o temprano, sí —dijo.

Gallardo tenía una cerveza en la mano mientras se apoyaba en la pared de la pensión Auberge Keur Beer y miraba las actividades que se desarrollaban en el jardín. Los niños jugaban al fútbol con balones hechos en casa mientras los hombres se peleaban en la arena y las mujeres molían mijo. Los vendedores ofrecían bocadillos y bebidas frías a los turistas y a los vecinos.

Cansado por el largo viaje, añoraba una cama blanda y mucho tiempo para descansar. No sabía cómo podían seguir adelante Lourds y sus compañeros.

Miró la mesa en la que Lourds hablaba con un hombre negro. Le molestaba que pudieran estar allí sentados con tanta impunidad. Todos ellos...

«¿Todos ellos?»

Se dio cuenta de que la mujer rusa había desaparecido de la mesa cubierta por una gran sombrilla. La luz de unas velas les iluminaba la cara y dejaba ver que estaban sumidos en la conversación.

«¡Mierda! La mujer había desaparecido. ¿Dónde estaba?»

Acabó la cerveza, dejó la botella en el alféizar de la ventana y volvió a las sombras.

Se llevó la mano a la parte de atrás de la cintura y la cerró sobre la empuñadura de una pistola de nueve milímetros que había comprado en el mercado negro al poco de llegar a Dakar. Empezó a peinar la zona en busca de la mujer, pero no la encontró.

—Conozco a un hombre que quizá pueda ayudaros con esa leyenda, pero os costará unos cuantos días llegar hasta él. Vive en las antiguas tierras del pueblo yoruba —comentó Diop.

—¿Dónde? —preguntó Lourds.

—En Nigeria, en Ifé. Es la ciudad yoruba más antigua que se conoce.

Leslie levantó la vista de la cerveza que estaba bebiendo.

—¿A qué distancia está? —preguntó Leslie.

—¿Quién es ese hombre? —preguntó Lourds.

—Se llama Adebayo, es el *oba* de Ifé. —Diop lo pronunció como «*orba*».

Lourds recordó por sus lecturas que aquella palabra significaba «rey». El poseedor de ese título era el líder tradicional de un pueblo yoruba. A pesar de que el título se otorgaba por tradición, seguía teniendo peso. Algunos organismos gubernamentales consultaban a los *obas*, aunque aseguraban que más por respeto y por hacer un esfuerzo para mantener la paz que por admitir el poder que pudieran tener. Pero, de hecho, era el reconocimiento de lo que realmente daba forma a la sociedad en la que vivían.

—¿Conoce la leyenda? —preguntó Lourds.

—Más que eso, Thomas. Creo que Adebayo tiene el tambor que andas buscando —contestó con una sonrisa.

—¿Qué te hace pensar eso?

—Porque lo he visto.

A Natashya no le gustaba no tener un arma. Se sentía mejor con una encima. Había abandonado las que tenía para poder coger el avión. Sin embargo, aquello podía arreglarse enseguida.

Se detuvo en las sombras cercanas a la pensión que daba al patio. El cemento que sujetaba las piedras de las paredes estaba suelto y se habían ido desmenuzando por los años, las enredaderas y la sal. Había bastante espacio entre las piedras como para meter los dedos de las manos y de los pies.

Se quitó los zapatos y los calcetines en la oscuridad. Después, con un cuchillo entre los dientes empezó a trepar por el lado del edificio en el que había visto a un hombre observando a Lourds y a los demás.

Había más. Lo sabía porque los había sentido moverse en la oscuridad.

Hacía pocos minutos se había excusado de la mesa. Prácticamente nadie se había fijado porque todos prestaban atención a la conversación con Diop. Como ninguno de los que los vigilaban la había seguido, imaginó que también los había burlado.

Notó la tensión en las piernas y los brazos debido a su peso. Una cosa era utilizar la fuerza de sus miembros para subir una pared vertical, y otra usar solamente los dedos. Respiró rítmicamente para limpiar sus pulmones de dióxido de carbono.

Pronto, aún bajo el manto de las sombras, llegó al balcón del cuarto piso y poco a poco acercó su cuerpo a la barandilla.

El hombre que había visto seguía en la oscuridad observando al grupo.

«No durarían ni una hora ellos solos», pensó. Pasó lentamente por encima de la barandilla y cruzó en silencio el suelo del balcón. Sólo dos sillas, una palmera en una maceta y el observador compartían aquel espacio. Se quitó el cuchillo de la boca y lo sujetó con fuerza.

El hombre medía casi uno ochenta. Era europeo y su palidez resaltaba en la noche. Fumaba un puro barato que apestaba tanto que Natashya podría haberlo localizado simplemente con seguir el olor.

En el último momento, el hombre se volvió, como si hubiese notado algo. Se le había activado el sexto sentido que había desarrollado por el tipo de vida poco civilizada que llevaba.

Pero era demasiado tarde.

Natashya se colocó detrás de él, le cogió la mejilla con una mano y le puso la punta del cuchillo en el cuello con la otra.

—Si te mueves te lo rebano —dijo en inglés.

El hombre se quedó quieto; aterrorizado.

Con el corazón latiéndole a toda velocidad mientras luchaba contra sus propios miedos, Natashya buscó por debajo de la camisa y le quitó la pistola de nueve milímetros que guardaba en una pistolera de cuero. Llevaba otra en la cintura, que también le arrebató.

Un auricular hizo ruido en su oído. Alguien hablaba en italiano.

—¿Qué quiere saber? —le preguntó.

—Dónde estás.

El miedo se intensificó en su interior. Apartó el cuchillo y le colocó el cañón de la pistola en la nuca.

—No dispares —suplicó con un ronco susurro—. Por favor, no dispares.

—¿Qué está diciendo?

—Se ha dado cuenta de que no estás con los demás.

—¿Es Gallardo?

El hombre asintió.

—Dame la radio.

El hombre obedeció.

Natashya apretó el botón para hablar.

—Gallardo.

Se produjo un momento de silencio y después una voz masculina dijo:

—¿Quién habla?

—Asesinaste a mi hermana en Moscú. Un día de éstos te mataré.

—No si te mato yo primero —replicó con voz dura y arrogante.

—Espero que puedas irte de la isla esta noche, porque si no lo haces, tendrás que contestar un montón de preguntas de la Policía.

—¿Por qué?

Sin mayores explicaciones, empujó al hombre por el balcón. La caída no era desde mucha altura y había un jardín hermosamente cuidado abajo. Dudó mucho de que aquello lo matara, pero lo oyó gritar mientras caía. De pronto, los gritos cesaron.

Se apartó del borde del balcón y resistió el impulso de mirar abajo. El ruido de las conversaciones le hizo saber que la caída había atraído a un montón de personas.

Entró en la habitación, vació un par de maletas y encontró dos cajas de balas. También había un paquete pequeño de lo que sospechosamente parecía ser marihuana. Aquella droga no iba a causar ningún revuelo en la isla, pero ocasionaría una larga sesión de preguntas y respuestas con la Policía de Gorée hasta que se pudiera arreglar un pago a cambio de sacarlo del apuro.

Lo dejó allí.

Metió las balas y la pistola en la maleta, la cerró y salió descalza por la puerta.

—Creo que se ha roto una pierna —dijo alguien.

—¿Qué ha pasado? —preguntó otra persona.

—Se ha caído del balcón.

—¿Está borracho?

En un extremo del grupo de turistas que se había congregado alrededor del hombre, Lourds miró a su alrededor con una intranquila sensación en la boca del estómago.

—¿Dónde está Natashya? —preguntó Leslie a su lado.

—No lo sé —contestó moviendo la cabeza.

—¿Crees que…?

—No ha sido ella. Me he fijado en cómo trabaja. Le hubiese pegado un tiro —dijo Gary.

—No si simplemente quería provocar un alboroto para que pudiéramos salir de aquí.

Lourds se dio la vuelta y vio a Natashya detrás de él, con una maleta.

—¿De dónde la has sacado?

—De su habitación —confesó indicando con la cabeza hacia el hombre acurrucado en posición fetal.

—¿Has sido tú?

Natashya mantuvo su mirada sin sentimiento de culpa.

—Pensé en dispararle, pero no creo que hubiéramos podido irnos sin contestar antes un montón de preguntas. Tal y como está, parece un turista que ha tenido un accidente.

—Supongo que no es un turista.

—No, Gallardo está aquí. Espero que arrojar a su gorila por el balcón atraerá a la suficiente Policía como para que de momento se esconda. Mientras tanto, deberíamos hacer lo mismo.

Lourds se maravilló de lo fría y calmadamente que se encargaba de todo. Ni siquiera había sudado después de enfrentarse a un hombre armado.

—Tienes suerte de no estar herida o de que no te haya matado.

—Y tú tienes suerte de que Gallardo no quiera matarte. —Hizo un gesto hacia el callejón cercano a la pensión desde la que había caído el hombre—. Necesitábamos una distracción para salir de aquí.

—Bueno, eso es lo que yo llamo una distracción —dijo Diop meneando la cabeza antes de volverse hacia Lourds—. No cabe duda de que tienes unas compañías muy interesantes, Thomas.

«No te lo puedes ni imaginar», pensó Lourds.

—Sugeriría que no pasáramos la noche en la isla. —Natashya encontró sus zapatos en el callejón y se los puso—. Tal vez la Policía quiera hablar también con nosotros. Pueden persuadir al amiguito de Gallardo para que les dé información sobre nosotros, además de sobre su jefe.

—Conozco a un hombre que tiene un barco —dijo Diop—. Puede llevarnos al continente esta noche.

—Estupendo. Cuanto antes, mejor.

Océano Atlántico
Este de Dakar, Senegal
9 de septiembre de 2009

Gallardo estaba en la popa de la lancha motora alquilada mientras iniciaba una apresurada retirada hacia Dakar. El viaje en transbordador era de veinte minutos. Aquella lancha reducía considerablemente el tiempo del viaje, pero por desgracia, también le acusaba de intruso. Cuando la Policía de Gorée empezara a hacer averiguaciones sobre el hombre que había caído al patio, como estaba seguro que harían —y como sabía que habría supuesto la mujer rusa—, seguirían la pista hasta él al cabo de poco tiempo.

Si no lo traicionaba directamente, sin duda tendría que confesar su relación con él cuando interrogaran a la persona que les había alquilado la motora o al traficante que le había vendido las pistolas en el mercado negro.

Maldijo su suerte y miró con desaliento las blancas olas besadas por la luna. Sonó el teléfono. Sabía quién era y dudó en contestar.

Al final se dio cuenta de que no le quedaba otro remedio.

—Sí.

—¿Lo has encontrado? —La voz de Murani sonó fría, eficiente y mucho más cercana de lo que le habría gustado.

—Sí, y si me hubieras dejado ocuparme de él como quería, ya habría acabado.

—No, todavía puede sernos útil.

Gallardo recorrió el corto espacio de la lancha.

—Hubo un problema.

—¿Qué problema?

—La mujer rusa nos descubrió y se las arregló para que fuera imposible que permaneciéramos en la isla.

Murani se quedó callado un momento.

—Síguelo. Las cosas se me están complicando a mí también. Necesito que sigas a Lourds.

—Lo sé. Lo intento. De no haber sido por la mujer, ni se habría enterado de que estábamos allí.

—El hombre con el que ha estado hablando hoy es catedrático de Historia; está especializado en estudios africanos. —Lo sabía por los informadores a los que había pagado en los bares, mientras vigilaba a Lourds.

—Ah, entonces está buscando el resto de los instrumentos.

—¿Qué otros instrumentos? —No le gustaba que le ocultara información, sobre todo cuando esa información podía hacer que lo mataran.

—Hay otros tres instrumentos relacionados con la campana y el címbalo. Puede que hayan estado en esa zona todo el tiempo.

—¿Por qué no me lo habías dicho?

—Porque no lo sabía. Sigo investigando. Hay cosas de las que me voy enterando poco a poco.

Gallardo se tragó una colérica respuesta. Murani normalmente lo sabía todo antes de enviarlo a cualquier sitio. El que no lo hubiera hecho significaba que el riesgo era mucho mayor.

Dejó escapar un suspiro y se dijo que aquellos riesgos merecían la pena porque al final el beneficio sería mayor.

—Encuentra a Lourds. Síguelo. No quiero que sufra ningún daño, todavía.

Colgó el teléfono. Lo cerró y lo guardó. Se giró hacia el oeste. Vio las luces de la ciudad a lo lejos. No esperaba que fuera tan grande. No conocía Dakar, pero seguro que el mercado negro sería como en todas partes. Eso era bueno para él. Fuera donde fuera Lourds, sabía que podría localizarlo.

Estaba deseando que llegara el momento de matarlo a él y a sus compañeros, sobre todo a la puta pelirroja rusa.

Hotel Sofitel Teranga
Dakar, Senegal
9 de septiembre de 2009

Lourds trabajó con las lenguas. Tenía suficientes piezas del rompecabezas como para empezar a unirlas. Si había entendido bien la leyenda y si las tres lenguas diferentes hablaban del mismo suceso, podría intentar reemplazar algunas de las palabras símbolo con palabras que creía podrían estar en esos textos.

Hizo una lista.

Diluvio
Dios
Peligro
Maldito

Tenían que estar en alguna parte.

El método ruso de codificación suele reorganizar el texto antes de codificarlo; quitan los encabezamientos, saludos, introducciones y otras frases estándar. Ese proceso mezcla el lenguaje escrito lo suficiente como para que descodificar el resultado sin una clave sea casi imposible, porque reduce la redundancia que normalmente se da en los mensajes codificados.

Suspiró y se estiró. Intentó buscar una postura cómoda, pero le dolían la espalda y los hombros. Miró el televisor, buscó un canal de deportes, pero lo puso sin voz. Utilizó aquellas imágenes para descansar la vista y cambiar la distancia de enfoque.

Alguien llamó a la puerta.

Se levantó con cautela y recordó al hombre que Natashya había arrojado al patio en Gorée. En cierta forma, era un *déjà vu*. Fue al armario y cogió la plancha. La que proporcionaba el hotel era muy pequeña y no pesaba, era una pena de arma.

La llamada se repitió con mayor insistencia.

Observó por la mirilla. Leslie estaba en el pasillo con los brazos cruzados sobre el pecho y aspecto de estar un poco enfadada.

Por un momento dudó si abrir o no. Era casi medianoche, podía alegar que estaba dormido. Pero también podía haber cogido una llave de su cuarto, como había hecho la última vez. No lo había comprobado.

Cedió y abrió la puerta, pero no se apartó.

—¿Sí? —preguntó.

—He pensado que quizá deberíamos hablar. —Lourds cruzó los brazos apoyado en el marco—. ¿Y bien?

—¿Y bien, qué?

—¿No me vas a invitar a que entre?

—Primero me gustaría saber de qué humor estás.

—Estoy de buen humor —replicó enfadada.

—Muy bien, puedes pasar. Pero las reglas son que si te pones desagradable, te vas. Aunque tenga que echarte yo mismo.

Aquello le dolió.

—Hace unas noches no tenías tanta prisa por echarme.

—Aquella noche estabas encantadora. Últimamente no lo estás tanto. Pero, pasa, por favor.

Leslie entró y echó un vistazo a su alrededor hasta que su mirada se posó en el ordenador.

—Estabas trabajando.

—Sí —dijo Lourds mientras cerraba la puerta con llave: que entrara algún asesino en la habitación, aunque el hotel era de cinco estrellas, sería embarazoso, por no decir mortífero.

—¿Has descubierto algo?

—No lo sé todavía. Descifrar lenguajes, sobre todo cuando se tiene tan poco material, es un proceso laborioso.

—¿Crees que Diop sabe de qué está hablando? Me refiero al tambor.

—Espero que sí. —Se sentó en el sofá y miró a la joven. Intentó mantener la mente ocupada, pues le resultaba muy fácil acordarse de lo que sintió al estar desnuda en sus brazos.

Leslie iba y venía por la habitación.

—Mis jefes me están presionando. Quieren saber más sobre toda esta historia.

—No tenemos nada más que contarles.

—Me juego el trabajo.

—Ya, si prefieres que nos separemos, lo entenderé. Tengo algo de dinero guardado, podré seguir con esto un tiempo.

Leslie se paró y lo miró.

—Lo harías, ¿verdad?

—Sí.

—¿Por qué? ¿Porque Yuliya Hapaev está muerta?

—En parte sí, aunque creo que eso es más un trabajo para la Policía que para un catedrático de Lingüística. Con todo, me gustaría darles todo lo que necesiten para meter entre rejas a sus asesinos.

—No es ahí donde quiere tenerlos Natashya.

—No, supongo que no.

—Nos meterá en problemas.

—Que yo recuerde es mucho mejor sacándonos de problemas que metiéndonos en ellos.

—Mata a gente.

—Ya. No puedo decir que sea algo que yo haría, pero si me tropezara con esos tipos en esas circunstancias…

—Lo has hecho. Todos lo hemos hecho.

—… y hubiera vidas en juego, no sé si haría lo mismo.

—No eres como ella. Ella es fría e impasible.

—Cuando quiere serlo, no me cabe duda. —De hecho, estaba seguro. Tirar a una persona desde un cuarto piso era algo despiadado.

—No podrías hacerlo.

—No lo sé, a lo mejor te sorprendería —dijo con suavidad.

—Ya lo has hecho. —La voz de Leslie se suavizó. Sin decir una palabra más se acercó a él y lo tumbó en la cama.

Lo besó. Al principio Lourds no respondió, pues no estaba seguro de en qué se estaba metiendo ni si la carne era débil. Pero después notó que la carne le respondía y decidió seguir adelante.

Se desnudaron el uno al otro.

Agotada y en las últimas, Natashya se obligó a salir de aquella cómoda cama. No confiaba en no quedarse profundamente dormida.

Tampoco confiaba en que Gallardo no pudiera burlar la seguridad del hotel. Ya había demostrado de qué era capaz en Leipzig.

Sabía que al final necesitaría dormir unas cuantas horas. Sólo había un lugar en el que podría hacerlo.

Cogió la maleta en la que estaban las pistolas y salió de su habitación. Cruzó el pasillo y llamó a la de Lourds. Al cabo de un momento se oscureció la mirilla.

—¿Pasa algo? —preguntó tras abrir la puerta.

Natashya miró la ropa desaliñada y el pelo revuelto, notó el ligero aroma del perfume de Leslie y supo lo que estaba pasando. Cuando ésta apareció detrás de él, vestida solamente con una blusa que casi no le tapaba el cuerpo, tuvo la confirmación.

—Eres un cabrón —dijo con ferocidad en ruso mientras notaba que el enfado y la vergüenza le aguijoneaban las mejillas.

Cerró la puerta.

Natashya fue hacia la habitación de Gary maldiciéndose y llamó.

Poco después se abrió la puerta. Por suerte todavía estaba vestido y llevaba la PlayStation en la mano. Unos marcianitos bailaban en la pantalla.

—Eh, ¿qué pasa? —preguntó Gary.

—Necesito un sitio donde dormir —le explicó, pasó rozándolo y entró en la habitación.

—Vale, me parece bien. Hay dos camas —dijo cerrando la puerta.

Ninguna estaba deshecha. Evidentemente llevaba jugando un buen rato.

—Deja que duerma tres horas mientras estás despierto. —Se tumbó en la cama y se quitó la ropa y los zapatos. Sacó las pistolas de la maleta y las mantuvo en las manos, que cruzó sobre su pecho—. Después me despiertas y duermes tú.

—Turnos de guardia, ¿no?

—Sí. —Cerró los ojos y notó que le quemaban por el cansancio.

—Quizá deberías darme un arma.

—No.

—¿Por qué?

—Porque lo digo yo. Ahora calla y déjame dormir. Ah, y otra cosa más.

—¿Qué?

—Si intentas tocarme mientras estoy durmiendo, te meteré un tiro en la cabeza.

Después, el sueño la arrastró a una muy deseada oscuridad.

Cueva 41
Catacumbas de la Atlántida
Cádiz, España
10 de septiembre de 2009

El equipo de excavación iluminó las aguas que se agitaban en la cueva, al tiempo que las bombas empezaban a funcionar.

El padre Sebastian estaba a un lado, oía el ruido de las bombas y los generadores. Sintió miedo. A pesar de que el capataz, Brancati le había asegurado que la estructura resistiría, sabía que si la reparación de la pared en la que habían abierto el agujero volvía a ceder, podrían ahogarse.

El equipo de excavación iba sacando los cuerpos de los muertos junto con el agua. Parecía que estuvieran tomando el sol sobre las bolsas para cadáveres. Sus ropas no habían resistido, pero aquello no sorprendía a nadie. Los expertos estaban convencidos de que podrían reparar las telas, pero había muchos cuerpos de las criptas a los que las aguas de la inundación habían fragmentado y sus trozos yacían esparcidos. Al parecer, los atlantes dominaban fabulosas técnicas para conservar los cuerpos de sus muertos, pero, aun así, la fuerza del océano que se había desatado en aquel lugar había sido demasiado para ellos. Pasarían años, quizá muchos, antes de que todos aquellos restos pudieran regresar a sus lugares sagrados.

Sintió pena por ellos, a pesar de saber que estudiarlos abriría una nueva ventana hacia el distante pasado de la humanidad.

«Pero, aun así, no sabremos vuestros nombres», pensó.

La pérdida había sido inmensa. A lo mejor, en algún lugar recóndito de la cámara funeraria, o quizás en alguna cueva más allá —si es que había más—, habría un registro con los nombres de todos ellos. Quizás habría notas relacionadas con aquellos muertos.

«¿Sois realmente los hijos e hijas de Adán y Eva? ¿Sois realmente los últimos habitantes del jardín del Edén? ¿Saboreasteis la inmortalidad antes de que os la arrebataran por atreveros a desafiar a Dios?»

Mientras observaba la oscuridad de la cueva inundada, recordó las antiguas historias del libro del Génesis. De niño había imaginado lo que habría sido estar junto a Dios y ver todas las maravillas de la creación. Las ilustraciones de su Biblia para niños mostraban selvas frondosas y exuberantes, llenas de animales que no temían a Adán. Éste vagaba libremente entre ellos y les ponía nombre.

Dios también le había dado a Eva como esposa, a la que Satán, disfrazado de serpiente, había engañado para que comiera del árbol de la ciencia del bien y del mal. Cuando Dios se enteró de que habían hecho lo único que les había prohibido, los expulsó del jardín y colocó en la puerta a un querubín con una espada de fuego montando guardia.

¿Seguiría allí ese querubín?

Aquella idea le obsesionaba. Si aquello era el jardín del Edén, tal como creía el papa Inocencio XIV, ¿qué haría si Dios le bloqueaba el paso?

Movió la cabeza, sólo pensar aquello era un sacrilegio. Si

Dios lo quería así, el camino estaría bloqueado. No podría pasar más allá.

—Padre Sebastian.

Oyó que alguien lo llamaba entre el estruendo de las máquinas que trabajaban a su alrededor y se dio la vuelta. Uno de los jóvenes del equipo estaba frente a él.

—¿Sí? —preguntó Sebastian.

—Tiene que ponerse el casco, padre —le recomendó mostrándole el que llevaba en las manos.

—Sí, claro. Tienes razón. Estaba pensando en Dios. Jamás había estado frente a él con un casco puesto.

—En el futuro procure pensar en él en una zona más segura.

Asintió, pero no dijo nada, y el joven siguió con lo suyo. Al cabo de un momento volvió a observar la cueva inundada.

«Muy pronto», se dijo a sí mismo. Quizá sólo faltaban unos días antes de que pudiera volver a entrar en la cueva. Aunque no estaba muy seguro de si debería desearlo o temerlo.

Afueras de Ifé, Nigeria
Estado de Osun
11 de septiembre de 2009

—¿Has estado alguna vez en Ifé, Thomas? —preguntó Ismael Diop, que estaba sentado a su lado en el asiento central de un todoterreno Wagoneer.

Natashya iba en el asiento delantero junto al joven conductor yoruba que había contratado Diop el día anterior, al llegar a Lagos. Durante su estancia, Natashya se había equipado con un rifle de caza y unas pistoleras. Se había sentido ligeramente ofendida cuando ninguno de sus acompañantes había demostrado interés por llevar armas.

Leslie y Gary iban en el asiento de atrás.

El viejo cuatro por cuatro funcionaba mejor de lo que había creído Lourds nada más verlo. Con los años había perdido gran parte de la pintura y de los componentes de madera, pero el motor y la transmisión sonaban bien. Aquel modelo era de los que solían utilizarse en rallies; Lourds pensó que seguramente ése habría disputado más de uno. Habían cargado neumáticos de repuesto y latas de gasolina en la parte de atrás, también por delante y en el techo.

—Una vez, hace mucho tiempo, al poco de licenciarme en la universidad, me invitó a Ifé una profesora de Lingüística. Era nigeriana.

—¿Te pidió que vinieras a ampliar tus estudios?

Lourds sonrió al recordarlo.

—Podría describirse así. Era muy estricta, nada de citas con los alumnos. Con los licenciados era otra cosa —dijo mirando por encima del hombro para asegurarse de que Leslie estaba entretenida con Gary.

La chica señalaba a su compañero unos monos araña y unos pájaros de colorido plumaje. En aquella selva de altos árboles abundaban los animales. Todavía era temprano y el desayuno era prioritario para ellos.

Los ocupantes del coche ya habían desayunado. Habían levantado el campamento de madrugada, habían tomado algo rápido y se habían puesto en camino. Por la noche, Leslie había aprendido mucho sobre cómo moverse en un saco de dormir. Había abandonado la tienda de Lourds antes de que Gary se despertara, así que seguramente no se había enterado de su cita, pero Natashya hacía guardia al lado del fuego y les había lanzado una feroz mirada de desaprobación por sus actividades nocturnas.

—Ya veo. Así que una vez licenciado sí que eras un blanco legítimo para ella —dijo Diop con su sonrisa que le arrugó la piel alrededor de los ojos.

—Exactamente.

—¿Cuánto tiempo estuviste?

—Un mes. Cinco semanas, algo así. Lo suficiente como para darnos cuenta de que éramos compatibles. Lo pasamos bien.

—Pero no lo suficiente como para tener una relación más duradera.

—No, no soy de los que se casan. Me gusta demasiado mi trabajo —confesó Lourds moviendo la cabeza.

—Lo entiendo. Yo estuve en una situación parecida. Me

casé e intenté sacarle el máximo provecho, pero a veces me debatía entre la familia y el trabajo. Al final, mi mujer me dejó por otro más predispuesto a estar en casa.

—Es una pena.

—De hecho, creo que fue mejor así. Los dos nos alegramos. Ahora tengo tres hermosas hijas y siete nietos a los que visitar cuando necesito un poco de calor familiar. Creo que me entienden más que su madre.

Los monos araña iban de árbol en árbol. Había antílopes a los lados de la carretera con las orejas levantadas, que se asustaban cuando pasaba el todoterreno. Un poco más adelante, el conductor tuvo que girar el volante para evitar el choque contra un elefante, que atravesaba una polvorienta senda que conducía a la selva.

—El hombre al que vamos a ver, el *oba* de Ifé... —empezó a decir Diop.

—Adebayo —lo interrumpió Lourds.

Diop asintió.

—Sí, buena memoria. Es un hombre muy a la antigua. Hace poco que ocupa su cargo, pero siempre ha sido el protector del tambor.

—¿El tambor no forma parte del cargo del *oba*?

—No, ha pasado de mano en mano en la familia Debary durante generaciones.

—¿Cuántas?

—Según él, desde que existe el pueblo yoruba —contestó encogiéndose de hombros.

—Entonces durante miles de años —aseguró Lourds, que cada vez estaba más entusiasmado. A pesar de que sabía que Gallardo les seguía la pista, le animaba el hecho de que no lo hubieran visto desde que salieron de Gorée, y se sentía esperanzado—. ¿Le crees?

—No tanto como cuando me dijo que era tonto después de que me enseñaras las fotografías del címbalo y la campana. A pesar de que no soy un experto, creo que las inscripciones del tambor tienen relación con las otras.

Lourds no dejaba de moverse con inquietud en el asiento. El día anterior habían viajado primero en avión y después en todoterreno. Su cita por la noche con Leslie había sido relajante, pero la curiosidad le consumía por dentro. Su impaciencia era cada vez mayor.

—¿Hablas yoruba, Thomas?

—Pasablemente. Mi profesora era yoruba y trabajamos con objetos de su tribu.

—Eso está bien. Adebayo habla un poco de inglés y bastante árabe, como mucha otra gente en esta región, para poder hacer negocios, pero el proceso es muy lento. Además, se llevará mejor impresión si hablas su lengua.

—¿Cuánto falta?

—No mucho. No vamos exactamente a Ifé. Adebayo vive en un pueblo pequeño al norte de la ciudad. Sólo baja cuando necesita que oigan lo que tiene que decir. Pero no dejes que eso te confunda, es un hombre cultivado.

—Mantén la distancia —le pidió Gallardo a DiBenedetto, que iba conduciendo el Toyota Land Cruiser que habían comprado en Lagos—. No quiero acercarme demasiado —continuó mientras miraba la pantalla de la agenda electrónica que tenía en las rodillas el hombre que iba sentado a su lado.

En ella se veía el terreno nigeriano que estaban atravesando. Un triángulo azul marcaba la posición de Lourds. Uno de los expertos en informática que Gallardo solía contratar para sus trabajos había accedido a su móvil y era capaz de rastrear su localizador GPS, siempre que lo tuviera encendido. También había accedido al servicio telefónico de Leslie, aunque seguían sin poder conseguirlo con el de la mujer rusa.

El cuadrado rojo que seguía al triángulo marcaba su avance. Un pequeño receptor sobre una barra del parachoques del Land Cruiser los conectaba a los satélites geosíncronos que orbitan la Tierra y ubicaban su posición.

DiBenedetto asintió y redujo velocidad.

Gallardo miró hacia atrás y vio los tres vehículos que trasportaban el pequeño ejército de mercenarios que había contratado en Lagos. Eran blancos, negros, orientales y árabes, una auténtica colección multiétnica. En los bares adecuados siempre había hombres como ellos. África continuaba desgarrada por las guerras y la codicia. Los perros de la guerra no estaban nunca muy lejos de los combates.

Todos iban armados hasta los dientes.

Gallardo volvió a colocarse en su asiento y sintió que el ambiente iba caldeándose. Estaba seguro de que faltaba poco. Tenía los instrumentos. La bruja pelirroja se iba a llevar su merecido.

19

Norte de Ifé, Nigeria
Estado de Osun
11 de septiembre de 2009

La aldea consistía en un grupo de chozas y casas bajas construidas con todo lo que habían encontrado sus ocupantes. Había unos cuantos tejados de cinc, pero la mayoría estaban hechos con ramas y follaje. Había cabras, gallinas y ovejas y las coladas colgaban de las ramas de los árboles en la parte de atrás de los edificios.

El conductor detuvo el todoterreno en el centro. Una niña de cuatro o cinco años se soltó de la mano una joven y corrió llamando a su padre.

—¿Ves? Esas cosas se echan de menos cuando no se tiene familia —dijo Diop en voz baja.

—Para mí todavía no es buen momento para formar una, aún no he acabado mi niñez —repuso Lourds.

—No, e imagino que nunca la dejarás. Siempre habrá una aventura detrás de otra que atraiga tu atención —dijo Diop, con un brillo en los ojos.

Pensó en la biblioteca de Alejandría. Seguía sin creer que se hubieran perdido todos aquellos libros y pergaminos. Quería encontrarlos. Quizás esa necesidad lo obsesionaría toda su vida.

Salió del coche, agarrotado y dolorido. En parte por el saco de dormir, eso lo sabía, pero en parte también por sus aventuras amorosas con Leslie. Se estaba haciendo mayor para retozar en el suelo.

Los hombres, mujeres y niños de la aldea los rodearon muy alterados. Hablaban en distintos dialectos e intentaban encontrar una forma de comunicarse con los recién llegados. Finalmente se decidieron por el inglés, pero era un idioma que sólo conocían de forma rudimentaria.

Con todo, lo hacían mucho mejor que cualquier angloparlante que intentara hablar yoruba.

Pero Lourds no era cualquiera.

Empezó a hablar con ellos cordialmente en su lengua, sin ningún problema. A pesar de que habían pasado muchos años desde la última vez que la había utilizado, las palabras acudían a él de forma natural. Siempre había sabido que se le daban bien los idiomas. No solamente los entendía rápidamente, sino que tenía una memoria casi fotográfica cuando los necesitaba, sin importar cuánto tiempo hiciera que no los hubiera utilizado.

Los aldeanos hicieron un esfuerzo mínimo por relacionarse con Natashya. No les había saludado con la cabeza ni había sonreído ante sus muchas preguntas, sino que tenía puesta su atención en la selva que les rodeaba. Llevaba el rifle de caza colgado de un hombro y las pistolas en la cadera. Se había recogido la larga cabellera en una coleta y se había puesto un sombrero vaquero que le hacía sombra en la cara. Unas gafas de sol azul claro le tapaban los ojos. Parecía más peligrosa que cualquiera de los depredadores de la jungla.

Mientras Lourds hablaba con los lugareños pensó en lo diferente que era Yuliya de su hermana. Después agradeció que lo fuera. Sin ella, todos estarían muertos. Alejó sus pensamientos de Natashya cuando la multitud se apartó para dejar pasar a un anciano vestido con pantalones cortos de color caqui, sandalias y una camisa blanca de golf. Llevaba una vara en la mano derecha. Un pelo algodonoso blanco y gris le cubría la cabeza y la cara.

El hombre se detuvo frente a ellos.

—Thomas, te presento al *oba* Adebayo —dijo Diop.

Lourds se adelantó y mantuvo la mirada del anciano.

—*Oba* Adebayo, éste es Thomas Lourds, de Estados Unidos.

Adebayo desvió la mirada de Diop a Lourds.

—¿Qué quieres? —preguntó en inglés con un marcado acento.

—Sólo hablar con usted —respondió en yoruba.

Las cejas del anciano se arquearon mostrando su sorpresa.

—Hablas mi lengua.

—Un poco. No tanto como me gustaría.

—Hace mucho, mucho tiempo que no había oído hablar tan bien mi lengua a un hombre blanco. ¿De qué quieres hablar?

Había meditado mucho cómo plantear el tema del tambor. Podría haberse adelantado a la conversación, pero pensó que alguien lo suficientemente inteligente como para gobernar un pueblo y representar el papel de rey en una de las ciudades más antiguas de África habría descubierto su estratagema.

En vez de eso, se quitó la mochila y la dejó en el suelo.

—Deje que le enseñe. —Se arrodilló a su lado, abrió la cremallera de uno de los bolsillos exteriores, sacó las fotografías del címbalo y la campana y se las entregó—. Mire.

Al cabo de un momento, Adebayo las cogió. Las estudió en silencio mientras el ganado se arremolinaba alrededor y los niños seguían hablando entusiasmados.

—¿Dónde están? —preguntó mirándolo.

—No lo sé —contestó Lourds volviendo a colocarse la mochila en el hombro—. Pero me gustaría saberlo.

—¿Por qué has venido aquí?

—Para escuchar la historia.

—Has perdido el tiempo. Has venido al lugar equivocado. —Adebayo le devolvió las fotografías y se dio la vuelta.

—¿Realmente he venido al lugar equivocado? —preguntó suavemente—. No he sido capaz de traducir gran cosa de lo que hay escrito en esos instrumentos, pero he notado una advertencia en ellos. Cuidado con los coleccionistas.

Adebayo continuó caminando hacia su casa. Tenía el techo de cinc y en las paredes había dibujos hechos por los niños, que supuso tendrían relación con las leyendas yoruba.

—Alguien está reuniendo esos instrumentos. Alguien despiadado. Una amiga mía resultó muerta cuando se lo quitaron. Quien esté detrás de ese robo no es buena persona.

El anciano apartó la cortina de plástico que protegía la puerta.

—Él o ella saben más de los instrumentos y su conjunto. Sé que reunir esos instrumentos es peligroso, pero no sé por qué. Necesito ayuda —continuó Lourds.

Adebayo desapareció en el interior de la casa. Lourds empezó a seguirlo. Inmediatamente media docena de jóvenes se pusieron delante para bloquearle el paso.

Perplejo, Lourds miró a Diop; el anciano historiador se limitó a ladear la cabeza.

—Si Adebayo no quiere hablar contigo, no lo hará. Quizás otro día —le dijo a Diop.

Molesto, Lourds intentó pensar en algo que pudiera decir o hacer. Volvió a mirar las fotografías de la campana y del címbalo.

—Tiene que proteger el tambor, lo sé, pero se supone que también es un hombre sabio. Por eso están escritos los mensajes en los instrumentos. Tiene que transmitir el mensaje a los que ocupen su puesto como protectores del tambor.

Los jóvenes guerreros se adelantaron y ahuyentaron a los animales y a los niños.

—Vete —dijo uno de ellos con la mano en el puñal que llevaba en la cintura.

—Vendrán otras personas —le dijo Lourds mientras se echaba hacia atrás—. Muy pronto vendrán otras personas y le quitarán el tambor. ¿Podrá evitar lo que suceda cuando se reúnan los instrumentos?

—¿Y tú? —preguntó Adebayo sacando la cabeza por la puerta.

—No lo sé —admitió. Tenía que ser sincero incluso para confesar su ignorancia. La presión del guardabarros del todoterreno en la cadera le impedía seguir reculando.

—¿Sabes lo que dicen las inscripciones de la campana y del címbalo? —preguntó Adebayo.

—No, esperaba que pudiera ayudarme —dijo Lourds sintiendo una ligera esperanza, aunque sin atreverse a confiar en ella.

La cara del anciano demostró su enfado.

—Dejadlo pasar —gruñó a los guerreros—. Hablaré con él.

Los guerreros se apartaron poco a poco.

—Ven, te diré todo lo que pueda acerca de la Tierra sumergida y del Dios que anduvo en la Tierra.

Escondido entre los matorrales a unos mil metros de la aldea, Gallardo vigilaba con los binoculares de largo alcance. Por un momento había tenido la impresión de que iban a echar a Lourds y a sus compañeros.

Si eso hubiese ocurrido no habría sabido qué hacer. Todavía no estaba seguro de qué estaba haciendo Lourds en el interior de la selva.

Se llevó el rifle de caza al hombro y quitó el protector de la mira telescópica. Miró a través de ella y la centró en la cabeza de la mujer rusa.

Matarla sería fácil.

Al poco, llevó el dedo al gatillo y empezó a presionar, pero la mujer se movió y desapareció de su campo de visión.

Maldijo en voz baja.

Entonces oyó reírse a Faruk.

Se volvió con el ceño fruncido.

—Esa mujer te está volviendo loco, ¿verdad? —comentó sin hacer ningún intento por disimular la risa.

—Sí, pero no por mucho tiempo —aseguró.

Dentro de la casa de una sola habitación había muy pocos muebles. El anciano estaba sentado en una mecedora y señaló dos sillas a Lourds y Diop, unas sillas que parecían, y eran, muy incómodas.

En las paredes había estanterías con chismes que podían comprarse en cualquier tienda de turistas, mapas y antiguas revistas norteamericanas e inglesas.

—Háblame de la campana y del címbalo —pidió Adebayo.

Lourds lo hizo, aunque se limitó a hechos escuetos y a la pista que finalmente le había conducido a Nigeria. Mientras lo hacía, una joven les ofreció zumo de mango y arroz *jollof*.

Ya había disfrutado de esa comida cuando había viajado por

el país junto a su profesora. Tenía un acompañamiento de tomates, cebolla, guindillas, sal, salsa de tomate y curry, que lo coloreaba todo de rojo. Unos finos filetes de pollo asado, con judías y una ensalada de verdura y fruta llenaban los platos.

El olor de aquella comida le despertó el apetito, a pesar de que creía que no tenía hambre. Habían desayunado hacía rato.

—Has relacionado las historias de los instrumentos con el gran diluvio —dijo Adebayo.

—Sí.

—Ya sabes que hay muchos pueblos que hablan del diluvio que envió Dios para destruir el mundo y borrar la maldad que había en él —dijo al tiempo que comía.

Asintió.

—Dios tiene diferentes nombres para los diferentes pueblos. Llámalo como quieras, pero las historias son iguales para la mayoría de ellos. —Hizo una pausa para indicar hacia la puerta—. Hubo un tiempo en que en mi pueblo había numerosos pescadores y comerciantes. Eran orgullosos y poderosos. Cuando navegaban, lo hacían por todo el mundo. ¿Lo sabías?

—No.

—Es verdad. He oído a algunos profesores blancos hablando de estas cosas, pero a la mayoría no les gusta que los hombres africanos sepan tantas cosas. Parte del destierro de mi pueblo se debió a eso precisamente. Cuando el agua se tragó la Tierra Sumergida, la mayoría de mis antepasados y sus barcos también se hundieron.

—¿Qué sucedió?

—Los habitantes de la isla enfadaron a Dios.

—¿Cómo?

—Deseaban ser dioses también, no querían seguir siendo sus hijos —explicó Adebayo, que tomó un sorbo de zumo—. En aquellos tiempos todos los pueblos eran uno y compartían una única lengua.

—Una lengua —repitió Lourds entusiasmado. Con el predominio de Internet, la interfaz que proporcionaba el lenguaje binario y las interfaces de traducción, el mundo casi había alcanzado ese punto otra vez. Como lingüista disfrutaba de esa libertad, aunque parte de él sentía la pérdida de muchas lenguas únicas, que iban desapareciendo de la conciencia humana.

Adebayo asintió.

—Así es. Dios hizo que el océano se elevara y se llevara la tierra donde vivía todo el mundo. Pero fue misericordioso y salvó unas cuantas vidas. Así es como los yorubas llegaron aquí.

—¿Y Oduduwa?

—Fue el piloto del barco. El hombre que nos trajo a estas tierras. También fue el primer protector del tambor. Los hombres peleaban por él. Oduduwa llevó a su ejército hacia el sur y el este de donde había atracado el barco. Mi abuelo me contó que lo había hecho en un sitio que ahora se conoce como Egipto. Allí es donde se libró la primera batalla por el tambor.

—¿Hubo una guerra a causa de los instrumentos?

—Sí, muchos hombres murieron por querer poseerlos. Oduduwa hizo lo que le ordenó Dios y lo mantuvo guardado. Se dieron instrumentos a otros cuatro pueblos —dijo levantando cuatro torcidos dedos.

—¿Quiénes fueron?

—Los que se conocieron después como egipcios se quedaron con la campana. Más pueblos se extendieron hacia el norte helado.

—Rusia.

Adebayo negó con la cabeza.

—No conozco esos nombres, en aquellos tiempos no existían y se suponía que ningún pueblo podía hablar con el otro una vez que se repartieron los instrumentos.

—¿Por qué?

—Porque tenían el poder de abrir el camino.

—¿El camino adónde?

—A la Tierra Sumergida.

—Pero si Dios había hecho que esa tierra se hundiera en el mar, ¿cómo podían regresar a ella?

—He oído muchas historias, que el hombre ha estado en la Luna y en el fondo del mar.

—En la Luna sí y en el fondo del mar también, pero no hemos conseguido llegar a todas partes.

—Puede que la Tierra sumergida no esté en la parte más profunda del océano.

—¿Qué océano?

—En lo que ahora llaman océano Atlántico, en aquellos tiempos tenía otro nombre.

—¿No era el Índico o el mar Mediterráneo?

—El mar hacia el oeste. La historia siempre lo ha contado así.

—¿Quién hizo los instrumentos?

—Dios juntó a cinco hombres. Les dio una lengua a cada uno, un idioma que no podían enseñar a los demás. Les dijo que los cinco instrumentos que crearan según sus instrucciones serían la clave para volver a abrir la tierra prestada.

—¿Cómo?

—Dios no se lo transmitió. Sólo les dijo que llegaría un momento en el que habría una forma de alcanzar lo que estaba oculto a sus ojos.

—¿Qué es lo que estaba oculto?

—Poder. El poder para destruir de nuevo el mundo sin que Dios pudiera salvarlo.

—¿Por qué no destruyó ese poder Dios?

—No lo sé. Mis antepasados me dijeron que no destruía lo que había creado.

—Pero sí que había destruido el mundo.

—No del todo. Tú y yo estamos aquí como prueba de ello. Mis antepasados también me dijeron que había dejado ese poder para probar a sus hijos otra vez, que sembró las semillas de la destrucción entre ellos.

—Para ver si habían aprendido.

—Quizá —dijo Adebayo encogiéndose de hombros.

—Pero esta historia ni siquiera se conoce —comentó Lourds con incredulidad.

—Muchas de las personas que la sabían difundieron mentiras para que no se buscaran los instrumentos y no la creyera nadie. Alejaron la fe en Dios para ser los únicos que la supieran. Se han librado muchas guerras en nombre de Dios.

Lourds asintió en silencio.

—Dos de los instrumentos, la campana y el címbalo, se perdieron hace mucho tiempo en manos de hombres que querían recuperar el poder que había quedado en la Tierra Sumergida. El pueblo yoruba siempre ha protegido el tambor.

—¿Sabe dónde están el laúd y la flauta?

—Se supone que no debemos saberlo.

Lourds pensó un momento. Algo no encajaba. Había algo que se le escapaba, pero su mente consiguió asirlo.

—Sabía que la campana y el címbalo se habían perdido.

—Eso fue hace muchos años.

—Pero lo sabía.

Adebayo no dijo nada.

Lourds decidió enfocarlo de otra forma. Volvió a sacar las fotografías de la campana y del címbalo de la mochila.

—Estos instrumentos tienen dos inscripciones. Una está en la misma lengua.

—Lo sé.

—¿Puede leer alguna de las dos?

Adebayo negó con la cabeza.

—Está prohibido. Debe haber una sola lengua para cada pueblo.

—Entonces, ¿cuál es la lengua de las inscripciones que están en el mismo idioma?

—Ésa es la lengua de Dios; sus hijos no deben conocerla.

Aquella declaración lo dejó atónito. ¿La lengua de Dios? ¿Existía o era simplemente una lengua que se había olvidado?

—¿Tiene el tambor?

—Sí.

—¿Puedo verlo?

—Es una reliquia sagrada, no una baratija para turistas.

—Lo sé —repuso Lourds con toda la paciencia que le fue posible dadas las circunstancias. Todo su cuerpo le pedía a gritos que le obligara a entregarle el tambor para poder observarlo—. He hecho un largo camino para verlo.

—Eres un extraño.

—Al igual que los hombres que buscan los instrumentos —argumentó con voz suave—. Esas personas son asesinos bien entrenados. No se detendrán ante nada para conseguir lo que quieren. Conocen la existencia de los cinco instrumentos.

—Nadie conoce su existencia, excepto los guardianes.

—Alguien sí que la conoce, alguien que ha estado buscándolos mucho tiempo. —Inspiró profundamente—. Yo los conozco. Sé lo suficiente sobre lenguas como para haberme fijado en que el címbalo tiene una inscripción que procede del yoruba.

—Eso no es posible. Las lenguas eran diferentes.

—Eran inscripciones posteriores y estaban escritas en un dialecto yoruba. Por eso he venido aquí. —Hizo un gesto en dirección a Diop—. De hecho, que le enseñara el tambor ha hecho que encontrarlo fuera más fácil. Cuando hay más de una persona enterada, resulta difícil mantener los secretos.

Adebayo no parecía nada contento.

—Ha protegido el tambor durante mucho tiempo —continuó Lourds—, pero el secreto se ha divulgado. En algún sitio, de alguna forma, alguien sabe mucho más que yo sobre todo esto. Están buscando los instrumentos. No pasará mucho tiempo antes de que los asesinos lo encuentren. Puede que ya lo hayan hecho.

Cierta preocupación asomó a los ojos de Adebayo.

—Sé quiénes son los otros guardianes. Hemos estado en contacto durante mucho tiempo, tal como hicieron nuestros antepasados. Casi desde el principio. Por eso sabía que la campana y el címbalo se perdieron.

Lourds esperó en silencio sin apenas poder respirar. «Tan cerca, tan cerca…», pensó.

—Creíamos que la campana y el címbalo habían sido destruidos. Protegimos los instrumentos a lo largo de generaciones, pero no temíamos que la cólera de Dios se desatara de nuevo sobre el mundo. Ahora dices que está a punto de suceder.

—Sí, ha llegado el momento de hacer algo antes de que sea demasiado tarde. Es necesario traducir el mensaje de los instrumentos. Puede que eso nos ayude.

—Ningún guardián ha podido leer las inscripciones nunca.

—Quizá ninguno de los guardianes era catedrático de Lingüística —sugirió Diop al tiempo que le daba una palmada en la rodilla—. Siempre se ha hablado de profecías. Pero, de vez en cuando, una de ellas ha de hacerse realidad. Quizás, amigo mío, ha llegado el momento de que ésta se cumpla.

—¿Incluso si con ello se destruye el mundo? —preguntó Adebayo.

—No dejaremos que eso ocurra —aseguró Lourds—. Si Dios quiere, quizás evitemos que suceda. Pero si no hacemos nada, nuestros enemigos lo conseguirán.

Adebayo se arrodilló al lado de la esterilla para dormir. Puso las dos manos contra la pared, empujó y apartó una sección. Lourds vio que el muro tendría unos treinta centímetros de espesor. Aquel escondrijo estaba muy bien disimulado.

En su interior había un tambor y una baqueta. Lo reconoció inmediatamente, era un *ntama*, un tambor semejante a un reloj de arena, también llamado «de cintura delgada» por su forma. Normalmente la estructura estaba hecha de madera, que después se vaciaba.

Ése era de cerámica y, al igual que el resto de *ntamas*, tenía un parche a ambos lados para golpearlos con la baqueta curva, aunque no supo si eran de piel de cabra o de pescado. Aquellos parches estaban sujetos con docenas de cuerdas de piel.

La última vez que había estado en África había visto a hombres que hacían «hablar» aquellos tambores. Sujetándolos bajo el brazo y apretando para aumentar o rebajar la presión en los parches, el tono podía variar radicalmente.

Aunque ninguno de los que había visto era de cerámica.

—¿Puedo? —preguntó estirando la mano.

—Ten cuidado. El cuerpo de cerámica ha demostrado ser muy resistente todos estos años, pero es muy frágil.

Todos los instrumentos lo eran, pensó. De hecho, que hubieran sobrevivido miles de años escapaba a su comprensión. Aunque también habían resistido los ocho mil soldados de terracota y sus caballos enterrados con Qin Shi Huang, primer emperador de China, que habían sobrevivido dos mil años.

Por supuesto, no se habían movido de su sitio y alguno estaba roto, pero sí habían sufrido una revolución en la que los rebeldes habían entrado en la tumba y habían robado las armas de bronce con las que iban equipados.

Pensó que la única explicación para la supervivencia de los instrumentos, por poco científica que fuera, era la providencia divina.

Estudió la estructura de cerámica dándole la vuelta suavemente entre las manos y mirando a través de las cuerdas de piel para descubrir la inscripción que estaba seguro tendría grabada.

No le defraudó. Al verla y recordar lo que Adebayo había contado acerca de la Tierra Sumergida y la cólera de Dios, notó que se le ponían los pelos de punta.

Era verdad.

Tener que aliviarse de forma natural en la selva era algo a lo que Leslie Crane había jurado que no se acostumbraría, ni quería hacerlo.

Se agachó y vació la vejiga mientras apartaba las bragas. No era fácil. Tenía que mantener un equilibrio que no le exigía un váter normal. A los hombres les resultaba mucho más fácil hacerlo al aire libre.

Tenía muchas ganas de volver a la ciudad: poder utilizar un váter, un baño de burbujas y una buena comida le vendrían de maravilla. Y quizás otra noche en la cama de Lourds. Aquel hombre mostraba una extraordinaria capacidad para satisfacerla y permanecía más tiempo sobre ella de lo que habría esperado en alguien de su edad. La verdad era que le había costado estar a la altura, algo a lo que no estaba acostumbrada. Le gustaba estar con él.

Aunque ir por la selva con él era sencillamente horrible. Tenía la impresión de que alguien la estaba observando todo el tiempo.

«Quizás alguien lo está haciendo. Alguien sucio, un asqueroso pervertido», pensó mientras utilizaba el papel higiénico que había llevado.

Cuando se subía las bragas notó un ligero movimiento con el rabillo del ojo. Alguien la había estado observando. Se enfureció. Lo primero que le vino a la mente fue buscar al mirón y cantarle las cuarenta.

Casi lo hizo, pero después cayó en la cuenta de que no hablaba aquel idioma. Tampoco sabía lo que haría uno de los miembros de la tribu yoruba cara a cara con una enfurecida mujer europea.

Entonces fue cuando vio a un hombre en la selva. Fue sólo un segundo. Realmente poco más que un vislumbre.

Pero fue el tiempo suficiente como para darse cuenta de que el color de su piel era bronceado, pero no negro. No era a ella a la que espiaban, sino a todos.

Sintió miedo. Sujetó el rollo de papel y se obligó a volver a la aldea de la forma más calmada posible, a pesar de que todo su cuerpo le pedía que echara a correr.

Cuando llegó al todoterreno encontró a Gary sentado en la parte de atrás con los pies apoyados en el asiento y absorto en la pantalla de su PlayStation mientras apretaba los botones.

—¿Alguna serpiente? —preguntó Gary cuando Leslie dejó el rollo de papel.

—No, pero he visto a un par de mirones.

—Gente de la aldea, ¿no? Se preparan para ser unos seductores.

—No —respondió Leslie forzándose a permanecer calmada—. Era un hombre moreno, quizá chino o árabe, pero no negro.

Aquello despertó su interés y levantó la vista de la pantalla.

—¿Qué estás diciendo, cariño?

—Que Gallardo ha conseguido encontrarnos.

Soltó una maldición y bajó los pies.

—Tenemos que decírselo a Lourds.

—¿Tú crees? —preguntó sarcásticamente mirando a su alrededor—. No me gustaría alertar a los gorilas de Gallardo. ¿Dónde está la maldita bruja rusa? Ella es la experta en estos temas.

—No lo sé. Hace un momento estaba aquí —dijo mirando también a su alrededor.

—¡Fantástico!

—Puedo ir a buscarla.

—Quizá podrías izar una bandera para decirle a Gallardo que lo hemos descubierto. No, quédate y prepárate. Tengo la impresión de que nos vamos a ir de aquí rápidamente —aseguró antes de encaminarse hacia la casa en la que habían entrado Lourds y Diop.

Gallardo observó a la joven rubia por la mira telescópica. Algo no iba bien. Parecía más tensa y resuelta que cuando había estado haciendo sus necesidades.

Dejó el arma y cogió los binoculares.

—¡Faruk!

—Sí.

—¿Has visto a la demonio rusa?

—No.

—¿Cuánto tiempo hace que no la ves?

—Diez, quince minutos.

Si había ido al baño como la rubia, se estaba tomando su tiempo. Cuando desaparecía era más peligrosa que nunca.

—¿De qué crees que están hablando Lourds y el viejo? —preguntó DiBenedetto. Tenía las pupilas como agujas, y entendió que estaba ciego de cocaína.

—No lo sé.

—Lourds no habría venido aquí por nada.

Gallardo soltó un gruñido. Cogió el radiotransmisor y apretó el botón para hablar.

—¡Atentos! La mujer rusa ha desaparecido —dijo recordando la forma en que había pillado desprevenido a su hombre dos noches antes en Gorée—. Avisadme en cuanto la veáis. —Iba a colgar, pero lo pensó mejor—. Si tenéis oportunidad de matarla discretamente, hacedlo. Habrá una recompensa para el que lo consiga.

El teléfono de Lourds empezó a sonar mientras observaba cómo Adebayo colocaba el tambor en una maleta con revestimiento antiimpactos. Miró la pantalla y se preguntó quién podría llamarlo en ese momento.

—Lourds —contestó.

—Gallardo y sus hombres han acampado alrededor de la aldea —dijo Natashya sin ningún preámbulo—. Tiene un ejército. Creo que están esperando a que nos vayamos para detenernos.

La ansiedad se apoderó de él. Fue a una ventana y miró al exterior.

—Estupendo, asómate para ser un buen blanco —oyó que decía la enfadada voz de Natashya.

—¿Dónde estás? —preguntó retirándose rápidamente.

—En la selva, con ellos. Intentaré distraerlos mientras escapáis.

—¿Cuándo vamos a hacerlo?

—Hace cinco minutos.

Pensó en aquello. La idea de que lo apresaran en campo abierto no le atraía nada ni aumentaba su esperanza de vida.

—Nos han seguido.

—Sí.

—Pero Leslie ya no está en contacto con su equipo de producción.

—Gallardo habrá encontrado otra forma de localizarnos. Es posible que lo haga a través de los teléfonos.

—¿Puede?

—Sí, si contrata a la gente adecuada. Un buen experto en informática lo conseguiría, aunque esos idiotas no parecen piratas informáticos. Creo que tiene relación con alguien de mucha pasta que no se detendrá ante nada.

El miedo en su interior aumentó.

—Si tienes alguna sugerencia, hazla.

—Mantén la calma. Sal de ahí como si no pasara nada. Entra en el coche y sal de aquí. Hazlo a toda velocidad. Pisa el acelerador y no pares hasta llegar a Lagos. La ciudad está llena de hombres armados. Al menos estaremos más seguros rodeados por la Policía y el ejército.

—¿Y tú?

—Yo estoy bien, os veré allí.

Colgó el teléfono justo en el momento en el que entraba Leslie.

—Tenemos que irnos —dijo ésta.

—Lo sé, Gallardo nos ha encontrado —le informó cogiendo la mochila.

La cara de Leslie reflejó perplejidad.

—¿Cómo lo sabes?

—Acaba de llamarme Natashya. Está ahí fuera con ellos. Creo que va a atacarlos de un momento a otro.

—No sé cómo hace esas cosas —aseguró poniendo los ojos en blanco.

—Alégrate de que lo haga. —Se volvió hacia Diop y Adebayo, y habló en yoruba—. Nuestros enemigos nos han encontrado, tenemos que irnos. Si se queda aquí, intentarán llevárselo.

—Iré con vosotros, me necesitáis para hablar con los demás guardianes.

Lourds sonrió.

—Bien, me alegro de que nos haga compañía. Creo que así estará más seguro.

«Aunque no mucho», pensó.

—¡Escapan! —gritó Gallardo por la radio—. ¡Todo el mundo alerta! Los alcanzaremos en la carretera a Lagos, allí habrá menos posibilidades de que interfieran todos los hombres de la aldea.

—Sería mejor capturarlos aquí —sugirió Faruk—. Una vez que estén en marcha todo será más difícil de controlar.

—Lo haremos, tenemos ventaja —aseguró Gallardo.

—Por supuesto. Podemos matar a la rusa aquí y asustar a los otros un poco más para que a la larga nos resulte más fácil manejarlos —dijo DiBenedetto sonriendo.

Aquella idea le pareció atractiva. Había estado esperando la oportunidad de acabar personalmente con la bruja. Cogió el rifle y por la mirilla empezó a buscar a la pelirroja mientras Lourds se colocaba tras el volante del cacharro y ponía en marcha el motor.

Salieron como alma que lleva el diablo y dispersaron a un grupo de gallinas y cabras cuando Lourds hizo sonar la bocina.

«No va con ellos», pensó Gallardo; aquello lo llenó de preocupación. Después llegó a la conclusión de que estaría en alguna parte de la aldea y volvió la vista hacia la selva.

—Encontrad a la mujer rusa. Está aquí, espiándonos —ordenó.

Faruk y DiBenedetto empezaron a buscarla.

—Comprobad los hombres. Mirad si falta alguno.

Entonces la vio, pero porque estaba apuntándole con un rifle.

La encuadró en la mira una milésima de segundo, ni siquiera el tiempo suficiente como para llevar el dedo al gatillo.

La mujer sonreía detrás de las gafas. Tenía la cabeza inclinada detrás de la mira, desde donde lo observaba.

Abandonó el rifle y se tiró hacia un lado.

—¡Cuidado! —gritó, con lo que Faruk y DiBenedetto buscaron refugio también.

Por la forma en que había saltado, Natashya supo que había fallado el tiro, antes de que la culata del potente rifle de caza le golpeara en el hombro.

Se quedó junto a un nudoso baobab, cuyo tronco era casi cuatro veces más grande que ella. Sus delgadas ramas parecían artríticas y retorcidas, como atrofiadas por haber tenido que darlo todo para alimentar el ancho tronco.

A pesar de que Gallardo se había escapado, seguía teniendo otros objetivos en la mente. No había confirmado cuántos hombres había, pero sabía dónde estaban nueve de ellos. Esperaba haber puesto a Gallardo fuera de circulación.

Con calma, enfocó con el punto de mira a un hombre que disparaba al coche de Lourds. Sus balas impactaron en la tierra por detrás del vehículo, lo que le hizo pensar que apuntaba a las ruedas.

Mala suerte.

Apretó el gatillo y aguantó el retroceso. La bala lo derribó. Abrió el cerrojo y dejó que saltara el casquillo antes de disparar de nuevo.

Un par de todoterrenos llenos de hombres armados salieron de la selva haciendo un gran estruendo. No los había incluido en la plantilla. Sólo contaba con los dos vehículos que había encontrado.

Con cuidadosa lentitud se concentró en el primer coche y lo dejó ir un poco en persecución de sus compañeros. Su dedo resbaló en el gatillo, se tensó y apretó.

El proyectil dio de lleno en el lado de la cabeza del conductor y lo lanzó contra el hombre que había en el asiento del acompañante cubriéndolo de sangre y trozos de cerebro. El todoterreno perdió el control inmediatamente y chocó contra un baobab haciendo que dos hombres salieran despedidos. Apuntó al segundo vehículo, pero iba a demasiada velocidad y estaba casi fuera de su alcance.

Ya lo cogería después.

Se concentró en el siguiente objetivo. Lo sacó de su posición con un disparo en el centro del cuerpo antes de que una docena de balas impactaran en el árbol que utilizaba Natashya como parapeto.

«Si te quedas aquí te matarán», se dijo a sí misma. A pesar de todo, quería seguir allí. Quería al asesino de Yuliya. Si se quedaba, con toda seguridad iría a por ella. Podría matarlo, pero eso no iba a ocurrir de momento.

Se colgó el rifle del hombro y se dejó caer por un terraplén que había detrás del árbol. Había elegido con cuidado al hombre al que había matado. Era uno de los pocos que conducía una moto Enduro y el único que iba por libre.

Al final de la cuesta, levantó la moto y apretó el encendido electrónico. El potente motor se puso en marcha y tembló entre sus piernas. Sólo se detuvo el tiempo justo para ponerse el casco, sabiendo que aunque no detendría un disparo directo, sí que desviaría una bala que llegara de costado.

Puso el pie izquierdo en el cambio de marchas y empujó hacia abajo para meter primera mientras apretaba el embrague. Movió el acelerador, soltó el embrague y sintió que la rueda trasera mordía el suelo. Manteniéndose agachada, subió la cuesta y fue cambiando marchas mientras aceleraba rápidamente en persecución de Lourds.

Υ

Gallardo corrió por la selva y utilizó el rifle para cortar ramas y arbustos a su paso. Cuando la mujer rusa pasó cerca en una de las motos, se detuvo para disparar, pero falló los tres disparos.

Después desapareció a toda velocidad entre la nube de polvo que había dejado atrás el todoterreno de tipo militar que seguía al vehículo de Lourds.

Volvió a ponerse en marcha y corrió hacia la zona en la que estaban los demás vehículos. Maldijo el haberlos dejado alejarse tanto de la aldea, aunque en el momento de tomar esa decisión le había parecido lo más inteligente.

Llegó a los cuatro por cuatro sin aliento. Fue dando tropiezos hasta uno de ellos y se puso al volante.

—¡Las llaves! —gritó a DiBenedetto, que estaba detrás de él.

Éste se las lanzó, pero después se detuvo y negó con la cabeza.

—No te van a servir de nada, no vamos a ninguna parte.

Salió del vehículo y miró hacia el suelo. Alguien había rajado las cuatro ruedas.

—Encontró los coches primero —dijo Faruk con expresión seria—. Esa mujer merece que la odies tanto, Patrizio.

Había sido meticulosa, había rajado también las ruedas de repuesto y los conductos de la gasolina. Lo único que podía esperar era que el todoterreno que la mujer no había encontrado alcanzara a Lourds.

—¡Vamos! —gritó volviendo hacia la carretera y el ruido de los motores. Tenían un largo camino por delante, pero no podían hacer otra cosa.

Lourds miró por el espejo retrovisor para ver si los perseguía alguien. Se maldijo en silencio por no haber aceptado una pistola cuando Natashya se la había ofrecido, aunque no eran las armas que más le gustaban, prefería utilizar la mente.

«Tampoco es que se pueda hacer mucho con la mente en situaciones como éstas», pensó con tristeza.

Leslie estaba sentada a su lado y miraba hacia atrás muy preocupada.

Gary, Diop y Adebayo iban en el asiento del medio con los cinturones de seguridad abrochados. El anciano abrazaba la caja que contenía el *ntama* para protegerla.

«Al menos tendrán cuidado con el tambor. Si saben que lo llevamos, claro», pensó. Aunque aquello tampoco evitaría que los mataran.

—Se acercan —dijo Leslie en voz baja.

Miró por el retrovisor y vio al todoterreno que iba detrás de ellos. Intentó pisar con más fuerza el acelerador, pero el pedal estaba tocando el suelo. El motor protestó. Sus perseguidores iban ganando terreno. Hasta ese momento no habían disparado, pero esperaba que…

Una bala alcanzó el espejo lateral y lo lanzó volando en pedazos.

Leslie gritó y se agachó. Los demás también se inclinaron hacia delante.

Otras dos balas destrozaron el cristal trasero. Una de ellas, o la tercera, Lourds no estaba seguro, atravesó el delantero y dejó un agujero por el que cabía una mano.

Al cabo de un momento, una moto avanzó a través de la arremolinada nube de polvo que dejaban atrás los vehículos. Rápidamente alcanzó el todoterreno y apuntó al conductor con la pistola que llevaba en la mano izquierda.

Lourds vio que la cabeza de éste daba una violenta sacudida y que el vehículo perdía el control. El hombre que iba en el asiento del pasajero se aferró al volante, pero entonces la persona que iba en la motocicleta le disparó también. El pasajero del asiento trasero intentó utilizar un rifle, pero el todoterreno dio un fuerte bandazo hacia la izquierda, con lo que el motorista casi pierde el control. El coche se deslizó por la cuneta, atravesó un campo y chocó como una bola de *flipper* contra un grupo de árboles. Si había quedado alguien vivo después del ataque, dudaba mucho de que siguiera respirando.

Natashya, sabía que era ella por la ropa que vestía, aceleró y se colocó al lado del todoterreno. Levantó la visera y gritó:

—Creo que no nos persigue nadie más. Gallardo sigue vivo,

pero él y el resto de sus hombres no podrán alcanzarnos en un buen rato.

Asintió. No supo qué decir, aunque sentía que tenía que decir algo.

—Gracias.

—Voy a adelantarme para ver si tenemos vía libre. —Cerró la visera y salió disparada.

—Estupendo —dijo, aunque ella ya no podía oírle.

—Es una mujer increíble —comentó Diop.

—Me alegro de que esté de nuestro lado —comentó Gary.

Lourds asintió en silencio.

20

Habitaciones del cardenal Murani
Status Civitatis Vaticanae
4 de septiembre de 2009

La rabia se apoderó de Murani cuando escuchó a Gallardo intentar explicarle que Lourds y sus compañeros habían vuelto a escaparse. Dio vueltas por la habitación y miró la pantalla del televisor, en la que se veía el último reportaje sobre las excavaciones de Cádiz.

Los trabajos de bombeo del agua de la cueva iban adelantados. El padre Sebastian había sacado imágenes del interior y las había enviado a los medios de comunicación. Incluso concedía entrevistas, como si fuera un personaje famoso. Aquello le irritaba profundamente. Ya no bastaba con arrebatarle la excavación a aquel viejo loco, quería verlo muerto por haber profanado la obra de Dios.

—Casi los teníamos —aseguró Gallardo.

—Pero no los cogisteis, ¿no? Y ahora tienen el tambor.

—Si es el que buscábamos… Sólo lo vi de pasada.

—Si no lo fuera, Lourds no habría ido allí ni se lo habría llevado. Está siguiendo la pista de los instrumentos. —Fue al armario y sacó una maleta. La puso sobre la cama, presionó los cierres y la abrió.

—Aunque lo sea, aún faltan otros dos instrumentos. Tú tienes dos de ellos, no puede hacer nada. Dijiste que eran necesarios los cinco.

—Los necesitamos. ¿Sabes dónde están los que faltan?

—No —contestó tras guardar silencio un momento.

—Yo tampoco, pero espero que Lourds tenga alguna pista. —Empezó a sacar ropa del armario y a meterla en la maleta, ya no podía seguir en la Ciudad del Vaticano.

A pesar de que se sentía a salvo de la Sociedad de Quirino, no sólo por haberlos amenazado, sino porque en el fondo tenían los mismos objetivos que él, el Papa lo vigilaba de cerca. Había recibido una invitación para que fuera a verlo a la mañana siguiente.

No tenía intención de acudir a esa cita. La próxima vez que entrara en la Ciudad del Vaticano sería como papa. Las cosas iban a cambiar a mejor, se ocuparía de ello.

—¿Dónde estás ahora?

—Vamos a pie. Tendremos que ir andando hasta Ifé para solucionar lo del transporte.

—¿Cuánto tardaréis?

—Unas cuantas horas, no sé si llegaremos antes de anochecer.

—¿Y después iréis a Lagos?

—Viajar de noche es peligroso —dijo tras dudar un momento.

—Ve a Lagos, Lourds te lleva ventaja. Quiero que lo encuentres y saber lo que haya descubierto. Quiero el tambor.

—De acuerdo. —No parecía nada contento—. He hablado con el pirata informático que tiene pinchados sus teléfonos, los tienen desconectados.

Murani cerró la maleta.

—Entonces es que han descubierto cómo los habías encontrado.

—Eso creo.

—Vas a necesitar otra forma de localizarlos.

—Estoy abierto a todo tipo de sugerencias.

Si había algún tinte de sarcasmo en su voz, Murani no lo detectó.

—Sigue pinchando el teléfono del jefe de Leslie Crane. Es periodista y se ha dado cuenta de que tiene una gran historia entre manos. Además de la presión del estudio, estoy seguro de que querrá acaparar todo el protagonismo. Lo llamará para contarle lo que están haciendo. Entonces los localizaremos.

—De acuerdo.

Murani se obligó a mantener la calma.

—Esta vez atrapa a Lourds, Patrizio —le aconsejó mientras miraba las imágenes de las excavaciones de Cádiz—. Se nos acaba el tiempo.

—Lo haré.

Colgó y guardó el móvil. Cogió la maleta y se dirigió hacia la puerta. Cuando salió, encontró a dos guardias suizos en posición de firmes. Los dos miraron el equipaje.

—Lo siento, cardenal Murani —dijo el más joven de ellos—. Su Santidad ha pedido que permanezca en sus habitaciones esta tarde.

—¿Y si me niego?

—Entonces tendré que asegurarme de que obedece —repuso poniendo una mueca y llevándose la mano a la pistola que llevaba en la cintura.

La idea de que Inocencio XIV lo había encerrado en sus habitaciones hizo que le hirviera la sangre. Si hubiera podido matar al guardia en aquel momento, lo habría hecho.

—Tranquilo, Franco —le reprendió el otro guardia, que era más grueso y taciturno—. Es el cardenal Murani. Siempre ha sido amigo de la guardia. Debes mostrarle el debido respeto.

Franco posó un momento la mirada sobre su compañero.

—Soy respetuoso, Corghi —dijo antes de volver a mirar a Murani—. Pero también estamos a las órdenes del Papa. Podemos ser educados, pero también firmes. Por favor, cardenal Murani, regrese a sus habitaciones. Si necesita alguna cosa, se la proporcionaremos.

—Ciego loco —gruñó Murani.

Franco estiró una mano para contenerlo.

Incrédulo, Murani miró al otro guardia.

Corghi sacó una hipodérmica de la chaqueta y su brazo describió un veloz arco en dirección al joven guardia.

Éste, alertado por el roce de la mano con la ropa, intentó sacar su arma. Corghi le agarró la mano y lo empujó contra la pared.

—¿Qué estás haciendo? No puedes… —protestó.

Le clavó la hipodérmica en el cuello y apretó el émbolo.

Franco abrió la boca para gritar. Por un momento, Murani pensó que iba a conseguirlo, pero Corghi le puso el antebrazo delante y evitó el grito.

Unos segundos después, mientras seguían forcejeando, el producto químico hizo efecto, los ojos de Franco se pusieron en blanco y se desplomó. Si Corghi no lo hubiera frenado habría caído al suelo.

—Empezaba a pensar que habías cambiado de opinión —dijo Murani.

—No, eminencia. Si me permite utilizar sus habitaciones…

—Por supuesto. —Abrió la puerta y observó cómo arrojaba el cuerpo en el interior. Normalmente nadie tenía permiso para entrar allí, excepto los encargados de la limpieza y los amigos. De todas formas, no tenía intención de volver. Había echado el ojo a un lugar mucho más espacioso.

Franco chocó contra el suelo y no volvió a moverse.

—Estará inconsciente unas cuantas horas —dijo Corghi, que cogió la maleta de Murani—. Aunque no hable, el Papa sabrá que se ha ido y enviará patrullas en su busca.

Murani asintió y echó a andar por el pasillo.

—Para entonces ya me habré ido y será demasiado tarde.

—Sí, le sacaré de la Ciudad del Vaticano, eminencia. Hay un camino a través de las catacumbas —le informó, y se puso a su lado.

Murani no le dijo que ya lo sabía. Había organizado esa vía de escape con el teniente Sbordoni. La Ciudad del Vaticano, la Iglesia, la Guardia Suiza y la Sociedad de Quirino llevaban existiendo el suficiente tiempo como para haber establecido facciones dentro de ellas.

Al poco de haber entrado en la sociedad, Murani conoció a unos cuantos miembros que pensaban igual que él respecto al lugar que debería ocupar la Iglesia en el mundo. Sin embargo, pocos de ellos estaban dispuestos a actuar como él. También había encontrado hombres con ideas afines a las suyas entre los miembros de la Guardia Suiza. Con los años, se había frenado e incluso había destituido a alguno de ellos por sus entusiastas esfuerzos para hacer respetar el poder de la Iglesia. Ninguno sabía tanto como él, y anteriormente, sólo en contadas ocasiones, un cardenal había actuado en confabulación con los guardias.

Resultaba difícil dividirlos. La mayoría eran fieles al Papa. Algunos de los que habían jurado lealtad al Papa se habían dejado influir por Murani cuando había resultado elegido Inocencio XIV. Habían visto la misma debilidad que él en ese hombre.

«Y se dieron cuenta de tu fuerza», se recordó a sí mismo. Tras haberse hecho notar y haber dado a conocer su inquietud a los cardenales, la Guardia Suiza se enteró de sus dudas. Algunos guardias habían ido a ofrecerle su apoyo en secreto.

—¿Se unirá a nosotros el teniente Sbordoni? —preguntó Murani.

—No en el interior de la ciudad, eminencia. —Corghi cogió momentáneamente la delantera cuando entraron en el pequeño estudio que los residentes utilizaban a veces para hacer consultas—. Lo veremos en Cádiz.

Murani asintió.

—¿Se pondrá al frente de los hombres que tenemos allí?

—Sí, señor —dijo apretando el resorte escondido que había en la pared del fondo. Una sección de la estantería giró hacia un lado y permitió la entrada al espacio que había detrás.

Sacó una linterna y la encendió. Algunos tramos de las catacumbas tenían luz eléctrica, pero las secciones por las que iban a pasar estaban en mal estado y no se utilizaban casi nunca. Siguió el rayo de luz hacia la oscuridad.

Una gran ilusión se iba apoderando de él con cada paso que daba hacia su destino.

Afueras de Lagos, Nigeria
11 de septiembre de 2009

Cuando Natashya levantó una mano para que se detuvieran, Lourds tenía la espalda y los hombros agarrotados por la tensión, y el cansancio hacía que le escocieran los ojos. Conducir encorvado en una carretera llena de rodadas y baches a toda velocidad no era como estar frente a un ordenador o un manuscrito que quisiera traducir. La suciedad y los insectos del parabrisas sólo bloqueaban parcialmente el resplandor de la puesta de sol hacia la que se dirigían.

La luz del freno de la moto relució con un color de rubí en la penumbra que iba descendiendo sobre la selva. Natashya pasó una pierna por encima de la moto cuando Lourds se acercó a ella.

—¿Qué pasa? —preguntó Leslie desde el asiento del pasajero. Se había quedado dormida un par de horas antes, y Lourds no había tenido valor para despertarla.

—Natashya quería parar —le explicó.

—Ya era hora —refunfuñó Gary—. Me castañetean los dientes. Creía que me iba a explotar un riñón con tanto bache. —Abrió una puerta, salió y se dirigió hacia los árboles.

Diop y Adebayo fueron hacia allí también. El anciano llevaba el tambor de la tribu con él.

Lourds miró al *oba* y temió no volverlo a ver.

—Volverá —aseguró Leslie. Lourds se dio la vuelta—. Eso es lo que te preocupa, ¿no?

—Creo que lo que me interesa es fácilmente adivinable —respondió sonriendo.

—La solución de un misterio, lenguas muertas y la amenaza del fin del mundo —enumeró Leslie encogiéndose de hombros y sonriendo a su vez—. Creo que son cosas que también me interesan. —Miró hacia Natashya, que se aproximaba a ellos—. Más que a otras personas que podría mencionar —dijo alejándose antes de que llegara la mujer rusa.

Pero, en vez de pararse, Natashya fue hacia la parte de atrás del cuatro por cuatro y desató una de las latas de gasolina. Tenía una oscura mancha de sangre en el hombro derecho.

—¿Qué haces? —preguntó Lourds.

—La moto se ha quedado sin gasolina.

—Puedes venir con nosotros.

Natashya negó con la cabeza.

—Tener dos vehículos nos da más oportunidades de reaccionar si Gallardo tiene otro coche que yo no haya visto.

—Hasta ahora no nos ha seguido.

—Eso no quiere decir que no ande por ahí.

Tuvo que admitir en silencio aquella posibilidad. Gallardo había conseguido encontrarles en cada parada de su viaje. Su inquietud se aceleró al mismo ritmo que el latido de su corazón.

Natashya cogió la lata.

—Deja que te ayude —se ofreció.

—Puedo hacerlo —insistió testarudamente.

—No me cabe la menor duda —dijo acercándose para coger la lata. Por un momento pensó que le iba a golpear, pero en vez de eso, se dio la vuelta y echó a andar en dirección a la moto.

Cogió una botella de agua de una de las alforjas y dio un buen trago.

Sabiendo que no diría nada hasta que así lo deseara, Lourds abrió el depósito. Un rápido vistazo a su interior confirmó que estaba en las últimas. Levantó la lata y lo llenó sin derramar una sola gota.

—Lo he tenido en el punto de mira —aseguró Natashya.

—¿A quién? —preguntó poniendo el tapón.

—A Gallardo. Lo tenía en el punto de mira y he fallado —confesó colocándose un mechón de lacios cabellos detrás de la oreja.

Lourds prefirió no decirle que seguramente tendría otra oportunidad. Eso apenas la reconfortaría. A pesar de que no parecía haberles seguido, no descartaba esa posibilidad. Como una moneda falsa, Gallardo aparecía una y otra vez.

—Mató a Yuliya —dijo Natashya.

—No lo sabes. No puedes estar segura. En aquel ataque había más hombres —comentó Lourds suavemente.

—Lo noto aquí —aseguró llevándose una mano al corazón—. Lo sé en la parte de mi cuerpo que es rusa.

—Deja que te vea la herida.

—No es nada. —Lo rechazó, negando con la cabeza.

—Con este calor y el polvo y la suciedad que llevamos encima, por no mencionar la flora y la fauna locales, es peligroso no limpiarla. Podría infectarse.

—Haz lo que quieras, pero rápido. Tenemos que seguir —dijo encogiéndose de hombros.

Lourds llamó a Gary, que había vuelto al vehículo, para que

le llevara el botiquín. Sacó una linterna y una botella de anti-séptico.

—¿Necesitas ayuda? —preguntó Gary.

—No —contestó Natashya antes de que Lourds pudiera decir nada.

—Vale, estaré cerca del coche por si quieres algo. —Dejó el botiquín y volvió sobre sus pasos.

—¿Te sientes particularmente antisocial? —preguntó Lourds.

—Si no me hubiera preocupado por todos vosotros me habría quedado allí y habría matado a Gallardo.

No dijo nada. La forma en que se enfrentaba a la muerte de su hermana era muy diferente a la suya. Él quería continuar con el trabajo que Yuliya había empezado; por su parte, Natashya sólo deseaba acabar con su asesino. No podía imaginar lo que sería matar a alguien a sangre fría. En alguna de sus búsquedas de objetos y manuscritos se había tropezado con soldados profesionales. Hasta cierto punto entendía su forma de pensar, pero él jamás podría ser uno de ellos. Natashya le había hecho caer en la cuenta de que en este peligroso mundo hay sitio para ese tipo de personas.

—Bueno, me alegro de que te preocupes por nosotros —dijo subiéndole la manga, pero se dio cuenta de que no alcanzaba a la herida—. ¿Puedes quitarte la blusa? No llego.

Natashya sacó una navaja del bolsillo, la abrió y cortó la tela.

—Gracias. —Desgarró un poco más la camisa. Iluminó el hombro y sofocó la náusea que sintió en la boca del estómago.

—No te preocupes, la bala me pasó rozando.

Lourds, que no confiaba en su voz, se limitó a asentir. La irregular herida tenía mal aspecto y parecía dolorosa, pero no grave.

Sin embargo, no pudo dejar de pensar en lo diferente que podría haber sido de haber impactado doce o quince centímetros más a la izquierda. Le habría destrozado el cuello. Si no la hubiera matado instantáneamente se habría ahogado en su propia sangre. Y se comportaba como si no hubiera pasado nada. Era increíble.

—Esto picará —le advirtió.

—Si no lo soporto, te lo haré saber.

Eso era lo que más miedo le daba.

Echó un poco de líquido desinfectante en la herida y quitó la sangre. Limpió la herida lo mejor que pudo sin presionar los bordes por miedo a que empezara a sangrar otra vez.

Natashya no dijo una palabra.

Cuando creyó que la herida estaba todo lo limpia que pudo conseguir, le aplicó una crema antibacteriana y le puso una venda.

—¿Dónde vamos ahora? —preguntó Natashya mientras cerraba los desgarrados bordes de la camisa manchada de sangre.

—No sé, tenemos que entrar en contacto con los otros dos guardianes.

—¿Son como el anciano?

—Se llama Adebayo, y no lo sé. Creo que todo el mundo suele ser producto de su cultura y no de la tarea que le hayan encomendado.

—¿Sabes dónde están?

—Todavía no.

—Quedarnos en Nigeria no es buena idea.

—Lo sé, nos vamos a Londres.

Natashya frunció el entrecejo y movió la cabeza.

—Allí lo controlará todo ella.

No tuvo duda de a quién se refería.

—Estaremos más seguros, todos. Leslie ha conseguido un visado temporal para Adebayo a través del consulado británico.

—¿Ha llamado por teléfono?

—Sí y también ha reservado unos billetes que... —iba a seguir hasta que se dio cuenta de que estaba hablando con la espalda de la mujer rusa.

Natashya se inclinó y levantó la lata de gasolina sin decir una palabra. Después fue hacia el borde de la selva, donde estaba Leslie con el móvil en la oreja.

Se apresuró para alcanzarla, aquello no pintaba nada bien.

—Dame el teléfono —le ordenó Natashya.

Leslie la miró y luego le lanzó una mirada a Lourds para pedirle ayuda. Como no la obtuvo, y Lourds no tenía ninguna intención de inmiscuirse en aquel conflicto entre las dos mujeres, volvió la vista hacia la mujer rusa.

Detrás de ella Gary, Diop y Adebayo dieron un paso atrás a la vez, para alejarse del peligro.

—El teléfono —exigió de nuevo Natashya.

—Perdona, pero en este preciso momento estoy intentando negociar…

Natashya estiró un brazo para arrebatárselo, pero Leslie consiguió bloquearlo, solamente porque había utilizado el herido y había sido más lenta de lo normal.

—¡Imbécil! ¿Cómo te atreves?

Lourds se colocó entre las dos y se dio cuenta inmediatamente de que había sido la decisión más estúpida que había tomado en toda su vida. Antes de que pudiera hacer nada Natashya le golpeó en el cuello con el borde de la mano y le barrió los pies de una patada. Cayó de forma poco elegante sobre la espalda, con la suficiente dureza como para quedarse sin aire en los pulmones.

Natashya sacó una pistola y apuntó a Leslie entre los ojos.

—¡Dame el teléfono ahora mismo!

Por increíble que pudiera parecer, Leslie se lanzó sobre ella blandiendo el teléfono en la mano como si fuera una porra. La mujer rusa paró el golpe con el arma y el móvil salió despedido, pero lo cogió antes de que llegara al suelo.

Leslie volvió a arremeter, pero Natashya se apartó y le puso la zancadilla. Leslie cayó al suelo al lado de Lourds, que todavía no había recuperado el aliento.

Natashya se agachó y cogió también el teléfono de Lourds. Después les pidió los suyos a Gary y a Diop. Ambos, con caras tensas y asombradas, se los entregaron.

—Gallardo y su gente nos han estado rastreando —les dijo mientras tiraba los aparatos al suelo—. Así es como nos han encontrado. Saben dónde estamos por las señales que envían al sistema de satélites de posicionamiento global. Seguramente gracias al tuyo, que no has dejado de utilizar —aseguró frunciendo el entrecejo en dirección a Leslie.

Ésta replicó algo totalmente impropio de una dama y nada halagador.

Natashya no le hizo caso y cogió la lata de gasolina.

—A mí no me hubiera importado tener otra oportunidad de enfrentarme a Gallardo y a su gente, pero no creo que vosotros resistáis otro ataque —dijo arrojando gasolina sobre los teléfonos.

—¿Qué estás haciendo? —gritó Leslie con incredulidad.

—Asegurarme de que no pueden volver a seguirnos.

Lourds inspiró a fondo por primera vez desde que le había derribado en el momento en el que Natashya se arrodillaba y encendía el fuego con un mechero. La llama prendió rápidamente la gasolina y resplandeció en la oscuridad. Al cabo de pocos segundos, los teléfonos empezaron a derretirse.

—¿Y si necesitamos ayuda? ¿Se te ha ocurrido pensarlo? —preguntó Leslie poniéndose de pie.

—Si necesitamos ayuda nos ayudaremos nosotros mismos —replicó dirigiéndose hacia la moto—. Seguramente la necesitaremos más si Gallardo nos localiza. Volved al coche. Tenemos que alejarnos todo lo que podamos de este sitio, y lo más rápido posible.

Con cuidado y preguntándose si tendría algo roto, torcido o desgarrado, Lourds se levantó. Se quedó quieto un momento y sintió el calor que desprendía el fuego.

—Tú la trajiste —lo acusó Leslie.

Sabía que eso no era del todo verdad, pero no iba a discutirlo.

—Quizá deberíamos ponernos en marcha.

Natashya no dio ninguna muestra de querer esperarlos. Pasó una pierna por encima de la moto y apretó el encendido para poner en marcha el motor. El sordo rugido vibró en la selva y acalló los sonidos de la noche. Al cabo de un momento encendió las luces, que deshicieron la oscuridad.

Lourds recogió su polvoriento sombrero, se lo colocó, echó con los pies la suficiente tierra sobre los teléfonos como para apagarlos y se puso al volante del viejo vehículo. Diop, Gary y Adebayo subieron detrás.

Leslie permaneció un momento al lado del coche con los brazos cruzados y una actitud tan obstinada como la de un niño.

Natashya arrancó haciendo un gran estruendo.

—Hay una larga caminata, Leslie. Incluso desde aquí. Y los alrededores no te van a gustar —comentó Lourds.

Soltando un taco, Leslie abrió la puerta y entró. Se sentó con los brazos cruzados y miró hacia la motorista que se alejaba.

—No es mi jefa —dijo malhumorada.

Lourds no abrió la boca. Puso el coche en marcha y soltó el embrague. Fueron ganando velocidad conforme seguían la moto. Esperaba que Leslie se diera cuenta de que no tenía ningún interés en continuar aquella conversación. No les iba a hacer ningún bien. Dijeran lo que dijeran, los teléfonos seguirían quemados; lo que había pasado, había pasado. Ni siquiera estaba seguro de que Natashya no hubiera hecho lo correcto. Era la que mejor preparada estaba para las situaciones difíciles. No seguirla sería una estupidez.

—¿Por qué no has intervenido? —preguntó Leslie.

A pesar de sus esfuerzos para interceder, con lo que se había ganado una buena colección de magulladuras, no merecía la pena explicarle que lo había intentado.

—No puedo creer que dejaras que quemara mi teléfono.

«Va a ser un largo camino de regreso», pensó.

Cueva 41
Catacumbas de la Atlántida
Cádiz, España

—¿Está bien, padre?

El padre Sebastian miró a Dario Brancati. El capataz estaba a su lado y parecía estar tan cansado y demacrado como él.

—Estoy bien, Brancati. Cansado, eso es todo. Nada que no puedan remediar unas cuantas horas de sueño. A ti también te vendrían bien.

—Ya dormiré cuando hayamos acabado esto. Siento haberle despertado tan pronto.

Según el reloj de Sebastian eran casi las tres de la mañana. Apenas había dormido cuatro horas, a pesar de que se había prometido que se iría pronto a la cama.

—Habría esperado, pero he pensado que quizá querría ver esto.

—Sí.

Le ofreció una linterna y un casco.

—Ya tengo uno —dijo poniéndoselo.

—¿Las pilas son nuevas?

—No lo sé —contestó con un movimiento de cabeza.

—Por eso necesita un casco nuevo.

Los dos guardias suizos que lo acompañaban también llevaban cascos nuevos. Insistieron en que se pusiera un chaleco salvavidas con asas para el caso de que tuvieran que sacarlo de allí a toda prisa. Todos siguieron a Brancati y a su equipo a la cueva cuarenta y dos.

Una energía nerviosa lo inundó conforme avanzaba por el agua, que le llegaba hasta la cintura. Las bombas rugían mientras extraían agua incesantemente. El georradar había confirmado la presencia de agua al otro lado de varias paredes. Estaban caminando por una burbuja en la roca, a cuarenta y cinco metros por debajo del nivel del océano Atlántico.

El suelo estaba resbaladizo. En el agua negra como el petróleo seguían flotando, prácticamente hundidos, cuerpos y restos de cadáveres.

De repente notó que algo le rozaba la pierna: vio que una calavera subía a flote un momento antes de desaparecer de nuevo.

—La sacaremos en pocos días, padre —aseguró Brancati. Su voz se dejó oír en la cueva, aunque casi ahogada por la vibración de los motores de aspiración que seguían trabajando sin descanso.

—Estupendo —dijo Sebastian mientras lo seguía por las criptas. En ese momento muy pocas seguían ocupadas.

—Esto no lo vimos porque no estuvimos el suficiente tiempo antes de que se inundara. E incluso cuando lo encontramos, nadie podía creerlo —aseguró Brancati.

Al cabo de unos minutos, Sebastian vio el hallazgo.

Era una puerta inmensa, de casi cinco metros de ancho. Su forma oval resplandecía a la luz y tenía una estructura metálica. Unos extraños símbolos cubrían su superficie. Cuando los observó, titilaron y temblaron. A los pocos segundos fue capaz de leer lo que había escrito.

HE AQUÍ LOS MUERTOS A LOS QUE HONRAMOS.
ESTE LUGAR ESTÁ PROTEGIDO, LA MANO DE DIOS LO GUARDA.
ESTAS PERSONAS VIVIERON EN LA TIERRA SAGRADA DE DIOS.
PERMITE QUE DESCANSEN.

Volvió a mirar la inscripción. Cuando intentó concentrarse, no pudo leerla. Sólo vio los símbolos, pero estaba seguro de lo que había leído.

En el centro estaba la misma figura que había visto en el collar del muerto. Alto y bien parecido, con un libro en una mano y la otra dispuesta a ayudar a quien lo necesitara.

Debajo había un sello que reconoció gracias a una información que le había proporcionado el papa Inocencio XIV. Era una reluciente mano sobre un libro abierto del que salían llamas.

Se quedó helado; la impresión casi le paraliza el corazón.

—Es una especie de aleación. Todavía no sabemos cuál. La forma en que se construyó en la roca es muy adelantada para el tiempo en que se hizo. Hoy en día no podríamos hacerlo. No en esa forma. No le encuentro explicación.

—Es una técnica perdida —comentó uno de los obreros—. Como la forma en que los egipcios construían las pirámides. Podemos imaginarnos cómo lo hacían, pero no estar seguros.

—¡Dios mío! —susurró con voz ronca Sebastian al dar un traspiés mientras se acercaba. Si uno de los guardias suizos no lo hubiese sujetado, se habría caído.

Tocó el sello.

Todavía era nítido y los bordes no se habían desgastado. Brillaba como si lo hubiesen colocado el día anterior.

«Es verdad», pensó mientras pasaba su temblorosa mano por encima.

—Padre —dijo uno de los guardias suavemente.

—Estoy bien. Suéltame por favor.

El guardia obedeció a regañadientes, pero permaneció cerca.

Un miedo helador se apoderó de él. No podía hacer nada debido al agua que había al otro lado de las paredes de la cueva, esperando inundarlos. El terror que sentía se centró en la imagen que había en la enorme puerta que tenía delante. Se puso de rodillas y sintió que la fría agua salada por la que había avanzado le subía hasta el pecho.

Cruzó las manos delante del pecho y rezó pidiendo misericordia y salvación, no sólo por él, sino por todas las almas que se habían perdido cuando la Atlántida había desaparecido en el océano.

Dios no había sido misericordioso entonces. No podía. La pérdida de su hijo y la insolencia mostrada por los reyes sacerdotes de la Atlántida eran imperdonables.

Por eso había arrastrado aquella isla continente bajo el mar.

«Pero ¿por qué está aquí ahora? ¿Para volver a probarnos? ¿Es lo que quieres, Señor? ¿Probarnos?», pensó.

Si se trataba de una prueba, mucho se temía que volverían a fracasar. Imaginó que hasta él mismo sucumbiría ante lo que había detrás de aquella extraña puerta de metal.

Y si lo hacía, el mundo volvería a estar condenado.

Hotel del aeropuerto de Lagos
Iekja, Lagos, Nigeria
11 de septiembre de 2009

Lourds miraba de vez en cuando las imágenes de la campana, del címbalo y del tambor en la pantalla del ordenador, pero trabajaba en un bloc de páginas amarillas rayadas que había comprado de camino al hotel. A Natashya no le había hecho gracia esa compra, pero le había explicado que lo necesitaba.

Su cerebro echaba chispas mientras comparaba las cuatro lenguas que aparecían en los tres instrumentos. Trabajaba febrilmente, intercambiando valores y palabras, ideas y suposiciones que había meditado durante el largo viaje de vuelta a Lagos.

Ni siquiera tener que salir huyendo para salvar la vida había conseguido desconectar esa parte de su cerebro que tanto amaba los rompecabezas de las lenguas y la cultura. Ésa era su verdadera pasión.

Nada más llegar al hotel, fueron a recepción y después subieron a sus habitaciones. Leslie había conseguido que estuvieran todas en la misma planta.

No obstante, no habían manifestado ningún sentimiento de camaradería. Todos ellos —excepto Diop y Adebayo, que se comportaban como amigos que no se veían hacía mucho tiempo— habían preferido ir a su habitación por separado.

No quería intervenir en el conflicto entre las mujeres y tampoco estaba muy seguro de hacia cuál de las dos sentía más lealtad. Leslie había conseguido llevarlos hasta allí y el factor relaciones íntimas estaba de su parte, pero nunca había dejado que el sexo se interpusiera en su trabajo. Sospechaba que ella pensaba igual. Por desgracia, los dos se veían impulsados por el mismo deseo de destacar en su trabajo. Algo que los colocaba en distintos lados de la barrera en lo tocante a los instrumentos.

Natashya tenía su propia prioridad en vengar la muerte de su hermana. Pensó que esa necesidad nacía no solamente de la cuestión personal en la muerte de Yuliya, sino de la motivación que la había llevado a convertirse en agente de la Policía en Moscú. Su problema era que estaba a punto de explotar pensando en qué era realmente lo que estaban buscando. Necesitaba una caja de resonancia, alguien con quien pudiera hablar de todo lo que hervía en su cabeza.

Y no le parecía justo no compartirlo con Leslie.

Pero no podía.

Miró las notas que había tomado en las últimas páginas del bloc y supo que si no contaba lo que suponía que era la verdad, se volvería loco.

Había llegado el momento de tomar decisiones.

En última instancia, lo que necesitaba era que le escuchara la persona más imparcial. Pensó que Leslie no lo era. Si le decía lo que creía que era la verdad, se cebaría en ello y lo empujaría a dar pasos cada vez más alocados. Necesitaba una base sólida para finalizar su trabajo.

Dejó el bloc en la cama, fue al frigorífico y sacó dos cervezas. Acababa de darse una ducha y llevaba unos pantalones cortos de color caqui y una vieja camiseta de fútbol. Se detuvo un momento en la puerta y se preguntó si realmente necesitaba que lo escucharan, llegó a la conclusión de que sí.

Tener que explicar cosas, concentrarse en poner en perspectiva todo lo que le pasaba por la cabeza y componer un resumen para contarlo le permitía verlo todo y pensar con mayor claridad. Puede que se debiera al profesor que llevaba dentro, pero también a que hablar hacía que pensara de forma más lineal.

Era lo que necesitaba en ese momento.

Volvió la vista hacia el bloc que había encima de la cama. La palabra ATLÁNTIDA estaba subrayada, dentro de un círculo lleno de asteriscos. Lo necesitaba realmente.

Salió de la habitación ligeramente asustado.

Llamó a la puerta. Esperó un momento en el pasillo y se sintió ridículo y vulnerable al mismo tiempo, porque sabía que le estaría viendo por la mirilla.

«Y seguramente estará volviendo a poner el seguro de la pistola», imaginó.

Llamó de nuevo pensando que quizás estaba en la cama. Pasaban pocos minutos de las cinco de la mañana.

—¿Qué quieres? —preguntó en ruso.

—He traído un regalo —dijo intentando sonreír y levantando las botellas.

—Tengo mis propias bebidas, vete.

Parte de su confianza se desvaneció y bajó las botellas.

—Necesito hablar.

—¿De qué?

—He descifrado parte de las inscripciones de los instrumentos.

—Estupendo, ya lo comentaremos por la mañana.

—Quiero hablarlo ahora.

—Ahora no podemos hacer nada. Vete a dormir.

Dudó sabiendo que se estaba comportando como un niño mal criado.

—No puedo dormir.

—Tómate las cervezas y lo harás. Has tenido un día muy ajetreado.

Intentó buscar otra línea de argumentación, pero no pudo y se sintió frustrado.

—Necesito saber si voy por el buen camino.

—No soy lingüista, no puedo ayudarte en eso.

Incapaz de rebatir aquello, se disculpó por haberla despertado y se fue. No había dado ni tres pasos cuando oyó que abría la puerta y lo llamaba. Se paró y dio la vuelta.

En pijama y con el pelo suelto, estaba muy guapa. Por supuesto, la pistola que llevaba en la mano contrastaba con su recatado aspecto.

—Entra, pero si intentas propasarte conmigo después del día que he tenido, te pegaré un tiro.

Lourds no podía estarse quieto e iba de un lado a otro de la habitación. Cuanto más hablaba, más cargado de energía se sentía. Cada palabra que pronunciaba parecía avivar el fuego que sentía en su interior.

Natashya estaba sentada en la cama con la barbilla apoyada en las rodillas y la pistola sobre una almohada a su lado. Se dio cuenta de que tampoco había dormido. Había estado allí sentada, lista para entrar en combate.

Bebía la cerveza, pero la suya se había calentado y se había quedado sin gas encima de una mesa cuando los rayos del sol empezaron a calentar los cristales de la ventana al otro lado de las cortinas.

—Las inscripciones hablan de una isla-reino. Creo que se refieren a la Atlántida.

—Atlántida —repitió como si por un momento no creyera lo que decía.

—Eso creo, aunque no utilizan ese nombre.

—¿Cuál utilizan?

—Tendría que conocer mejor la lengua para poder saberlo. Lo que he hecho ha sido sustituir los símbolos de las inscripciones por palabras e ideas. Puedo cambiar Atlántida por el nombre que dan a la isla e incluso llamar a sus habitantes «atlantes», pero eso no significa que esas palabras estén allí.

—Entonces, ¿por qué la llamaron Atlántida?

—Ése es el nombre con el que la identificaba Platón en sus discursos. Posteriormente llamaron así al océano en el que se hundió. —Intentó estructurar todo lo que tenía en la cabeza—. De momento, permíteme que la llame así.

—¿Sabes que la Iglesia católica romana cree que la ha encontrado? Sale en todas las noticias.

—Poco importa que lo hagan o no. Allí no hay nada que merezca la pena.

Natashya sonrió y movió ligeramente la cabeza.

—¿Y tú estás completamente seguro?

—Sí. Ha estado bajo el mar nueve o diez mil años. Eso daña todo tipo de objetos, aunque, en según qué circunstancias, muchos logran sobrevivir, como cerámica, piedras talladas u oro. Aunque dudo mucho de que sean muy diferentes a los que se han hallado de esa época. ¿Crees que van a encontrar algo?

—Lo que sé, catedrático Lourds, es que el mundo está lleno de cosas muy extrañas. Por ejemplo, la situación en la que estamos. Siempre he sabido que podían matarme cumpliendo con mi deber. Así es mi trabajo. Pero el que pudieran matar a Yuliya por un objeto que había desenterrado no se me había pasado nunca por la imaginación.

Hizo una pausa, pero Lourds se quedó callado y decidió acabar lo que quería decirle.

—Y lo que es más, en el mundo hay cosas que han existido durante miles de años y continúan existiendo. Las pirámides, las tumbas de los faraones o los documentos antiguos que sin duda has leído.

—Sí, pero ese lugar en Cádiz llevaba miles de años bajo el agua hasta que el tsunami lo levantó del fondo del océano. No van a encontrar nada nuevo ni diferente.

—Entonces, ¿por qué es tan importante la Atlántida?

—No lo sé. Lo que sí sé es que es el lugar en el que ocurrió todo lo que dicen las inscripciones.

—¿Qué sucedió?

—Un cataclismo.

—La isla se hundió.

—Sí, pero, por lo que he traducido, los autores de las inscripciones creen que Dios la hundió.

—¿Y tú no?

Suspiró.

—No creo que Dios se involucre en nuestras vidas. Estoy seguro de que tiene otras cosas que hacer más importantes que atender plegarias.

—No creo que esa gente rezara para que la isla se hundiera.

—Seguramente no —dijo frunciendo el ceño.

—¿Dicen las inscripciones por qué la hundió?

—Estaba enfadado con sus habitantes.

—Según el Antiguo Testamento se enfadaba muchas veces.

—No es nada nuevo, ¿verdad?

—¿Por qué te interesa tanto?

—Porque encaja con lo que dijo Adebayo sobre la Tierra Sumergida. Ése fue el nombre que dio al mundo que se hundió.

—No oí lo que dijo.

Cayó en la cuenta de que no había tenido oportunidad de contárselo durante el viaje de vuelta a Lagos.

—Lo que más me fascina es que Adebayo dijo que en aquellos tiempos todo el mundo hablaba la misma lengua. Nadie sabía otros idiomas.

—¿No hay una historia bíblica al respecto?

—Sí, una muy famosa. La de la Torre de Babel.

—Sí, la recuerdo. Los hombres decidieron levantar una torre para llegar hasta el Cielo y unirse a Dios. Al verlo, Dios destruyó lo que unía a la humanidad e hizo que se dividieran y hablaran diferentes lenguas.

—Exactamente. Se cree que se construyó en Babilonia. Se supone que ésa es la razón por la que esa región se llama así. El nombre proviene de la lengua acadia y su traducción es, más o menos, «puerta de Dios».

—¿Por qué me hablas de la Torre de Babel? Yo creía que se trataba de la Atlántida.

Lourds suspiró. Esos días su mente trabajaba a toda velocidad. En vez de reducir, parecía acelerarse.

—Porque si hay algún lugar en el que impera una lengua entre todos sus habitantes, lo más lógico es que sea una isla.

—¿Y qué me dices del Creciente Fértil? Se supone que la humanidad procede de allí.

—Los datos arqueológicos son muy claros, así que eso no lo voy a poner en duda. Lo que sugiero es que un grupo de esas personas se hizo a la mar, encontró una maravillosa isla en el océano Atlántico y creó una sociedad como no se había visto hasta entonces.

—¿Por qué?

—Porque Platón dice que así era la nación que llamó Atlántida.

—También hay gente que dice que es pura invención.

—Puede que lo fuera, pero esa isla, la que fabricó estos objetos, según las inscripciones que he traducido, era real. Si alguien hizo algo tan ambicioso en aquellos tiempos como la construcción de una torre tan alta que amenazaría a Dios, ¿por qué no podía ser la Atlántida?

—¿Qué estás diciendo?

—Estoy sugiriendo que una civilización muy avanzada de la isla que fabricó los instrumentos pudo haber construido la Torre de Babel.

—En las excavaciones no parece haber ningún rascacielos escondido entre los escombros. En las noticias no han dicho nada al respecto.

—Por lo que he visto, no han encontrado nada que se parezca a una ciudad. Cuando la isla se hundió pudo haber desaparecido todo lo que había en la superficie. Tampoco han encontrado mucho en las cuevas.

—Han encontrado una puerta.

—¿Qué puerta? —preguntó, pues no había encendido el televisor en su habitación.

Natashya cogió el mando a distancia y encendió el suyo. El programa de la CNN en el que hablaban del descubrimiento de una extraña puerta metálica en las cuevas apareció en pantalla.

La incredulidad de Lourds fue en aumento. La cámara enfocó la puerta y soltó un grito ahogado, incapaz de creer lo que veían sus ojos.

El periodista dijo: «En las imágenes que nos ha enviado el equipo de información pública del padre Sebastian podemos ver claramente la puerta. De momento, el equipo de excavación no ha podido seguir más allá. Se teme que si continúan las excavaciones se produzca un derrumbamiento».

Cogió papel y bolígrafo de un escritorio y, tras ponerse frente al televisor, empezó a escribir frenéticamente.

—¿Qué pasa?

—La escritura de la puerta —le explicó con voz ronca—. Es la misma lengua e idéntico grupo de caracteres que los que estoy descifrando en los instrumentos.

«No deberías hacerlo», pensó Leslie mientras pasaba la tarjeta por la cerradura de la habitación de Lourds. Aunque sabía que lo haría desde el momento en el que se había quedado con la llave extra que había cogido en recepción.

Había intentado estar enfadada con él por no haber impedido que Natashya le quemara el teléfono, pero no había podido. En última instancia, Lourds era la historia que había vendido al estudio de producción, y lo necesitaba. Iba a proporcionarle un triunfo profesional.

Y aún más, quería a ese hombre por motivos personales. Había dormido lo suficiente durante el viaje de vuelta como para no poder conciliar el sueño. No había nada como el sexo para calmar sus emociones cuando se sentía como en aquel momento.

Entró en la habitación y encontró todas las luces encendidas. Imaginaba que estaría en el escritorio o en la cama y que la vería enseguida. Habían estado un poco nerviosos después de todas las aventuras de los últimos días. Verla entrar habría eliminado el factor sorpresa, pero no creía que aquello disminuyera el deseo que sentían el uno por el otro. Lo pasaban bien en la cama. Estaba segura de que él pensaba lo mismo.

Pero no estaba.

Se enfureció al pensar que podía estar merodeando por el hotel, a pesar de las severas amenazas proferidas por Natashya sobre pasar inadvertido. ¿Estaba jugándose el cuello?

Empezó a deshacer la cama. Cuando volviera de donde estuviera la encontraría allí y podrían disfrutar del sexo reconciliador. Casi siempre era el mejor. No creía que estuviera demasiado enfadado por los rencorosos sentimientos que había demostrado tener hacia él en los últimos días, aunque aquello tampoco enfrió su entusiasmo.

Entonces vio el bloc de notas con su pulcra escritura en el escritorio. Una palabra saltaba a la vista: «Atlántida».

Fascinada, cogió el bloc y lo hojeó. Esa palabra aparecía varias veces, como si hubiera llegado una y otra vez a la misma conclusión: «Isla-reino. Tierra sumergida. Desafío a Dios. Una lengua. Atlántida».

Olvidó sus ansias sexuales, cogió el bloc, lo llevó a su habitación e hizo fotos de las páginas con su cámara digital. El corazón le latía frenéticamente, pues creía que podía volver en cualquier momento.

Pero no lo hizo.

Cuando acabó, llevó el bloc de nuevo a la habitación de Lourds. Sus pensamientos se arremolinaban. Aquello era más importante de lo que había pensado. Era oro puro. Si podía vincular el nombre de Lourds a las excavaciones y relacionar de alguna forma la campana que habían descubierto en su programa, los índices de audiencia se dispararían.

No sólo eso, también podría vender otra serie. Quizás incluso por mucha pasta. Si las excavaciones de la Atlántida en España resultaban ser algo importante, y cada vez eran más interesantes debido al descubrimiento de la misteriosa puerta, podría poseer parte de aquella historia gracias a los objetos que estaban buscando.

Su entusiasmo iba en aumento, al igual que su deseo sexual. Se tumbó en la cama y esperó, impaciente.

Al cabo de otra hora, Lourds finalmente ya no pudo hablar más. El entusiasmo seguía bullendo en su interior y no conseguía apartar de su mente la imagen de la enorme puerta que había descubierto el padre Sebastian.

No podía creer que Natashya siguiese despierta.

—¿Qué vamos a hacer? —le preguntó Natashya.

—Diop y Adebayo han llamado a los otros guardianes —dijo mientras se sentaba en el borde del escritorio que había al otro lado de la habitación—. Nos reuniremos con ellos en Londres.

—¿Llevarán los instrumentos?

—Sí.

—Están demostrando confiar mucho en nosotros.

—No —la corrigió—. Estás equivocada. Lo que demuestran es que están desesperados. Gallardo y su jefe tienen dos de los instrumentos. Si consigue descifrarlos, y no hay razón para que no pueda hacerlo...

Natashya esbozó una sonrisa burlona.

—¿Admites que pueda haber alguien tan dotado en cuestiones lingüísticas como tú?

—Quienquiera que sea sabe más que nosotros sobre lo que estamos buscando.

—¿Crees que sabe lo de la Atlántida?

No dudó. Al oír aquella pregunta lo vio todo más claro.

—Seguramente.

—¿Has pensado en la postura de la Iglesia al respecto? —preguntó Natashya frunciendo el entrecejo.

—¿La Iglesia? ¿La Iglesia católica? ¿Por qué iba a...?

—Estar financiando una excavación en lo que podría ser la Atlántida —lo interrumpió—. Yo también me lo he preguntado. ¿Qué interés puede tener?

Meditó sobre aquello; no se le había ocurrido relacionar esos dos sucesos —la Atlántida y las excavaciones de la Iglesia— con los instrumentos. Sin embargo, en vista de los potenciales vínculos con la Atlántida y conociendo la gran cantidad de documentación a su disposición, ¿cómo iban a no saberlo?

Sintió un gran desasosiego al pensar en las repercusiones. La Iglesia disponía de una red que movía el mundo. Si alguien podía buscar algo durante cientos e incluso miles de años, ésa era la Iglesia católica romana.

—Creo que nos estamos anticipando.

—¿Sí? —inquirió Natashya arqueando una ceja.

—Estás sugiriendo una conspiración.

—En mi trabajo veo conspiraciones a todas horas. Conspiración para cometer un asesinato. Conspiración para perpetrar un robo. Conspiración para hacer un fraude. En todo esto hay algo oculto, quizá lo haya estado durante miles de años. Ahora empicza a salir a la luz, ¿no crees que alguien querría controlarlo?

Lo que decía tenía sentido, era consciente de la investigación necesaria, aquello le abrió los ojos.

—Nadie podía haber supuesto que el tsunami llevaría a la superficie ese trozo de tierra en España.

—Puede que alguien quisiera que nunca apareciera. Cuando alguien arroja un cuerpo al río Moscova no espera que vuelva a aparecer, aunque a veces sucede.

—Estás hablando de un asesinato. Al cabo de un siglo o algo así, todo el mundo que estuviera relacionado habría muerto.

—Estoy hablando de un suceso. Tú mencionaste el hundimiento de la Atlántida, la destrucción de la Torre de Babel. Son cosas de gran alcance y las únicas que conoces hasta ahora. ¿Y si hubiera más?

Pensó en aquello. Había más. Tenía que haberlo. Si los instrumentos no hubieran importado a alguien, ¿por qué iban a asesinar a Yuliya?

—Seguiremos buscando.

—Cuenta con más resistencia —le advirtió Natashya—. Estoy segura de que quien está detrás de Gallardo no quiere que llegues tan lejos.

Asintió y se puso de pie.

—Seguramente tienes razón.

—La tengo. Por eso Gallardo y sus hombres han intentado matarnos —dijo abrazándose las rodillas.

—Será mejor que me vaya —sugirió dirigiéndose hacia la puerta—. A lo mejor consigues dormir unas horas antes de que cojamos el avión esta tarde.

Tenía la mano en el pomo cuando la oyó decir:

—No tengo sueño.

La miró un momento y se preguntó qué implicaban aquellas palabras.

—A menos que creas que estás siendo infiel.

—No —aseguró volviendo hacia la cama.

Leslie no había vuelto a acostarse con él desde que estaban en Nigeria y últimamente no parecía muy contenta con él. Imaginó que era, precisamente, por eso.

Natashya lo recibió con los brazos abiertos.

Una brusca llamada lo despertó. Casi no había abierto los ojos cuando Natashya se apartó y le pasó por encima con la pistola en la mano. La sábana se deslizó y dejó ver su desnudo cuerpo.

Entonces se abrió la puerta y apareció Leslie.

—Son más de las once. Si no os levantáis, perderéis el avión. —Miró a Lourds—. Eres un auténtico cabrón.

No supo qué decir, así que no dijo nada.

—Puedo pegarle un tiro —comentó Natashya en ruso sin hacer ningún intento por cubrirse.

—No —gruñó mientras su mente se aclaraba e intentaba encontrar la manera de agarrarse a un pensamiento coherente.

Sin decir una palabra más, Leslie salió de la habitación y pasó como un rayo entre Gary, Diop y Adebayo. Estos dos últimos intentaron contener la risa.

—Tío, ha sido imposible. He intentado convencerla para que no utilizara la llave extra, pero cuando se ha imaginado dónde estabas, no ha habido manera.

—¿Quieres cerrar la puerta?

Gary le lanzó un breve saludo y la cerró.

Natashya se levantó de la cama y se dirigió hacia la ducha.

Lourds permaneció tumbado y se sintió como el premio no deseado de una competición. De no haber sido porque había disfrutado, quizá se habría sentido mal. Pero se fijó en el sugerente contoneo de las caderas de Natashya, hasta que ésta se dio cuenta de que la estaba mirando.

Cogió la camisa del escritorio y se la lanzó.

—¡Vístete!

—Podríamos ducharnos juntos, así ahorraríamos tiempo —sugirió.

Natashya lo miró y sonrió.

—Si he de guiarme por lo de anoche, tardaríamos aún más —aseguró cerrando la puerta del baño.

Soltó un gruñido y se obligó a levantarse de la cama. Dadas las circunstancias prometía ser un largo vuelo hasta Londres. Por suerte, podría enfrascarse en la traducción de las inscripciones. Si todo salía bien y su suerte actual cambiaba, podría tenerla acabada cuando aterrizaran.

21

Aeropuerto Internacional Murtala Mohammed
Lagos, Nigeria
12 de septiembre de 2009

—¡*E*h!

Alertada por el grito de Gary, Leslie levantó la vista hacia su reflejo en el cristal. Había estado observando los aviones en las pistas de aterrizaje. Su padre viajaba mucho. Ella y su madre siempre lo acompañaban a Heathrow para despedirle. Los aviones la fascinaban. Siempre había gente que iba y venía.

—¿Qué? —le preguntó.

Gary se encogió de hombros tímidamente. Parecía un zumbado, con los auriculares del iPod alrededor del cuello. Entonces se dio cuenta de lo desagradable que estaba siendo con él. Por desgracia, en ese momento no le importaba. Pero sabía que luego sí que lo haría, así que contuvo los comentarios mordaces que le habían venido a la cabeza.

—Sólo quería asegurarme de que estabas bien.

—Estoy bien

—Eso imaginaba.

—Ya soy mayorcita —alegó intentando controlar la amargura de su tono de voz—. No me ha roto el corazón, sólo teníamos sexo.

—Sí, ya lo sé. A mí también me ha pasado alguna que otra vez —confesó Gary con una sonrisa torcida—. Es curioso, a veces empiezas a decirte a ti mismo que sólo es una cosa física, que no te importa…

—No me importa.

—... pero al final acabas hecho un lío de todas formas. —Gary parecía más incómodo—. Sólo quería que supieras que no estás sola.

—¿Te sientes especialmente hermano mayor hoy?

—Un poco.

Leslie miró el reflejo de Lourds y de Natashya en la puerta de salida. Estaban sentados, Lourds trabajaba en su bloc de notas y la vaca rusa leía una revista y bebía agua. No hablaban.

—Entonces, si eres mi hermano mayor, ¿no deberías darle una paliza a Lourds?

—No creo que sea buena idea —replicó frunciendo el entrecejo.

—¿Por qué no? Estoy segura de que no le tienes miedo. No es más que un catedrático de universidad. Un tipo duro y curtido como tú no tendría ningún problema con gente como él.

—Él no me preocupa, la que me da más miedo es su nueva novia. Podría darme una patada en el culo sin pestañear. Eso, si no me mata antes.

—Pues vaya hermano mayor —murmuró Leslie.

En la cara de Gary se dibujó una apenada expresión.

—Sólo quería que supieras que estoy aquí si necesitas algo —ofreció antes de darse la vuelta y alejarse de allí.

Leslie suspiró. «No deberías de haber sido tan dura con él, no tiene la culpa de nada», se dijo. Tomó un sorbo de su bebida energética y volvió a observar los aviones. Ya se disculparía más tarde por su mala leche. De momento, necesitaba estar enfadada.

Era la única forma de comportarse con el suficiente egoísmo como para traicionar la confianza de Lourds y preocuparse por su carrera. Era lo que tenía que hacer. Además, después de haberlo encontrado en la cama con Natashya aquella mañana, se lo merecía.

Al cabo de unos minutos comenzó el embarque y vio que Lourds y Natashya recogían sus cosas. Diop y Adebayo seguían hablando de lo que llevaban hablando toda la mañana mientras se ponían en la fila y Gary había encontrado una joven con la que conversar.

Se armó de valor, acabó la bebida antes de tirarla a una papelera y se dirigió hacia los teléfonos que había al lado de los servicios.

Tras introducir la tarjeta de crédito de su empresa, marcó el número de su supervisor.

—Wynn-Jones.

—Hola, Philip. Soy Leslie.

—¿Dónde demonios estás? —preguntó con una voz que inmediatamente había adoptado un tono irritado.

—En Nigeria.

Wynn-Jones soltó un soberbio taco.

—¿Sabes cuánto nos está costando tu excursioncita?

—No tengo ni idea —contestó con toda sinceridad. Había dejado de llevar la cuenta después de enviar las facturas de los primeros miles de libras que habían gastado.

—Has sobrepasado cualquier cosa que pueda cubrir. Cuando llegues ya puedes empezar a enviar nuestros currículos. Y tienes suerte de que te paguemos el viaje de vuelta.

—Y tú tienes suerte de que no te pida un aumento de sueldo.

Aquello provocó otra sarta de tacos.

—Philip —lo contuvo cuando sonó el último aviso de embarque de su vuelo por los altavoces—. Puedo darte la Atlántida.

Las maldiciones cesaron.

—¿Me has oído?

—Sí. —Wynn-Jones sonó más cauteloso.

—Lo que hemos estado siguiendo, la campana en Alejandría, el címbalo encontrado en Rusia y el tambor de Nigeria, del que no he tenido tiempo de hablarte todavía, están relacionados con la Atlántida. Lourds lo ha descubierto, puedo probarlo.

Wynn-Jones permaneció en silencio al otro lado del teléfono.

—No estarás simplemente desesperada, ¿verdad? Ni te habrás vuelto loca a causa de alguna enfermedad de las de allí…

—No.

—Ni estás borracha en algún bar.

—No, estoy en el aeropuerto. Vamos a Londres.

—Cuéntame lo de la Atlántida —le pidió receloso.

—Lourds ha traducido las inscripciones de la campana, del címbalo y del tambor —dijo entusiasmada y deprimida al mismo tiempo.

No le gustaba traicionar la confianza de nadie, pero en aquel momento se trataba de su supervivencia. Le gustaba su trabajo. No amaba a Lourds. En absoluto. Ni siquiera… Oía el eco de su amargura rebotándole en el cerebro y prestó atención a lo que quería decir.

—Es la historia de nuestra vida.

—Lo de los currículos no lo decía en serio —se retractó Wynn-Jones, que casi lloriqueaba para conseguir de nuevo su confianza—. Tendremos que capear alguna crítica, pero estoy seguro de que podré conservar tu puesto. A la empresa le gusta tu trabajo.

Sonrió al oír aquello.

—Estupendo. Entonces, no te importará decirles que quiero una parte de todo esto.

—¿Qué?

—Ya me has oído. Quiero un porcentaje del producto final. De los derechos de televisión, del libro y de las ventas de DVD.

—Eso es imposible.

—También lo era demostrar que se trataba de la Atlántida. —Sonrió y notó que desaparecía parte del dolor por haber encontrado a Lourds en la cama con Natashya. Estaba a punto de relanzar su carrera, a lo grande—. Consíguelo, Philip. Tengo que salir volando.

Colgó y se ajustó el bolso al hombro mientras se dirigía hacia la puerta de embarque. Estaba siendo una auténtica bruja y lo sabía, pero se justificó a sí misma. No solamente por la mejora personal y en su carrera, sino porque comportarse así era la única forma de que Lourds se acordara de ella. Los hombres siempre se acuerdan de las mujeres que devuelven los golpes.

Era lo suficientemente egoísta como para desear que se acordara de ella también.

Hotel Hempel
West London, Inglaterra
13 de septiembre de 2009

El último de los guardianes llegó al caer la tarde. Lourds se había ofrecido para ir a buscarlo al aeropuerto, pero no había aceptado la oferta.

Cuando abrió la puerta de la suite privada del hotel Hempel, que Leslie había reservado por sorpresa para ellos, su aspecto le pilló desprevenido. Era de mediana estatura y complexión atlética. Tenía la piel oscura y los ojos color castaño. Una cinta plateada le retiraba el pelo de la cara. Llevaba unos pantalones vaqueros desgastados y una camisa de batista debajo de una chaqueta de piel con flecos. Podría tener unos veinticinco años.

—¿El profesor Lourds? —preguntó con voz educada.

—Sí.

—Soy Tooantuh Blackfox, pero puede llamarme Jesse.

Lourds estrechó la mano que le ofrecía.

—Encantado de conocerte, Jesse. Entra.

Blackfox entró con soltura en la habitación, pero sus ojos recorrieron inmediatamente el lugar y se fijaron en todo.

—Siéntate —le pidió señalando hacia una amplia mesa de conferencias que habían llevado a la habitación. Diop, Adebayo y Vang Kao Sunglue, el otro guardián, estaban sentados a su alrededor.

Natashya estaba cerca de las ventanas. Lourds suponía que habría ido a «comprar» algún arma con la que reemplazar las que había dejado en Nigeria. Una larga chaqueta le llegaba hasta los muslos.

Gary y Leslie estaban sentados a un lado. Les había prohibido filmar, pero no había tenido valor para prohibir su presencia. Habían hecho un largo viaje juntos.

Leslie también había conseguido el ordenador con proyector que estaba utilizando y con el que estaba familiarizado por su trabajo en la universidad.

Hizo una breve introducción. Por suerte, todos compartían una misma lengua y parte de la historia, a través de las cartas que habían intercambiado.

Vang era un hombre mayor, más decrépito y envejecido que Adebayo. Llevaba pantalones negros y camisa blanca con corbata negra. Era descendiente de los hmongs, una de las tribus vietnamitas que Estados Unidos había reclutado para luchar contra los comunistas de Vietnam del Norte. Se había peinado cuidadosamente hacia atrás sus mechones de pelo gris.

Según lo que le había contado, había sido abogado en Saigón, antes de que cayera y la bautizaran como Ciudad Ho Chi Minh. En aquel momento vivía de nuevo en las montañas, tal como siempre había hecho su pueblo. Era chamán, y como guardián, cuidaba del laúd de arcilla que había ido pasando de mano en mano durante miles de años en su familia.

Se había mostrado reacio a la hora de salir de Vietnam con el instrumento. Nunca antes lo había puesto en una situación arriesgada.

Pero allí estaban todos, curiosos ante las reliquias que habían estado guardando durante tantos años.

—Damas y caballeros —dijo Lourds en un extremo de la mesa—, todos hemos tomado parte en un viaje increíble a lo largo de este último mes. —Miró a Adebayo, a Blackfox y a Vang—. Algunos lleváis embarcados en él mucho más tiempo. Veamos si somos capaces de ponerle fin o, al menos, intentémoslo.

Utilizó el teclado que tenía delante y aparecieron unas imágenes de las inscripciones en la pantalla que había a su espalda.

—Todos los instrumentos tienen dos inscripciones. Me habéis dicho que no podéis leer ninguna de las dos. Como sabéis por las conversaciones que habéis mantenido entre vosotros, conocéis la historia de una isla-reino en la que había cosas maravillosas. Según la leyenda, es de donde provienen los cinco instrumentos.

Todas las miradas se concentraban en él. La habitación estaba sumida en el silencio.

—Según las historias que os contaron, Dios quiso castigar a la isla con su cólera sagrada. Puedo aseguraros que una de las inscripciones de cada instrumento lo confirma.

—¿Las has traducido? —preguntó Blackfox.

—Sí, he traducido la que hay en tu instrumento y en el resto de los que he visto.

—¿Has visto los otros dos? —Blackfox no había estado presente en la reunión informativa con Adebayo y Vang.

—Sí, y supongo que la flauta que está a tu cargo tiene la misma inscripción.

—Sí.

—¿Cómo lo sabes? —preguntó mirando al joven.

—Porque la he traducido.

Leslie se fijó en la cara de sorpresa de Lourds y sonrió. «Así que no eres el único cerebrito del grupo, ¿eh?».

Entonces notó la mirada de reproche de Natashya y volvió a ponerse seria.

—¿Cómo lo has hecho? —preguntó Lourds.

—¿Qué sabes de la lengua de mi pueblo? —inquirió Blackfox encogiéndose de hombros.

—Los cherokees tenían un tipo de sociedad muy avanzada. Se cree equivocadamente que Sequoya inventó el silabario cherokee.

—La mayoría de la gente lo llama lengua cherokee —lo corrigió Blackfox sonriendo.

—La mayoría de la gente no es experta en lingüística.

Gary levantó la mano como si estuviera en clase y Leslie soltó un disimulado resoplido.

—¿Sí? —preguntó Lourds.

—No sé lo que es un silabario, colega.

Lourds apoyó una cadera contra la mesa y cruzó los brazos sobre el pecho. Leslie lo miró y volvió a sentir por qué le atraía. Era elegante y guapo y su pasión por su trabajo y la enseñanza era evidente. Apartarlo de ese trabajo sería como engañar a su amante.

Verlo trabajar la volvía loca, pero también sabía que no era trigo limpio. Con todo, la habían advertido y la relación física que habían mantenido se debía a sus propias manipulaciones. Casi sintió pena por él cuando pensó en lo que iba a hacerle.

—Un silabario es un sistema de símbolos que representan sílabas habladas. En vez de letras se juntan símbolos. Es pura fonética, muchas palabras se diferencian solamente por el tono. El silabario no refleja el tono, pero las personas que lo leen saben qué sílabas son por el contexto en que aparecen. ¿Lo has entendido?

—Claro —dijo Gary asintiendo.

—En la lengua cherokee hay ochenta y cinco símbolos.

—¿La hablas? —preguntó Blackfox.

—Sólo si me veo obligado. Leerla es más difícil.

—Se equivocaron cuando dijeron que Sequoya había inventado el silabario.

—Lo sé —dijo Lourds—. Los cherokees tenían un sacerdote llamado Ah-i-ku-ta-ni que inventó su escritura y protegió su aprendizaje afanosamente. Por lo que he leído últimamente, los sacerdotes cherokees oprimían a su pueblo; acabaron matándolos en un levantamiento.

—Muchos de ellos murieron, pero varios de sus descendientes, jóvenes que conocían la lengua, se mezclaron con el pueblo. Mantuvieron una sociedad secreta e intacta. El ultraje contra los sacerdotes fue tan grande que la lengua escrita estuvo prohibida durante cientos de años.

—¿Cómo es de semejante la inscripción de la flauta con la lengua cherokee?

—Es muy parecida.

—¿Puedo verla?

La flauta era un cilindro recto de arcilla de un intenso color azul grisáceo, con seis agujeros y unos treinta centímetros de largo. También había inscripciones, pero hacía falta una lupa para poder verlas.

Lourds pasó los dedos por la superficie semirrugosa.

—¿Has leído las inscripciones?

—Cuenta la misma historia de la que nos has hablado. Hubo una isla-reino, el lugar del que procede nuestro pueblo, que fue destruida por el gran espíritu —dijo Blackfox, que asintió.

—Pero no has podido descifrar la otra inscripción.

—No.

Inspiró y se negó a ceder al desaliento. La otra lengua se doblegaría pronto ante él. Estaba seguro, pero se sentía impaciente.

—¿Conocía Sequoya la existencia de la flauta?

Blackfox dudó.

—No la vio nunca, no estaba permitido.

—Pero sabía que existía.

—Seguramente.

Empezó a ir de un lado a otro.

—Creo que alguien la conocía, alguien que la estuvo buscando alrededor de 1820 ó 1830.

—¿Por qué piensas eso? —preguntó Vang, que se había mostrado muy silencioso y cauteloso desde su llegada el día anterior.

—¿Has oído hablar alguna vez del pueblo vai? —le preguntó.

Vang negó con su cabeza.

—Es un pueblo de Liberia —intervino Adebayo.

—Exactamente —corroboró Lourds—. No tienen lengua escrita. En 1832, un hombre llamado Austin Curtis fue a Liberia y se casó con una mujer de la tribu vai. Después resultó que Curtis formaba parte de un grupo de inmigrantes del pueblo cherokee que se habían trasladado a ese país.

—¿Crees que buscaban la flauta? —preguntó Diop.

—Seguramente.

Diop movió la cabeza, negándolo.

—No creo. En 1816, el reverendo Robert Finley propuso la creación de la Sociedad de Colonización Americana, y James Monroe, que había sido elegido presidente de Estados Unidos, la subvencionó. Gracias a esa sociedad se enviaban a África a esclavos liberados. Ese Curtis podría haber sido uno de ellos.

—Fuera como fuese, se sabe que Austin animó al pueblo vai a crear una lengua escrita. Es muy parecida a la de los cherokee. El actual silabario vai se atribuyó a Momolu Duwalu Bukele.

Le devolvió la flauta a Blackfox.

—Creo que ha habido gente que buscaba estos instrumentos desde el momento en que se fabricaron. Hace miles de años.

—¿Quiénes? —preguntó Blackfox.

—No lo sé. Llevo días pensando sobre ello. —Sintió que el cansancio empezaba a hacer mella en él. Sólo lo mantenía en pie su autodisciplina, el entusiasmo y la seguridad de que estaba a punto de descifrar aquella lengua.

—La inscripción también dice que los instrumentos son la clave para entrar en la Tierra Sumergida —comentó Blackfox.

—Cuando traduje esa parte no quise creerlo. Pensé que en tiempos quizás había alguna forma, pero no después de que la isla llevara sumergida miles de años. Con el tiempo, el agua salada destruye incluso la plata y la convierte en un metal oxidado e irreconocible. No podía imaginar unas puertas de oro y mucho menos esto.

Se volvió hacia el monitor y tecleó algo. La imagen de la enorme puerta encontrada en las excavaciones del padre Sebastian en Cádiz llenó la pantalla.

—No sé de qué está hecha, pero no parece oro. Sin embargo, tras haber permanecido en el fondo del mar, o casi, parece estar en perfectas condiciones —comentó Lourds.

—Eso es Cádiz, España. He estado siguiendo esa historia —comentó Blackfox.

—Sí —corroboró Lourds.

—¿Crees que se trata de la Tierra Sumergida?

Observó las inscripciones que había en la puerta abovedada.

—Es la misma escritura que todavía no he podido traducir. Es muy probable que lo sea.

—¿Crees que tenemos que ir allí?

—No —interrumpió Adebayo—. Las leyendas dicen que las semillas de la condenación final y eterna se encuentran en ese lugar. Dios podría vengarse; no debemos provocar su cólera de nuevo.

—Es posible que tengamos que destruir los instrumentos —intervino Vang.

Aquella idea, que no había contemplado, dejó horrorizada a Lourds.

—No —continuó Adebayo—. Nuestros antepasados nos dieron los instrumentos. Nos pidieron que los protegiéramos, tal como les habían indicado sus antepasados; debemos hacerlo, si no, podríamos enfadar de nuevo a Dios.

—Pero si la inscripción es correcta, si la Tierra Sumergida o la Atlántida, o como la queráis llamar provoca una tentación que podría destruir de nuevo al mundo, ¿no deberíamos suprimir esa tentación? —preguntó Blackfox en voz baja.

—Yo creo que sí —dijo Vang.

—¿Y si incurrimos en la cólera de Dios al destruirlos? —inquirió Adebayo.

Ni Blackfox ni Vang respondieron.

—El hombre está configurado por sus creencias y su resistencia a la tentación —continuó Adebayo—. Por eso nos dio Dios las montañas, para hacernos el camino difícil, y los océanos, para que algunos viajes parecieran imposibles de realizar.

—Si destruimos los instrumentos podemos salvar al mundo. Incluso si sólo destruimos uno. Nuestros antepasados nos dijeron que es necesario utilizar los cinco —comentó Vang.

—No creo que sea fácil. El címbalo y la campana desaparecieron durante miles de años. ¿Cómo explicas que sigan existiendo después de haber soportado unas circunstancias tan extremas? —preguntó Adebayo.

Nadie respondió.

—A mi entender, ésa es la voluntad de Dios. Ha conservado los instrumentos y ha enviado al profesor Lourds para reunirnos. Es la primera vez que los guardianes están juntos —aseguró Adebayo.

Lourds no supo cómo sentirse al oír aquello. Jamás se había imaginado a sí mismo como un instrumento divino.

—Hay que tener en cuenta otra cosa —intervino Natashya.

Todos volvieron la cabeza hacia ella.

—Si destruís los instrumentos, vuestros enemigos, sean quienes sean, habrán ganado y vosotros habréis perdido. Habréis fracasado en la tarea que se os encomendó. —Hizo una pausa—. Y no sólo eso, sino que habréis perdido la oportunidad de contraatacarlos.

Aquellas palabras permanecieron flotando en el aire.

—Hay otra cosa más, que, personalmente, no creo que sea positiva —añadió Lourds, que no deseaba que el futuro del mundo dependiera de una venganza—. Es posible que la gente que está buscando los instrumentos sepa más sobre ellos que nosotros.

—Han demostrado ser nuestros enemigos, no nos dirán nada.

—Si negociamos con ellos, quizá podamos enterarnos de algo.

—No entregaremos los instrumentos —aseguró tajantemente Blackfox.

—Nadie te ha pedido que lo hagas —replicó Lourds con voz firme—. No tendrás que hacerlo.

—Podríais ir a Cádiz —comentó Leslie.

—No —la cortó Lourds inmediatamente. Ir a Cádiz implicaría perder los instrumentos y la oportunidad de traducir esa lengua. No le asustaba no alcanzar la fama, en la que tampoco creía; para él, el desafío lo era todo. Además, la parte relacionada con el fin del mundo le preocupaba, a pesar de que odiaba pensar que se estaba dejando influir por la superstición—. No es buena idea.

Leslie frunció el entrecejo, disgustada. Aquello no le había gustado nada.

—Dadme un poco más de tiempo —pidió Lourds—. Puedo descifrar las últimas inscripciones. Lo sé. Tiempo, es lo único que pido. —Miró a los hombres—. Por favor.

—¿Estás segura? —preguntó Gary.

Leslie estuvo a punto de echarlo con cajas destempladas. Lo habría hecho si hubiese estado segura de que podía conseguir otro cámara al cabo de cinco minutos.

—Sí, estoy segura —dijo alisándose la blusa para eliminar las arrugas—. Vamos a hacerlo. Quiero enviárselo a Wynn-Jones cuanto antes.

Se colocó delante de él frente al hotel Hempel. Era de noche; el West End, a su espalda, se veía muy animado.

A pesar de las enfadadas palabras que había proferido ante Gary, dudaba sobre lo que estaba haciendo. Aunque imaginó que tenía derecho, ya que al confiar en Lourds había puesto en peligro su trabajo.

Gary estaba delante de ella con la cámara al hombro.

—Vale —dijo Leslie inspirando profundamente—. Vamos a hacerlo. Preparado. Tres, dos…

Un estridente timbrazo despertó a Lourds. Intentó coger el teléfono de la habitación y finalmente consiguió tirar del cable hasta llevárselo a la oreja. Quienquiera que estuviera hablando —enfadado y muy rápido— sonaba incoherente. Entonces se dio cuenta de que tenía el auricular al revés y le dio la vuelta.

—Hola —contestó abriendo un ojo para mirar el reloj. Eran las doce menos veinte. La voz al otro lado de la línea tenía acento norteamericano. Había cinco horas de diferencia entre Inglaterra y la costa Este.

—Profesor Lourds —soltó una voz tajante y perfectamente articulada—. Soy el decano Wither.

—Hola, Richard. Me alegro de que me hayas llamado.

—Bueno, a lo mejor no opinas lo mismo dentro de un minuto.

Aquello lo dejó helado, hacía muchos años que el decano no se enfadaba con él.

—Creía que estabas en Alejandría rodando un documental para la BBC.

—Estaba —dijo girando para sentarse en el borde de la cama. Seguía vestido. Hacía una hora que se había tumbado para descansar los ojos después de trabajar con el ordenador.

—Ahora estás en Londres.

Aquello acabó de despertarlo. No había llamado a nadie relacionado con la universidad para decirle dónde se encontraba.

—¿Cómo lo sabes?

—Porque estás saliendo en la CNN ahora mismo.

—¿Qué?

Lourds cogió el mando a distancia y encendió el televisor.

Fue seleccionando canales hasta que llegó a la CNN y vio su rostro. Debajo podía leerse:

UN CATEDRÁTICO DE HARVARD DESCIFRA
EL CÓDIGO DE LA ATLÁNTIDA

—¿Lo has hecho? —preguntó Wither.

—¿El qué?

—¿Descifrar el código de la Atlántida?

No estaba seguro de cómo contestar aquello. Miró la pantalla y se preguntó cómo podría haber conseguido esas imágenes la CNN.

—En Alejandría hice un descubrimiento y lo hemos estado siguiendo —explicó con voz débil.

—¿Hemos?

—La señorita Crane y otras personas. —No sabía cómo iba a explicarle en tan poco tiempo todo lo que había pasado—. Encontramos un objeto en el que había un escrito en una lengua que no podía leer.

—¿Tú?

—Precisamente.

«Muchos de ustedes habrán oído hablar del catedrático Lourds, ya que hace poco tiempo tradujo un manuscrito al que tituló *Actividades de alcoba*», decía el joven presentador en la televisión.

La escabrosa cubierta que presentaba la edición en rústica apareció en pantalla. La postura que mostraba había sido sacada directamente del *Kamasutra*.

—¡Dios mío! ¡Otra vez! —exclamó Wither.

Lourds se estremeció. La lectura en casa del deán había causado sensación. Sin embargo, cuando la traducción apareció en el mundo editorial y entró en la lista de *bestsellers* del *New York Times*, Wither no se alegró en absoluto. Solía decir: «Si quisiera que esta universidad fuera recordada, no sería exactamente por la pornografía. ¿Cuántas veces te lo he dicho?». A lo que él contestaba: «La verdad es que he perdido la cuenta».

En la televisión el periodista continuaba hablando: «El catedrático Lourds ha concentrado su prodigiosa mente en una nueva búsqueda. Con nosotros se encuentra Leslie Crane, presentadora del programa *Mundos antiguos, pueblos antiguos*, para hablarnos del código de la Atlántida».

—¿Estáis juntos en esto? —le acusó Wither—. Puede que a la BBC le parezca divertido, pero a mí no me hace ninguna gracia.

—No sabía nada de todo esto —objetó.

La cámara enfocó una esquina cercana al hotel Hempel. Leslie parecía radiante con un micrófono en la mano: «Soy Leslie Crane, presentadora del programa *Mundos antiguos, pueblos antiguos*. Estoy segura de que muchos de ustedes han oído hablar del catedrático Thomas Lourds. Su traducción de *Actividades de alcoba*, todo un éxito de ventas, sigue siendo una de las obras más solicitadas en las librerías. Mientras rodábamos una sección de *Mundos antiguos, pueblos antiguos*, el catedrático Lourds descubrió una antigua campana que nos ha obligado a recorrer medio mundo. Pero fue aquí, en Londres, donde consiguió descifrar el código que ha ocultado los secretos de la Atlántida».

La imagen volvió al presentador: «La señorita Crane ha prometido ofrecernos más información en cuanto esté disponible. Pero hasta entonces aún nos queda por saber si el padre Sebastian y su equipo lograrán abrir la misteriosa puerta que conduce a las cuevas que afirma están conectadas con la Atlántida, o si la investigación del catedrático Lourds consigue darle un nuevo giro a esos trabajos».

Apagó el televisor. No quería ver más. Estaba herido en lo más profundo de su ser.

—¿No sabías nada de eso? —preguntó Wither.

—No, no lo sabía.

—¿Existe un código relacionado con la Atlántida?

—Creo que sí.

—Así que la historia es cierta.

—Que yo sepa, sí.

—Pero no sabías que iba a contársela a la CNN.

—No. Si me hubiera pedido permiso, no se lo habría dado. Lo sabía bien.

—Entonces, ¿por qué lo ha hecho?

—Para vengarse.

—¿Por qué iba a...? —Wither dejó la frase a medias, y Lourds se dio cuenta de que había hablado demasiado—. Por favor, Thomas, dime que no te has acostado con ella.

No contestó.

—¡Por Dios! ¡Si podría ser tu hija!

—Sólo si hubiera empezado a tener hijos muy joven —se defendió.

—Así pues, ¿voy a tener que enfrentarme a ese escándalo también?

—No habrá ningún escándalo.

—Por supuesto que lo habrá. ¿Cómo no va a haberlo? Eres el único catedrático lo suficientemente bien parecido como para salir en *Good morning, America*, lo suficientemente rápido como para intercambiar pullas con Jon Stewart en *The Daly Show*, y que consigue rebajarse a los peores intereses pueriles y travesuras juveniles en el *The Jerry Springer Show*, gracias a tus indiscreciones sexuales.

Personalmente no creía que el sexo tuviera que ser discreto; él siempre había sido responsable de sus escarceos. Pero la amonestación del deán le había sorprendido.

—No sabía que veías *The Jerry Springer Show*.

Wither inspiró profundamente y contó hasta diez.

—Deberías alegrarte de seguir conservando tu puesto.

—Lo hago, e incluso hay días en los que me sorprende.

—¿Te das cuenta de que va a dar la impresión de que intentas estar presente en todo lo que los medios de comunicación digan sobre las excavaciones?

—Sí.

—¿Y bien?

—¿Y bien qué?

—¿Tiene relación con la Atlántida?

—Eso creo.

—Entonces, por mucho que odie decirlo, ve allí y pruébalo. No se hace andar a mitad de camino.

Estaba seguro de que había mezclado los dichos, pero estaba demasiado cansado como para corregirle.

—De acuerdo.

—Asegúrate de que lo haces bien. Podemos conseguir muchas matrículas, y más subvenciones —le advirtió.

Bajó la cabeza. Aquello era a lo que se reducían las cosas para el deán. Se despidió y buscó los zapatos. Tenía que encontrar a Leslie; entonces iba a...

Se frenó, pues, en realidad, no sabía qué iba a hacer.

Se reunió con Natashya en el pasillo. La mujer rusa parecía lo suficientemente enfadada como para asesinar a alguien; Lourds sospechaba a quién.

—¿Has visto las noticias? —le preguntó en ruso mientras se dirigía hacia la puerta de Leslie.

—Sí, creo que debería hablar con ella.

—Creo que los dos deberíamos hablar con ella. Al contar toda esta historia habrá asustado a los responsables de la muerte de Yuliya.

Lourds no creyó que fuera el caso. Gallardo y sus secuaces habían demostrado que no tenían problemas a la hora de asesinar. Seguramente aquella pequeña intervención en la CNN no les preocupaba en absoluto.

—Esos tipos son duros, no se echan atrás en una pelea —aseguró.

—No, pero pueden escapar en todas direcciones como cucarachas. Será más difícil localizarlos —dijo Natashya al tiempo que se detenía en la puerta de Leslie para llamar con fuerza con los nudillos—. Tendríamos que haberla dejado en África.

Permaneció a su lado y esperó. Aquello se les estaba escapando de las manos. Casi sentía físicamente que desaparecía la posibilidad de descifrar las inscripciones.

—O en Odessa —añadió Natashya—. Deberíamos haberla dejado allí. —Volvió a llamar con más fuerza y lo miró—. ¿Qué has visto en ella?

Aquella pregunta lo desconcertó. Estaba seguro de que cualquiera respuesta actuaría en su contra. Prefirió seguir allí e intentar parecer una persona sabia y experimentada.

Natashya resopló furiosa.

—¡Hombres! —exclamó, como si fuera un insulto o un envase dejado en el frigorífico durante meses que se hubiera podrido y que apestara. Volvió a llamar.

Unas cabezas asomaron en la puerta de al lado y otras dos al otro lado del pasillo.

—Quizá deberían dejar de hacer ruido —les recomendó un hombre calvo.

—Asuntos de la Policía, señor —dijo Natashya en inglés, con ese oficioso tono policial que no le costaba adoptar—. Vuelva a su habitación, por favor.

Todos cerraron sus puertas a regañadientes.

Volvió a golpear y Lourds habría jurado que la puerta saltaba en las bisagras con cada golpe.

—¡Eh! —dijo Gary asomando la cabeza.

—Hola —lo saludó Lourds.

—¿Qué pasa? —preguntó Gary.

—¿Dónde está la arpía? —inquirió Natashya.

—Esto… No está aquí, se ha ido a casa.

—¿Cuándo?

—Después de grabar el tráiler para la nueva serie que quiere proponerle a su jefe.

—Acaba de salir en la CNN.

—¡Nooo!

—¡Síí, tío!

—Se suponía que no iba a salir en televisión. Leslie los va a poner a parir.

—Grabó el tráiler para enseñárselo a su jefe, Philip Wynn-Jones. Pensaba que si la historia de la Atlántida salía bien, podría hacer otra serie, además de la que ya está haciendo.

—¿Sobre la Atlántida?

—Sí. Le envió las imágenes por Internet. Se suponía que sólo eran para uso corporativo. Era para darle algo en que apoyarse, a cambio del dinero que se ha gastado en llevaros por todo el mundo. Debe de haberla engañado.

—¿Y por qué iba a hacer algo así?

—Para obtener más publicidad para Leslie y para ti.

—¿Dónde vive? —preguntó Lourds.

Bookman House
Central London
13 de septiembre de 2009

Patrizio Gallardo estaba tenso en la furgoneta aparcada al otro lado de la calle donde estaba Bookman House. El vecindario era el normal en aquella zona, casas bajas y acceso cercano al metro. Era el tipo de sitio en el que viviría una joven profesional con ingresos modestos. Aunque las calles eran lo suficientemente oscuras como para que fuera una zona peligrosa.

Había conseguido la dirección en el fichero de personal de la empresa de Leslie. Cuando se enteró de que se había ido del hotel Hempel, confió en que apareciera por su casa.

Al fin y al cabo, ¿en cuántos sitios la recibirían bien?

—Ya la veo —dijo Cimino, que estaba sentado detrás del volante y vigilaba con unos anteojos de visión nocturna, e hizo un gesto con la cabeza hacia la parada de metro.

Creyó en la palabra de Cimino. En aquella oscuridad no podía estar seguro. Se preguntó si Lourds seguiría sintiendo algo por ella después de la forma en que se había aprovechado de él con la entrevista para la CNN. Murani estaba hecho una furia con Leslie. El tiempo corría inexorablemente en su contra.

Y ni siquiera Murani podía detener el tiempo.

—Muy bien. ¿La ves? —preguntó Gallardo por el micrófono que llevaba junto a los auriculares.

—Sí —respondió inmediatamente DiBenedetto.

—Entonces, tráela —ordenó mientras observaba cómo Faruk y DiBenedetto salían de las sombras y se ponían a ambos lados de Leslie mientras ésta intentaba abrir la puerta.

La mujer se quedó inmóvil durante un momento y después asintió. DiBenedetto la cogió por el codo y la llevó hacia la furgoneta. Cualquiera que los hubiera visto habría pensado que eran unos enamorados que habían salido a dar un paseo.

Comprobó la hora. Pasaban seis minutos de las doce. Había comenzado otro día. Estaba satisfecho. Ya sólo le quedaba una cosa por hacer. Por suerte, tenía todas las de ganar.

DiBenedetto abrió la puerta, hizo entrar a Leslie y la empujó con fuerza hacia un asiento.

—Buenas noches, señorita Crane —la saludó Gallardo en inglés.

—¿Qué quieres de mí? —Intentó mostrarse desafiante, pero Gallardo vio que le temblaba el labio.

—Vas a hacer una llamada por mí —dijo afablemente volviéndose en su asiento para mirarla—. Después podrás irte.

—¿Esperas que me lo crea?

—Si no la haces, te sacaré las tripas y te tiraré al Támesis. ¿Me crees ahora? —dijo con tono amenazador y lanzándole una dura mirada.

—Sí —contestó con voz entrecortada. Las lágrimas se agolparon a sus ojos, pero consiguió contenerlas.

—Tu truquito en la televisión ha enfadado a mi jefe. Tu única forma de seguir viva es cooperar. —Sacó el móvil y se lo entregó—. Llama a Lourds.

Las manos le temblaban tanto que casi lo tira.

—No querrá hablar conmigo.

—Más te vale que lo haga.

Lourds estaba en su habitación cerrando la cremallera de la mochila cuando sonó el teléfono. Dudó si contestar, pero al final lo hizo. Seguramente el deán Wither no iba a llamarlo otra vez aquella noche.

Dio la vuelta a la cama y contestó.

—Sí.

—Thomas.

Reconoció inmediatamente la voz de Leslie. Sintió que la cólera le atravesaba como un destello al rojo vivo.

—¿Tienes idea de lo que…?

—Escucha, por favor.

La voz casi histérica que la atenazaba lo contuvo. La puerta se abrió y entró Natashya con la llave que le había dado. Lo miró medio enfadada. Evidentemente estaba lista para salir.

—Me han capturado, Thomas —susurró Leslie con voz ronca—. Gallardo y su gente. Me han secuestrado.

Sintió que el suelo desaparecía bajo sus pies. Se sentó en la cama porque de pronto tuvo la impresión de que las piernas no iban a sostenerle.

—¿Estás bien?

Aquello atrajo la atención de Natashya. Se acercó a él y movió los labios sin hablar: «¿Leslie?».

Lourds asintió.

—No me han hecho daño.

«¿Quién la tiene?», preguntó Natashya moviendo los labios.

«Gallardo», contestó Lourds de la misma forma.

—¿Qué quieren? —preguntó.

—No lo sé, Thomas. Quiero que sepas que no tengo nada que ver con el reportaje de la CNN. No ha sido idea mía. No...

Enseguida se oyó una voz masculina.

—Señor Lourds, estoy en posición de hacerle una oferta.

—Le escucho.

—Mi jefe quiere los tres instrumentos que ha localizado.

—No tengo...

El sonido de un tajo en la carne lo dejó sin habla. Oyó que Leslie gritaba sorprendida y dolorida, y se echaba a llorar.

—Sé que sabe dónde están. Cada vez que me mienta le cortaré un dedo. ¿Me cree?

—Sí. —Lourds casi no consiguió oírse debido a lo tensa que salió su voz y repitió la respuesta—: Sí.

—Estupendo. Si actúa con rapidez podrá salvar la vida de la señorita Crane. Tiene una hora para conseguir los instrumentos y reunirse conmigo y con mis socios delante del hotel.

—No es suficiente tiempo.

La línea se cortó.

—¿Qué? —preguntó Natashya.

Dejó el auricular en el aparato.

—Gallardo me ha dado una hora para entregarle los instrumentos o matará a Leslie.

La cólera ensombreció la cara de Natashya. Por un momento pensó que iba a decir que dejara que la matara. Sabía que era una mujer de ideas fijas. No podía imaginar qué haría si eso ocurría.

—Conseguiremos los instrumentos —le aseguró.

Lourds llamó a la puerta de Adebayo. Tuvo que repetir la llamada. Durante el tiempo que permaneció en el pasillo pensó que iba a vomitar en cualquier momento. Le consoló el hecho de que Natashya estuviera a su lado tan calmada y...

—¿Sí? —contestó Adebayo.

—Siento molestarle —empezó a decir.

—No tenemos tiempo para estas cosas —dijo Natashya después de soltar un enfadado suspiro.

—¿Qué ha sucedido? —preguntó el anciano.

—Gallardo, el hombre que ha estado persiguiéndonos ha secuestrado a Leslie. Amenaza con matarla si no le entregamos los instrumentos.

—Eso es horrible —se lamentó con los ojos llenos de pena—, pero no puedes entregarles los instrumentos.

Lourds observó con incredulidad que el anciano empezaba a cerrar la puerta.

—¿Qué? No puede dejar que la maten.

Natashya puso el pie para impedir que cerrara, al tiempo que le ponía el cañón de la pistola entre los ojos.

—¡Abra la puerta! —le ordenó.

—¿Vas a dispararme?

—Sólo si me obliga. No tengo por qué matarlo, pero recibir un tiro es muy desagradable.

Adebayo se apartó y miró a Lourds.

—No puedes permitir que lo haga —le reprendió.

—¿Quieres intentar salvar a Leslie o no? —le preguntó Natashya sin mirarlo.

Su ronco tono de voz lo sacó del estado de paralización en que se encontraba.

—Por supuesto.

—Entonces hay que hacerlo —dijo, y le lanzó un rollo de cinta—. Ponlo en la cama. Lo menos que podemos hacer es que esté cómodo.

—Lo siento —se disculpó mientras sujetaba con la cinta las manos del anciano después de haberlo tumbado en la cama.

Adebayo no dijo nada. Se quedó quieto y dejó que Lourds se sintiera culpable.

Cuarenta y siete minutos después, Lourds salía del hotel con los tres instrumentos. Los había metido en una maleta con ruedas porque se sentía demasiado torpe como para cargarlos.

Pensó que haría falta una maleta más grande para meter toda la culpa que sentía. Blackfox se había resistido. Incluso le había dado un puñetazo en el ojo y había conseguido que se hinchara hasta cerrársele. Después, Natashya lo había tumbado con una llave de estrangulamiento. Nadie había acudido a interesarse por los ruidos provocados por la lucha.

Vang lloró cuando le quitaron el laúd que había protegido durante tanto tiempo. El guardián había recibido el instrumento cuando apenas era un niño. Habían asesinado a su padre y su abuelo había muerto joven. Aquello había sido lo más duro para Lourds. Además de llevarse el laúd le había roto el corazón.

—¿Quiere que le ayude? —preguntó un botones mientras esperaba en la puerta.

—No, gracias de todas formas.

El joven volvió a su puesto.

Al poco, una furgoneta aparcó al lado de la acera. El conductor se inclinó y abrió la puerta del pasajero.

—Profesor Lourds, venga conmigo.

—¿Dónde está Leslie?

—Viva de momento.

—Quiero que la suelte.

El hombre cogió la pistola que había en el asiento y le apuntó.

—Entre, si no le pegaré un tiro, y más le vale que esa maleta contenga lo que estoy buscando. Me ha estado molestando mucho y tengo muchas ganas de matarlo.

Otro hombre asomó por la parte de atrás con una pistola en la mano.

—Yo me haré cargo de los instrumentos.

Miró por encima del hombro. Sabía que Natashya estaba

en algún sitio, pero ni siquiera ella podía evitar que le dispararan.

Entregó la maleta sin decir una palabra. Después creía que la furgoneta simplemente se iría dejándolo allí como un idiota. Pero no lo hizo.

El conductor hizo un gesto con la pistola.

—Suba. Me han ordenado que me acompañe.

—¿Por qué?

—Para no tener que matarlo aquí mismo. ¿Prefiere venir de forma pacífica o morir en la calle?

Subió al vehículo de mala gana. El hombre que había en el asiento trasero cogió un trozo de cuerda y le ató las manos y el cuerpo al asiento mientras el conductor arrancaba. En cuestión de segundos quedó inmovilizado.

—¿Está viva Leslie?

—Recuéstese y disfrute del viaje, señor Lourds. Muy pronto obtendrá respuesta a su pregunta.

Miró con ojos fatigados a través del cristal manchado. Estaba tan cansado y tan lleno de adrenalina que veía palabras y símbolos en los insectos pegados a la ventana. De vez en cuando echaba un vistazo por el espejo retrovisor para ver si Natashya los seguía. No habían alquilado ningún vehículo, pero siempre parecía apañárselas, era una mujer llena de recursos.

Las luces fueron desapareciendo gradualmente conforme se alejaban de Londres, al igual que la esperanza de que los rescataran. Estaba seguro de que Gallardo había asesinado a Leslie y la había tirado en algún callejón. Aquel pensamiento le afectaba casi físicamente.

A pesar de todo, su mente volvía una y otra vez a la última inscripción de los cinco instrumentos, que todavía no había traducido completamente. La tenía prácticamente acabada.

Al poco tiempo, la furgoneta se desvió en la autopista y avanzó por una carretera llena de baches bajo unos enormes robles. En el momento en el que se detuvieron, el chirrido de los grillos inundó el vehículo.

—¿Qué pasa? —preguntó.

—¡Calla! —le ordenó el hombre, que encendió un cigarrillo.

Poco después, un helicóptero descendió del negro cielo y aterrizó en un campo cercano. Los dos hombres que lo habían capturado salieron de la furgoneta, lo soltaron y lo llevaron a través de la alta hierba hacia el aparato.

Reconoció a Gallardo inmediatamente. Aquel despiadado delincuente estaba sentado en la parte de atrás. Otro hombre le puso unas esposas y lo empujó hacia un asiento.

—¿Dónde está Leslie? —preguntó.

Gallardo se echó a reír amargamente.

—Tú y tu pequeña bruja habéis tenido problemas desde el principio. Lo único bueno es que habéis encontrado los instrumentos.

El dolor le atravesó el corazón. Le gustaba la compañía de Leslie y le dolía que le hubiera sucedido algo horrible.

—Hicimos un trato —gruñó mientras el helicóptero aceleraba y se elevaba en el aire.

Gallardo habló en voz más alta.

—Te daré tu parte del trato. Sigue viva. —Se movió y le dejó ver a Leslie, tumbada en el asiento de al lado. También estaba esposada, pero desmayada. Vio que seguía teniendo pulso en el cuello.

«Gracias a Dios está viva», pensó.

—Que siga viviendo depende de tu cooperación.

El miedo volvió a atenazarle al darse cuenta de las implicaciones de aquellas palabras.

—¿Para qué necesitas mi cooperación?

—Lo sabrás dentro de nada —aseguró haciendo un gesto con la cabeza.

El hombre que había al lado de Lourds sacó una hipodérmica y se la hundió en el cuello. Durante un breve instante sintió dolor y después un calor que se desbordó por su cabeza; cayó hacia un lado, inconsciente.

Llegar a Cádiz le había costado mucho más de lo que esperaba. Cuando había visto que Lourds subía a la furgoneta desde su punto de observación en el segundo piso, no intentó seguirlos. Los hombres de Gallardo eran profesionales. Sabía cuándo había que contenerse y utilizar la cabeza, en vez de precipitarse tontamente hacia el peligro.

Sabía dónde lo iban a llevar. Al menos, eso esperaba. Tampoco podía estar segura de si llegaría vivo. Siempre cabía la posibilidad de que Gallardo o su misterioso jefe obtuvieran lo que querían de él y lo mataran por el camino.

Pero confió en su instinto.

En vez de perseguir la furgoneta despertó a Gary y fueron a Heathrow a alquilar un vuelo privado. Su intención era que Gary contratara el piloto para que nadie hiciera preguntas sobre ella. Resultó que tenía un amigo piloto que estaba encantado de llevarles.

Aquel problema, al menos, se había solucionado fácilmente.

Gary se sentó en el asiento delantero con el piloto y le contó alguna de las locuras en las que se habían visto involucrados en el último mes. Por supuesto, mintió acerca de todas las mujeres con las que había estado y de su papel en las situaciones peligrosas. La típica relación masculina entre dos viejos amigos.

Ella se limitó a poner cara de póquer cuando los embellecimientos de la historia empezaron a ser demasiado estrafalarios.

Iba sentada en la reducida sección de pasajeros mientras el avión daba sacudidas en la peligrosa noche oscura. Estaba segura de que Gallardo no se arriesgaría a llevar a Lourds a España en un vuelo convencional. Si eso era cierto, llegaría a Cádiz antes que él.

No era una gran ventaja, pero sí lo único que tenía.

Se acomodó en el asiento e intentó dormir, pero se vio acosada por las pesadillas. Podía ver y oír a Yuliya, pero su hermana no podía oírla a ella, por muy alto que gritara.

Cueva 42
Catacumbas de la Atlántida
Cádiz, España
13 de septiembre de 2009

—¡Hemos acabado!

El padre Sebastian estaba sentado con una manta sobre los hombros para aliviar el implacable frío del interior de la cueva. Habían bombeado gran parte del agua, pero seguían retirando los cuerpos a los que habían privado de su descanso y los apilaban sobre palés para sacarlos de las cuevas.

La puerta metálica había sido un gran problema. Brancati no había visto nada igual antes y desconocía de qué material estaba hecha. Al final habían tenido que taladrar la cerradura, aunque ésta había desgastado hasta las brocas de diamante. Romperla había costado días.

Sebastian se puso de pie y se sintió mareado un momento, aunque aquella sensación se fue disipando gradualmente. «No has dormido lo suficiente —se reprendió—. Deberías cuidarte más.»

—Creo que han forzado el mecanismo de la cerradura —dijo Brancati, que también parecía agotado—. Cuando quiera, padre.

Asintió, pero el miedo se apoderó de él cuando pensó en lo que podían estar a punto de descubrir.

Habían atado el cable de una excavadora a la puerta. Poco a poco, conforme el torno giraba y llenaba el ambiente con su mecánico ruido, el cable se fue tensando.

Después un fuerte rechinar inundó la caverna.

Todos los hombres miraban nerviosos. Ninguno de ellos sabía a ciencia cierta si las paredes aguantarían; no habían olvidado el despiadado mar que esperaba en algún lugar del exterior.

Algunas estalactitas cayeron del techo y chocaron estrepitosamente contra el suelo de piedra o provocaron salpicaduras en los charcos de agua que aún quedaban. Una de ellas golpeó el techo de la excavadora.

Sorprendido, el conductor pisó el acelerador con demasiada fuerza. La máquina tiró hacia atrás, luchó contra el peso de la puerta y finalmente encontró agarre. Entonces el cable se partió y golpeó a tres de los trabajadores, que cayeron al suelo como muñecos de trapo y sangrando abundantemente.

Pero la puerta se abrió.

22

Cueva 42
Catacumbas de la Atlántida, Cádiz, España
13 de septiembre de 2009

*L*os gritos de los hombres heridos retumbaron en la cueva, aunque apenas lograron penetrar en la sensación de irrealidad que inundaba la mente del padre Sebastian. Dejó de prestar atención a la puerta, que había quedado varios centímetros entreabierta, envuelta en una profunda negrura, y fue a ayudar a uno de los hombres azotados por el cable.

Brancati dio órdenes a sus hombres para que echaran una mano también y después se unió a ellos cuando llegó el botiquín. Durante unos minutos se ocuparon del brutal accidente.

Por suerte, ninguno había muerto. De hecho, las heridas no parecían graves. Podría haber sido mucho peor.

«No ha muerto nadie. Ha sido obra del Señor —pensó Sebastian—. Que su misericordia descienda sobre nosotros mientras seguimos adelante.»

Tras ayudar en la cura de los heridos, se limpió las manos con una gasa esterilizada lo mejor que pudo. Se había negado a esperar a que llegaran los guantes y había estado taponando heridas para contener la sangre.

—¿Cree en los malos presagios, padre? —preguntó Brancati en voz baja.

—Creo en todo lo que proviene de las manos del Señor, pero también creo en los accidentes. Los hombres están cansados y estresados por toda la tensión que han soportado. Debemos proceder con cuidado.

—Estoy de acuerdo —dijo Brancati dándole una potente linterna como las que llevaban la mayoría de los trabajadores, además de las luces de los cascos. Fue el primero en pasar a la siguiente cámara.

Sebastian iba detrás de él, flanqueado por los dos guardias suizos asignados a su protección personal.

La siguiente cueva era incluso mayor. Eran como unas fauces de piedra. Cuando las iluminaron, las estalactitas y estalagmitas dieron la impresión de ser los siniestros dientes. La cueva estaba seca, lo que indicaba que había estado herméticamente cerrada hasta que habían abierto la puerta.

—Quizá deberíamos dejar que se aireara un poco, padre —sugirió Brancati—. Por si el cambio de presión causa algún problema como en la cueva anterior.

Sebastian se obligó a asentir. No quería irse de allí, pero sabía que era más seguro.

—Padre Sebastian —lo llamó una voz.

Se volvió y vio a dos hombres que alumbraban con las linternas hacia una inscripción tallada en la pared. Atraído por la voz, se dirigió hacia ellos.

De nuevo, por un momento, le resultó imposible entender las palabras. Entrecerró los ojos, lo intentó de nuevo y consiguió leer el mensaje.

Llegad al Señor con un canto jubiloso

No pudo comprenderlo, pero sí leerlo. Lo miró un buen rato, se dio la vuelta y estudió la enorme cueva.

—¡Aquí! ¡Aquí, padre Sebastian! —gritó alguien.

Corrió hacia allí ayudado por los guardias suizos y encontró una larga pared, alisada para tallar imágenes. Entre los relieves había espacios, como si fueran las páginas de un gigantesco libro de piedra. Sin duda, muchas personas habían dedicado toda su vida para realizar aquel intrincado trabajo.

La primera imagen era la de una inmensa selva. Un hombre y una mujer, desnudos, estaban en un claro. Un gran número de

animales estaban a sus pies o los observaban de cerca. Los pájaros llenaban las ramas de los árboles que había a su alrededor.

—Santa madre —susurró hipnotizado por lo que estaba
viendo. Dio un paso hacia delante y pasó sus temblorosos dedos por la hermosamente tallada superficie.

—¿Qué es? —preguntó Brancati en voz baja.

—El jardín del Edén. Adán y Eva en el jardín del Edén.

Varios de los hombres se santiguaron y se quitaron los cascos, hasta que Brancati les ordenó que volvieran a ponérselos.

—¿Está intentando decirme que esto era el jardín del Edén?
—preguntó Brancati.

—No, no este lugar. Esto era parte de la Atlántida, o como
quiera que lo llamara la gente que conocemos como atlantes.

—¿Y por qué tallaron esas imágenes en las paredes?

—Para no olvidarlo. Para no repetir la misma locura que
hicieron Adán y Eva. —Dirigió la luz de la linterna un poco
más allá y descubrió otra imagen en la que se veía a Dios mol-
deando a Adán con un trozo de arcilla.

—Toda la historia está aquí —comentó alguien—. Estas
imágenes cuentan la historia bíblica de la creación.

—¿Es Dios? —preguntó alguien con gran reverencia.

Sebastian avanzó por los recovecos de la cueva y encontró
otra imagen en la que se veía a un hombre frente a Adán y Eva
en la selva. Otro hombre estaba cerca de la pareja, con un grueso
libro en la mano y un brillante halo alrededor de la cabeza.

—No, no es Dios —respondió Sebastian.

—Entonces, ¿quién es? —preguntó un trabajador.

—No estoy seguro, pero creo que es su hijo.

Afueras de Cádiz, España
13 de septiembre de 2009

Inclinado sobre el portátil, el cardenal Stefano Murani estudió
el vídeo de las excavaciones, que quedaban a pocos kilómetros
de donde se encontraba. Había establecido un piso franco por si
necesitaba refugio. Era una de las casitas de la zona que a veces
alquilaban a turistas. No le proporcionaba el tipo de lujo al que

estaba acostumbrado, pero quedaba cerca de las excavaciones y del océano Atlántico.

Observó con creciente interés las imágenes del interior de la nueva cueva, al otro lado de la enorme puerta. Sebastian se había acercado al objetivo deseado por el Papa.

«¿Serán todos esos relieves las ilustraciones del libro?», se preguntó mientras iba pasando las imágenes. El trabajo de aquella obra era asombroso.

La respuesta, por el momento, era que no lo sabía. Necesitaba acceder al interior de la cueva.

Sonó su móvil, lo abrió y contestó.

—Sí.

—Llegaremos dentro de cinco minutos, más o menos —dijo Gallardo.

—Nos vemos entonces.

Colgó, apagó la conexión a Internet y cerró el ordenador. Fue a la puerta y atravesó el sistema de seguridad instalado por los guardias suizos que habían decidido acompañarle. Había cámaras vigilando los alrededores.

El teniente Milo Sbordoni estaba sentado en el porche. Tenía una treinta años y era apuesto, con facciones bien definidas y una espesa perilla negra. Al igual que el resto de los guardias a su mando, llevaba un chaleco de combate lleno de armas. No tenían ninguna duda de que asaltarían las excavaciones en cuanto Gallardo hubiese atrapado a Lourds.

—Cardenal —lo saludó Sbordoni poniéndose de pie. La pistola y el rifle que llevaba brillaban bien engrasados.

—Ha llegado la hora.

—Muy bien —dijo Sbordoni. Sonrió y dio órdenes para que se reunieran sus hombres.

La Guardia Suiza se preparó y se repartieron más armas mientras en la calle se oía el motor de un camión de carga.

—Necesito decirles algo —pidió Murani.

Sbordoni dio una rápida orden y los hombres formaron delante de Murani. Debido a su estatura y a los chalecos que llevaban, se sintió muy pequeño ante ellos. A pesar de todo, los hombres reconocían su autoridad y mantuvieron silencio mientras los arengaba.

—Sois mis compañeros de armas. Sois lo mejor de la Guardia Suiza del Vaticano. Más que eso, también habéis reconocido lo sagrado de las palabras de Dios, algo que muchos de los que viven en el Vaticano han olvidado.

—La Iglesia se ha debilitado. Hemos de fortalecerla. —Hizo una pausa—. Algunos de vosotros conocéis la Sociedad de Quirino desde hace tiempo y sabéis que sus cardenales han trabajado con los anteriores papas para recuperar cosas perdidas durante miles de años. Unos pocos de vosotros, bendecidos por Dios, habéis tenido la oportunidad de ayudar en la localización y custodia de esos objetos.

Algunos hombres asintieron, incluido Sbordoni. Todos tenían cicatrices de aquellas batallas. La Iglesia no era la única entidad involucrada en esa búsqueda, y la Sociedad de Quirino siempre había tenido éxito a la hora de obtener lo que deseaba. En ocasiones, aquellos objetos se habían vuelto a perder o habían caído en manos enemigas.

—Lo que buscamos esta noche es el objeto más importante que Dios envió al pueblo elegido. Tiene el poder de rehacer el mundo.

Los ojos de Sbordoni se clavaron en los de Murani y el teniente de la Guardia Suiza asintió lleno de expectativas.

—Personas no creyentes y corrompidas por el ansia de poder lo utilizaron una vez. Querían ser como Dios. —Hizo otra pausa—. Es la obra más sagrada de Dios y debe ser usada por los que lo aman. Sé que lo amáis tanto como yo. Juntos situaremos este mundo en el lugar que Dios quería que estuviera.

—¡Alabemos al Señor! —exclamó Sbordoni.

Murani les pidió que inclinaran la cabeza mientras rezaba para invocar la protección de la Virgen.

Lourds estaba atado en el asiento trasero de un camión con cubierta de lona, aturdido y mareado por el efecto secundario de la droga que le habían administrado.

A su lado, Leslie también parecía agotada.

—¿Dónde estamos? —preguntó ella.

—No lo sé. —Lourds miró hacia la oscurecida costa que se veía por la abertura de la parte posterior del camión. La luz de la luna iluminaba las olas—. Cerca del mar.

—¿Cuándo te atraparon? —preguntó pasándose la lengua por los labios y comprobando la consistencia de las esposas.

—Después de secuestrarte. Me dijeron que si no iba con ellos te matarían.

—¿Y tu nueva novia no lo impidió?

Suspiró. Estar prisionero ya era suficientemente peligroso, pero estarlo con una joven con un interés personal en sus desventuras amorosas era todavía más complicado y menos agradable. La droga que le habían administrado a ella le había hecho hablar en sueños. No había sido nada amable en sus referencias a él. Sus ofensivos comentarios habían servido de diversión a los secuaces de Gallardo. Se alegró de no haberse despertado mucho antes que ella.

—No soy la única persona que te ha utilizado. Gallardo me llamó y me dijo que, si no le entregaba los instrumentos, te mataría.

—¿Y se los has dado? —chilló.

—Sí, iba en serio. Me refiero a lo de matarte.

—Imagino que eso no le habrá gustado a tu nueva novia. Sobre todo la parte en la que entregabas los instrumentos por mí.

—Natashya no es mi novia.

—No me digas que simplemente te usó y te dejó —dijo fingiendo que se compadecía de él.

—¿Por qué te preocupa mi vida privada? —preguntó levantando sus esposadas muñecas—. ¿Te has parado a pensar que estamos metidos en un buen lío?

—Puede que tengas razón —aceptó mirando las caras de los hombres que los custodiaban—. Vale, tienes razón. Al menos no nos han matado.

—Puede que eso no sea tan bueno como parece.

Cuando el camión se detuvo, uno de los hombres cogió a Lourds por la camisa y lo puso de pie. Lo empujó hasta la parte de atrás y después por la puerta, con saña.

Sus captores no parecían nada preocupados por estropear la mercancía.

Tropezó y cayó con fuerza al suelo, le dolía hasta respirar. Veía puntos que giraban delante de sus ojos. Antes de que pudiera recuperarse, uno de los hombres volvió a ponerlo de pie. Sintió un profundo dolor en las muñecas y se enderezó tan rápidamente como pudo.

Un nombre vestido con ropa de cardenal se paró delante de él. A su espalda había un pequeño ejército armado hasta los dientes.

—Señor Lourds, soy el cardenal Murani —se presentó sonriendo.

La expresión de aquel sacerdote hizo que sintiera un escalofrío.

—Dadas las circunstancias no puedo decir que sea un placer conocerle —le espetó.

Leslie se apretó a su lado. Frente a tantos enemigos no parecía tan implacable respecto a sus antiguos pecados de alcoba.

—Sí, la verdad es que no es un placer, aunque puede que sea una sorpresa. Una sorpresa muy agradable para mí, aunque me temo que desagradable para usted.

No dijo nada, pero sintió que un frío e intenso miedo le roía las entrañas.

—¿Ha descifrado la adivinanza de los instrumentos?

—No.

—¡Teniente! —llamó Murani sin parpadear.

Un hombre esbelto con perilla dio un paso adelante y desenfundó una pistola.

—Cardenal.

—La mujer.

El hombre apuntó inmediatamente a Leslie. Lourds se colocó delante de ella sin dudarlo. Leslie se agarró a su camisa y se apretó contra él con fuerza. No era exactamente la reacción que esperaba, pero no podía culparla. Él también estaba asustado.

El teniente gritó una orden. Dos hombres se acercaron y agarraron a Leslie. Ésta chilló, dio patadas y gritó cuando la apartaron.

—No matarás —dijo Lourds—. Ése es uno de los diez mandamientos de Dios, ¿no es así?

Los hombres pusieron a Leslie en el suelo y el teniente le colocó la pistola a escasos centímetros de la cara.

—Ese mandamiento no cuenta cuando los soldados han de luchar en una guerra santa por Dios. Y esto es una guerra. Se ha convertido en nuestro enemigo. Dios nos perdonará los pecados que cometamos hoy en su nombre. Estamos aquí para librar al mundo del mal. Los instrumentos que ha encontrado son nuestras armas. —Miró a Leslie, que estaba en posición fetal, aunque las manos que se había llevado a la cabeza no detendrían las balas—. Nos ayudará. Estoy dispuesto a matar a la joven para demostrárselo.

—No he descifrado la adivinanza de los instrumentos —aseguró con tanta sinceridad como pudo. En lo que había traducido hasta ese momento no había ninguna—. Sigo trabajando en la inscripción. Lo he resuelto casi todo, pero no hay mención alguna a una adivinanza.

Murani lo miró.

—Se lo juro. Va a matarla sin motivo. Le ayudaré en lo que quiera, pero no la mate. Yo tampoco quiero morir. —La sangre se agolpó en sus orejas y su corazón empezó a latir con fuerza—. Lo intentaré otra vez, es todo lo que puedo hacer.

La mirada del cardenal no vaciló ni un momento. Finalmente, cuando Lourds estaba cada vez más convencido de que iba a matar a Leslie de todas formas, Murani miró al teniente y dijo:

—Tráela.

«Gracias a Dios», pensó. Soltó aire, aunque aquello no pareció aliviar la opresión que sentía en el pecho.

—Subidlos al camión —ordenó Murani.

Unas fuertes manos volvieron a agarrarlo otra vez y apretó los dientes para soportar el dolor.

De nuevo en los incómodos límites del camión, iba sentado en el suelo metálico que había entre dos bancos llenos de soldados vestidos de negro. Creía que eran guardias suizos y, por las conversaciones que había oído, romanos.

Una cadena sujetaba las esposas al suelo. No había posibilidad de escapatoria. Dio bandazos y saltos mientras el vehículo avanzaba por un terreno accidentado.

Las solapas de la lona en la parte de atrás cubrían gran parte de la vista, pero se balancearon lo suficiente durante el viaje como para ver algo de vez en cuando. Habían seguido la costa. Tenía su atención dividida entre Leslie, Murani y encontrar referencias que facilitar a la Policía para que los localizara.

Leslie estaba a su lado. En ocasiones su cuerpo chocaba suavemente contra el suyo y le recordaba tiempos más agradables. También le hacía pensar lo vulnerable que era aquella joven.

A pesar de la determinación de esos hombres de matar por el cardenal Murani, no pensaba que fueran a violarla. Al menos, estaba a salvo de esa amenaza.

O eso esperaba. Gallardo y sus secuaces también iban entre los guardias; a veces sus calenturientas miradas se desviaban hacia Leslie. Lourds se sentía incómodo al adivinar sus intenciones.

—Thomas.

—¿Sí? —preguntó mirando a Leslie.

—Lo siento —dijo con lágrimas asomándole en los ojos.

—¿Por qué? —Sintió pena por ella. No estaba preparada para algo así. Tampoco él. La verdad era que sentía pena por los dos.

—Por ser una bruja.

—Mira, la noche con Natashya… —empezó a decir, pero se calló pues no estaba muy seguro de cómo continuar. Aquella noche había sido maravillosa, como las que había pasado con ella. Pero no creía que debiera disculparse con ninguna de las dos. Había sido sincero desde el primer momento. Le gustaban las mujeres. No estaba listo todavía para sentar cabeza. Y tampoco había perseguido a ninguna de las dos, sino que ambas se habían mostrado dispuestas.

—No has hecho nada malo —lo tranquilizó.

Se relajó. A veces, cuando las mujeres se enfrentan a situaciones duras o difíciles dicen cosas que suponen deberían decir, pero que realmente no sienten. Lo había aprendido a fuerza de experiencia.

—Al menos, no exactamente malo. Eres un hombre y tienes una serie de limitaciones básicas. Como especie, no sois nada fieles.

En un rincón del camión, uno de los hombres de Gallardo les prestaba atención y sonreía.

—Creo que no es el mejor momento para hablar de esas cosas.

—Puede que no tengamos otro —protestó exasperada—. No es una situación incómoda con la que vayamos a sentirnos molestos un tiempo y después volvamos a nuestra vida normal.

—Preferiría que fuera así.

Leslie puso cara de incredulidad.

—¿Estamos en un camión lleno de asesinos y quieres jugar a ser un optimista redomado?

De repente se dio cuenta de que estaba a punto de volver a enfadarse con él.

—No somos asesinos —intervino Murani.

—Ya. Pues a mí me parece que secuestrar a gente y amenazarla con pegarles un tiro es un claro indicador de maldad, ¿no cree?

—Intento salvar el mundo, no soy el malo —protestó Murani.

Lourds se encolerizó al recordar que Gallardo, o uno de los hombres a las órdenes de Murani, había asesinado a Yuliya y había disparado al equipo de Leslie en Alejandría. Fueran cuales fueran las intenciones que tuviera aquel hombre, era un delincuente.

—¿Y cómo va a hacerlo? —preguntó Leslie.

Murani suspiró.

—A través de la palabra de Dios. Ahora cállate, o haré que te amordacen.

Leslie se calló, pero se apoyó con más fuerza contra Lourds.

—De todas formas, lo siento —dijo en un susurro.

Lourds asintió.

Leslie lo miró enfadada.

—¿No me vas a decir que tú también lo sientes?

Se quedó helado. ¿De qué tenía que disculparse? Hizo una tentativa.

—Siento haberte convencido para que vinieras conmigo.

Leslie gruñó y se apartó de él.

—Eres un idiota.

Gallardo y sus hombres se echaron a reír y hasta Murani pareció divertirse con aquella situación.

No podía creer que temiera por su vida y a la vez tuviera que sentirse culpable por sus relaciones con las mujeres. Si no hubiera tenido tanta curiosidad por lo que iban a encontrar en la excavación de Cádiz, se habría vuelto loco. Se concentró en la inscripción. Volvió a reconstruir la lengua en su mente para poder traducirla una vez más.

Más tarde, aunque no podía estar seguro de cuánto tiempo había transcurrido, el camión se detuvo y se oyeron voces en el exterior. Una mirada a través de la lona, antes de que uno de los guardias la cerrara, le reveló que estaban en la excavación de Cádiz. Varios vehículos de los medios de comunicación rodeaban el lugar.

Estaba desesperado. Seguramente lo único que tenía que hacer era gritar pidiendo ayuda; entonces, la gente...

—No lo haga —le advirtió Murani fríamente—. Manténgase callado o mataré a su amiga. Necesito esa genial mente suya un poco más de tiempo. Pero la compañía de la señorita Crane es una mera conveniencia para usted, algo de lo que seguirá disfrutando según su comportamiento.

Desistió. Oyó que Leslie inspiraba con fuerza a su lado. Inmediatamente uno de los guardias le puso una mano en la boca. Leslie chilló, pero el sonido quedó amortiguado.

El motor del camión se encendió y volvieron a ponerse en marcha.

Natashya se mantuvo en las sombras que rodeaban la excavación y observó los dos camiones que atravesaban la valla, que habían elevado en previsión del interés que podrían despertar y para evitar a los medios de comunicación. Sus tres metros de altura y el alambre de espino en la parte superior no detendrían a una división acorazada, pero sí mantenían a raya a periodistas, curiosos y a quienes sólo piensan en el robo. Unos proyectores de luz barrían el rocoso terreno.

A la derecha, el océano Atlántico golpeaba contra un muro de contención de dos metros y medio que se había construido para evitar el agua de la marea alta. No era una construcción permanente, aunque estaba hecha con buenos materiales. La Iglesia católica no había escatimado gastos para asegurar que su gente estuviera a salvo.

Pensar que tenía que descender a las cuevas seguía revolviéndole el estómago. Incluso los túneles del metro de Moscú la hacían sentir así. No le gustaba la idea de quedar atrapada bajo tierra. La posibilidad de ahogarse mientras estuviera allí todavía la horrorizaba más.

Enfocó los binoculares hacia los dos camiones que atravesaban la puerta. Eran las 2.38. No creía que fuera ningún reparto, aunque cabía la posibilidad.

—¿Y bien? —preguntó Gary a su lado.

No contestó, su compañero estaba demostrando no tener paciencia.

—¿Son ellos? —insistió.

—No lo sé. No había una lista de pasajeros impresa en el lateral.

Gary soltó un juramento.

—¿Y si te has equivocado?

—Entonces el que estaba equivocado era Lourds. Él fue el que hizo la traducción y estaba seguro de que los instrumentos conducían hasta aquí.

—Podía estar en un error. Incluso si era cierto que las inscripciones hablaban de la Atlántida, ésta podía no ser a la que se referían.

—Ya lo sé.

—Tal vez los hemos perdido.

—Ya lo sé.

Sólo seguía manteniendo esa conversación porque hasta cierto punto lo relajaba.

Gary volvió a maldecir.

—Quizá la Iglesia católica no está en lo cierto y esto no es la Atlántida. Si leyeras la documentación que se ha escrito sobre el tema, sabrías que podría estar ubicada en cualquier parte del mundo.

—No me importa. Lourds dijo que vendrían aquí.

—Pero si estaba equivocado, los hemos perdido.

—Intenta no pensar así, creo que tenía razón. —Observó que los camiones se detenían en la entrada del sistema de cuevas y que descendían sus pasajeros.

—¿Qué otra cosa podría…?

—Tenía razón, ahí están —dijo al ver a Lourds, que tropezó al bajar del vehículo.

—Lo sabía, es un tipo muy inteligente.

—Sin duda. —A pesar del peligro, no pudo dejar de sonreír. En parte por el ridículo cambio de postura de Gary, y en parte porque Lourds y Leslie seguían en el mundo de los vivos, pero sobre todo porque su venganza por la muerte de Yuliya estaba próxima.

Casi no podía esperar para llevarla a cabo.

El grupo fue hacia la cueva y desapareció en su iluminado interior.

Había llegado el momento más difícil.

—Tenemos más problemas —dijo Natashya.

—¿Cuáles?

—Los hombres de Gallardo han entrado fácilmente.

—¿Y?

—Eso significa que hay gente de su parte. Se han infiltrado en la seguridad.

—¿Y?

—Están al mando, van armados y nos superan cien a uno —le explicó como si fuera un niño pequeño.

—Eso no te ha detenido nunca.

Murani bajó a las cuevas con Sbordoni a un lado y Gallardo

al otro. Resultaba extraño pensar que si se hubieran conocido en otras circunstancias no se habrían caído bien. Sin embargo, podía utilizarlos para sus propósitos.

Gallardo observó nervioso que el grupo de guardias suizos encargado de la seguridad se unía a su equipo. No había pensado que la incursión en el sistema de cuevas fuera tan fácil.

—¿Creías que íbamos a tener que abrirnos paso a tiros? —preguntó Murani.

—¿Yo? No, pensaba más en la estrategia de colarse por la puerta de atrás —dijo Gallardo, que parecía tenso—. Otra cosa que he aprendido con los años: entrar en un sitio no significa que luego se pueda salir.

—Nosotros podremos —lo tranquilizó Murani. Todos los guardias suizos que había en la excavación habían jurado lealtad a la Sociedad de Quirino y creían en el mantenimiento de los secretos de la Iglesia. Los que no sabían que Murani tenía planeado utilizar el objeto que el padre Sebastian estaba a punto de descubrir se darían cuenta de ello demasiado tarde.

—Para que lo sepas —comentó Gallardo—: si algo sale mal, no me quedaré por aquí.

—No saldrá mal —dijo Murani observando las cuevas y el campamento base.

Había pocos trabajadores despiertos, la mayoría dormía en el interior de las tiendas. Los que no lo hacían, miraron con cierta curiosidad a Murani y a su gente. Todos sabían que la Guardia Suiza iba armada y que había habido amenazas contra la excavación. Murani estaba seguro de que la presencia de guardias en el campamento base solamente les haría pensar que se había aumentado la seguridad.

—¿A qué distancia se encuentra la cueva en la que está el padre Sebastian? —preguntó Gallardo.

—A unos tres kilómetros.

Gallardo miró con inquietud la entrada de la cueva.

—Eso es un largo camino bajo tierra.

—Personalmente, sabía que habría un largo camino hasta donde quería llegar. Estoy deseando estar allí —dijo Murani, que esperaba que el padre Sebastian no hubiese encontrado el libro todavía.

Y

Siguiendo las órdenes de un guardia suizo, Lourds subió a un remolque que transportaba provisiones y trabajadores. Unas largas tablas de madera hacían las veces de asientos.

Leslie iba a su lado.

—No me gustan las cuevas —dijo ésta.

—Algunas son fascinantes —la tranquilizó. Había visto algunas cuando estudiaba pinturas rupestres en busca de alguna señal de lenguaje rudimentario. La idea de que la humanidad hubiera vivido en ellas le fascinó durante un tiempo.

—Te gustan cosas muy raras.

—Supongo que sí —dijo Lourds sonriendo.

—Es parte de lo que te hace ser interesante.

—Si tú lo dices —aceptó Lourds, que intentaba seguir el hilo de pensamiento de Leslie. No sabía si en un principio lo había encontrado encantador o desagradable. Se sorprendió al descubrir que le importaba lo que pensara de él.

En vez de seguir preocupándose por ella, dirigió su atención hacia el campamento base. Se había organizado de forma muy parecida a los que se instalan cuando se asciende una montaña. Había comida, botiquín y entretenimientos, como televisión y juegos de vídeo, alimentados por ruidosos generadores que llenaban las cuevas de ostensibles vibraciones.

El camión puso en marcha el remolque con una sacudida. Lourds chocó contra Leslie. Miró a los guardias que había frente a ellos y no pudo dejar de pensar que si hubiera sido una película de James Bond, 007 entraría en acción en ese momento y vencería a sus captores. Después salvaría al mundo.

«Al menos James Bond sabría de qué estaba salvando al mundo», pensó con amargura. Él sólo tenía una ligera idea de lo que iban a encontrar.

Pero la certeza de que saltar sobre uno de los guardias y arrebatarle la pistola era una locura le quedó muy clara antes de actuar y se sintió agradecido. Se imaginó acribillado a balazos y a Murani torturando su moribundo cuerpo con unas tenazas calientes o algo parecido para que le tradujera la inscripción.

El camión fue cogiendo velocidad conforme descendía hacia las entrañas de la tierra. Se fijó en que el equipo de la excavación había seguido unos túneles que ya existían, pero se habían visto obligados a agrandar algunos. Los faros hendían la oscuridad y las bombillas colgadas en la roca desnuda de los túneles indicaban el camino hacia su destino.

Notó que Leslie temblaba y pensó en rodearla con el brazo. Podría hacerlo incluso con las esposas, pero no supo si se lo permitiría. Así que continuó sentado en silencio temiendo lo que iba a encontrar al final de aquel viaje a la Atlántida.

—Éstas eran las catacumbas que había debajo de la ciudad —explicó el padre Sebastian mientras iba mostrando los grandes relieves tallados en la piedra que mostraban gran parte de lo que había descrito en el Génesis. Se detuvo frente a uno en el que se veía el nacimiento del universo y la separación de la oscuridad y la luz. Dios, una presencia reluciente, tenía los brazos en alto y abiertos mientras la luz del sol lo rodeaba—. Seguramente las excavaron a medida que iban construyendo la ciudad.

—No hemos encontrado nada encima —comentó Brancati.

—¿No habrán sido los terremotos y las olas los responsables de la desaparición de la ciudad? —preguntó Sebastian pasando los dedos por un relieve que mostraba la construcción de un zigurat en el centro de una fantástica ciudad mucho más adelantada que cualquier construcción que hubiera podido existir en el mundo en el momento en el que se creía que la Atlántida había quedado sumergida.

—Sí, he visto terremotos que no han dejado gran cosa en zonas rurales, pero eso no sucede en las ciudades actuales. Hay demasiadas conexiones de servicios públicos y sistemas subterráneos, como para que desaparezcan todos.

—Pero ¿y hace miles de años?

—Las murallas circulares permanecen. Hay quien duda de que esto sea la Atlántida.

Sebastian asintió indicando hacia el relieve que tenía delante.

—Los estudiosos de la Biblia y los historiadores se equivocaron acerca de la Torre de Babel. No se construyó en Babilonia, sino aquí, en la Atlántida.

—¿De verdad lo cree? No esperaba algo así.

Al reconocer la voz, pero sin saber qué podría estar haciendo allí la persona que había pronunciado esas palabras, Sebastian se dio la vuelta y vio al cardenal Murani al frente de un pequeño ejército de guardias suizos.

—¿Qué hace aquí Stefano? —preguntó.

Murani se detuvo frente al relieve y lo observó un momento, antes de girarse hacia el sacerdote.

—Estoy aquí para realizar la verdadera obra de Dios. He venido para devolver el conocimiento de Su palabra y Su verdad al mundo. No voy a encubrirla y continuar ayudando a debilitar su poder.

—No debería estar aquí —le reprendió Sebastian.

—No, pero el hombre que manda sobre mí es un inútil. El nuevo papa es tan débil como los que hubo antes que él. Insiste en que todo lo que se encuentre aquí debe enterrarse. Está equivocado y no voy a permitir que lo haga.

El terror invadió a Sebastian al contemplar al cardenal. Era evidente que algo se había descontrolado en su interior. Sus ojos estaban tan enloquecidos como segura sonaba su voz. Miró a los dos guardias suizos que habían actuado como su escolta.

Ambos se alejaron de él.

—No sé qué demonios… —empezó a decir Brancati dando un paso adelante.

Un hombre de aspecto brutal le golpeó con la culata de un fusil en la frente y lo derribó. Brancati cayó de bruces al suelo y le empezó a sangrar el corte que se había hecho en la ceja izquierda.

Los trabajadores corrieron a defender a su jefe, pero las armas que blandían los guardias suizos los frenaron. Los guardias dieron órdenes y los trabajadores se pusieron de rodillas con las manos detrás de la cabeza.

Rápidamente se las ataron con esposas de plástico. Una vez prisioneros, los condujeron a la cueva exterior. Ninguno se resistió. Murani sonrió. Se acercó para que sólo Sebastian pudiera oírle.

—No puedes detenerme, viejo. Lo único que puedes hacer es resistirte y morir. Si quieres morir por Dios, hazlo. Estoy deseando que hagas ese sacrificio. De hecho, lo apruebo.

Sebastian se obligó a mantenerse firme a pesar del miedo.

—El libro no está aquí.

Murani miró a su alrededor.

—Yo creo que sí.

—Destruyó la Atlántida.

—Porque los reyes sacerdote de aquellos tiempos querían ser iguales a Dios. Yo sólo quiero devolverlo a este mundo. Quiero que todo el mundo vuelva a temerlo, incluido el inútil chapucero que está en la Ciudad del Vaticano. Sobre todo él. Tengo planes…

Sebastian empezó a temblar, pero no dijo nada. No podía creer lo que estaba sucediendo. La Guardia Suiza debía obediencia al Papa, a nadie más. Y sin embargo, habían seguido a Murani como si él fuera el Papa.

—¿Dónde está el libro? —preguntó.

Sebastian negó con la cabeza.

—No lo sé, y si lo supiera, no te lo diría.

Un temblor nervioso se hizo patente bajo el ojo derecho de Murani.

—Ten cuidado, no voy a aguantar ninguna insurrección. Si es necesario, te enterraré aquí.

—Así que vas a añadir el asesinato a tu lista de atrocidades.

—Demasiado tarde, ya lo añadí hace mucho tiempo —replicó Murani fríamente—. En este momento lo único que puedo hacer es ahondar en lo que ya he hecho. Acabar con una vida persiguiendo el propósito de Dios no es un asesinato.

—Ésa no es la obra de Dios.

—Tú no la reconoces como obra de Dios, yo sí.

—No te ayudaré.

Murani sonrió.

—No necesito tu ayuda —gruñó antes de levantar la voz—. ¡Profesor Lourds!

Lourds fue dando traspiés cuando un guardia suizo lo empujó. Entonces se dio cuenta de lo desgastado que estaba el suelo de piedra entre los murales tallados. Hacía miles de años, la gente había pasado mucho tiempo paseando ante aquellas imágenes.

—¡Ven aquí! —ordenó Murani.

Se acercó al cardenal de mala gana. Había presenciado la conversación entre él y el padre Sebastian, pero no había conseguido oírla debido al ruido de los generadores que había en la cueva contigua. Con todo, por la expresión de sus caras, se dio cuenta de que ninguno de los dos estaba contento con nada de lo que hubieran dicho.

Murani hizo un gesto hacia la imagen tallada que tenía delante.

—¿Sabes qué es eso?

Miró la piedra y pensó que quizás estaba intentando engañarle. La imagen era clara, no cabía duda de lo que era.

—La Atlántida —aseguró haciendo un gesto hacia el zigurat con las dos manos, ya que las llevaba esposadas—. Ésa es la Torre de Babel. Se construyó para llegar al Cielo y alcanzar a Dios.

—Sí —dijo Murani, que indicó hacia las secciones de la piedra en las que había talladas inscripciones en la misma lengua que aparecía en los instrumentos. Sin embargo, la imagen que aparecía era diferente. En ella se veía a dos hombres y una mujer en la selva, rodeados de animales—. ¿Puedes leerlo?

Estudió un momento la escritura y notó la intensa mirada del padre Sebastian.

—No le ayudes a hacerlo —le pidió con suavidad el sacerdote—. No tienes idea de lo que pretende…

Rápido como el ataque de una serpiente, Murani golpeó al padre en la cara con la palma de la mano. Sebastian soltó un grito, se tambaleó y cayó sobre una de sus rodillas. Sangraba por la nariz y por los labios.

Algunos guardias suizos empezaron a acercarse. Sólo unas órdenes dadas por sus superiores los detuvieron. Era evidente que el acuerdo que hubiera entre el grupo implicaba cosas distintas para algunos de ellos. No todos pensaban igual.

No supo si aquello era bueno o malo. Lo único que sabía era

que todos iban armados. Una rebelión podría producir numerosas bajas, de las que no se librarían los testigos. Pensó que, de momento, no era un buen plan enfrentarlos. Quizá más tarde, si cundía la desesperación.

—¿Puedes leerlo? —volvió a preguntar Murani.

Miró el texto.

—No lo sé, hasta anoche no sabía cómo traducir esa lengua.

—¿Qué dice?

Se preguntó si Murani, cuyos finos labios habían dibujado una sonrisa, podría leer la inscripción.

—Deja que parafrasee esa sección por ti. Después de que Dios creara el Paraíso y la Tierra, los océanos y los cielos, cuando finalmente creó al hombre y poco después a la mujer de una de sus costillas, envió a su hijo para que caminara con Adán y Eva.

—Puede ser correcto —aceptó.

Murani no había leído la inscripción.

—Lo es.

Miró la historia escrita en la piedra. A pesar de algunos errores y alteraciones, era lo que decía.

—Pero es una equivocación. La Biblia dice que Jesús nació de María miles de años después y que era el único hijo de Dios.

—Eso es lo que te ha hecho creer la Iglesia —dijo Murani—. Es uno de los secretos que han protegido todos estos años. Dios tuvo dos hijos, a los que envió a la Tierra. La humanidad los mató a los dos.

Miró a Sebastian.

Su silencio fue elocuente.

—Si puede leerlo, ¿para qué me necesita? —preguntó a Murani.

—Porque no puedo hacerlo. Sólo sé de qué trata la historia, parte del secreto. Necesito que me digas el resto. El primer hijo de Dios vino a la Tierra, al jardín del Edén, con un regalo maravilloso: el Libro del Conocimiento. No era ni un árbol ni una fruta ni nada de eso. Eso fue otra de las cosas que ocultó la Iglesia. Ese libro contenía la palabra de Dios y tiene el poder de transformar nuestra realidad. Fue el libro que destruyó la Atlántida.

23

Excavaciones de la Atlántida
Cádiz, España
14 de septiembre de 2009

Avanzando con cuidado entre las sombras, Natashya subió por el lado de la colina en el que la valla se unía a la roca. La luz que salía de la boca de la cueva quedaba a pocos pasos.

Gary la siguió. Natashya agradeció que la seguridad del lugar no fuera extrema. Si alguien hubiera prestado atención realmente, lo habría oído dar traspiés en la oscuridad. Permaneció detrás de ella.

Agachada, sacó el móvil que había comprado al poco de aterrizar en Cádiz. Se lo había proporcionado el mismo traficante que le había vendido las dos pistolas de nueve milímetros que escondía en la trinchera que llevaba puesta.

—Lo que va a ocurrir puede ser peligroso —le previno mientras apretaba las teclas del teléfono—. A lo mejor deberías pensarte mejor lo de acompañarme.

Gary parecía tenso, tragó saliva y movió la cabeza.

—No puedo dejar que vayas sola.

Lo miró un momento y vio la determinación que había en sus ojos. Asintió al tiempo que apretaba el botón para hablar. Miró hacia la costa, donde el muro de contención detenía el embravecido mar. El ruido de las olas que lo golpeaban retumbaba continuamente por toda la zona.

La llamada tardó unos segundos en establecerse a través de una operadora internacional.

Con todo, Ivan Chernovsky contestó a la primera.

—Chernovsky.

—Soy Natashya.

—Vaya, sigues viva.

—De momento.

—Es lo que me he estado preguntando. Al parecer el catedrático Lourds y otros miembros de tu grupo han estado muy ocupados.

—En cierta forma, sí.

—Tiroteos en Odessa, Alemania y África. Menudo itinerario.

—Imaginaba que te enterarías de lo de Odessa, pero ¿cómo has sabido todo lo demás?

Chernovsky suspiró.

—He tenido que contestar muchas llamadas de otros países en las que me preguntaban por mi compañera. Nuestro supervisor cree que sé todo lo que estás haciendo y los puso en contacto conmigo. Después de decirme que lo negara todo y que mi trabajo está en juego, por supuesto.

—Lo siento, no tenía intención de que nada de esto te causara problemas.

—Bah.

Lo imaginó encogiéndose de hombros en su oficina.

—Lo superaremos, Natashya. Siempre lo hemos hecho. ¿Dónde estás? Los periodistas de Londres creen que no sigues allí. Hay mucha gente a la que le gustaría hablar con Lourds, y la empresa para la que trabaja la señorita Crane ha anunciado su desaparición.

—En Cádiz.

Chernovsky se quedó en silencio un momento.

—Así que era verdad, la Atlántida estaba allí.

—No lo sé. Secuestraron a Lourds en Londres, yo escapé antes de que pudieran capturarme. Sabía que lo traerían aquí.

—¿Por qué?

—Por los instrumentos.

—¿Los instrumentos musicales a los que se refería la señorita Crane en la entrevista?

Natashya dudó un momento. Volvió a recordar a Yuliya y

lo interesada que estaba en el antiguo címbalo en el que había estado trabajando.

—Eso espero.

—Pero me has llamado por otra razón, ¿verdad?

—Las cosas se han complicado aún más. No cabe duda de que la Iglesia católica ha estado ocultando más de lo que parece. Han metido en la cueva a Lourds y a Leslie.

—¿Qué buscan?

—No lo sé.

—¿Y Lourds lo sabe?

—Seguramente sí.

Chernovsky hizo una pausa y Natashya oyó el roce de su mano en la barba. Imaginó que si no se había afeitado era porque estaba sometido a una gran tensión.

—Ha de saberlo. Si no, no hay razón para que esos hombres lo secuestraran y lo llevaran allí.

—Eso tiene sentido, pero no tengo ni idea de lo que sabe.

—¿Qué quieres que haga?

Natashya sonrió.

—En este momento me buscan para interrogarme, ¿verdad?

—Sí —respondió Chernovsky con cautela—. En varios sitios. ¿En qué estás pensando?

—En que deberías notificar a las autoridades locales que hay una potencial amenaza terrorista en esta zona.

—¿Tú?

—Sí. —Chernovsky guardó silencio—. Ivan, no tenemos tiempo.

—Lo que sugieres es muy peligroso. Sobre todo para ti.

—Lo sé —aseguró mirando hacia la cueva. Hasta ese momento no había visto a ningún guardia en la entrada. También había camiones y casetas prefabricadas, que nadie parecía vigilar tampoco—. Pero necesito a la Policía para salvar a Lourds, y la necesito ahora. Si todavía quieren cogerme y les dices dónde estoy, enviarán el suficiente número de efectivos. No tengo otra opción, creo que corremos peligro. Si Lourds tiene razón, lo que destruyó la Atlántida sigue aquí.

—¿Después de llevar miles de años sumergida?

—Eso cree. La Iglesia católica ha intervenido. Con toda su fuerza, he de añadir. Y ahora resulta que parte de ella nos ha estado persiguiendo todo el tiempo —le informó mirando la valla—. Tengo que irme. Dime que harás la llamada.

—La haré.

—Deséame buena suerte.

—Buena suerte, Natashya.

Le dio las gracias y colgó. Entonces se puso de pie.

—No he entendido nada de lo que has dicho —protestó Gary.

—Era mi compañero. Va a llamar a las autoridades españolas para que intervengan.

—Estupendo, entonces sólo tenemos que quedarnos aquí y ver lo que pasa. —Gary parecía contento con aquella idea.

—No, vamos a entrar. La gente que envíen vendrá a buscarnos a nosotros.

Gary frunció el entrecejo.

—Te dije que no sería fácil ni seguro —dijo Natashya mirándolo—. Es mejor que te quedes.

—No puedo —aseguró con un gesto de cabeza.

—Entonces, sígueme.

Se volvió hacia la valla y pasó por encima de ella.

Lourds iba leyendo las inscripciones en voz alta conforme pasaba por su lado. Llevaba una potente linterna para iluminarlas. A pesar de que lo hacía encañonado y de que se dirigía hacia una audiencia presidida por un loco, parte de él se sentía orgulloso por su capacidad para poder descifrar una lengua desaparecida hacía siglos.

Aunque en los instrumentos no había una amplia muestra de significantes de la lengua, la traducción había sido relativamente fácil una vez descifrados. No conseguía reconocer todas las palabras, pero sí hacer suposiciones bien fundamentadas con las que rellenar las lagunas. Su voz sonaba fuerte en el pasillo frente a los pictogramas.

—«Adán y Eva y sus hijos se volvieron egoístas incluso en el jardín del Edén. Tenían el mundo a sus pies, pero querían más. El primer hijo los acompañaba e intentaba enseñarles las obras de Dios, pero no les comunicó todo el conocimiento sagrado de Dios y lo culparon de ello. Al final decidieron buscar el conocimiento ellos mismos.»

La siguiente imagen era desagradable. Mostraba a un hombre en la profunda corriente de un río bajo una cascada. En las dos orillas, otros hombres lo alejaban con unos largos palos.

—«Los hijos de Adán que tenían el corazón más avieso llevaron al primer hijo a la corriente de agua que alimentaba el Edén y lo ahogaron. Eso fue lo que hizo que Dios los expulsara de allí y más tarde los arrojara a la maldad del mundo.»

En la siguiente piedra, los hombres sostenían el Libro del Conocimiento con evidente júbilo.

—«Los hijos de Adán se llevaron el Libro del Conocimiento. Celebraron su triunfo, pero no admitieron su ignorancia. A pesar de que lo estudiaron, no lo entendieron. Tres días después de su muerte, el primer hijo resucitó.»

En la siguiente escena se veía al primer hijo vestido con una túnica y llevaba una aureola alrededor de la cabeza, caminando por la selva entre hombres y mujeres atemorizados. Alrededor de ellos varios animales estaban listos para atacar.

—«Cuando el primer hijo regresó, llevó con él la cólera de su padre. Ningún arma fabricada por los hijos de Adán podía atravesarle. Ninguna piedra le hacía daño. Los hijos de Adán se encogieron de miedo delante de él, que…» —Lourds dudó mientras intentaba descifrar la palabra.

—«Alejó a los animales de los hijos de Adán» —acabó la frase el padre Sebastian.

Lourds miró al sacerdote.

—¿Puede leerlo?

Sebastian asintió.

—¿Dónde aprendió esta lengua?

El anciano ladeó la cabeza.

—Jamás la había visto.

—¿Es lingüista?

—No, soy historiador. Las lenguas nunca se me han dado bien. Casi no sé latín.

—Pero ¿puede leerla?

Sebastian asintió.

—¿Y cómo explica que pueda hacerlo?

—No puedo explicarlo.

Observó al anciano con curiosidad. «No voy a empezar a creer en la intervención divina a estas alturas», se dijo. Pero no había otra forma de entender lo que afirmaba el viejo sacerdote, a menos que estuviera mintiendo, cosa que no estaba dispuesto a pensar.

Se volvió hacia la última imagen de la serie y dijo:

—«Adán, Eva y sus hijos fueron expulsados del jardín del Edén.»

La imagen era muy similar a muchas de las interpretaciones que había visto en varias Biblias ilustradas. Un ángel alado con una espada flamígera bloqueaba la entrada. Pero en esa ocasión el primer hijo estaba junto al ángel.

—«Con su justa cólera, Dios dejó el Libro del Conocimiento entre los hombres» —continuó Lourds—. «Advirtió que si era hallado debería permanecer sin leer hasta que volviera a llevárselo de este mundo.»

—Pero el Libro del Conocimiento no se perdió —intervino Sebastian—. Uno de los descendientes de Adán lo escondió durante generaciones. Trajo a su familia aquí para fundar la Atlántida y la civilización que atraería la ira de Dios.

—¿Cómo lo sabe? —preguntó Lourds, que en ese momento estaba tan perdido intentando descifrar la historia que no se había fijado en que Murani y sus soldados los rodeaban.

—Porque esa historia está aquí —dijo Sebastian iniciando la marcha. Su linterna iluminó más piedras con inscripciones.

Lourds lo siguió, al igual que Murani y la Guardia Suiza.

El corazón de Gary latía con fuerza cuando siguió a Natashya.

«Colega, esto no tiene nada que ver contigo. Vas a conseguir que te maten. Deberías sacar el culo de aquí», se dijo.

Pero no pudo. En parte porque sentía que tenía que hacer algo por Lourds y Leslie, pero también porque había crecido alimentándose con héroes de ficción y videojuegos. Se suponía que era un hombre de acción. Matar al malo, conseguir a la chica y todo eso. Aunque, tal como había aprendido en las últimas semanas, ser un héroe no era tan fácil; además, normalmente no había ninguna celebración después de comportarse como tal.

Siguió a Natashya a una de las casetas prefabricadas que había frente a la entrada de la cueva y se metió dentro. Encontraron monos como los que llevaban la mayoría de los trabajadores para protegerse del frío.

—Ponte uno —le ordenó Natashya en voz baja en la oscuridad. También le dio unas botas de trabajo—. Y esto también.

—Son pesadas y bastas —protestó.

—A menudo se identifica a los criminales porque no se cambian de calzado. —Natashya se puso el mono y escondió las pistolas que llevaba—. Dadas las condiciones en el interior de las cuevas, los supervisores seguramente comprueban que todo el mundo lleve botas de trabajo y cascos. Si no los llevas, se fijarán en ti —aseguró, y le dio un casco.

Gary se lo puso y se quitó los zapatos.

—Son pesadas y bastas.

Natashya hizo caso omiso a sus palabras, se recogió el pelo, se puso el casco encima y salió por la puerta. Gary tuvo que darse prisa para alcanzarla. Se colocó a su lado cuando entraba en la cueva.

—No tengo intención de ponerte nerviosa, pero ¿tienes un plan?

—Sí. Encontramos a Lourds y a Leslie. Cogemos lo que esté buscando todo el mundo y nos vamos, vivos. ¿Te ha quedado claro? —preguntó mirándolo.

—Como el agua. Creo que la parte de seguir vivos es la mejor.

—Estupendo, no me obligues a tener que darte una patada en el culo por dejarte matar.

Gary intentó encontrar una respuesta heroica, pero no lo consiguió, y siguió a su lado en silencio.

—«El hombre que tenía el Libro del Conocimiento fundó la isla que se conocería a través de las leyendas como la Atlántida.

Sabía que el poder que esperaba conseguir a través del libro haría que otros hombres intentaran arrebatárselo.»

Lourds se detuvo al lado del padre Sebastian. El haz de luz de la linterna del sacerdote iluminó la piedra que tenía delante, aunque otras luces se unieron rápidamente a la suya.

La imagen mostraba a un rey sentado en un trono, observando un vasto imperio.

Atraído por las palabras, Lourds comenzó a leer de nuevo.

—«Desprovistos del Edén, los hijos de Adán empezaron a vivir en el mundo exterior. Uno de sus hijos, Caleb, fundó la isla-reino de…» —No consiguió leer la palabra y se volvió hacia el padre Sebastian.

—Pone «cielo», pero no puede ser lo que era este sitio. El fundador eligió llamarlo así —susurró Sebastian.

—«Caleb continuó estudiando el Libro del Conocimiento. Pasaron los años y cedió esa tarea a sus hijos, que a su vez la cedieron a los suyos. No olvidaron el poder de Dios. Ambicionaban el poder y eligieron olvidar a Dios.»

En la siguiente imagen se veía la construcción de un zigurat. Cientos de hombres trabajaban acarreando piedras para elevar un edificio que se suponía alcanzaría los Cielos.

—«Se construyó una gran torre bajo el reinado del hijo de Caleb, el rey sacerdote. Su pueblo pretendía vivir en el Cielo y convertirse en dioses. Creían que lo único que tenían que hacer era subir al Cielo y alcanzar el Paraíso.»

En la siguiente piedra aparecía la destrucción de la torre y el suelo lleno de cadáveres.

—«Dios se percató de las malvadas y egoístas obras de los hombres y envió su venganza.»

—«Cólera» —lo interrumpió Sebastian.

—«Y envió su cólera —se corrigió Lourds— sobre los hombres y destruyó la torre. También destruyó lo que los mantenía unidos y les privó de su lengua. Incluso la lengua que hablaban al salir del jardín del Edén se perdió.»

Intentó imaginar lo que aquello había significado. Los hombres, que habían compartido tantas cosas, de pronto no podían comunicarse entre ellos. Les habían arrebatado incluso la lengua original.

—«Con el tiempo volvieron a hablar entre ellos en diferentes lenguas. Con el tiempo descifraron la lengua del Libro del Conocimiento. Los reyes sacerdote leyeron el libro. Dios conjuró el mar y destruyó la isla.»

El siguiente relieve mostraba una enorme ola rompiendo en la costa de la isla. La gente contemplaba horrorizada cómo se acercaba su inminente condena.

—«Sólo los que se refugiaron en las cuevas…»

—«Catacumbas» —lo corrigió Sebastian.

—«… catacumbas —Lourds hizo el cambio automáticamente. Las palabras lo atraían conforme las iba iluminando con la linterna— sobrevivieron. Después, cuando el mar se retiró, los supervivientes guardaron el Libro del Conocimiento en el hogar de…» —Se calló, incapaz de continuar.

—«En la cámara de los acordes», que es donde estamos —acabó la frase Sebastian.

Dirigió la linterna hacia la pared de piedra y vio unos hombres con túnicas frente a unos pictogramas que reconoció como los relieves ante los que estaba.

—¿El Libro del Conocimiento está aquí? —preguntó Murani.

—No lo sé —contestó Lourds.

Leslie soltó un chillido de sorpresa y dolor.

Cuando Lourds se dio la vuelta vio que Murani la había cogido por el pelo y la había obligado a arrodillarse mientras cogía la pistola de uno de los guardias suizos.

—¿Qué está haciendo? —preguntó avanzando hacia ellos.

Murani golpeó a Lourds en la sien con el arma.

Sintió un profundo dolor en la cabeza. Se mareó, cayó a cuatro patas y por poco se golpea en el suelo con la cabeza.

—¿Dónde está el libro? —gritó Murani.

Estaba a punto de vomitar y sintió el sabor de la bilis en la garganta.

—No lo sé. No lo dice. Eso fue escrito hace miles de años. Que sepamos, alguien se llevó el libro. Todas las historias que ha oído pueden no ser nada más que mentiras.

—Dime dónde está el libro —le exigió a Sebastian.

—No, no te voy a ayudar Murani. Te has deshonrado a ti, a la Iglesia y a Dios. No tomaré parte en ello.

—Entonces morirás —aseguró apuntándole con la pistola.

Por un momento, Lourds pensó que iba a disparar al anciano sacerdote.

Sebastian cogió su rosario y empezó a rezar con voz ligeramente entrecortada.

Murani apuntó a Leslie.

—¡La mataré a ella! ¡Lo juro! ¡La mataré!

—Lo siento —dijo Sebastian fijando los ojos en Leslie.

Furioso, Murani volvió su atención hacia Lourds.

—¡Sigue leyendo! ¡Encuentra el libro! Si no lo haces, mataré a la chica. Tienes diez minutos.

Sumamente débil, Lourds se puso de pie, aunque se tambaleaba. Cogió la linterna que había caído al suelo y fue dando traspiés hasta el muro con las imágenes. Llegó hasta la de los cinco instrumentos musicales.

Parpadeó e intentó no ver doble.

—«Los supervivientes vivieron en el temor a Dios. Guardaron el libro en la cámara de los acordes. La clave se dividió en cinco… instrumentos». Es una suposición, pero encaja.

—Continúa —le ordenó Murani.

Se secó el sudor de los ojos y fue hacia el siguiente pictograma.

—«El secreto estaba encerrado en ellos. Los instrumentos se entregaron a cinco hombres que se llamaron… guardianes». —Utilizó ese término por la forma en que se habían llamado a sí mismos Adebayo, Blackfox y Vang—. «Los guardianes se escogieron entre los que hablaban diferentes lenguas. Se les dio una parte de la clave y se les devolvió al mundo. No volverían a juntarse nunca más hasta que Dios los reuniera.»

Cuando siguió hacia la siguiente sección del muro vio que estaba lisa. La recorrió con la linterna y después se volvió hacia Murani.

—No hay nada más —dijo en voz baja esperando que le disparara, ofuscado por la frustración.

—El secreto está en los instrumentos musicales. Encuéntralo.

Hizo un gesto. Gallardo y sus hombres llevaron unas cajas y las depositaron en el suelo.

Dudó. El desafío era difícil y las condiciones imposibles, pero quería salvar a Leslie. Quería ser el héroe, estar a la altura.

—No lo hagas.

Volvió la cabeza en dirección al padre Sebastian, que seguía con el rosario en la mano.

—El Libro del Conocimiento fue escondido. Dios lo quiso así por una razón, destruyó el mundo —continuó Sebastian.

Pensó en las imágenes de destrucción que mostraban los muros de piedra. Tan sólo daban una pequeña idea del verdadero horror que había padecido la isla-reino.

—No debes hacerlo —le aconsejó Sebastian.

—Hacedlo callar —gruñó Murani.

Gallardo le dio un golpe en el cuello y el sacerdote cayó sobre una rodilla tosiendo y sintiendo arcadas. Sin mostrar piedad alguna, Gallardo le dio una patada en la cabeza y lo tiró al suelo.

Murani apartó la pistola de la cabeza de Leslie y se puso frente a Lourds.

Lourds quiso echarse hacia atrás. La amenaza que emanaba el cuerpo del cardenal era tangible. Sintió náuseas.

—Se supone que puedes hacerlo —dijo Murani con una voz temiblemente baja—. No sabías nada de todo esto y has llegado hasta aquí. ¿Crees en la voluntad de Dios, profesor Lourds?

Intentó responder, pero no consiguió que la voz saliera de su garganta, atenazada por el miedo.

—Creo que estás aquí por voluntad divina. Creo que Dios quería que estuvieras aquí, para servirlo de esta forma.

«¿Para destruir el mundo?», no pudo dejar de pensar. Nadie le iba a pedir que hiciera algo así, y mucho menos un Dios benevolente.

—No lo hagas, Thomas —le suplicó Leslie.

Gallardo se colocó detrás de ella. Una de sus grandes manos se cerró sobre su pelo y le puso una pistola contra la cabeza.

—¡Calla, zorra!

Leslie no le hizo caso. Las lágrimas empezaron a correrle por la cara, pero sus ojos permanecieron fijos en Lourds.

—Nos matarán de todas formas. ¿Para qué darles lo que quieren?

—No os mataré —susurró Murani con una sonrisa en los labios—. Una vez que tenga el Libro del Conocimiento no será necesario. No podréis hacer nada contra mí. Tendré el poder.

Lourds no creyó en las mentiras de aquel hombre ni un sólo momento.

—Piensa en el conocimiento —continuó Murani—. Incluso si os matara por ello, ¿quieres irte a la tumba sin obtenerlo? —Sus oscuros ojos buscaron los de Lourds—. Estás muy cerca. El premio supremo está a tu alcance. Es sin duda el mayor secreto de la humanidad. ¿Quieres morir sin saber si puedes descifrar o no el secreto que contienen las palabras que hay en esos instrumentos?

No había podido dejar de pensar en eso.

—Piénsalo —lo tentó—. Hay muchas posibilidades de que no sea capaz de leer lo que hay escrito en el Libro del Conocimiento. Te necesitaré. Si encuentras el libro, vivirás.

Quería decir que no. Todo lo bueno y decente que había en su interior rechazaba cooperar con el loco fanático que tenía delante. Pero una insistente voz en lo más recóndito de su ser no le dejaba tranquilo. Quería leer ese libro. Quería saber lo que había escrito en él.

—¿Cómo puedes desentenderte ahora? —le preguntó Murani.

—No dejes que te influya. No dejes que te tiente —gruñó Sebastian.

Pero la tentación era demasiado grande. Era el mejor y más excelente objeto que nadie jamás había estado buscando.

Y todavía no había sido hallado.

Se volvió hacia los instrumentos musicales sin decir una palabra.

Desde su llegada a Cádiz, Natashya había intentado familiarizarse todo lo que había podido con la excavación. Había leído los periódicos y revistas que había en el campamento de los medios de comunicación. Gary le había ayudado a conseguirlos. También habían visto algunos de los reportajes que habían emitido las televisiones. La excavación había aparecido en numerosas cadenas.

Según lo que había leído, la cueva en la que se encontraba la misteriosa puerta que salía en todos los vídeos estaba situada a unos tres kilómetros de la entrada.

Fue hacia el parque de automóviles que había en el interior de la primera cueva, donde guardaban el equipo pesado. Vio una pequeña camioneta descubierta en las sombras, donde no llegaban las luces de seguridad.

Estaba cerrada. Natashya supuso que era más por costumbre del conductor que por temor a un robo. ¿Quién iba a saltar la valla para robarles el equipo?

—Cerrada, ¿eh? —dijo Gary—. Quizás haya otra…

Natashya abrió la caja de herramientas que había en la parte de atrás, sacó una palanca y rompió la ventanilla del conductor. Los trozos de cristal cayeron hechos añicos al suelo de piedra.

—¡Joder! —exclamó Gary mirando a su alrededor—. ¿No crees que sería mejor actuar con un poco más de discreción?

—La discreción es más lenta —replicó Natashya abriendo la puerta—. Y no tenemos tiempo. Es posible que ya sea demasiado tarde.

—Creo que viene alguien —dijo Gary haciendo un gesto con la cabeza.

Natashya miró por encima del hombro y vio que se acercaban tres trabajadores. Se situó al volante y abrió la puerta del pasajero.

Uno de los hombres gritó, pero no entendió el idioma en el que hablaba. Sacó una navaja y cortó los cables de encendido. Después utilizó la palanca para forzar el bloqueo del volante.

—¿Sabes lo que está diciendo? —preguntó Gary.

—Seguramente querrá saber qué estamos haciendo. —Unió dos cables y el motor se encendió.

—¿Y si está diciendo algo como salid de la camioneta o disparo?

—Enseguida lo sabremos. —Puso una marcha y pisó el acelerador.

Los tres hombres echaron a correr gritando y agitando los brazos.

Gary se agachó, anticipando lo peor.

—¿Sabes?, tenemos un problema.

Natashya condujo entre el laberinto de equipo pesado y se dirigió hacia el arco iluminado que conducía a las profundidades del sistema de cuevas.

—¿Sólo uno?

La tensión incapacitaba a Gary para apreciar el sarcasmo.

—Algunos de estos guardias de seguridad son buenos tipos. Sólo hacen su trabajo. No están compinchados con los malos. ¿Cómo vas a distinguir unos de otros?

—Tendrán que tomar partido. —La camioneta dio un bote en el accidentado suelo—. Si se interponen en mi camino son malos. Es posible que los únicos buenos allí abajo seamos nosotros.

—Estupendo.

Cuando miró por el espejo retrovisor vio que los perseguían al menos dos vehículos.

—Menudo factor sorpresa el nuestro —comentó Gary en tono sombrío.

Entonces una bala atravesó el cristal trasero y destrozó el delantero.

—¡Coño! —exclamó Gary, que se agachó y se cubrió la cabeza con las manos.

Natashya se concentró en la conducción. Tenía un mapa aproximado del sistema de cuevas en la cabeza, pero la oscuridad era completa, a excepción de las luces de seguridad, que apenas iluminaban el camino. Sus faros sólo penetraban unos metros en aquella negrura. Las paredes de la cueva parecían ir acercándose cada vez más. En una ocasión el parachoques impactó contra una de ellas y provocó que saltara un torrente de chispas.

Confiaba en que Chernovsky hubiera llamado a las autoridades españolas y que la mitad de sus efectivos estuviera de camino. Y quizá la mitad del ejército. También intentaba no chocar contra ninguna de las paredes. Una vez dentro, esperaba llegar a tiempo de salvar a Lourds.

Y

Lourds estudió los instrumentos que tenía delante. Pensó seriamente en destrozarlos. Eso sería fácil, pero no sabía si eso evitaría que Murani encontrara el Libro del Conocimiento.

Y para él habría sido un sacrilegio.

—Si los destruyes te prometo que suplicarás la muerte antes de que te mate. —Murani estaba arrodillado frente a él con una pistola en la mano.

—Leería mejor si no me estuviera apuntando. Además, me quita la luz.

Murani se apartó, pero no bajó el arma.

Lourds leyó las inscripciones una y otra vez. Hablaban de la destrucción de la Atlántida y de la decisión irrevocable de enviar al mundo exterior la clave de la Tierra Sumergida en cinco partes.

La última frase decía: «Haced un ruido jubiloso».

—Haced un ruido jubiloso —dijo en voz alta—. ¿Significa algo? —Pensó que a lo mejor tenía algo que ver con los instrumentos, pero los había tocado y no había ocurrido nada.

Murani dudó un momento.

—«Cantad alegres a Dios, habitantes de toda la Tierra.» Salmo 100, 1.

—¿Qué significa?

—Los hombres deben rezar y alegrarse en Dios.

—¿Lo sabía?

—Todos los obispos deben saber recitar el libro de los salmos. —Murani levantó la cabeza—. Hay muchas prácticas de la Iglesia que se han ido abandonando. Yo soy más tradicional.

Lourds quería preguntar: «¿Incluyen esas prácticas el asesinato?», pero decidió que sería demasiado provocativo y seguramente nada conveniente.

—¿Tiene ese pasaje algún significado especial relacionado con el Libro del Conocimiento?

—No que yo sepa.

Volvió a tocar los instrumentos. La respuesta tenía que estar allí, pero le eludía. Se devanó los sesos. La solución tenía que estar escondida, pero ser alcanzable. Al fin y al cabo, si un guardián moría demasiado pronto, los que lo siguieran tendrían que saber cómo descubrirlo todo.

Cogió la linterna e iluminó la imagen en la que se veía a los cinco guardianes recibiendo los instrumentos.

Los cinco los mantenían en alto, en un círculo, dispuestos en una forma especial.

Memorizó la disposición. Volvió y los colocó en esa posición. Tambor, címbalo, flauta, laúd y campana. ¿Tenía algún significado ese orden?

Utilizó la linterna para estudiar detenidamente su superficie. Unos símbolos que no había visto antes en el lateral del tambor y que parecían arañazos atrajeron su atención. Eran débiles y estaban sueltos, no se parecían a los que había en las inscripciones. Tras miles de años era un milagro que siguieran allí.

Rápidamente y entusiasmado fue dándole la vuelta a los instrumentos hasta que halló esos símbolos en todos ellos. Juntos formaban una frase.

—«Romper hace un canto jubiloso». —Volvió a traducirlo. No tenía sentido. Seguramente se había equivocado.

—¿Qué has visto? —preguntó Murani.

Lourds se lo dijo.

—¿Qué son esos símbolos? —Quiso saber Murani, que sólo había visto alguno de ellos con la luz de la linterna.

—«Haced un canto jubiloso.»

Murani dirigió la linterna hacia la pared.

—Los símbolos también están ahí.

Lourds levantó la vista y vio que se repetían. La emoción lo embargó. Se acercó, cogió una piedra y golpeó la pared.

Oyó un sonido hueco.

Volvió a golpear.

—Detrás hay un espacio vacío —dijo golpeando de nuevo. En ese momento, la pared se partió.

Murani, Gallardo y algunos guardias corrieron hacia allí y atacaron la falsa pared con la culata de sus fusiles. La pared se hizo añicos que cayeron al suelo.

Al otro lado había una elegante e inmaculada cueva llena de estalactitas y estalagmitas. El sonido de los impactos provocó un eco casi musical en su interior.

Antes de que nadie pudiese detenerle, Lourds cruzó la destrozada pared y entró en la cueva. El aire en su interior parecía menos enrarecido y más frío. El ruido fue desapareciendo paulatinamente, pero se fijó en que el sonido se oía como si estuviera en un escenario.

En la pared de la derecha había una imagen del primer hijo con el Libro del Conocimiento en la mano. Tenía un aura de santidad en la cabeza.

En la inscripción que había debajo podía leerse:

LLEGAD AL SEÑOR CON UN CANTO JUBILOSO

24

Cámara de los acordes
Excavaciones de la Atlántida, Cádiz, España
14 de septiembre de 2009

—¿*Qué* significa? —preguntó Murani mientras enfocaba con la linterna la piedra que había atraído la atención de Lourds.

—No lo sé.

Sus palabras flotaron en el vacío de la cueva y volvieron repetidas por el eco.

—Es lo mismo que había en el muro, ¿verdad?

La impaciencia de Murani iba en aumento y sabía que pisaba terreno peligroso. La Guardia Suiza reconocía la autoridad de la Sociedad de Quirino, pero era consciente de que sus caminos eran divergentes. Se opondrían a la muerte de Lourds, Sebastian y el resto. Pero él no podía permitir que vivieran.

Por eso había llevado a Gallardo y a sus secuaces a la excavación. Era posible que el teniente Sbordoni y sus hombres siguieran órdenes, incluido el asesinato, pero la mayoría de los que habían trabajado en la excavación no lo harían.

Se ocuparía de ese contratiempo cuando fuera preciso. De momento necesitaba que Lourds utilizara sus conocimientos. Se dijo que ésa era su última oportunidad.

—Es lo mismo —aseguró Lourds.

—La última pared era falsa.

—No creo que ésta lo sea.

Murani hizo un gesto a Gallardo, que golpeó con la culata de su rifle la piedra, pero sólo se desprendieron varias esquirlas.

El fuerte golpe retumbó en la cámara.

—Sólida —gruñó Gallardo.

Lourds inclinó la cabeza y prestó atención.

Murani supuso que estaba escuchando el eco, pero no sabía por qué. Aquel hombre le sorprendía. Esperaba que pidiera clemencia, pero en vez de eso parecía cada vez más fascinado por lo que estaba sucediendo.

En cuanto a él, casi no podía contener la impaciencia. Llevaba muchos años pensando en el Libro del Conocimiento, desde que había descubierto la existencia de los cinco instrumentos en el libro que el resto de los miembros de la Sociedad de Quirino no habían encontrado en sus archivos.

Apretó la pistola que llevaba en la mano. No estaba acostumbrado a su tacto, pero sabía cómo utilizarla. Y se conocía lo suficiente como para estar seguro de que la utilizaría si era necesario.

Por un momento, dudó si Lourds estaría ganando tiempo. Si era así…

—Vuelve a golpear la piedra —pidió Lourds sin apartar los ojos de la pared.

—Hazlo tú —replicó Gallardo.

Impaciente y preguntándose si se habría alineado con la persona equivocada, el teniente Sbordoni golpeó la pared con su rifle. De nuevo, el sonido retumbó por la cueva.

—Este sitio es como un estudio insonorizado —comentó Leslie.

En el momento en que escuchó esas palabras, Murani recordó que era lo mismo que había pensado él, que era como la antecámara de una iglesia.

—Otra vez —pidió Lourds.

Sbordoni volvió a golpear.

—En otro lado.

El teniente alejó el rifle y le obedeció.

En esa ocasión, Murani notó la doble cadencia del golpe. La cueva amplificaba el sonido tan bien que resultaba perfectamente discernible.

—Ayúdeme —le pidió Lourds alumbrando con la linterna—. Tiene que haber algún mecanismo, una palanca o algo así.

—¿Por qué?

—Hay otro espacio detrás de esta pared.

—¿Otra cueva?

Lourds negó con la cabeza mientras pasaba los dedos por la talla.

—No es tan grande, parece un hueco.

—No tiene más de unos centímetros —dijo Sbordoni mientras buscaba también—. ¿Cree que está escondido en el dibujo?

—Échese hacia atrás y deme tanta luz como pueda sobre la talla —pidió Lourds apartándose también.

Todo el mundo permaneció en silencio. Entonces oyeron un suave susurro en la piedra.

—¿Qué es eso? —preguntó Gallardo.

—Es el mar —intervino el padre Sebastian con voz ronca por el golpe que había recibido—. Hay trozos en los que la pared de piedra de las cuevas es la única barrera que impide que el océano Atlántico las inunde. Si la rompéis, nos ahogaremos.

Aquella idea puso nerviosos a muchos guardias suizos. Gallardo y sus hombres tampoco parecían alegrarse ante aquella posibilidad.

—La pared es firme. Sólo intenta asustaros.

Pero sabía que la táctica del miedo empezaba a funcionar. Aquellos hombres carecían de la fe en Dios y de la misión que él tenía.

—¿Ha visto alguien esta imagen antes? —preguntó Lourds.

—Yo sí —contestó Murani. Era como la que había en el libro que había encontrado en los archivos.

—¿La ha traído?

—No.

Lourds pareció molesto.

—Nos habría venido bien para compararla.

Estudió la pared. Murani vio que estaba totalmente absorto con el problema, que había olvidado cualquier amenaza a su vida.

Confundido por el ensimismamiento de Lourds, buscó alguna diferencia en la imagen. Parecía la misma que la que había en el libro.

Excepto que sí había una diferencia.

—El libro. El libro que lleva en la mano el primer hijo —señaló Murani.

—¿Qué pasa con él? —preguntó Lourds, que se acercó para examinarlo.

—En la imagen que vi estaba cerrado, no abierto.

Lourds tocó el libro con el dedo índice.

—Necesito un cuchillo —pidió estirando una mano.

—Ni hablar. Eres un prisionero, no un invitado —replicó Gallardo.

—Dáselo —ordenó Murani—. Tenéis rifles. ¿Qué va a hacer con un cuchillo contra tus tiradores?

Gallardo le entregó una navaja con una hoja de unos doce centímetros.

Lourds la abrió y empezó a rascar alrededor del libro. De repente, la hoja se hundió. Sonriendo, retiró la navaja.

En el interior de la pared, se oyó el sonido de un resorte, que devolvió el eco de la cueva. Después, unos chirridos inundaron la caverna.

La pared retrocedió bruscamente y mostró unas marcas que el tiempo había cubierto de polvo. La pared se alejó quince centímetros y se deslizó hacia la izquierda.

Detrás había otra talla, en la que aparecían los cinco instrumentos, pero en diferente orden.

Debajo había diez cuadrados. Lourds apretó uno. Aquello accionó un mecanismo en el interior de la pared y casi inmediatamente se oyó un contundente y musical sonido de campana.

Lourds ya se había metido en las sombras con la linterna en la mano.

—Apriete ese botón otra vez.

Murani hizo un gesto para que algunos guardias suizos lo siguieran y le dijo a Gallardo que apretara el botón.

Volvió a oírse el sonido.

Lourds se detuvo y alumbró por encima de su cabeza.

—Otra vez —gritó al tiempo que desaparecía el eco.

¡Bong!

Murani oyó el sonido directamente encima de él y siguió con el rayo de su linterna el de Lourds en el techo de la cueva.

—Otra vez.

En esa ocasión, Murani distinguió el martillo que percutía la estalactita. Parecía hecho de hueso. Estaba conectado a un agujero del techo con un cable de oro.

—Otra vez.

El martillo se movió y percutió la estalactita.

¡Bong!

—Apretad otro botón —indicó Lourds.

El ruido estimuló otra breve búsqueda en la que se descubrió otro martillo de hueso conectado con un cable de oro.

—Convirtieron la cueva en un instrumento musical —explicó Lourds dirigiendo la luz de la linterna a su alrededor.

Natashya giraba el volante de la camioneta dando bandazos en la oscuridad. El vehículo se precipitaba por la pendiente. Miró el cuentakilómetros y se fijó en las decenas de kilómetros mientras seguían avanzando.

—¡Cuidado! —gritó Gary.

Demasiado tarde, Natashya vio que la pared de la cueva se les venía encima, como salida de las sombras. Giró con fuerza para tratar de esquivarla, pero las ruedas resbalaron en la lisa superficie de la piedra. La proximidad del océano Atlántico llenaba de humedad el ambiente. Con el tiempo, aquello produciría cambios en el sistema de cuevas y destruiría parte de las bacterias y hongos que crecían de forma natural.

La camioneta chocó contra la pared con fuerza. Natashya pensó por un momento que no podría volverla a poner en marcha. Las ruedas traseras giraban sobre la piedra en busca de asidero.

Las luces de sus perseguidores se aproximaban.

Entonces, las ruedas encontraron agarre y salieron disparadas.

Gary soltó un juramento y quitó el cristal roto de la ventana. La mayor parte le había caído en el regazo.

—¿Piensas que deberías haberte quedado atrás? —le preguntó Natashya.

—Puede que un poco —admitió—. Pero he de decirte que, en realidad, no quería venir. Para empezar, por el ataque en Alejandría.

Natashya forzó una sonrisa al oírlo. Pisó el acelerador y siguieron avanzando.

A poca distancia, la cueva se ensanchaba. Reconoció aquella parte, era la que había salido en numerosas ocasiones en la televisión, la anterior a la de las criptas.

Un vistazo hacia delante le advirtió de que ya no podían seguir. Pisó el freno y torció el volante. Giraron de lado al perder tracción y antes de poder detener la camioneta chocaron contra una excavadora que estaba parada. Se dio un golpe en la cabeza y casi se desmaya.

El olor a gasolina se filtró en la cabina.

«No todos los coches estallan —se dijo a sí misma—. Eso sólo pasa en las películas norteamericanas.»

Pero también sabía que sí lo hacían los suficientes como para justificar una rápida evacuación. Ya había sido testigo de lo que había ocurrido en Moscú. Además, tenían casi encima a los hombres que los perseguían.

—¡Sal! —ordenó a Gary sacudiéndolo por el hombro.

Éste la miró. Le salía sangre del corte que se había hecho encima de un ojo.

—Creía que nos habíamos matado.

—Todavía no —dijo Natashya, que empujó la puerta para abrirla. Salió y sacó las pistolas en el momento en el que llegaron los otros vehículos.

«Son obreros. Sólo intentan hacer su trabajo. No son Gallardo ni sus hombres. No son los que mataron a Yuliya», se dijo, y se obligó a recordarlo.

Gary no pudo salir por su puerta y tuvo que hacerlo por la del conductor. Se tambaleó inseguro mientras buscaba refugio entre el equipo de construcción.

Unas balas impactaron en la camioneta y Natashya vio tres guardias suizos cerca de una caseta prefabricada. Tanto la caseta como los guardias destacaban en la oscuridad de la cueva debido a las bombillas que había colgadas a su alrededor.

Agarró a Gary y lo empujó debajo de una excavadora. Maldijo mentalmente. Chernovsky y ella habían estado en situaciones complicadas en Moscú muchas veces, y aquélla no pintaba nada bien.

Entonces se fijó en el goteo de gasolina que se iba acumulando bajo la camioneta. Con todo el metal que había y el suelo de piedra, en cualquier momento podía producirse una chispa.

Los obreros se detuvieron, pero en cuanto lo hicieron unas balas derribaron a varios de ellos y el resto se puso a cubierto.

—Vale, ésos son malos —dijo Gary.

«Siempre se trata de una cuestión de elección», pensó Natashya. No había razón para dispararles, a menos que fuera mucho lo que había en juego. Pensó en Lourds e imaginó lo mal que podría estar pasándolo.

Después, una de las balas rozó el suelo y prendió la gasolina, que se inflamó inmediatamente.

—¡Muévete! —ordenó a Gary. Lo empujó con la cabeza y lo llevó hacia el otro lado de la excavadora en el momento en el que las llamas se elevaron y alcanzaron el depósito de la camioneta.

La explosión no fue tan grande como las que suelen verse en la televisión, pero la onda expansiva la derribó y envió trozos de la camioneta en todas direcciones.

Se levantó y se puso en movimiento. Se recordó que tenía que utilizar su visión periférica y no mirar a los guardias suizos directamente. Demasiados escondites se habían descubierto por el reflejo de un ojo. Apareció al otro lado de la excavadora y apuntó con la pistola que llevaba en la mano izquierda el tiempo suficiente como para hacer tres disparos.

Al menos uno de ellos impactó en la cabeza de uno de los guardias y lo derribó. Los otros dos se escondieron. Manteniéndose en su posición y con la nariz y la garganta ardiéndole por el humo que se acumulaba en el techo de la cueva, vio que uno de los guardias salía de su escondite y lanzaba una granada contra la caseta.

Resultó ser incendiaria y su estallido llegó hasta sus oídos. El fuego prendió en un lateral.

—¡Hay gente dentro! —gritó Gary.

Miró hacia las ventanas y vio las caras de los obreros apretadas contra el cristal.

—¡Están encerrados! —exclamó Gary.

—Lo sé.

—No podemos dejar que se abrasen.

—Lo sé, deja que piense.

Pero no había tiempo para pensar, y lo sabía. Quedaban dos guardias armados…

Gary se puso al descubierto y corrió hacia la caseta. Uno de los guardias se levantó y disparó. Lo derribó, pero Natashya lo localizó en la oscuridad por el resplandor del disparo. Disparó hasta que el guardia cayó al suelo.

Oyó un ruido de suela de cuero detrás de ella. Supo que era el que quedaba y se agachó. Una bala le acertó en la cadera y la hizo caer.

El posterior estudio del resto de los botones dejó ver que todos estaban conectados a un martillo de hueso. Lourds observó cuidadosamente las estalactitas y vio que se les había dado forma. La cueva no iba haciéndose más grande, así que las estalactitas no habían cambiado en miles de años.

—Conozco algo parecido —dijo poniéndose una vez más delante de la imagen del primer hijo—. Lo vi en unas cuevas de Luray, Virginia, en las que hay lo que llaman el órgano Stalacpipe. Aunque éste está basado en uno de los instrumentos musicales más antiguos que se han encontrado, el litófono. Normalmente se construían con barras de piedra de distintos tamaños, o con madera.

—Como un xilofón —comentó Murani.

Asintió.

—Exactamente, aunque el Stalacpipe se construyó con el mismo diseño y se utiliza electricidad para accionar los martillos. Lo tocan y hasta venden discos de las canciones interpretadas con él.

—Pero ¿por qué está aquí?

Lourds iluminó los símbolos que había debajo de los botones.

—Por extraño que parezca, creo que es un código de alarma. Si se acciona la secuencia correcta, quizás aparezca el Libro del Conocimiento.

—¿Y si se acciona la equivocada? —intervino Gallardo.

—¿Te refieres a si es una trampa? —preguntó Lourds, al que no se le había ocurrido aquella posibilidad, pues estaba fascinado con todo el montaje.

—Sí.

—Entonces quedaremos inundados. —Gallardo no pareció muy contento con la idea—. La cuestión es cómo evitarlo. —Lourds estudió la pared y recopiló todo lo que sabía—. Los guardianes creían que los instrumentos eran la clave para entrar en la Tierra Sumergida. Las inscripciones de las paredes de fuera dicen que la clave estaba dividida en cinco partes.

—Pensaba que ésa era simplemente la clave para acceder a la cámara oculta —dijo Murani.

—Puede que haya algo más. Volvamos a estudiarlos.

Murani envió a uno de los guardias suizos a buscar los instrumentos. Cuando los trajo, todos los observaron. El susurro del mar se oía al otro lado de la roca y producía eco en las cuevas.

De repente, el padre Sebastian se liberó de los guardias suizos por un momento y pisoteó el tambor antes de que pudieran detenerlo.

—¡No le ayudéis! —gritó tanto a Lourds como a los guardias—. ¡Quiere utilizar el Libro del Conocimiento! ¡Si lo hace volverá a atraer la cólera de Dios sobre todos nosotros!

Murani apuntó con la pistola hacia el sacerdote. No cabía duda de que iba a matarlo.

Lourds le agarró la muñeca a tiempo y le levantó el brazo. La bala rebotó en el techo.

Gallardo le dio un golpe a Lourds que hizo que cayera de rodillas. Sintió un profundo dolor en la cabeza y notó el sabor a cobre de la sangre en la boca. Intentó levantarse, pero las piernas no le sostenían.

Cuando Murani bajó la pistola, tres de los guardias suizos se pusieron delante del padre Sebastian y formaron una barrera humana.

—En este lugar no se va a cometer ningún asesinato. Estamos aquí para llevar a cabo la obra de la Sociedad de Quirino. Si encontramos el Libro del Conocimiento, lo guardaremos —manifestó uno de ellos.

Murani no dijo nada, pero Lourds se fijó en que no parecía nada contento. La Guardia Suiza parecía dividida y empezaban a formarse dos grupos, el que estaba con el padre Sebastian y el que se alineaba con el cardenal.

Lourds estaba en medio y sabía perfectamente que no era un buen lugar. Miró al tambor para ver si podía arreglarlo. El instrumento era una mezcla de fragmentos de barro y cuerdas de piel. Por suerte eran trozos grandes y pensó que a lo mejor podría pegarlos. Y lo que era aún mejor, la inscripción con las dos lenguas parecía intacta.

Entonces se dio cuenta de que en el interior de las piezas también había inscripciones, una serie de líneas con marcas dibujadas.

—¿Qué es eso? —preguntó Murani.

—A menos que me equivoque, parece una partitura —contestó Lourds fascinado—. Parece diatónica. Los antiguos griegos desarrollaron la teoría de la música. La llamaron *genera* y establecieron tres tipos primarios. El diatónico, utilizado para las escalas mayores y los modos de la iglesia, que también se llamó modo gregoriano.

—¿Pueden ser la clave a la que se refiere la inscripción?

—No lo sé, es posible que... —Antes de que pudiera acabar la frase, Murani había roto la campana.

Hubo que juntar los trozos para componer la escala, pero ahí estaba. Rápidamente, Murani rompió el címbalo, la flauta y el laúd. En el interior de cada instrumento había un trozo de partitura.

—Hay que ponerlas en orden, ¿no? Como muestra el relieve —preguntó Murani.

—Quizá.

El cardenal dispuso la partitura, volvió hacia los botones y empezó a tocar.

La cueva se inundó de música. La emoción que sintió hizo que Lourds olvidara el dolor en la cara. Leslie se puso a su lado mientras se oía el eco que provocaba la música. Le cogió la mano y la apretó con fuerza.

Durante un momento, una vez acabada la última nota, no pasó nada. Entonces se oyó el ruido de una explosión seguido por el de una ráfaga de disparos. Todo el mundo se volvió hacia las cuevas de donde provenía.

Las dos facciones de la Guardia Suiza se separaron aún más, con los fusiles levantados. Parecía como si ambos grupos temieran una traición.

Entonces, unas rocas aparecieron en el centro de la cueva e hicieron que todo el mundo volviera su atención hacia ellas. El estruendo que provocaron llenó el ambiente de ecos que retumbaron por la cueva.

Lourds vio que el suelo se volvía iridiscente en el centro. Unos dientes de piedra sutilmente tallados se retiraron para dejar ver un pozo del que provenía un brillo dorado.

Se acercó rápidamente, seguido de Leslie, que continuaba asida a su mano.

Sin embargo, Murani los adelantó y llegó primero. Apuntó hacia el pozo, primero con la linterna y después con la pistola.

Sorprendido consigo mismo, Lourds dudó un momento, al imaginar que un demonio del Antiguo Testamento o algún ser maligno le golpeaba. «No crees en esas cosas», se recordó. Pero ante todo el mal que le rodeaba y todas las cosas imposibles que había visto, pensó que podía creer cualquier cosa. Cuando llegaron al pozo apretó la mano de Leslie con más fuerza.

Cuando respiraba, Gary sentía que un fuego líquido le quemaba el costado. Por un momento, después de que le alcanzara la bala, había olvidado cómo respirar. Aquello le había asustado más que cualquier otra cosa en su vida. Por decir algo, pues se había salvado por los pelos en más de una ocasión desde que Leslie y él habían decidido unirse a Lourds y Natashya.

«¡Levántate, gilipollas! Esa gente se va a quemar viva mientras estás en el suelo.»

Dolorido y con miedo a que volvieran a dispararle, ya que seguía oyendo disparos en la cueva, se puso de pie. Se sentía mareado, pero lo consiguió, cosa que le sorprendió muchísimo.

Se concentró en respirar y andar. La verdad es que era más bien como ir dando tumbos, pero a él le bastó. Sintió el calor que desprendía la caseta al acercarse a ella.

Los hombres que había en el interior habían roto las ventanas, pero éstas eran demasiado pequeñas como para poder salir. Cuando lo vieron, gritaron frustrados.

Un creciente mareo se apoderó de él y sintió que la oscuridad le iba carcomiendo alrededor, esperando para inundarlo.

Unos secos y violentos estallidos de disparos sonaron a su espalda.

«¿Estaremos ganando?», pensó. Ni siquiera él creía que pudieran ganar aquella batalla.

Cuando llegó a la caseta casi tuvo que darse la vuelta a causa del calor. Pero, en vez de eso, se obligó a ir a la puerta. Alguien había colocado una palanca para bloquear la salida. La agarró y el metal le quemó la mano, aunque logró sostenerla lo suficiente como para apartarla y lanzarla hacia un lado.

Los hombres salieron corriendo. Dos de ellos lo cogieron por debajo de los brazos y lo alejaron del fuego. Hablaban italiano y no consiguió entender casi nada de lo que decían.

En aquel momento, cuando empezaba a darse cuenta de que había sido un héroe y que le habían disparado por haber luchado, se sumergió en un oscuro vacío.

Unos escalones tallados en la pared del pozo conducían hacia la oscuridad. A pesar de que Lourds unió el rayo de luz de su linterna al de Murani, no consiguieron perforarla lo suficiente como para ver qué había en el interior.

El brillo parecía concentrarse en el fondo.

Murani apuntó a Lourds con la pistola.

—Tú primero —le ordenó.

Pensó en negarse, pero sabía que no era posible. Aunque aquélla no fue la única razón que le impulsó a bajar. La otra, la más importante, era que tenía que ver lo que había allí.

Si los atlantes, o como quisieran llamarse a sí mismos, habían dedicado tiempo y esfuerzo a esconder el Libro del Conocimiento, ¿qué otra cosa podía ocultarse en un lugar tan elaborado?

Lo más inteligente habría sido bajar una luz a aquel enorme abismo y ver qué escollos —literalmente— tenían por delante. Pero también sabía que ni Murani ni él iban a esperar a que se hiciera una cuidadosa exploración.

«Un día de éstos te va a matar la curiosidad», se reprendió a sí mismo.

En el interior hacía más frío que en la cueva. El sonido del océano borboteando contra la roca también era más alto. No pudo dejar de pensar a qué distancia por debajo del nivel del mar estaban. Debían de ser unos ochenta o noventa metros, a tres kilómetros de la entrada de las cuevas.

Los escalones eran estrechos y profundos, y casi no había espacio para bajar. No había visto ningún cuerpo de atlante, pero estaba convencido de que debían de ser bajos.

Oyó unos pasos a su espalda. Cuando se detuvo para mirar hacia atrás vio a Leslie.

—Bajar puede ser peligroso.

—Estar aquí fuera también lo es.

—Ya imagino.

—No puedo dejar que vayas solo.

Sonrió. Podía haberse quedado y los dos lo sabían. Estaba seguro de que la curiosidad la impulsaba tanto como a él.

—Esperemos que sea lo más inteligente —dijo dirigiéndose hacia la oscuridad.

Al final de las escaleras había una puerta. No estaba cerrada y se abrió hacia dentro con facilidad. El aire estaba viciado y olía a humedad, aunque también flotaban otros olores que hicieron que se le acelerara el corazón y perdiera el miedo que sentía.

—¿Lo hueles? —preguntó entusiasmado mientras avanzaba con determinación. Reconoció esos olores inmediatamente, los reconocería hasta el día de su muerte.

—¿Qué? ¿El polvo?

—Pergaminos, tinta, en grandes cantidades.

Iluminó el interior de la habitación y se asombró al ver filas y filas de libros. Estaban cuidadosamente dispuestos en estanterías en las paredes, además de otras en el suelo.

Avanzó hasta la primera y cogió uno. Estaba forrado con un material parecido a la piel, pero no era piel, al menos no ninguna que conociera. La piel no se hubiera conservado durante miles de años sin mostrar ninguna señal de envejecimiento. Aquel libro, todos ellos, parecían recién impresos.

Se lo puso sobre el antebrazo, estaba encuadernado con un intenso color azul, y lo hojeó con la mano izquierda mientras alumbraba con la derecha. Resultaba difícil hacerlo esposado. Sus tersas páginas estaban llenas de los mismos símbolos que había descifrado en los instrumentos musicales.

Volvió a alumbrar la habitación. Había cientos, quizá miles, de libros en las estanterías. Los títulos sugerían historia, biografías, ciencias y matemáticas.

—¡Dios mío! Es una biblioteca —dijo Lourds en voz baja.

—¿Eso es lo único que ves? —preguntó Leslie—. Mira esto.

Siguió la luz de su linterna mientras Murani, Gallardo y el resto entraban en la habitación.

Atraída por su belleza, Leslie estiró sus manos, aun con las esposas, para tocar la figura de ámbar que había en el extremo de una de las estanterías. Una luz destellaba de su pulida superficie e iluminaba las vetas doradas de su interior.

Aquella figura tenía casi metro y medio de altura, y representaba a un hombre sujetando una maqueta del sistema solar en la mano. Alrededor del Sol orbitaban seis planetas de distinto tamaño.

—Conocían el sistema centrado en el Sol —dijo Lourds—. Estaban adelantados miles de años. Y las proporciones parecen correctas.

Se sintió fascinado y se dedicó a observar el resto de los libros.

—¿Eso es importante? —preguntó Leslie—. Creía que todo el mundo sabía que los planetas giran alrededor del Sol.

—No. De hecho la Iglesia encarceló a Galileo por afirmarlo.

—Estás de broma.

No podía creer que no lo supiera.

—No, no estoy de broma.

—La astronomía no ha sido nunca mi fuerte —confesó.

Recorrió los pasillos y buscó títulos que pudiera leer, como un niño en una tienda de caramelos.

—¿Tienes idea del conocimiento que puede haber estado escondido aquí durante todos estos años? ¿Puedes imaginar qué pasos podrían haberse dado en el mundo si otras culturas hubieran poseído este conocimiento?

—Ya imagino que todos estos libros son muy importantes.

—Mucho —aseguró Lourds, cuya mente calculaba las posibilidades. Recordó todo lo que se había perdido en la biblioteca de Alejandría. Un mundo de antiguos conocimientos…, allí… al alcance de su mano. Le invadió un absoluto asombro.

—¡Lourds! —lo llamó Murani, impaciente.

Se volvió y se encontró con un rayo de luz dirigido a sus ojos. Levantó las manos para protegerse.

—¿Qué?

—¿Dónde está el Libro del Conocimiento?

—No lo sé. Debe de estar en algún sitio.

—Aquí —dijo Leslie.

Siguió su voz a través de las estanterías y todos fueron detrás de él.

En cuanto los obreros salieron de la caseta, Natashya se dio cuenta de que la estrategia del guardia suizo que quedaba había pasado de ofensiva a defensiva. También sabía que había cometido el error de permitirle llegar hasta el cuerpo del segundo hombre que había matado. Dejó las pistolas y cogió el fusil y la bandolera con munición. Se la colocó al hombro y comprobó la recámara. Estaba casi llena.

Volver a tener armas de verdad hizo que se sintiera bien.

Con calma, sabiendo que su oponente sólo tenía dos opciones, se agachó en las sombras, al lado de la excavadora, y esperó. Le molestaba no poder acercarse a Gary, que estaba inconsciente e inmóvil en el frío suelo. Con todo, algunos de los hombres seguían cerca de él. Esperaba que siguiera vivo y que los que había salvado, lo salvaran a él.

El guardia suizo salió de su escondite y corrió hacia los vehículos de los obreros. Había optado por salvar el pellejo en vez de unirse a sus camaradas en las siguientes cuevas.

Se llevó el fusil al hombro, lo siguió un poco y apretó el gatillo. La bala le alcanzó en el cuello, justo por debajo del casco. El impacto lo derribó. No volvió a moverse.

Una vez libre de peligros, corrió hacia Gary. Los obreros la dejaron pasar, intimidados por el arma. Muchos de ellos se dirigieron a los vehículos para salir de allí.

El movimiento de su pecho le indicó que seguía vivo.

Miró a uno de los hombres.

—¡Tú! —dijo con su voz de policía.

—¿Yo? —preguntó el hombre asustado.

—Mi amigo te ha salvado la vida y quiero que tú salves la suya.

—Por supuesto. —Llamó a un compañero y entre los dos lo levantaron.

—Con cuidado —les aconsejó Natashya.

El hombre asintió y se dirigieron hacia uno de los vehículos. Llamó al conductor, que aparcó el camión al lado.

Lo dejaron en buenas manos antes de subir ellos.

Observó que se alejaban. Después volvió su atención a las cuevas que había más adelante, donde parecía haberse declarado la Tercera Guerra Mundial.

Leslie estaba en un extremo de la habitación, junto a una caja de cristal, bajo un colorido mosaico. En él podía verse una imagen del primer hijo en lo alto de un prado, con los brazos extendidos, llamando a los hombres y a las mujeres que había en una oscura selva llena de demonios y bestias horribles.

—«Puede que volvamos a casa pronto» —dijo Lourds leyendo en voz alta los símbolos que había bajo el mosaico.

Sobre una mesita había una caja de oro puro batido. También había una nota. Dirigió la linterna hacia ella y la leyó rápidamente.

—¿Puedes traducirla? —pidió Murani.

—Sí.

—Entonces, hazlo.

La nota era corta y concisa.

He aquí el Libro de Conocimiento. Se lo arrebatamos al primer hijo de Dios, que vino al jardín a apaciguarnos. Rezamos para que Dios perdone nuestros pecados.

Cuando cayó la torre, después de construirla para ascender a los Cielos, sobrevinieron tiempos difíciles. Nos peleábamos entre nosotros porque ya no compartíamos una misma lengua. Sólo unos pocos de nosotros consiguieron aprender esa lengua de nuevo. Juramos que nunca se la enseñaríamos a nadie. Pero el libro pertenece a Dios y siempre habrá aquellos que crean que pueden ser tan poderosos como él.

Están equivocados.

Cuando nos sumergió el mar, unos pocos permanecimos en las cuevas. Estamos sufriendo una misteriosa enfermedad que nos ha seguido hasta las profundidades.

—¿Puede seguir aquí? —preguntó Gallardo.

—No, además tienes otras cosas de las que preocuparte —le espetó Murani.

—Seguramente toda bacteria o virus sucumbió al barotrauma —indicó Lourds.

—¿Qué es eso? —preguntó Gallardo receloso.

—Puesto que estas cuevas están secas y que algunos de ellos sobrevivieron, al menos un tiempo, todo el lugar se convirtió en una gran cámara hiperbárica. Es decir, el oxígeno que había dentro tenía más presión. Ocurre lo mismo cuando uno se sumerge a más de cuarenta metros de profundidad durante largo tiempo. Por eso, los buceadores han de someterse a descompresión y ascender poco a poco, o utilizar una cámara de descompresión, también llamada cámara hiperbárica. El barotrauma se manifiesta cuando hay un cambio de presión dentro del cuerpo que no se equilibra.

—Seguro que has conocido alguna mujer que le gustaba el submarinismo —comentó Leslie con acritud.

No podía imaginar que en aquellas circunstancias pudiera sentir celos, pero no había duda de que los sentía. Los había presenciado y había tenido que enfrentarse a ellos en demasiadas ocasiones. Y, de hecho, tenía razón. Había salido con una mujer que era profesora de submarinismo. Una profesora griega muy guapa, que se expresaba muy bien.

—Enfermaron por estar bajo el mar —dijo Gallardo.

—Sí. Ha habido personas que han intentado vivir bajo el agua en muchos lugares, como los proyectos Conshelf, Sealab y Aquarius de Jacques Cousteau. El buceo de saturación, y eso es a lo que tuvieron que enfrentarse los supervivientes en cierto sentido, puede provocar necrosis ósea aséptica, que conlleva pérdida de sangre en los huesos y posiblemente gangrena en brazos y piernas. —Se quedó callado un momento—. Una muerte horrible y dolorosa.

—¿Dice algo más la nota? —preguntó Murani.

Lourds volvió a leer.

Sé que no viviré mucho más, quizás unos días, pero quiero dejar esta advertencia a los que encuentren el libro. Si Dios quiere, la isla no volverá a elevarse nunca más y nuestros pecados permanecerán enterrados en el océano. Sé que Dios obrará según su deseo.

Así que si has hallado este libro, si puedes leer mi mensaje, escrito en la antigua lengua que Dios nos arrebató, haz caso de mi advertencia. No lo leas. Déjalo en lugar seguro hasta que Dios regrese para buscarlo y nos alivie de esta carga una vez más.

—La firma Ethan, el historiador —concluyó Lourds.

—Apártate —dijo Murani apuntándole con la pistola.

Lourds se alejó de mala gana.

Murani se metió el arma en la sotana, se acercó a la caja, abrió la tapa y buscó en su interior. Cuando sacó el libro, Lourds se sorprendió de que el cardenal no empezara a arder o que se volatilizara al tocarlo.

Era mucho más pequeño de lo que creía. Tendría unos treinta centímetros de ancho y cincuenta de largo, y no llegaba a siete de grosor.

¿Cómo podía haber en él todo el conocimiento de Dios?

Murani lo abrió temblando. Al principio, las páginas parecían estar en blanco, pero luego se llenaron de símbolos. Aparecieron tan rápido que Lourds pensó que simplemente no los había visto en un principio.

Murani miró el texto, parecía enfadado, frustrado y atónito. Miró a Lourds y se lo entregó.

—Lee esto —le pidió.

Lo hizo, pero los símbolos le jugaron una mala pasada. Parecían moverse y zigzaguear, resultaba difícil que estuvieran quietos.

—Has de saber que éste es el libro de Dios y su palabra es sagrada y sin…

Murani lo cerró de golpe.

—Vas a enseñarme esta lengua. El que no pueda leerla es lo único que te mantiene con vida.

Lourds no pudo pensar en nada que decir.

—Quédate con él, Gallardo. Teniente Sbordoni, hay que encontrar la forma de salir de aquí.

Lourds miró los libros antes de que le obligaran a subir los escalones. No le apetecía nada tener que dejarlos allí. Quería estudiarlos, pero Gallardo le puso una mano en la espalda y volvió a empujarlo, con lo que provocó que casi se cayera.

De vuelta en la cámara de los acordes, la tensión entre las dos facciones de guardias suizos había alcanzado un punto crítico. Lourds lo tuvo claro con sólo ver la forma en que uno de los grupos protegía al padre Sebastian.

—Cardenal Murani, ha de devolverme el Libro del Conocimiento —pidió el sacerdote.

—¿Y si me niego? —preguntó Murani en actitud beligerante.

—Entonces tendré que arrebatárselo, y preferiría no hacerlo —dijo uno de los guardias suizos.

—Estás al servicio de la Sociedad de Quirino. Se supone que has de ayudarme.

—A recuperar el libro para ponerlo en lugar seguro sí, pero no a dejar que lo lea. Ese libro ya ha hecho demasiado daño. Ha de guardarse donde no pueda hacer más.

—Este libro puede fortalecer a la Iglesia y acercarnos a Dios —repuso Murani.

—Volverá a atraer la cólera de Dios sobre nosotros —aseguró Sebastian estirando la mano—. Deme el libro, cardenal Murani. —Hizo una pausa—. Por favor, Stefano, antes de que tu fanatismo acabe con todos nosotros.

Por un momento pareció que iba a acceder a la petición. Entonces sacó la pistola y le disparó antes de que los guardias suizos pudieran cerrar filas.

Aquello desencadenó el baño de sangre que se había ido gestando.

Cuando las balas empezaron a silbar, Lourds se apartó de Gallardo, que también comenzó a disparar. Manteniéndose lo más agachado que pudo, corrió hacia Leslie, la cogió del brazo y fueron hacia la pendiente que llevaba al pozo en el que estaba la biblioteca. Era el lugar más seguro que se le ocurrió hasta que acabara aquella batalla. Los guardias suizos iban cayendo a su alrededor.

La caverna se llenó de un ruido que fue amplificándose con una cacofonía de ecos que repetían una y otra vez la lucha que se estaba librando en el auditorio. Sintió que el suelo temblaba bajo sus pies y se quedó quieto detrás de una estalagmita que les ofreció cobijo ante la tormenta de balas.

—¿Qué es eso? —preguntó Leslie—. ¿Un terremoto?

—No, es una vibración armónica. La cueva es una cámara acústica diseñada para recoger y amplificar el sonido.

El susurro del agua a su alrededor se hizo más intenso.

Lourds sintió una sensación de desazón en el estómago.

—No —susurró.

De repente se oyó un horrible crujido que ahogó el sonido de los disparos. Después, las paredes se quebraron y cedieron. El ávido mar que contenían se derramó con suficiente fuerza como para derribar todo a su paso.

Tras cubrir el suelo de la caverna, fue hacia el pozo que había en el centro.

—¡No! —gritó amargamente dirigiéndose hacia allí, pero Leslie lo agarró y lo contuvo.

—¡No puedes hacer nada! ¡Salgamos de aquí! —gritó.

Después de todo lo que habían pasado, después de todo a lo que habían sobrevivido, había acabado siendo un impotente testigo. Agotado, cayó de rodillas mientras el agua giraba y se convertía en un remolino que desembocaba directamente en la biblioteca.

Leslie tiró de él.

—¡Venga! ¡Vamos! ¡Levántate o moriremos!

Se obligó a levantarse y echó a correr hacia la entrada de la cueva. Delante de ellos, los que habían sobrevivido a la batalla también huían, aunque alguno seguía disparando.

Mientras corría, se dio cuenta de que el nivel subía muy deprisa. A cada paso que daba, más profunda era el agua. Esquivó y saltó por encima de cadáveres sin soltar la mano de Leslie.

Ésta gritó horrorizada.

—Guarda las fuerzas. Saldremos de aquí, pero no si no puedes correr —mintió. A la velocidad que ascendía el nivel era imposible que se salvaran. Se ahogarían como ratas.

Murani se detuvo a cierta distancia delante de ellos y señaló hacia donde estaban. El agua le llegaba a la cintura. A pesar de que no podía oírle por el borboteo de la corriente, supo que estaba ordenando a sus hombres que lo atraparan.

Tres guardias suizos dieron la vuelta y corrieron hacia ellos, acompañados por Murani.

Lourds soltó un juramento y casi se cae cuando una ola le golpeó la espalda y los hombros, y le hizo tambalearse. La sal hacía que le escocieran los ojos y la nariz. El pánico se apoderó de él cuando resbaló, pero recuperó el equilibrio y siguió adelante.

Los guardias suizos y Murani le estaban esperando. Lo agarraron con fuerza y tiraron de él hacia la cueva en la que estaban las imágenes talladas.

«Todo esto va a perderse», pensó con consternación. Apenas notaba el dolor de las esposas que se le clavaban en la piel ni la fuerza con la que tiraban de él sus captores.

Entonces se acordó de Leslie.

Miró por encima del hombro y vio horrorizado que la habían dejado atrás. Luchaba contra el agua, que cada vez cubría más su cuerpo, y apenas avanzaba.

Clavó los pies en el suelo e intentó zafarse del hombre que lo empujaba.

—¡Quieto! —le ordenó el guardia.

—¡No podéis dejarla allí! ¡Necesita ayuda!

—¡Eres idiota! ¡Si vuelves, morirás! —le gritó el hombre.

Siguió luchando. Entonces, el guardia le golpeó con la culata del fusil en la cabeza y casi lo dejó inconsciente. Las piernas dejaron de sostenerle y cayó, aunque aquel hombre siguió arrastrándolo por el agua.

Intentó concentrarse, pero sus pensamientos daban vueltas en el interior de su dolorida cabeza. Finalmente, recuperó la fuerza en las piernas y volvió a pisar el suelo. El guardia se detuvo y se dio la vuelta dispuesto a golpearle otra vez con la culata.

Intentó protegerse, seguro de que esa vez lo dejaría inconsciente. En vez de eso, se puso tenso y de repente se hundió. Sólo consiguió vislumbrar el agujero que tenía en la parte de atrás de la cabeza antes de desaparecer bajo el agua.

—¡Lourds!

Reconoció la voz de Natashya y la buscó. No la veía por ninguna parte. Había demasiados sitios donde esconderse en las paredes de roca.

—¡Cogedlo! —ordenó Murani a los otros dos guardias suizos.

Echaron a andar hacia él, pero cayeron antes de alcanzarle.

Murani, con el Libro del Conocimiento en una mano, sacó la pistola y le apuntó. Antes de que pudiera darse cuenta de nada se oyó un ruido seco, el cardenal giró y se hundió en el agua.

«¡El libro!», pensó, pero se volvió hacia Leslie. Había conseguido no perder la linterna. Leslie apenas se mantenía por encima del agua y nadaba contra el mar agitado.

—¡Levanta las manos! —gritó Natashya.

Las subió automáticamente y después pensó en cómo iba a salvarla si ni siquiera sabía si podría salvarse a sí mismo. Mantuvo la luz de la linterna enfocada hacia ella.

Sintió una sacudida en las manos, que se separaron cuando se partió la cadena que unía las esposas. El sonido de un disparo de rifle rebotó en la cueva.

—¡Ve! ¡Sálvala! —le apremió Natashya.

Lourds se zambulló y nadó contra la tromba de agua. Le resultaba muy difícil mantener la luz sobre Leslie y esperó que ella la utilizara como un faro para encontrarlo.

Gallardo se movió con rapidez en las sombras. Había conseguido localizar a la mujer rusa cuando ésta había disparado al guardia que intentaba atrapar a Lourds. Vadeando con el agua hasta el pecho y la pistola en la mano hacia la roca en la que la había divisado, luchaba contra la corriente e iba avanzando.

Se acercó a ella por detrás. La otra cueva tenía bombillas colgadas y utilizó aquella luz para ubicar su contorno en la pared de roca. Le apuntó a la nuca.

Entonces, cuando el amortiguado *flash* iluminó sus facciones, se dio cuenta de que no estaba de espaldas, sino mirándolo de frente.

Un dolor indescriptible inundó su pecho y su corazón. Intentó apretar el gatillo, pero le habían abandonado las fuerzas. Sus brazos cayeron hacia los lados, al tiempo que se tambaleaba.

Su corazón dejó de latir y sintió un silencio de muerte en el interior del pecho.

La mujer estaba a su lado con la cara endurecida como una piedra.

—Mataste a mi hermana, cabrón —gruñó.

Después volvió a ver otro *flash*, notó que la cabeza daba un tirón hacia atrás y luego no vio ni sintió nada.

Lourds encontró a Leslie en las enfurecidas aguas y la agarró por las esposas, tal como había hecho el guardia suizo con él.

—¡Agárrate! —farfulló a través del agua. Casi no lograba apoyar los pies en el suelo, pero siguió tirando de ella y nadando cuando era necesario.

Lentamente, con el corazón latiéndole a toda velocidad y la respiración entrecortada, notó que avanzaban en un río que no dejaba de crecer. O bien la presión se había estabilizado, o bien aquella cueva, mayor, tardaba más en llenarse.

No le cabía duda de que la biblioteca se habría inundado.

Intentó no pensar en ello y se concentró en la luz que se veía en la entrada de la siguiente cueva. El agua había llegado allí también, pero todavía quedaba algún vehículo abandonado por los obreros.

Cuando volvió a pisar tierra, le quemaban la garganta, la nariz y los pulmones. Tomó impulso y arrastró a Leslie. Tocar fondo era una gran ayuda y siguieron avanzando con el agua hasta la cintura.

Pensó que, después de todo, a lo mejor conseguían salir con vida.

De pronto, como un muerto viviente de las antiguas películas de miedo que tanto le gustaban de niño, Murani salió del agua delante de él. Tenía sangre en el hombro izquierdo, pero sostenía la pistola con la mano derecha.

—¡Alto! —le ordenó.

Lourds esperaba que Natashya le disparara, pero no se produjo ningún disparo. Murani dirigió el arma hacia Leslie y pensó que iba a matarla y a cogerlo prisionero después.

Se oyó una detonación desde algún lugar detrás de la pared con las imágenes talladas que estaba a su espalda. Saltó hacia delante, cogió la mano de Murani y lo empujó con el hombro hacia la roca con un movimiento que no era legal en el fútbol, pero que había empleado en alguna ocasión cuando el juego se endurecía. Murani intentó golpearle con la rodilla, pero Lourds se apartó y recibió el golpe en la parte interior del muslo.

El Libro del Conocimiento cayó de algún lugar entre la ropa del cardenal, chapoteó en el agua y empezó a hundirse.

Antes de poder pensarlo, soltó la mano de Murani y estiró el brazo en dirección al libro. Consiguió atraparlo antes de que desapareciera.

—¡No! ¡Cuidado, Thomas! —gritó Leslie, que corría hacia ellos sin avanzar apenas en el agua.

De medio lado, Lourds vio la pistola que le apuntaba a la cabeza y la cara de rabia de Murani por encima de ella. Era imposible que el cardenal fallara a esa distancia.

Con un movimiento instintivo levantó el libro para protegerse. El fogonazo iluminó la cueva un momento y sintió el impacto. Creyó que la bala atravesaría las páginas y le alcanzaría.

Pero no fue así.

Sujetando el libro con la mano izquierda, lanzó la derecha en dirección al cardenal. Éste, en vez de luchar, se dejó caer sin fuerzas en el agua. Tenía un agujero de bala entre los ojos.

Sin acabar de creer lo que había sucedido, observó cómo se alejaba flotando. Cuando le dio la vuelta al libro, no vio ni un arañazo.

—¿Has visto eso? La bala ha rebotado —dijo Leslie cuando llegó a su lado—. Tenemos que salir de aquí —le apremió tirando de él—. Venga.

Lourds pasó la mano por el libro. No había ninguna mancha ni marca de la bala, pero sabía que había impactado en él.

Natashya se unió a ellos. Tenía sangre en la cara, pero no era suya.

—Gallardo ha muerto, la muerte de mi hermana ha sido vengada.

Lourds asintió, pero seguía pensando en el libro. Si la bala no lo había dañado, ¿sería también impermeable? Lo abrió y vio que las páginas estaban mojadas, pero no habían sufrido ningún daño. Los símbolos flotaban y empezó a traducirlos automáticamente.

—¡No! —exclamó Leslie cerrándolo—. Éste no. Puedes leer un millón de libros, un billón si quieres, pero éste no.

Lentamente y a regañadientes, aceptó. Fueron juntos hasta la siguiente cueva conforme iba aumentando el nivel del agua.

Epílogo

Excavaciones de la Atlántida
Cádiz, España
16 de septiembre de 2009

Lourds sudaba debido a la humedad que provenía del océano Atlántico. Frente a él continuaban los trabajos para rescatar lo que pudiera salvarse de la civilización atlante.

Las autoridades españolas que habían acudido a la excavación acababan de soltarle. Durante los dos últimos días había compartido celda con varios de los criminales más peligrosos de Cádiz. Creía que había sido una mera táctica de intimidación, pero aun así había conseguido llevarse bien con sus compañeros de infortunio.

Por muy catedrático de Harvard que fuera, había pasado gran parte de su vida en compañía de gente como ésa en sus viajes por todo el mundo. Alrededor de cualquier objeto que se descubriera y pudiera proporcionar algún tipo de beneficio, siempre había delincuentes. Una vez aceptada esa situación, había decidido aprender su lengua, que casi siempre era una variante de la vernácula. Los maleantes con los que había compartido su último alojamiento no estaban precisamente en la lista de las personas a las que les enviaría una postal navideña, pero les había apenado que lo pusieran en libertad. Cuando la Policía española no estaba interrogándole, compartía anécdotas con el resto de los prisioneros. Se había convertido en una especie de celebridad, ya que la CNN no dejaba de emitir imágenes suyas.

El Departamento de Estado norteamericano no había salido en su defensa con demasiada contundencia porque no sabía exactamente qué es lo que había hecho. Había varias agencias internacionales esperando poder hablar con su pequeña banda. En especial con Natashya.

Al final, el papa Inocencio XIV había intercedido y había solicitado clemencia, alegando su trabajo en favor de la Iglesia. Todos ellos habían sido puestos en libertad.

Gary se recuperaba en el hospital. Natashya había ido a hacer unas llamadas telefónicas. A pesar del rastro de muertes que había dejado detrás de ella, no había pruebas que la relacionaran. Había conseguido limpiar sus «indiscreciones» en su país, aunque, al parecer, lo peor había sido no rellenar el adecuado papeleo para tomarse unas vacaciones. Leslie disfrutaba de una estupenda relación con el estudio de televisión que la había contratado, porque tenía muchas exclusivas relacionadas con la historia de la Atlántida que la CNN no había conseguido todavía.

Ella también había salido relativamente ilesa.

Algunos periodistas lo reconocieron y le suplicaron una entrevista, pero los rechazó a todos. Pensó que aquello alegraría a Leslie y que estaba en deuda con ella.

Su presencia no tardó mucho tiempo en llegar a oídos del padre Sebastian. El anciano sacerdote había ido al hospital, le habían curado el hombro y había vuelto a hacerse cargo de la excavación.

—Profesor Lourds —lo saludó acercándose a él. Llevaba el brazo izquierdo en cabestrillo y parecía pálido, pero fuerte a pesar de todo.

Lourds devolvió el saludo.

—Confío en que el Papa haya recibido su paquete.

Sebastian asintió.

—Se alegró mucho. Lo ha puesto a buen recaudo, ya no dará más problemas.

La noche que habían salido de las cuevas, Lourds se enteró de que el padre Sebastian había sobrevivido al disparo. Antes de que el equipo médico se lo llevara volando había tenido tiempo de entregarle el Libro de Conocimiento. No tenía la suficiente confianza en sí mismo como para quedárselo.

Sabía que no podría resistirse a leerlo, fuera cual fuese el precio.

El padre Sebastian hizo un gesto a los guardias de seguridad que contenían a la multitud de curiosos, lo dejaron entrar y lo cogió por el brazo.

—Me he enterado de que le han puesto en libertad hace poco —dijo mientras caminaban hacia el cochecito de golf con el que había ido a buscarlo.

—Hace nada —admitió tocándose la ropa—. Debería de haber buscado un hotel en el que cambiarme, lo siento. Todavía huelo a cárcel.

—Pero ha venido aquí, al único lugar al que quería ir, ¿no es así? —preguntó sonriendo.

—Sí —dijo, y tomó asiento. El sacerdote lo condujo hacia la cueva—. Sigo pensando en la biblioteca que hay ahí abajo. Si el Libro de Conocimiento sobrevivió a la bala y al agua…

—¡Ah!, pero ese libro es muy especial. No puede esperarse lo mismo de los demás.

—Tengo esperanzas. Quizá la técnica empleada en la fabricación del papel y de la tinta era diferente a la nuestra. Quizás hayan sobrevivido. Soy un buen buceador, me he sumergido en algunas cuevas.

Sebastian negó con la cabeza.

—Entonces no se ha enterado de las malas noticias.

—¿Cuáles?

—Ha sido hoy por la mañana.

Lourds esperó sintiendo una gran tensión en el estómago.

—Hemos perdido la sección de las cuevas en la que estaba la biblioteca y el lugar donde estaba escondido el Libro de Conocimiento.

—¿Cómo?

—No lo sé. Lo único que sé es que allí ya no queda nada. Puede que se lo llevara el mar, que lo arrancara de la tierra y se lo llevara. Lo único que queda es un gran agujero que ha permitido que el océano Atlántico inunde la mayor parte del sistema de cuevas.

Había desaparecido.

—Puede que logremos salvar parte de las paredes, la zona

de la cripta y alguna otra cosa, pero ahora que la Iglesia tiene lo que quería...

—El Papa no quiere seguir vaciando sus arcas.

—Sería una locura —dijo Sebastian con un suspiro—. A pesar de todo me han permitido limpiar alguna cosa antes de irme. Sin duda atraerá a otras personas y otros podrán continuar lo que empezamos, ¿no le parece?

—Eso también impedirá que los medios de comunicación se enteren de qué era lo que había venido a buscar.

—A menos que se lo diga alguien.

—No lo haré —aseguró asintiendo con la cabeza—. De todas formas, nadie me creería.

—¿Y qué me dice de la joven periodista?

—Lo único que dirá Leslie es que seguimos unas pistas que nos llevaron a una biblioteca que ha quedado sepultada en las cuevas.

—¿No dirá nada del Libro de Conocimiento?

—No, sigue aferrada al mito de la Atlántida. Me ha asegurado que cotiza más en los índices de audiencia. Además, ¿admitiría el Vaticano su existencia por mucho que lo asegurara?

Sebastian sonrió.

—Se sorprendería de la cantidad de cosas que no existen, oficialmente.

—No creo que me sorprendiera, sobre todo después de lo que he visto.

El anciano sacerdote detuvo el vehículo en la entrada de la cueva.

—Aún podemos encontrar alguna sorpresa antes de irnos. Si quiere, puede unirse a nuestra investigación.

—Lo haré. No hay otro lugar en el que desee estar que no sea buscando conocimiento.

—Puede que encontremos algún libro que saliera flotando de la biblioteca —dijo Sebastian rebuscando en un bolsillo—. Creo que no soy el único que no se ha sorprendido de que viniera aquí. He recibido mensajes de sus dos compañeras —dijo entregándole dos hojas de papel—. Parece que quieren cenar con usted, las dos.

—¡Ah! —exclamó sonriendo, a pesar de la decepción que le había causado la pérdida de la biblioteca.

—Imagino que ninguna está interesada en cenar a la vez con usted.

—Posiblemente no.

—Supongo que tiene un problema de agenda.

—No, tengo buen apetito —dijo sonriendo al anciano sacerdote—. Después de dos días en la cárcel, esta noche puedo cenar dos veces.

—Si come con prudencia y se controla. Aunque, por supuesto, si descubren que va a cenar dos veces…, bueno, podría ser peligroso.

Lourds se metió los papeles en el bolsillo sintiéndose algo mejor.

—Ése es el tipo de peligro que me gusta, padre. Y no creo que ninguna de esas mujeres esté buscando un compañero de cena permanente.

—¿Qué hará después?

—La biblioteca de Alejandría sigue desaparecida. Todavía no he perdido la esperanza de encontrar alguno de sus libros. Hay un montón de fragmentos perdidos de la historia, y en los relatos y lenguas que hemos seguido durante miles de años. Seguiré hurgando en esos rincones y grietas cada vez que pueda, con la esperanza de encontrar algo algún día. Ésa es mi verdadera pasión.

Siempre lo sería.

Gracias a Robert Gootlieb de Trident Media Group, LLC y a todos los maravillosos agentes que trabajan con él en Trident Media Group. Gracias también a todos los libreros que me ayudaron a encontrar material poco conocido sobre antiguas reliquias; a los agentes de viajes que comprobaron que el tránsito era posible en las esquinas más lejanas del mundo; y a mis amigos en el orden público que me sacaron al campo de tiro y me enseñaron las armas que describo en este libro. Me gustaría también dar las gracias a mi editor Bob Gleason y a Linda Quinton de Tor, por su gran aportación y ayuda en este libro.

Charles Brokaw

Charles Brokaw es el pseudónimo de un escritor reconocido y con numerosos premios en su haber.

Entre otras profesiones, ha ejercido como profesor universitario y ha sido conferenciante para la CIA o la academia de West Point. Además, es un experto en política internacional. Reside con su familia en Estados Unidos.

12/12 ③

1/13 ⑦